한비아가 육로로 다닌 곳

앵커리지

캐나다

밴쿠버
시애틀
샌프란시스코   미국   보스턴
                뉴욕
로스앤젤레스   워싱턴
        뉴올리언스   마이애미
멕시코   베러즈
        과달라하라
        벨모판
    과테말라   온두라스

                페루
        리마
            라패스
            볼리비아
                아르헨티나
    산티아고
            부에노스아이레스
    칠레

바람의 딸
걸어서 지구 세바퀴 반

3

金土

바람의 딸, 걸어서 지구 세바퀴 반3

초판 1쇄 발행 : 1998년 7월 25일
초판 21쇄 발행 : 2004년 7월 16일

지 은 이 : 한비야
펴 낸 이 : 박국용
편   집 : 홍동린
교   열 : 신인영
표   지 : 여홍구
일러스트 : 박현정
영   업 : 하태복
총   무 : 이현아
인   쇄 : 조광출판인쇄(주)

펴낸곳 : 도서출판 금 토
서울 종로구 신문로1가 58-14 한글회관 203호
전화 : 02)732-6252(대표), 팩스 : 738-1110
1996년 3월 6일 출판등록 제 16-1273호
ISBN 89-86903-12-1 03810

값 9,000원

베트남 메콩강가의 노상 카페에서
조악한 복권을 팔면서도
구걸을 하지 않게 되어 자기는 '러키'하다고 말하는
꼬마 소녀.
아버지가 피를 팔아 연명하는 처참한 가난 속에서도
희망을 잃지 않고 무료 야학에서 꿈을 키우는 그 맑은 눈동자.

어디 그 아이 하나뿐이랴.
더 나은 내일을 바라보며 힘겨운 오늘을 이기는
수많은 어린 아들딸들,
아시아의 미래를 밝힐 그 작은 등불들에게
이 책을 바친다.

목차

바람의 딸, 걸어서 지구 세바퀴 반 3

여행은 떠남이 아니라 만남이다

"배가 곧 인천항에 닿을 예정이오니 승객 여러분께서는 하선 준비를 해주시기 바랍니다."

내게는 '7년간의 세계여행' 이 그 끝을 알리는 안내방송이다. 가슴이 두근거린다. 마치 빈 속에 진한 커피 여러 잔을 거푸 마신 것처럼 짜릿함이 온몸으로 퍼져 손 끝까지 이르고, 마침내 등골을 타고 내려간다.

이건 뭘까? 드디어 어렸을 때부터의 꿈을 이루었다는 성취감인가, 그 꿈 속에서 깨어났다는 허탈감인가. 인생의 한 단원이 무사히 끝났다는 안도감인가, 다음 단원에 대한 기대와 불확실성에 의한 불안감인가. 아니면 이 모든 것인가.

세계여행이라는 오랜 유랑생활에서 다시 정착생활로 돌아가는 일은 생각보다 쉽지 않다. 한국에 돌아온 뒤 매일의 일상에서 어처구니없는 일들을 겪고 있다. 몸은 고향에 돌아왔는데 마음은 고향까지도 여행지로 여기는 모양이다.

서울에 돌아와 처음으로 시내 외출을 할 때의 일이다. 조용한 좌석버스 뒷자리에서 갑자기 들려오는 젊은 아줌마들의 이야기 소리에 버럭 반가운 마음이 들어 얼른 뒤를 돌아보며 한다는 말이 이랬다.

"어머! 한국분들이세요?"

하루에도 몇 번씩 허전한 허리 때문에 깜짝깜짝 놀라기도 한다.

'어이구, 내 전대 어디 갔지?'

특히 화장실을 다녀온 직후라면 '아, 빠트렸구나' 하는 생각에 가슴이 철렁 내려앉는다.

한비야의 여권들. 여권마다 빈틈없이 비자 도장이 빽빽하다.

어디 그뿐이냐. 가만히 있다가도 문득문득 '내 비자기간이 얼마나 남았더라' 하고 따져보게 되고, 집에서 화장실을 갈 때도 꼭 배낭 속의 휴지를 챙겨간다. 길을 물어볼 때면 영어를 알아들을 만한 사람을 찾게 되고, 길에서 파는 번데기나 오징어 같은, 예전에도 무수히 보았을 광경에도 카메라를 들이댄다.

며칠 전 밤기차를 타고 부산에 갈 때도 도착 직전, 잠에서 덜 깬 내가 한 혼잣말이 우습다.

'아차, 이 나라 돈을 한푼도 안 바꾸어 놓았잖아.'

바로 오늘 아침에도 그랬다. 지갑에 돈이 얼마 남지 않은 것을 보고 언니에게 물었다.

"여기서는 암달러 어디에서 바꿔?"

여행의 1년은 일상의 10년과 맞먹는다던가. 7년간의 여행은 평생을 살아온 제 나라에서도 나그네 행동을 하게 한다. 이런 심각한 여행 후유증은 한동안 갈 것 같다.

이번 여행은 1997년 1월부터 1998년 5월까지 1년 5개월간이었다. 그동안 인도차이나의 베트남, 캄보디아, 라오스, 태국, 미얀마 5개국과 남부 아시아의 방글라데시, 인도, 파키스탄 3개국 그리고 중국, 티베트, 몽골을 돌아보았다. 이 중에서 인도차이나와 남부 아시아를 3권에, 중국과 티베트, 몽골을 4권에 싣기로 한다.

책을 내기에 앞서 3권이 애초의 예정보다 많이 늦어진 점, 독자 여러분께 깊이 사과드린다. 1, 2권을 쓰느라고 계획보다 6개월 정도 늦게 여행을 떠난 것부터가 문제였고, 일단 길을 떠나면 여정이 예상보다 길어지게 마련인 것을 잘 알면서도 덜컥 약속을 하고 간 것이 불찰이었다. 그런 내 '죄'를 조금이라도 감해 보려고 한국에 돌아오는 그날부터 도서관에 틀어박혀서 머릿속, 가슴 속에 들어 있는 이야기들을 따끈따끈한 상태로 털어 놓으려고 무진 애를 썼다. 어여삐 봐 주시면 좋겠다.

이번 책도 1, 2권과 마찬가지로 한 나라를 짧게는 한 달, 많게는 여덟 달 동안 다니면서 보고 듣고 느낀 개인적인 경험의 기록이다. 그렇기 때문에 객관적이고 포괄적인 이야기보다는 내가 겪은 일 중에서 크고 강하게 와닿은 이야기들을 하게 되었다. 그러나 제한된 경험 중에서도 보편적인 공감대를 찾아 독자 여러분과 함께 나누려고 나름대로 노력했다.

나의 경험을 남들과 함께 나누어 갖는 것. 이것이 바로 내가 책을 쓰는 가장 큰 이유이다.

여행을 시작하고 2년이 지날 때까지는 이런 생각을 해보지 못했다. 내 여행은 순전히 나만의 것이며, 내 개인적인 꿈의 실현이라고만 여겼기 때문이다. 그런데 어느 순간부터 이런 생각들이 들기 시작했다.

'왜 나한테 이렇게 좋은 기회들이 주어지는 걸까? 내게 이런 특별한 경험을 하게 하는 데에는 다른 숨은 뜻이 있는 건 아닐까. 나 혼자만 누리라고 이런 기회들을 주는 걸까. 내가 누리는 것을 남들과 나누어야 하는 것은 아닐까?

그러나 책을 쓰기 전까지는 이 막연한 무거움의 정체를 몰랐다. 우연한 기회로 책을 쓰게 되면서부터 나는 확실히 깨닫게 되었다. 내 여행에는 나만의 노력과 시간과 돈 이외에도 다른 커다란 힘이 결정적인 도움을 주고 있다는 것을.

작게는 가족과 가까운 사람들의 이해와 사랑이며, 크게는 달라진 사회 분위기와 우리나라의 국제적인 위상 같은 것들이다. 이 모든 것들이 내 여행을 가능하게 했다는 생각이 미치자 자연스럽게 내가 누린 기회와 혜택을 반드시 남들과 나누어야 한다는 의무감이 생겨났다. 그리고 너무나 다행스럽게도 '책쓰기'라는 나눔의 수단을 찾게 된 것이다.

아프리카에서 먹은 말라리아 예방약의 부작용 때문에 한국에 잠깐 머물다가 그야말로 '얼떨결에' 쓰게 된 두 권의 책은 내 여행에 엄청난 밑거름이 되었다.

고갈되어 가는 여행 경비를 보충해준 것은 물론 여행중에 나를 알아보는 독자들을 많이 만나게 된 것이다. 라오스의 작은 도시나 방글라데시의 건설공사 현장에서까지도 나를 알아보는 분들이 있어 반가웠다. 그들에게 신세도 많이 지고 사랑도 실컷 받았다.

그러나 그보다 더 큰 소득은 여행을 하면서 어떻게 하면 더 좋은 경험을 많이 하고, 그것을 잘 전할 수 있을까 하는 것을 늘 염두에 두었다는 사실이다. 그러므로 보다 더 열심히 보고, 듣고, 느끼고, 기록하려고 노력했다.

물론 나는 글을 쓰기 위해 여행을 시작한 것도 아니고 책을 쓰기 위해 여행을 계속한 것도 아니다. 그러므로 책을 위해 내 여행이 더 드라마틱해져야 할 이유는 전혀 없다. 애초의 목표와 방향대로 물흐르듯 흘러가면 되는 것이다. 이 세상에는 평범한 사람들에게 보다 참된 인생의 진실이 있고, 평범한 삶의 모습에 더 큰 인간의 감동이 있다는 믿음이 흔들리지 않는 한 그들을 찾아 떠난 여행의 길을 바꿀 필요는 없다. 오히려 평범한 이야기에서 보다 많은 사람들이 공감하는 부분을 찾을 수도 있을 것이다.

책 두 권을 내고서 많은 독자들의 격려와 충고를 들었다. 1권과 2권의 느낌과 재미가 다르다는 말도 많았다. 나로서는 모두 깊이 새겨둘 말이고 꼭 필요한 조언이었다. 그래서 더 어깨가 무거워지기도 했고, 힘이 솟기도 했다. 살뜰하게 내 책을 읽어주시는 분들이 있다는 것은 대단한 기쁨이자 에너지의 원천이다. 그 생각으로 신발끈을 바짝 고쳐맨 적이 한두 번이 아니었다.

인도차이나 지역은 이름에서 알 수 있듯이 인도와 중국이라는 동양의 양대 문화가 접목되는 곳이다. 하지만 자세히 들여다보면 그들은 제나라 말과 글을 비롯해 특유의 문화를 가지고 있음을 쉽게 알 수 있다. 여기에 식민지 시대의 유럽문화까지 섞여 아주 독창적인 문화를 일구어 냈다.

19세기에 프랑스의 식민지배를 받았던 베트남, 라오스, 캄보디아와 영국 지배하에 있던 미얀마, 방글라데시, 인도, 파키스탄 등 이번에 다닌 나라 중 태국을 제외한 모든 나라가 제국주의 시대에 나라를 빼앗긴 경험을 가졌다는 점에서 커다란 공통점을 찾을 수 있다. 그 후에도 이 지역은 민주주의보다 사회주의 체제가 더 힘을 쓰고 있다는 점도 비슷하다.

그리고 이 나라들은 아직까지도 베트남 전쟁의 후유증과 캄보디아 내전, 미얀마 철권 군사독재 등으로 인한 사회적 혼란을 겪고 있고, 방글라데시와 인도, 파키스탄은 정치불안에 그대로 노출되어 있다. 강대국의 수

탈에 힘겹게 살아남은 고난의 역사는 과거에 끝난 것이 아니라, 지금도 진행되고 있다는 것이 가슴 아프지 않을 수 없었다. 나는 정치학자나 사회운동가가 아닌만큼 이런 현실을 일삼아 보려 하진 않았지만, 국민들의 생활 속속들이 배어 있는 상처까지 간과할 수는 없었다.

어쨌든 이 지역은 여행지로서 아주 만족스러운 땅이었다. 구엇보다도 볼거리가 풍부했다. 베트남의 북쪽 산악지방 사파와 아름다운 바다에 신기한 모양의 돌들이 수만 개씩 솟아 있는 하롱베이, 당구대처럼 평평하게 펼쳐 있는 세계 최대의 곡창지대 메콩 델타가 그랬다. 세계 7대 불가사의로 꼽히는 캄보디아의 앙코르 유적지, 라오스의 루앙 프라방 물벼락 축제와 미얀마의 불교유적지 바간의 무수한 불탑들도 이번 여행의 볼거리로 손색이 없었다.

남부 아시아는 또 어떤가. 활화산의 에너지가 뿜어나오는 방글라데시의 수도 다카와, 산호와 코코넛나무가 아름다운 최남단 세인트 마틴 섬. 삶과 죽음, 성스러움과 비속함이 동전의 양면처럼 공존하는 인도의 바라나시. 그리고 파키스탄의 그 거대하고 장엄한 산들. 모두가 더없이 좋은 구경거리였다.

물론 어려움도 있었다. 캄보디아에서 크메르 루즈군 지역을 넘어갈 때는 킬링필드의 오싹함이 어제인 듯 생생했고, 캄보디아에서 태국으로 밀항하려다 태국 이민국에 체포될 뻔하기도 했다. 인도에서는 미친 개한테 물리기도 했고 인도차이나 여행 내내 팔뚝에 심한 땀띠가 나서 몹시 괴로웠다. 방글라데시에서는 교통사고로 얼굴이 피범벅이 된 적도 있고, 파키스탄 북쪽 빙하벌판을 건널 때는 천길 크레바스에 빠지기 직전까지 가기도 했다.

그러나 육체적인 어려움이 때도 없이 찾아오는 고질병인 외로움에 비할까? 참고 참았던 외로움이 하필 생일날에 폭발해 베개가 흥건해지도록 펑펑 울었던 기억이 지금도 새롭다. 그러나 세상에 공짜는 없는 법. 이런 힘든 일들은 귀하고 좋은 것을 얻기 위해 마땅히 치러야 하는 대가다.

여행은 '떠나는 것'이라고 하지만 아무리 생각해도 여행은 '만나는 것'이다. 서로 다른 문화와 언어, 풍습, 생김새와 생각들과의 만남이다. 그리고 사람들, 여행이 줄 수 있는 최대의 선물은 바로 사람들과의 만남이다.

배낭족이라고 칭하는 동족 여행자들이 그렇다. 이번 여행에도 많은 사람들을 만났다. 세 나라에서 세 번 만나 서로 마음을 주고받았던 미국인 필립, 북부 라오스를 함께 여행하며 어설픈 프로포즈를 받았던 유쾌한 이스라엘 청년 엘리, 벨기에에서 온 놀라운 미모의 마약중독자 미셸, 인도에서 만난 별종인간 '미친 친구들 클럽' 세 명, 파키스탄에서 같이 산에 오르며 많은 것을 일깨워 주셨던 대현 스님과 전생에 '중'이었다는 독일인 마틴, 그외에 일일이 나열할 수 없이 많은 정겹고 고마운 길벗들.

그리고 순박하고 따뜻한 현지인 친구들. 라이 따이한 자녀를 훌륭하게 키운 베트남 냐짱의 딥 아줌마, 피를 팔아 끼니를 이으면서도 자기는 운이 좋다고 거침없이 말하던 열 살짜리 복권팔이 꼬마, 일금 100달러의 장학금을 주고 온 메콩 델타의 못난이 천사 투이, 어려운 살림에도 양자를 넷이나 키우는 캄보디아의 난민 세타도 빼놓을 수 없다.

미얀마 북부에서 사귄 국수가게 인텔리 아줌마 낸시와 깡촌 산골마을에서 나를 가정부처럼 호되게 부려먹던 까까중 할머니, 아프가니스탄 난민촌의 궁색한 살림과 불안한 생활에도 나를 끝까지 지켜준 나지브 가족들, 시집가서 애기 낳으면 입고 오라고 친정행 의상까지 챙겨주신 파키스탄 훈자 마을의 가짜 친정아버지 나얍 할아버지. 그들이 있었기에 내 여행이 한층 풍요로워질 수 있었다.

이들뿐이겠는가? 하던 일을 멈추고 성의껏 길을 가르쳐 주던 사람들, 덥다고, 춥다고, 배낭이 얼마나 무겁겠느냐고, 혼자서 무섭지는 않느냐고 염려해 주던 사람들, 차나 버스 안에서 먹을 것을 나누어 주던 사람들, 말이 안 통해 어리둥절할 때마다 용케 뭘 원하는지 알아내어 도와준 사람들, 눈이 마주치면 아무 이유 없이도 씽긋 웃어주던 이름모를 수많은 사람들, 이들 역시 참으로 소중하고 고마운 친구들이다. 그들의 눈길과 미소, 그 순수한 마음을 영원히 가슴 속에 담아둘 것이다.

이 만남들을 모두 말하고 싶은 욕심에 또 한 권 분량을 훨씬 넘어버렸다. 그런데도 어쩔 수 없이 빠진 이야기가 많아 아쉬움이 남는다.

모쪼록 내 친구들과 함께 좋은 여행 하시길 바란다.

1998년 7월
종로도서관 종합자료실에서

한비야

21세기 유목민,
배낭족의 사랑과 이별

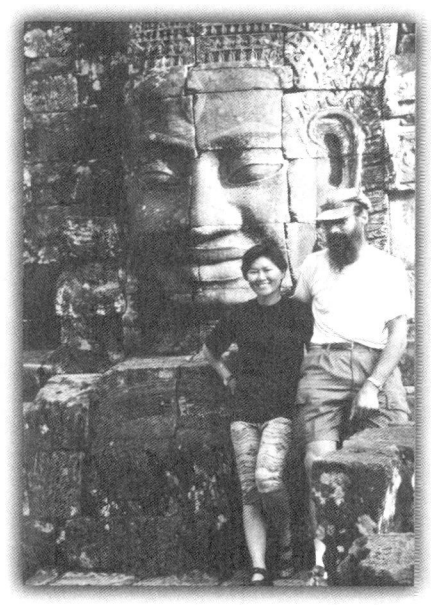

질긴 인연의 남자 필립과 캄보디아 앙코르 유적지
관세음보살상 앞에서

너무 강한 인연의 남자 필립

배낭족에게도 사랑이 있다. 특히 저경비 장기 여행자들은 가는 경로도, 묵는 숙소도 비슷해서 여행 도중에 몇 번씩 다시 마주치고 이런 반복된 만남이 사랑으로 발전되는 경우도 드물지 않다.

이번 여행에서 내게도 그런 일이 있었다. 베트남에서 처음 본 사람을 한 달 후 캄보디아에서 다시 만났는데 무슨 인연인지 6개월 후 카라코람 하이웨이의 끝인 중국 신장의 카슈가르에서 또 부딪쳤다. 그의 이름은 필립. 41세의 미국인이다.

"그때 고동색 원피스 입고 있었지요?"

"어머, 어떻게 기억하세요?"

"그때 비야씨는 카메라 세례를 받았잖아요. 같이 갔던 사람들과 얘기했었어요. 저 영어 잘하는 동양여자가 어느 나라 사람일까 하고."

"그때 필립은 뭐라고 했어요?"

"난 미국에 살고 있는 베트남계 미국인일 것이라고 했어요. 얼굴이 하도 새까매서."

캄보디아의 앙코르 지역을 떠나기 전날, 베트남에서 구치 땅굴로 함께 일일관광을 갔던 필립을 다시 만나게 되었다. 반가웠다.

베트남 구치 땅굴에서 두더지 구멍처럼 좁은 땅굴 입구로 들어가 몸을 숨기는 시범을 할 때 가이더는 일행 가운데 몸집이 제일 작은 나한테 들어가 보라고 했다. 일행들은 땅굴 입구에 들어간 나를 사진에 담느라고 머리를 조금 더 내밀어라, 몸을 더 밑으로 내려라 주문이 무성했다. 땅굴에서 나오자마자 나는 감상을 묻는 가이더의 모자를 낚아챘다.

"얼른 모델료부터 챙겨야지 뭐하는 거예요?"

모자로 돈 걷는 시늉을 해서 사람들을 한바탕 웃겼는데, 그때 진짜로 모자에 돈을 넣었던 사람이 바로 필립이었다. 그가 입었던 옷이 무엇인지까지는 생각나지 않았지만 수염이 길고 유난히 키가 커서 나도 그를 기억하고 있었다.

캄보디아의 앙코르에서 프놈펜으로 가는 슬로 보트를 예약하러 시내에 나갔다가 그를 다시 만난 것이다. 마침 점심때라 근처에 있는 식당에 가서 점심을 먹으며 정식으로 통성명을 하게 되었다.

어머니는 프랑스인이고, 아버지는 반은 이탈리아인에 반은 프랑스인이지만 그는 미국에서 낳고 자랐다고 한다. 지난 10여 년 등안 아프리카, 남미, 동남 아시아 등에서 미국 평화봉사단과 국제연합, 그리고 다른 비정부 국제기구에서 일하다가 그만두고, 앞으로 어떤 일을 할까 진로모색을 위해 여행을 하고 있는 중이라고 한다.

아직 한 번도 결혼한 적은 없지만 사랑하던 여자친구가 1년 전 자신과 제일 친한 친구와 전격적으로 결혼을 해서 아직도 그 쇼크에서 벗어나지 못하고 있는 상태란다. 이번 여행은 베트남에서 시작해서 캄보디아를 보고 다시 베트남으로 돌아갔다가 중국 윈난성〔雲南省〕을 잠깐 둘러보고 호주로 갈 계획이라는 것이다.

40여 년의 인생을 짜임새 있고 사무적으로 요약했지만 말하는 품이 거침없고 솔직담백하다. 가끔씩 엉뚱한 말을 하기도 해서 점심시간 내내 아주 유쾌했다.

내 이름이 비야라니까, 무슨 비야냐고 묻는다.

한비야라니까 농담을 한다.

"사이공 비어, 타이거 비어, 앙코르 비어는 알아도 한비어는 몰랐는데요. 한국에 그런 비어(맥주)가 있어요?"

내가 세계여행중이고 이번 여행은 내년인 1998년 5, 6월까지 이어질 거라고 했더니 내게 말한다.

"알고 보니 비야씨는 '시간부자' 네요. 그렇다면 하루 더 놀다 가도 별

문제는 없겠지요?"

자신이 에어컨 나오는 시원한 택시와 가이더를 예약해 놓았으니 그날 오후와 다음날 이곳을 더 둘러보고 모레 아침에 슬로 보트를 같이 타고 가자고 꼬드긴다.

엉뚱한 제안에 웃음은 나지만 순진하고 담백한 태도가 마음에 든다. 아무리 보아도 또 보고 싶은 앙코르 유적에 한 번 더 가는 것은 대환영이지만 슬로 보트를 같이 타겠다니 좀 걱정이 된다.

"슬로 보트로 같이 간다고요? 당신처럼 키가 큰 서양 사람이 그 보트 타고 가다간 아마 크메르 루즈군에게 집중포화를 받을 거예요. 안 되겠는데요."

"내 목숨은 내가 알아서 지킬 테니 같이 간다고만 해 주십시오."

과장된 제스처로 조르는 것이 밉지 않아 그러자고 했다. '호레이(야호)' 하고 소리를 치며 두 손을 하늘로 번쩍 드는 그가 꼭 고릴라 같다. 팔도 길지 머리도 길지 수염도 길지.

그날 오후와 다음날 앙코르의 유적을 돌아보았지만 그는 유적에는 별 관심이 없는 것 같다. 예전에 캄보디아에서 근무할 때 이미 여러 번 와 보았다며 지금은 추억여행을 온 것이란다. 가이더를 무시한 채 내가 좋아하는 곳만 끌고 다녔는데 앙코르 와트나 타프롬에서는 전문 가이더보다 더 자세히 알고 있어서 내가 잘 몰라서 미처 보지 못한 건물의 아름다움을 새롭게 알게 해 주었다.

그날 그는 구경보다 얘기하기를 좋아했다. 타프롬 사원에 가서는 아예 사원 뒤에 있는 커다란 나무 그늘에 앉아 개인적인 얘기와 자신이 일했던 국제기구에 대한 솔직한 의견들을 들려주었다.

"난 어렸을 때 친구가 없었어요. 돈이 많은 우리 할머니 극성으로 초등학교 때부터 이 나라 저 나라 기숙사가 있는 사립학교로 옮겨다녔거든요. 국제탄광업을 하는 아버지가 외국에서 일을 하셨기 때문에 부모님과는

몽골

중국

1997년 1월1일 배를 타고 천진으로 출발.

인천

베이징
겨울 베이징에는 슐리들의 옛날이 고스란히 남아있다.

카슈가르
필침을 세 번째 만난 곳 사랑과 이별의 실요시장.

길기트

리지앙

따리

쿤밍

사파

인도

바라나시
다국적 배낭족 사신의 '미친 친구들클럽'이 재미있었던 곳. 원숭이가 내 바나나를 빼앗아 갔다.

프놈펜

필침을 두 번째 만난 곳.

호치민시티(사이공)
미국인 털보 필첩을 여기서 처음 만났다.

거의 떨어져서 살았어요. 대학에 다닐 때 아버지와 사이가 좋지 않으셨던 할머니가 내 앞으로 막대한 재산을 물려주고 돌아가셨어요. 한동안 학교도 그만두고 돈으로 할 수 있는 일이 이렇게도 많은가 감탄하면서 돈과 몸을 마구 굴렸지요. 내 주위에는 늘 많은 사람들이 있었지만 난 항상 그들의 우정과 사랑을 의심했어요. 저들은 나를 좋아하는 것이 아니라 내 돈을 좋아하는 것이라고. 겉으론 웃고 즐겁게 지내는 척했지만 속으로는 불안하고 외로운 나날이었죠."

그러다가 미국 평화봉사단원으로 근무했던 사촌형을 만나게 되었단다.

"아, 그 형님이 바로 한국에서 근무를 하셨어요. 따지고 보니까 내게도 한국과 이런 관계가 있었네요."

그 형님의 영향으로 방탕하고 소모적인 생활에서 벗어나 대학을 다시 다니고, 경영대학원을 졸업한 후 프랑스어권인 서아프리카에서 평화봉사단원으로 일했다. 그후 과테말라에서도 일했고, 1993년에는 '민족화합의 길'이라는 유엔 자원봉사단체 책임자로 캄보디아에서 근무하기도 했다.

이 프로젝트는 그해 5월 캄보디아의 선거를 평화적으로 치르기 위한 것으로 18개월간 2만2천명의 인력과 20억달러의 비용을 들인 유엔 역사상 최대의 지원사업이었다.

그러나 그 일이 끝나자 필립은 국제기구에서 일하는 것에 회의를 느꼈다. 세계 평화에 기여한다는 거창한 이상을 가졌던 자신이 한심할 정도로 순진하게 느껴졌던 것이다.

"더 괴로운 것은 내가 하는 일이 이 나라에 득이 되기는커녕 해가 되고 있지는 않나 하는 자책감이었어요."

폴 포트 치하에서 백만명 이상이 죽어나갔던 깊은 상처와 충격이 채 가시지도 않은 국민들에게 서구식의 선거로 스스로 지도자를 선택하라는 것이 얼마나 무리한 요구이며 현지 사정을 도외시한 공염불인가.

국제기구의 요구는 결국 서구적인 우월의식의 표출, 그 이상은 아니었다는 것이다.

"유엔은 그냥 왔다만 간 거예요. 비싼 깜짝쇼를 한 거죠. 캄보디아 사람들은 유엔을 흰 랜드로버 차에 박힌 파란 마크로만 기억하게 될 겁니다. 유엔이 와서 달라진 것이 무엇인가요? 유엔측에서는 한 번 민주적인 자유선거를 경험해본 국민들은 옛날로 다시 돌아가지 않을 것이라고 말하지만 지금 캄보디아인들은 다가올 선거를 두려워하고 있어요. 피를 부르는 전주곡이라고요."

이 말을 할 때 그는 약간 목소리를 높였다. 얼굴의 웃음기도 사라지고 아주 진지한 표정이었다. 어제 보았던 그와는 전혀 다른 면이다.

"그런데 필립, 나는 이 여행이 끝나면 국제기구에서 일할 생각이에요."

"네?"

"지금 거의 생각을 굳혀가고 있어요. 아직 본격적으로 일할 곳을 찾진 않았지만."

"아, 그래요? 그렇다면 내가 괜한 말을 했네요."

"아녜요. 여행 다니면서 이런저런 국제기구 많이 보았어요. 유엔에 대한 평가도 아주 각양각색이지요. 오히려 그런 비판을 외부인이 아니라 그곳에서 직접 일했던 사람에게서 들으니 여러 가지로 도움이 되네요."

"그런데 비야씨는 왜 국제기구에서 일하려고 하세요? 혹시 멋있게 보이고 싶어서 그러는 거 아니에요? 국제기구에는 그런 사람 많아요. 겉멋이 들어서."

"멋있게 보이려고 전쟁터를 쫓아다니나요?"

"전쟁터로 가요?"

"내가 관심있는 분야는 난민구호 프로그램이거든요."

그는 좀 놀랐다는 표정이다. 내가 직장을 그만두고 몇 년째 세계일주중이라니까 팔자 좋게 놀러 다니는 줄만 알았겠지.

내가 어떻게 해서 난민 프로그램에 관심을 갖게 되었는가 간단하게 설

명해 주니까 귀를 기울이며 심각하게 듣고는 그 장난기어린 표정을 되찾
으며 말한다.

"참 어울린다. 비야씨는 잘할 거예요. 일하다가 자원봉사자나 기부금
필요하면 꼭 연락하세요. 진심이에요."

해가 질 무렵 앙코르 톰에 있는 관음보살상인 바이언상 주변을 돌아다
녔다. 계단 경사가 가팔러서 내미는 그의 손을 잡았더니 내 손을 보고 놀
란다.

"비야씨 손이 꼬마손처럼 조그맣네요. 이 조그만 손으로 난민촌에서 어
떻게 음식과 담요를 나르겠어요? 아무래도 내가 도와주어야겠는걸요."

지금부터 도와주는 차원에서 손을 놓지 않겠다며 계속 손을 잡고 다녔
다. 날씨가 더워 손에서 땀이 났지만 엉뚱하면서도 진지한 그에게서 손을
빼지 못했다. 은근히 정이 드는 사람이다.

둘이 손잡고 크메르 루즈군 장악 지역 탈출

다음날 드디어 슬로 보트를 탔다. 프놈펜의 버트네 호텔 게시판에는
'신문 사망기사에 나고 싶은 사람만 이 보트를 탈 것'이라고 위험을 경고
하고 있지만 이 보트 표는 외국인에게도 팔고 있고, 가끔씩이지만 다른
배낭 여행자들도 타고 다닌다고 했다.

뱃삯은 빠른 보트보다 네 배나 싸다. 싼 뱃값보다 내 관심을 끈 것은 그
뱃길이 바로 크메르 루즈군이 장악하던 곳이라는 점이다. 1970년부터 75
년에 걸친 전쟁중 정부군과 크메르 루즈군은 이 뱃길을 사이에 두고 싸웠
다. 79년 베트남군이 크메르 루즈군을 숲 속으로 쫓아낸 후에도 이 뱃길
근처에서 주기적인 전투가 벌어졌다고 한다. 위험지역이라는 것이 더욱
강한 유혹으로 다가온다. 그래서는 안 되는 줄 잘 알면서도.

배는 현지인들로 꽉 찼는데 모두 물이 흥건한 배바닥에 앉아 있다. 나는 필립과 함께 선장실 지붕 위에 앉았다. 새까맣게 그을은 나를 보고 현지인들이 캄보디아 사람인 줄 알았는지 자꾸 말을 건다. 크메르말을 조금 할 줄 아는 필립이 현지말로 내 대신 대답해 준다.

"이 아가씨는 크메르말 하나도 못해요."

그러자 사람들은 이 커다란 서양인이 자기네 말을 하는 것을 도저히 못 믿겠다는 듯 놀란 얼굴로 내게 계속 무엇인가를 묻는다. 내가 손을 저으며 자꾸 필립 쪽을 가리키자 사람들은 일제히 고개를 흔든다.

"아가씨도 못하는 우리말을 저 서양사람이 어떻게 알아듣겠어?"

그렇게 생선 비린내가 진동하는 배를 두 시간 타고 어느 마을에 내려서 트럭을 개조한 자동차에 올라탔다. 어찌나 사람이 많은지 사람을 겹겹이 쌓아놓은 형상이 되었다. 이리 밀리고 저리 밀려다니다가 할 수 없이 필립의 무릎에 앉아 가게 되었다.

프놈펜으로 가는 이 길은 미리 알았더라면 절대로 가지 않았을 길이고, 일단 알고 난 이상 다시는 가고 싶지 않은 길이며, 누구에게도 모험삼아 한번 가보라고 권할 수 없는 위험천만한 길이다. 프놈펜 호텔의 경고가 절대 허풍이 아니었다.

그냥 앉아 있기도 힘든 만원 트럭에 정수리에 직통으로 내리꽂히는 살인적인 땡볕이라니. 그러나 그것은 아무것도 아니다. 정작 문제는 가는 길에 거의 20분 간격으로 총을 겨누며 차를 세우는 군인들이다.

정식으로 바리케이드를 쳐놓고 운전사와 조수, 그리고 승객들을 조사하는 정복을 입은 군인들은 아마 정식 정부군인 것 같다. 그들은 굳은 얼굴로 승객들을 조사하고 실린 짐도 일일이 찔러보더니 우리한테는 여권을 보여달란다.

나는 빼앗기면 큰일나는 여권 대신 중국에서 만든 가짜 학생증을 보여주고, 필립은 자동차 면허증을 보여주었더니 사진만 대조해 보고는 돌려

준다. 오히려 필립이 중간에 내 학생증을 가로채더니 사진이 실물과는 다르게 예쁘게 나왔다고 프놈펜에서 복사하고 주겠다며 자기 주머니에 넣는다. 나도 수염을 기르지 않은 필립의 옛날 사진을 보니 훨씬 젊고 미남으로 보인다.

조금 더 가자 또 총을 갖다대는 이상한 모습의 집단이 있었다. 군복은 입었으나 군모 대신 야구모자를 쓰고, 신발은 군화 대신 슬리퍼를 신었다. 동네를 지키는 마을 자위대란다. 이들은 조수로부터 얼마의 돈을 건네 받고는 승객과 짐 조사도 하지 않고 길을 내준다. 비공식 통행료가 있는 모양이다.

그 사이사이에 동네 깡패들에게도 통행료를 내야 했다. 이들은 허름한 바지와 티셔츠를 입은 스무 살 남짓한 청년들로 서너 명이 모여서 차를 세우고는 총이나 긴 막대기를 들이대며 돈을 요구한다.

한 번은 이런 청년 중 한 사람이 차 뒤로 와서 승객들을 훑어보다가 필립과 나를 발견하고는 당장 험악한 표정을 지으며 자기 패거리에게 무어라고 고함을 지르는 것이다. 잠시 후 몇 명이 우르르 몰려와 우리를 매서운 눈초리로 쳐다보더니 자기네끼리 왁자지껄 무얼 의논하는 듯했다.

'걸렸구나' 저절로 두주먹이 불끈 쥐어지고 입술이 깨물어진다. 얼굴도 하얗게 질렸을 거다. 아무렇지도 않은 척하려고 했지만 뒤에 앉은 필립에게도 들릴 만큼 심장이 크게 뛰고 있다. 필립도 긴장이 되는지 나를 바짝 껴안았다. 부랴부랴 우리차 운전사와 조수가 차에서 내려 무엇인가를 설명하니까 깡패들은 일제히 우리를 한 번 무섭게 노려보고는 그제야 못마땅하다는 듯한 표정으로 길을 비켜 준다.

"일차관문 무사 통과!"

내가 긴장을 풀며 농담삼아 말하니 필립은 웃지도 않고 말한다.

"군인들은 물론 동네 깡패들이 가지고 있는 총에도 모두 실탄이 장전되어 있어요. 앞으로도 무수한 관문을 통과해야 할걸요."

내 옆의 아저씨는 트럭이 설 때마다 우리들에게 난감하고도 미안한 표정을 지어 보인다. 그 아저씨가 우리에게 미안할 게 뭔가 말이다. 무법천지에서 가는 곳마다 눈 뜨고 돈을 빼앗기는 그들의 처지가 더 안타깝다.

"저런 깡패나 자위대들도 크메르 루즈군인가요?"

필립에게 물으니 어이가 없다는 듯 웃는다.

"크메르 루즈군의 자금력은 상상을 초월해요. 길에서 잔돈푼이나 걷는 일을 할 리가 없어요. 만약 그들이 정말 돈이 필요하다면 비야씨와 나를 납치해서 한 번에 큰 돈을 요구하겠지요."

"저들이 민간인들을 해치지는 않을까요?"

"돈을 주는 이상 그러지는 않을 겁니다. 누구를 죽인다고 돈이 나오는 건 아닐 테니까. 그렇지만 저들은 법도 모르고, 무서워하지도 않는 사람들이라 무슨 행동을 할지 모르는 것이 위험하다는 거죠."

그는 의외로 담담하다.

"필립은 이 길이 이런 줄 알았어요?"

"어느 정도 예상은 했지만 생각보다 상황이 훨씬 안 좋은 것 같네요."

"나는 몰랐으니 그렇다고 쳐도 필립은 알면서 이 길을 왔단 말이에요?"

"비야씨랑 같이 가고 싶었습니다."

농담인지 진담인지 이렇게 말하는 그를 올려다보니 그 얼굴이 조용하다. 갑자기 그가 옆에 있다는 것이 이렇게 든직할 수가 없다. 이 길을 같이 오게 되어 얼마나 다행인가 하는 생각에 그의 손을 살며시 잡아 주었다.

그후에도 몇 번의 검문을 받고, 비공식 통행료를 주고, 여섯 시간 만에 프놈펜에 도착할 수 있었다. 프놈펜에 도착하니 등허리가 땀으로 흥건히 젖어 있다. 내리쬐는 햇볕 때문만은 아니다.

"드디어 도착했네요."

"비야씨 때문에 무릎이 저려서 죽을 뻔했는데 나야말로 살아났어요."

이런 농담을 하지만 그도 긴장이 됐었던지 사지에서 벗어난 기념이라는 듯 나를 가볍게 껴안았다.

킬링필드의 이별, 실크로드의 재회

필립은 베트남에 친구들을 남겨두고 자기만 캄보디아에 일주일 예정으로 왔다고 한다. 프놈펜에 도착했을 때는 베트남으로 돌아가기까지 만 하루가 남아 있다. 그래서 데이트 장소로는 끔찍하기 짝이 없지만 시간이 없는 그를 위해 '킬링필드'의 참혹한 현장 두 곳을 함께 가보기로 했다.

하나는 프놈펜 도심에 있는 '투올 슬렝'이라는 형무소 겸 고문실이다. 76년에서 79년 사이에만 2만명 정도가 여기를 거쳐갔다고 한다. 고문실에는 고문당한 사람들의 사진과 고문도구들이 전시되어 있다. 눈을 뜨고 제대로 볼 수도 없고, 침을 삼킬 수도 없을 정도로 끔찍한 현장에서 키득거리며 웃고 떠드는 한 무리의 외국 관광객이 있다.

기가 막힌다. 그들을 잔인하다고 해야 하나, 철심장이라고 해야 하나, 뻔뻔스럽다고 해야 하나.

두 번째 장소는 프놈펜에서 남서쪽으로 15킬로미터 정도 떨어진 크메르 루즈군의 집단 처형소 및 공동묘지다. 그곳이 바로 영화 '킬링필드'에서 주인공이 해골에 발이 걸려 넘어지면서 해골 무덤을 찾아낸 장소다. 129개의 대형 무덤에서 나온 남녀노소 8,985구의 유골과 그들이 입고 있던 옷가지들이 '평화의 탑' 안에 보관되어 있다.

해골이나 옷가지의 주인들 중에는 혁명이나 사상이 무엇인지도 모르는 순박한 사람들이 단지 학교에 다니고 있다는 이유로, 안경을 꼈다는 이유로, 손이 보드랍다는 이유로, 그밖의 많은 우스꽝스러운 이유로 무차별 처형을 당했다는 것이다. 그 안에서 향을 피우고 아깝게 목숨을 잃은 억울한 영령들을 위해 잠시 묵념을 해보지만 꽉 막힌 가슴은 좀체 풀어지지 않는다. 이념이 무엇이길래, 같은 인간끼리, 그것도 같은 나라 사람끼리 이렇게까지 해야 했는가. 그게 도대체 무엇이길래.

"데이트 장소로는 좀 그렇지요?"

필립이 괜히 미안한 표정으로 내게 묻는다.

"아니에요. 프놈펜 떠나기 전에 여기에 꼭 들르려고 했어요."

"그런데 비야씨, 이 킬링필드의 크메르 루즈군에 얽힌 나의 '위대한' 조국 미국의 추악한 뒷모습 하나 얘기할까요?"

"뭔데요?"

"미국이 크메르 루즈군을 지원했던 사실이요. 미국은 소련의 지원을 받고 있는 공산 베트남과 캄보디아 정부군에 대항해서 싸우는 크메르 루즈군을 지원했어요. 인간 백정 폴 포트를 도운 것이죠. 당시 대통령 닉슨과 외무장관 키신저가 공동으로 결정을 내린 역사적인 실수인데 우습게도 키신저는 노벨 평화상을 받더라고요."

필립은 씁쓸하게 웃었다.

다음날 떠나는 필립은 우리가 생사고락을 같이하며 크메르 루즈군 소굴을 빠져나온 사람인데 베트남까지는 몰라도 공항까지는 배웅을 해야 하는 것 아니냐며 생떼를 쓰더니, 정작 내가 나가겠다고 하자 공항의 이별은 너무 슬프다며 오지 말라고 했다. 그러더니 막상 가야 할 시간이 다가오니까 여기서 이렇게 헤어질 수는 없다며 아무래도 같이 공항에 가줘야겠다고 변덕을 부린다.

그는 공항으로 가는 택시 안에서도, 공항 안에서도 내 손을 꼭 잡고 놓질 않는다. 마치 놓기만 하면 그 순간 날아가 버리는 풍선이나 되는 양.

"필립, 내가 며칠 전부터 물어보고 싶은 것이 있는데, 혹시 어렸을 때 엄마손 놓쳐서 길 잃어버린 적 있었어요.?"

"왜요?"

"죽어도 손을 놓지 않으려는 것이 꼭 '엄마손 콤플렉스' 같잖아요."

"여자손 콤플렉스가 새로 하나 생기긴 했어요. 엄마손이 아니라 비야손 콤플렉스."

비행기를 타기 직전에 그가 말했다.

"아주 오랜만에 많은 얘기를 했어요. 다른 일행들이 가지 말라고 말렸는데도 캄보디아에 꼭 다시 오고 싶었던 이유를 이제야 알았어요. 비야씨를 만나려던 것이죠."

"나도 아주 좋은 시간이었어요. 즐거웠어요."

"보고 싶을 거예요."

"나도 마찬가지예요."

"다시 만날 수 있을까요?"

"인연이 있다면."

내가 이별은 한국식으로 하자며 허리를 숙이고 잘 가라고 했더니 머리를 옆으로 흔든다.

"한국식으로 한 번, 프랑스식으로 한 번 하면 공평하겠네요."

그러더니 자기도 한 번 허리를 숙이고는 갑자기 입을 맞춘다. 아주 짧은 프렌치 키스. 도둑키스를 당한 기분이 그리 나쁘지 않았다.

이렇게 헤어진 필립을 세 번째로 만난 곳은 중국 서역 실크로드 최대의 오아시스인 카슈가르다. 카슈가르에 도착해서 러시아 영사관을 개조해서 만든 셔먼 호텔에 짐을 내려놓고 로비에 나갔다가 게시판을 보고 깜짝 놀랐다. 거기에 이런 메모가 붙어 있다.

'한국에서 온 한비야씨. 나 필립이오. 놀랐죠? 난 9월 15일까지 카슈가르 인터내셔널 호텔에 묵고 있어요. 도착하는 대로 연락 주세요."

필립이 여기에? 아, 오늘이 며칠이지? 9월 13일. 그럼 아직 있겠구나. 즉시 그가 묵는다는 호텔로 전화를 했다. 그는 방에 없었지만 교환원에게 그가 아직 거기에 묵고 있다는 것을 확인했다.

'필립이 카슈가르에 있다니, 어떻게 된 거지? 계획대로라면 지금쯤 호주에 있어야 하잖아?'

10분이 지난 후 나는 호텔 앞 존스 카페에서 책을 읽고 있는 그를 보았다. 짜릿한 것이 등뼈를 타고 내려간다. 가슴은 왜 이렇게 뛰는 거지. 숨을 크게 한 번 쉬고 책읽기에 열중인 그의 테이블 앞에 슬그머니 앉았다. 필립은 고개를 들어 쳐다보지도 않고 바로 옆의자에 놓인 자기 가방을 치워준다.

웃음이 나오는 것을 억지로 참으며 종업원 아가씨에게 그와 함께 갔던 캄보디아의 식당에서처럼 '앙코르 비어'를 주문했다. 종업원은 엉뚱한 맥주를 시키는 나를 이상하다는 듯 쳐다본다. 그때서야 필립이 고개를 들어 내 쪽을 보더니 눈을 동그랗게 뜨고 자리에서 벌떡 일어났다.

"비야씨 맞지요?"

그가 와락 나를 껴안는다. 방금 샤워를 했는지 그에게서 은은한 바디샴푸 냄새가 난다. 긴 머리는 여전했지만 수염은 말끔히 깎아 훨씬 젊어 보였다.

"아니, 어떻게 여기 있어요? 베트남으로 갔다가 중국 윈난성만 돌고 호주로 간다면서요. 나는 미얀마에서 호주로 엽서도 보냈는데 ….."

"다니다 보니 나도 비야씨처럼 여행 중독이 되었지 뭐예요 …. 실은 그게 아니라 호주에는 벌써 다녀왔어요. 비야씨 엽서도 잘 받았고요. 두달 전에 다시 사촌동생들과 중국으로 와서 티베트에 갔다가 혼자서 실크로드를 통해 파키스탄으로 가는 길이에요. 그때 캄보디아에서 비야씨가 8월 중순쯤 여길 지날 것 같다고 얘기했었잖아요."

그러면서 내 손을 또 꼭 잡는다.

"다니면서 비야씨 생각 많이 했어요. 어느 날은 비야씨 생각만 했어요. 비야씨가 가르쳐 준 대로 베트남에서는 나짱에 가서 그 아주머니도 만났고, 사파에서도 비야씨가 가르쳐 준 숙소에서 묵었어요. 그 집 게스트 북에 적어놓은 비야씨 글도 반갑게 읽었죠. 중국 윈난성 리지앙 식당에서도 비야씨 친구라고 하니 칙사대접을 해주던데요. 비야씨가 이곳으로 온다고 알고는 있었지만 진짜로 만날 수 있을까는 기대 반, 의문 반이었지요."

갖은 욕을 먹어가며 배낭족들이 주로 묵을 만한 숙소의 투숙객 명단을 일일이 살펴보았는데 이름이 없어서, 혹시나 하는 마음에 메모를 해놓았다면서 흥분한 기색을 못내 감추지 못한다.

내 두 손을 자기 볼에 가져다 댔다 놓았다 한다.

그동안 이 사람하고 어지간히 정이 들었던 모양인지 이런 행동들이 하나도 싫거나 어색하지 않다.

"비야씨 손 되게 쬐끄맣다."

"그건 캄보디아에서 벌써 한 얘기예요."

"이제는 안 놓을 거예요."

"그래도 잠깐만 내가 써야겠는데요. 맥주를 마시려면."

우리는 마주 보고 웃었다. 나는 맥주를 마시지도 않았는데 얼굴이 화끈거린다. 필립은 앞으로의 내 여행계획에 대해 물었다.

"여정이 많이 늦어져서 여기 카슈가르는 일요시장만 보고 사막 오아시스 도시인 호탄으로 떠날 생각이었어요."

필립은 우루무치에서 만난 일행과 같이 파키스탄으로 가는 길에 호수로 유명한 타슈쿠르칸 근처에서 하루 묵을 생각으로 15일에 떠날 생각이었다고 했다.

이미 한달짜리 관광비자를 최대한 연기했기 때문에 내일 일요시장을 보고 3일 후에는 반드시 국경을 넘어야 한다는 것이다.

"그러면 나랑 하루 더 있다 여기서 국경으로 떠나는 직행버스를 타요. 내가 오는 길에 그 호숫가에서 하루 자고 왔거든요. 둘 중에서 한 사람이 보았으니 필립은 안 가도 되잖아요. 정 아쉬우면 내가 사진 보내줄게요."

"맞아요. 지금 호수가 무슨 소용이에요?"

식당이 문을 닫을 때까지 배가 고픈 줄도 모르고 얘기를 했다. 시계를 보니 벌써 자정, 그대로 저녁을 굶은 것이다. 그는 무엇인가 말을 하려는 듯 한참을 망설이더니, 다음날 아침 8시에 내 숙소로 찾아오겠다고 한다. 그 유명한 일요시장에 같이 가자는 것이다.

이튿날, 동도 트지 않은 새벽에 누군가 문을 두드린다. 내가 묵은 방은 3인실 기숙사였는데, 모두 여자들이라 거의 속옷만 입고 자고 있었다.

"어머, 우리 8시에 만나기로 하지 않았어요?"

문밖에는 필립이 웃으며 서 있다.

"지금이 8시예요, 베이징 시간으로. 신장 시간으로 하면 두 시간이나 늦게 만나게 되잖아요? 그럴 수는 없지요."

이 사람의 엉터리 어거지가 또 시작이다. 지금은 6시인데.

"그럼 호텔 로비에서 잠깐만 기다리세요. 금방 준비할게요."

그때부터 부지런히 준비를 하는데 마음이 들떠 뭐가 제대로 안 된다.

세수를 하고, 좋은 샴푸 냄새를 풍기려고 어제 감은 머리를 또 감는다. 얼굴에 바를 것이라고는 로션 하나밖에 없다. 예쁘게 보이고 싶은데 립스틱조차 없다. 아이 속상해. 옷은 또 무슨 옷이 있겠는가. 배낭을 뒤지고 뒤져 봐도 까만색과 파란색 낡은 티셔츠뿐. 몇 개 없는 옷을 입었다 벗었다 난리를 부린다.

에티오피아 구제품 시장에서 건진 보물, 필립이 날 처음 보았을 때 입었던 고동색 원피스도 꺼내 보았는데 너무 구겨져서 도저히 입을 수가 없다. 이럴 때 내게 어울리는 꽃분홍색 옷이 있으면 얼마나 좋을까, 제기랄. 할 수 없이 캄보디아에서 산 앙코르 와트가 그려진 회색 티셔츠에 청바지를 입고 나갔다.

로비로 향하는 계단을 내려가면서 참 웃긴다는 생각이 들었다. 이런 두근거림, 이런 설렘, 이런 느낌이 정말 얼마 만인가.

길 위의 사랑, 그러나 그 끝은 다시 혼자

필립과 함께 다닌 일요시장에는 무엇이든지 풍성하다. 반으로 잘라놓은 물이 많은 하미수박은 붉은 과육이 보기만 해도 군침이 돈다. 굵은 눈깔사탕만한 연두색의 투르판 포도는 또 어떻고. 여기가 오아시스 아니랄까 봐 이름도 알 수 없는 과일과 채소가 산처럼 쌓여 있다. 알록달록한 위구르족 전통옷과 가하학적 무늬의 카펫도 볼 만하다.

수백 마리의 양과 염소, 말과 소 등이 모여 있는 가축시장도 장관이고, 그 옆에서 마구를 파는 가게들도 재미있다. 마차를 타고 집채만한 목화를 나르는 풍경도 예사로운 흥미가 아니고, 머리에 고동색 보자기를 뒤집어쓴 시장의 모슬렘 아줌마가 손님에게 받은 돈을 사람들 보는 앞에서 치마를 들추고 스타킹 속에 쑤셔넣는 광경은 신기하기까지 하다.

시장에 있는 회교식당에서 점심을 먹는데 양 한 마리를 통째로 걸어놓고 조금씩 잘라서 음식을 만드는 것이 이색적이다. 금방 구워낸 쟁반같이 크고 둥근 빵에는 마늘이 발라져 있고, 다진 양고기가 들어 있는 뜨거운 만두나 커다란 솥에서 설설 끓고 있는 양고기 냄새도 중국이 아니라 요르단이나 우즈베키스탄의 어느 촌동네 시골장과 아주 비슷하다. 이따금씩 이슬람교의 기도 시간을 알리는 소리가 들리니 더욱 그렇다.

필립은 악기점이나 민속의상을 파는 가게를 만나면 나보고 마음에 드는 것을 고르라고 조른다. 재회의 기념으로 무언가를 꼭 사주고 싶다는 거다.

"나그네는 길에서 짐을 만들지 않는다! 사줘도 못 가지고 다녀요. 잘 알면서."

한나절 시장구경을 실컷 하고 다시 호텔 앞 카페에 앉았다.

"비야씨, 이거 …."

그가 무엇인가를 꺼내 놓는다. 펴보니 어느 틈에 샀는지 내가 시장에서 관심있게 만져보던 위구르족의 은장도다. 세공 솜씨가 아주 뛰어나다.

"고마워요, 필립. 한국에서도 여자들이 은장도를 가지고 다녔지요. 쓰임새는 조금 달랐지만."

"어디에 썼죠?"

"정절을 지키기 위한 자살용이었어요."

"그럼 비야씨도 가지고 다녀요?"

"옛날 여인들이 그랬다는 거지요. 나는 은장도 대신 가스총 가지고 다녀요. 소극적 자살용이 아니라 적극적 방어용이지요."

"이크, 나도 조심해야겠네. 아무튼 이 은장도는 장식용이니 절대로 그렇게 사용하지 마세요."

오후에는 같이 시내를 둘러보았다. 여러 사원 등 관광지에 가보았지만 보는 것은 건성이고 필립은 계속 걱정이다.

"이제 비야씨한테 어떻게 연락하지요? 내년 봄에 한국으로 돌아가기 전까지는 어려울 거 아니에요? 중국에서는 컬렉트콜이 되니 일주일에 한 번씩 전화해 줘요, 제발. 이럴 때 전세계 어디서나 터지`는 휴대전화기가 있다면 내가 매일 전화할 텐데. 전화 안 해주면 애타서 죽을 거예요."

"그런 소리 말아요. 여행이 끝나고 일상으로 돌아가면 길에서 만난 사람들은 그렇게 간절하게 보고 싶어지지 않게 되는 법이랍니다."

이렇게 말하는 나도 씁쓸하다. 저녁을 먹고 카페에서 잠깐 앉아 있었던 것 같은데 벌써 자정이 넘었다고 문을 닫는다고 한다. 꼭두새벽부터 한밤중까지 돌아다니느라 몸은 피곤했지만 이틀 후면 헤어진다는 생각에 좀 더 같이 있고 싶은 마음이 간절하다.

"내 방에 가서 맥주 한 잔 더 할까요?"

그가 말했다. 내 마음을 들킨 것 같아 뜨끔하다.

"비야씨, 화났어요?"

필립이 당황해서 묻는다. 화가 난 것이 아니라 망설이고 있는 건데.

"아뇨. 그냥 좀 피곤해서요."

내가 묵는 호텔 로비까지 같이 온 필립은 잘 가라고 말하고 돌아서는 나를 오랫동안 가만히 껴안는다. 아주 오래된 애인인 것처럼 그의 품이 편안하다.

다음날 우리는 호탄 가는 내 버스표를 예매하고, 필립이 파키스탄 국경도시까지 가는 버스표를 사러 갔다. 그는 언제나처럼 밝은 표정과는 달리 심각한 얼굴로 어디 조용한 데 가서 얘기 좀 하잔다.

"어젯밤에 곰곰이 생각해 봤는데, 비야씨만 좋다면 함께 다니고 싶어요."

"뭐라고요?"

"나는 지금 당신을 사랑하는 것 같아요."

"……"

"처음 비야씨를 만났을 때 갑자기 정이 쏠리는 이유가 여자친구가 떠난 상처에다가 여행으로 지치고 외로웠기 때문일 거라고 생각했어요. 사랑이 아니라 남자로서 여자에게 끌리는 원초적 본능일 거라고. 그런데 그게 아니었어요. 그건 뭐라고 설명할 수 없는 강렬한 감정이었어요. 한 여자를 이렇게 오랫동안 가슴에 두고 있었던 적이 없었어요. 다시 만날 수 있을지도 모르면서 말입니다. 그리고 평소의 나라면 다시 만난 첫날 같이 자자고 했을 겁니다. 그런데 비야씨에게는 그러고 싶지 않았어요. 비야씨도 나를 그만큼 사랑하기 전까지는."

나는 숨이 막혀 아무런 말도 할 수가 없다. 식은땀이 나는 것도 같다.

"어젯밤 한숨도 못 잤어요. 그리고 결론을 내렸죠. 비야씨와 같이 있을 수 있는 방법을 찾아야 한다고. 같이 있으며 함께 성숙하고 행복할 수 있을 거라는 확신이 생겼어요. 비야씨가 전에 이런 말 했었죠? 세계여행 끝나면 신혼여행도 가고 싶은데 전쟁터에 직장이 있으니 어느 남자가 나랑 결혼하겠느냐고. 나는 그렇게 할 수 있어요. 어디든지 따라다닐 수 있다니까요. 몇 년 전 캄보디아에서도 해본 일이잖아요?"

"중국비자가 내일 끝난다면서요?"

"중국비자요? 벌금을 내지요. 벌금이 1,000인민폐라면서요? 1,000달러라도 낼 수 있어요."

"10월부터 호주에서 일하게 된다는 건?"

"그런 건 문제도 되지 않아요. 우선 우리가 힘든 여행을 같이 다니면서 서로 굳게 사랑하고 있는가를 확인해야 해요. 확인만 되면 여행 끝날 때쯤 결혼합시다."

결혼? 결혼이라고? 난 이 사람이 누군지도 잘 모르는데. 베트남에서 처음 봤을 때부터 친다 해도 알고 지낸 지가 겨우 7개월인데. 그 7개월 중에서 겨우 며칠간을 같이 다녔을 뿐인데. 나도 그에게 마음이 끌리는 것은 분명한 사실이지만 그것이 정말 진실한 사랑인지, 아니면 단지 길 위에서의 한순간 감정인지도 모르는데. 갑자기 머리가 복잡해진다.

"필립, 나 잠깐 숙소로 돌아가 쉬어야겠어요. 오후 7시쯤 그 카페에서 만나요. 괜찮죠?"

"비야씨, 괜찮아요?"

"그럼 있다 봐요."

숙소로 돌아와 침대에 머리를 박았다. 머리가 돌덩이처럼 무겁고 전혀 회전이 안 되는 것 같다. 얼른 찬물로 샤워를 했다. 가지고 다니는 봉지 커피를 두 봉지나 조그만 컵에 넣어 커피죽을 만들어 마셨다. 그리고 크게 한숨을 한 번 쉬어본다. 약간 정신이 드는 것 같다. 바깥이 환히 내다보이는 침대에 베개를 높이 하고 눈을 감은 채 반듯이 누웠다.

필립에게 프로포즈를 받았다. 여행도 같이 하고 결혼도 하자고 한다. 결혼이라니. 이게 무슨 날벼락인가. 아니, 아니다. 어쩌면 내가 이렇게 심각하게 생각할 만한 것이 아닌지도 모른다. 프랑스 피가 섞인 돈 많은 미국인이 여행중에 마음에 드는 여자를 만났을 때 으레 하는 이야기인지도 모른다. 그렇지만 그 사람은 아주 진지했다. 그의 말에 절박함과 진심이 실려 있었다. 분명 여자의 마음을 사로잡기 위한 감언이설만은 아닌 것 같았다. 이런 감정이 언제 또 있었지? 그동안 세계여행에서 만났던 사람들을 생각해 보자.

나를 좋아한 사람도 있고, 내가 더 좋아한 사람도 있고, 지금의 필립처럼 서로 좋아한 경우도 있었다. 그러나 지금 돌이켜 보면 이란의 반정부 지도자 오마르를 포함해서 그 사랑이 아쉽게 끝났기 때문에 더 좋았던 것 같다. 그 열기에 데일 만큼 뜨겁게 사랑했던 사이라도 지금 그 사람하고 여행을 같이 한다면 계속해서 좋을 수 있었을까? 아닐 것 같다.

이것이 바로 방랑자의 사랑, 유목민의 사랑의 한계이자 비극이다. 만날 때부터 언젠가는 헤어져야 하는 상황을 생각하는 것, 그렇기 때문에 유목민의 사랑은 더 안타깝고 애틋하고 깊은 것인지도 모른다. 게다가 여행에 늘 따르게 마련인 외로움 때문에 사랑이라는 것이 실제보다 훨씬 과장되고 근사하게 느껴지는지도 모른다. 그와 나는 그런 과장과 환상을 현실과 진실로 착각하고 있는 것인지도 모른다.

그러나 내 안에 있는 또 하나의 내가 곧 이렇게 항의한다.

'아닐지도 모르잖아? 저 사람의 마음이 진실일 수도 있고 네가 느끼고 있는 애틋한 감정이 과장이 아닐 수도 있잖아. 정말 길에서 배필을 만날 수도 있잖아. 평생배필은 아니더라도 얘기가 통하는 멋진 여행 동반자를 만날 수도 있는 거잖아. 사랑은 교통사고라며? 전혀 예상치 못한 시간에, 전혀 예상치 못한 곳에서 찾아오는 거라며? 너도 식욕, 물욕, 성욕 다 있는 인간이야. 네가 지금 느끼는 그 감정에 충실한 것이 더 인간적인 거야. 그렇지 않아? 뭘 망설여. 같이 가는 거야. 일단 같이 떠나보는 거야. 너무 복잡하게 생각하지 말고.'

저녁에 필립과 만나 밥을 먹으면서 나는 평소보다 말을 많이 했다. 더 많이 먹고 더 많이 웃었다.

"비야씨, 그 고동색 원피스 정말 잘 어울려요."

"일부러 입은 거예요. 필립에게 예쁘게 보이려고."

그는 예정에 없었던 사막여행을 떠나는데 무엇이 필요할까를 얘기했고, 가는 길에 대한 충분한 정보와 마땅한 숙소가 없을 것을 걱정했다. 그는 분명히 들떠 있었고 기쁨에 차 있었다.

저녁을 먹고 내가 묵는 호텔 앞 카페에서 문닫을 때까지 또 맥주를 마셨다. 호텔 로비까지 바래다 준 그가 말했다.

"굿 나이트 키스를 해도 될까요?"

"물론이지요. 뜨거운 프렌치 키스를 해줘요."

다음날 타클라마칸 사막 남단의 호탄으로 길을 떠났다.

나 혼자서.

배낭족의 오아시스 방콕 카오산 로드

지금 지구에는 또 하나의 종족이 생겨나고 있다. 21세기판 유목민이라고 할 수 있는 국제 배낭족이다.

배낭 하나에 살림살이 모두를 넣고, 쉬지 않고 지구를 누비고 다니며 세상을 온몸으로 경험하는 사람들.

이들의 신분은 다양하다. 학생일 수도 있고, 학교를 휴학했거나 졸업한 사람, 직장에서 휴가를 얻은 사람일 수도 있다.

직장이 없거나 직장을 그만둔 사람도 있으며 군대를 막 제대했거나 아예 여행이 직업인 사람도 있다.

연령층도 다양하다. 물론 20대가 주류를 이루지만 엄마 아빠를 따라다니는 어린아이, 일흔 살이 넘은 노인도 있다. 혼자 다니는 사람, 여자친구끼리나 남자친구끼리, 애인이나 부부가 함께 다니는 커플도 있다. 아버지와 딸, 엄마와 아들, 삼촌과 조카, 심지어는 전가족이 몰려다니기도 한다. 온갖 조합이 가능하다.

돈이 많든 적든, 어느 나라 어느 문화에서 왔든 이들은 인생의 한 부분을 배낭을 메고 여행을 한다는 공통점에서 같은 족속이다.

이 민족의 이름은 '배낭족'이다.

비록 말이 잘 안 통하고 문화적, 정서적 배경이 전혀 다른 사람들일지라도 '배낭족'이라는 한 가지 공통점 때문에 언제 어디서 만나도 반갑고, 나눌 이야기가 많다. 때로는 '비배낭족'인 같은 나라 사람보다도 훨씬 할 말이 많고, 말이 잘 통하기도 한다. 배낭족들은 그들만의 신체적 특징과 나름대로 독특한 문화와 정서를 가지고 있다. 그런 점에서 이들은 한 민족이 될 수 있는 것이다.

이들끼리 서로를 알아볼 수 있게 하는 가장 큰 신체적 특징은 민족의 대명사, '배낭'이다. 생활에 필요한 모든 것이 담겨 있는 한 덩어리 배낭은 사람들이 불필요한 것을 얼마나 욕심내며 살고 있는지 명백히 보여주는 인생의 교훈이다. 배낭 하나를 채울 정도의 물건이면 한 사람이 살기에 충분하다는 지혜를 배낭족들은 잘 알고 있다.

그리고 전대. 몽골족은 누구에게나 몽골반점이 있듯이 배낭족들은 배낭족에 합류하는 그날부터 '전대착용'이라는 민족적 특징을 지니게 된다. 전대는 그것을 차는 순간부터 벗어버릴 수 없는 제2의 피부가 된다. 자신의 전재산과 여권 등 여행에 없어서는 안 될 물건이 들어 있는 이것이 얼마나 귀중하면서도 귀찮은 애물단지인지를 이들은 잘 안다. 그것을 잃어버리면 당분간 배낭족의 신분을 상실하게 된다는 것도.

이들에게는 민족 필독서도 있다. 호주에서 간행되는 〈론리 플래닛(Lonely Planet)〉이라는 가이드 북을 비롯한 여행책자다. 배낭족들은 그 책에 나온 숙소에 모이고, 그 책에 나온 식당에서 먹고, 그 책에서 가 보라

는 데를 가 본다. 그래서 그 책에 소개된 곳에서는 언제나 동족을 만날 수
있다.

이들은 막막한 사막에서 만난 사람들이 서로 지나온 오아시스와 행로
에 대한 정보를 나누듯 '배낭족의 생활정보'를 주고받는다. 싸고 좋은 숙
소와 식당에 대해, 바가지를 쓰지 않거나 위험한 일을 피하기 위해, 어떻
게 하면 더 잘 보고 많이 얻을 수 있는가에 대해 서로가 알고 경험한 것을
나눈다. 이런 정보교환을 통해 배낭족들은 더욱 *끈끈한* 동족애를 느끼게
된다.

영어로는 백패커(backpacker)라고 부르는 이들 70년대에 생겨난 신흥
민족의 뿌리는 어디일까? 그동안 많은 배낭족들과 수없이 의견을 나누는
열띤 토론 끝에 배낭족의 원조는 60년대에 나타난 '히피'라는 결론을 내
렸다. 우리나라에서는 이상한 옷차림, 마약복용, 프리섹스, 현실도피, 무
위도식 등 부정적인 면만 부각되어 있지만 그들이 인류에 끼친 긍정적인
영향은 대단히 크다. 현대의 진보적인 운동들, 예를 들면 환경보호, 페미
니즘, 반전운동, 배금주의에 대한 경계 등이 히피운동에서 비롯된 것이라
할 수 있다.

초기 히피족의 주류였던 서양 상류층 자녀들은 정신적인 평화를 얻을
수 있는 곳을 찾아 무리를 지어 세계 각지로, 특히 인도와 티베트로 흩어
졌던 것이다. 물론 그전에도 많은 사람들이 여행을 다녔을 테지만 지금과
같은 세계적인 '유행(trend)' 내지는 '열병(fever)'이 되기 시작한 것은
그들이 시발이 아닌가 한다.

그 후에 이들과 같지는 않아도 다양한 인생을 살려고 하는 사람들이 많
아지고, 비행기값이 싸지고, 여행정보가 풍부해지고, 동남아 등 물가가
싼 나라에 대한 여행이 자유로워지면서 사람들은 길을 떠나기 시작했다.

이들의 외적인 특징이 배낭과 전대라면 내적인 특징 중 가장 두드러진
것은 한 곳에 머물지 않는다는 것이다. 일생은 아니더라도 적어도 배낭을

메고 나서는 동안만큼은 그렇다. 간혹 쉬어가기는 해도 멈추지는 않는다. 이들은 머무는 곳에서 최대한의 것을 얻고 누리지만, 익숙한 것을 버리고 새로운 곳으로 발길을 옮기는 용기를 가지고 있다. 옮긴 곳이 별로 좋지 않은 환경이라도 잘 참아낸다. 오히려 힘든 일과 어려운 상황을 피해 가지 않고 정면돌파하면서 힘을 얻는다. 상황은 끊임없이 변한다는 것을 잘 알기 때문이다. 이들은 20세기 후반에 생겨나 21세기에 맹위를 떨칠 새로운 시대의 유목민이다.

살아가는 행태가 유목 생활인만큼 생각은 물론 사랑까지도 유목민답다. 여행길에서 만난 사랑이 아무리 진한 감정일지라도 그것 때문에 어느 한 곳에 주저앉지는 않는다. 거기까지가 인연이라고 믿기 때문이다.

이에 못지않게 중요한 특징은 낯선 것에 대한 호기심이다. 예로부터 어느 오지이건 죽음을 무릅쓰고 그곳을 제일 먼저 개척하는 사람은 상인, 구도자, 그리고 여행자들이었다. 실크로드가 바로 그렇지 아니한가. 그 죽음의 험로를 개척한 사람은 비단과 황금의 꿈을 안고 동쪽으로 동쪽으로 '길'을 만든 상인들이었으며, 현장법사와 같은 구도자였고, 마르코 폴로와 같은 여행자였다. 세계의 모든 문화와 물산은 이들 상인과 구도자(선교사)와 여행자들의 발과 입을 통해 연결되고 변화해 왔다.

옛날 실크로드의 대상들이 동서양의 문물을 이어주는 결정적인 다리 역할을 한 것처럼 지금 세계를 누비고 다니는 배낭족들 또한 그렇다. 이들은 자신들이 몰랐던 것을 깨우치며 그렇게 알게 된 것을 이웃에 전달한다. 바퀴벌레가 발에 묻힌 약기운을 무의식중에 동료들에게 전하는 것처럼 이들은 자기의 몸과 마음에 묻힌 낯선 문물을 이웃에게 전한다.

또한, 배낭족들은 세계를 직접 경험함으로써 지구촌 사람들이 겉모습과 삶의 형태는 다르더라도 모두 똑같은 인간이라는 지고지순한 사실을 온몸으로 깨닫는다.

우리가 알고 있는 것이 전부는 아니라는 것, 우리와 다른 사람들의 것도 소중하게 지켜 주어야 한다는 것을 확실하게 깨닫게 된다. 그동안 의심없이 믿어왔던 가치들이 한순간에 무참히 깨지면서 우리를 가두고 있던 울타리를 벗어나 객관적으로 세상을 바라볼 수 있게 된다.

모르긴 해도 이들이 사회의 중추역할을 하게 될 때쯤이면 배낭족의 정신은 작지 않은 곳에서 작지 않은 영향력을 발휘하게 될 것이다.

물론 최근에는 마약여행, 섹스여행에 백인우월주의와 배금주의의 심화 등 문제가 전혀 없는 것은 아니다. 그러나 그것은 거대한 강물 속에 끼여 있는 조그만 소용돌이에 지나지 않는다. 여행은 절대로 인생의 사치나 한가한 사람들만 즐기는 낭비가 아니다. 여행은 각 개인의 미래를 위해, 그리고 사회와 나아가서 인류를 위한 가장 확실한 투자라고 생각한다. 나는 그렇게 굳게 믿는다.

늘 이동하고 있는 현대판 유목민들이 옮겨다니는 길목에는 사막의 오아시스처럼 쉬어가기도 가고, 에너지를 재충전하거나 앞으로 가려는 곳에 대한 정보를 수집하는 배낭족들의 터전이 자연스럽게 생겨난다. 아프리카 케냐의 나이로비, 남미 페루의 리마, 터키의 이스탄불, 영국의 런던, 중국의 베이징, 네팔의 카트만두가 그런 곳이다. 그리고 동남 아시아에서는 단연 태국의 수도 방콕이 배낭족의 터전이다. 그 중에서도 카오산 거리는 아시아 루트를 다니는 배낭족들의 총집합소다.

여기에는 싼 음식에 싼 숙소, 싼 비행기표, 따끈따끈한 최신 여행정보, 각종 약품에 심지어 카메라 렌즈 닦는 종이 같은 것까지 다른 곳에서는 구하기 힘든 물건들이 얼마든지 있고, 각 나라의 비자도 쉽게 낼 수 있고 가짜 학생증에 가짜 기자증도 만들 수 있다.

또 식당이나 바에서 하루종일 공짜로 틀어주는 비디오를 실컷 볼 수도 있다. 최신 음악 카세트 테이프도 살 수 있고, 밀렸던 빨래도 싸게 세탁해 주는 곳이 있고, 읽고 싶었던 책들도 구할 수 있다. 원하면 문신이나 타이 마사지에 피부 마사지도 받을 수 있으며, 당연히 마약이나 창녀, 창남 들도 얼마든지 있다.

여행을 시작하는 사람, 지나가는 사람, 그리고 여행을 끝내고 돌아가는 사람들로 늘 흥청대는 곳. 그래서 '보통 사람'은 물론 온갖 이상한 차림과 이상한 표정의 사람들, 희한하고도 특이한 삶을 사는 사람들로 거리가 언제나 꽉 차 있다. 처음에는 그 현란함과 분방함에 정신이 멍해지지만 이내 그 분위기에 휩쓸리게 된다. 동족들이 모이는 거리이므로.

이 카오산 거리에 한국 배낭족들이 손수 경영하는 한국 식당이 있다. 이름하여 '홍익인간(弘益人間)'. 나는 이 오아시스 중의 오아시스에서 긴 여행에서 오는 갈증과 피로를 말끔히 풀 수 있었다.

홍익인간과의 인연은 캄보디아 공항에서 시작된다. 뒤에 다시 자세한 사연이 나오겠지만 비자문제로 공항 직원들과 옥신각신하고 있을 때, 나를 유심히 보고 있던 한국 사람이 "한비야씨 아니십니까?" 했다. 같은 방콕행 비행기를 못 타게 되자 그는 명함을 한 장 건네주며 방콕에 오면 꼭 연락하라고 당부했다. 명함에는 '홍익인간 이태영'이라고 씌어 있었다.

방콕에서 내릴 때는 그 명함을 잊고 있었는데, 카오산 거리까지 가는 공항버스에서 한국인, 벨기에인 커플을 만났다. 그들은 여행중에 만나 부부가 된 사람들인데 휴가차 태국에 왔고, 오는 김에 친구가게에 라면을 갖다 준다면서 '홍익인간'으로 가는 길이라고 했다.

이런 인연으로 '홍익인간'에 가게 되었고, 캄보디아에서 만났던 이태영씨와 '달이'라는 애칭의 식당주인 김영석씨, 당분간 지킴이로 있다는 경글리시(경상도식 영어)의 황태자 쾨이, 그리고 주인보다 살림을 더 잘 하는 또순이 도우미 장수진씨 등과 일주일을 아주 재미있게 지냈다.

달이씨와 이태영씨는 10년 이상 배낭여행 경력자들이고, 다른 '홍익인간'들도 여행을 오가는 길에 달이씨의 '마수'에 걸려 잠시 머물며 홍익인간 이념을 실천하고 있는 배낭족의 일원이다.

그들은 끔찍한 잡지원고 마감일이 코앞에 닥친 내게 정성어린, 아니 치명적인 도움을 주었다. 시원해야 글이 잘 써진다고 에어컨 나오는 방을 내주기도 하고, 삼시세끼 다양한 한국 음식을 만들어 주기도 하고, 밤마다 갖가지 이유를 달아 파티를 벌여 주는 바람에 나는 '파티사' 할 뻔까지 했다. 나중에는 한국으로 돌아가시는 양산의 대인스님에게 '원고 인편 배달특송'까지 부탁해 주는 세심함을 발휘했다.

나한테만 그러는 줄 알았는데, 며칠간 가만히 보니 아는 사람이든 모르는 사람이든 여기 오는 사람 모두에게 그 사람 사정에 맞는 '특별대우'를 하고 있다. 소문을 듣고 찾아오는 외국인에게도 친절하고 유쾌하기는 마찬가지다.

'홍익인간'을 통해 알게 된 사람들은 내 책의 지역 홍보 및 판매책이 되어 주겠다고 자진해서 나섰다. 연고지별로 이태영씨는 캄보디아와 베트남을 포함한 태국 동쪽, '달이'씨는 인도, 네팔 등 태국 서쪽을 맡기로 하고, 경상도 사나이는 한국의 영남지구, 또 다른 사람은 경기도, 또 다른 사람은 서울 중구 등, 이런 식으로 책임을 맡겠다는 것이다. 나는 실적이 부진하면 지구장직을 박탈하겠다고 공갈을 쳤지만 이들에게 그런 으름장은 전혀 불필요한 것이었다. '홍익인간'들이니까.

정말 고마운 사람들이다.

국제 배낭족들의 '엄청 미친' 인생

'홍익인간'에서 한국 배낭족의 깊은 정을 느낄 수 있었다면, 이번 여행 중 방글라데시에서 파키스탄으로 넘어가는 길에 잠깐 들른 인도 바라나시의 한 숙소에 모인 '크레이지 클럽' 친구들에게서는 서양 배낭족의 정서와 인생을 보는 태도를 엿볼 수 있었다.

바라나시에서 하루에 20루피를 내고 묵은 내 방은 습기가 많이 차서 벽 전체가 곰팡이로 덮여 있고, 천장에서 물이 뚝뚝 떨어질 지경이었다. 견디다 못해 매일 방값에 해당하는 20루피어치의 향을 피웠다. 미안해진 주인은 습기가 괴로우면 새로 올린 윗방으로 옮기라고 했지만 멋진 전망 때문에 그럴 마음이 없었다.

문을 열면 강이 바로 보이고 멋진 일몰을 볼 수 있어 해질 무렵이 되면 같은 숙소에 묵는 사람들이 전망좋은 내 방 앞 베란다에 모였다. 그 가운데 '미친 친구들 클럽(crazy club)'이라고 이름을 붙이고 며칠 동안 아주 재미있게 보낸 친구 세 명이 있다.

한 명은 스물두 살난 독일 아이 '아시망'이다. 이것은 본명이 아니라 얼마 전 인도 사람이 지어준 이름이다. 파란 눈에 통통한 얼굴과 고른 이가 생전 늙지 않을 것 같은 동안의 남자아이다. 아시망은 작년 초, 어렸을 때부터 인도 타령을 하던 고종사촌형과 함께 엉겁결에 인도에 오게 되었는데 북부를 여행하던 중 사촌형이 어느 날 갑자기 죽어버렸단다.

고모에게 연락해서 시체를 어떻게 해야 하느냐니까 아들이 평소에 해달라는 대로 하라고 했다. 동네 사람들의 도움을 받아 시체를 태워 그 재를 여기 바라나시에 있는 갠지스강에 뿌려주었단다.

그후 그는 혼자 독일로 돌아가 평범하게 학교를 다니면서도 자기가 있어야 할 곳은 인도라는 생각을 떨칠 수 없었다. 그러다가 결국 학교를 휴학하고 1년 동안 택시운전을 해서 모은 돈으로 다시 인도에 오게 되었단다. 5년짜리 비자를 받아왔는데, 갠지스강을 다시 보았으니 이제 북쪽 히말라야로 들어가서 5년 동안 바깥 세상에는 안 나올 작정이라고 한다.

이 사연을 들은 우리들은 서로를 쳐다보며 이구동성으로 합창을 했다.

"아 유 크레이지(너 미쳤니)?"

다른 한 명은 로빈이라는 이름의 20대 후반 프랑스 아이인데 얼굴도 동그랗고 눈도 동그란 귀여운 인상이지만 배가 하도 튀어나와 우리들이 '가

인도 바라나시 강가(갠지스강). 빨래를 하고, 빨래를 말리고.

네쉬' (코끼리 모습을 한 인도의 재물을 다스리는 신)라는 애칭을 붙여주었다.

로빈은 3년째 인도와 일본을 왔다갔다하며 인도에서 싸구려 장신구를 사다가 일본 길거리에서 팔고 있는데, 한 일본 여자를 짝사랑하면서부터 짭짤하게 버는 돈을 몽땅 선물사는 데 쓴다고 한다. 최소한의 생활비까지 써버려 겨울에는 빈 사무실이나 빈 아파트, 여름에는 즈차장이나 차고에서 잠을 자야 할 형편이란다.

경비가 심한 빈 사무실은 해가 지고 나서 들어갔다가 해뜨기 전에 나와야 하는데다 전기며 수도가 들어오지 않아 춥기도 춥거니와 화장실 대신 비닐봉지에 대소변을 보아야 하는 것이 괴롭다고 한다.

그 여자에게 쓰는 돈을 좀 줄여 잘 곳을 마련하면 되지 않느냐니까 조금만 선물이 부족해도 여자가 자기한테서 달아나려 한다는 것이다. 그 여자도 로빈을 좋아하느냐고 묻자 아직 잘 모르겠다며 공을 더 들여야 한단다. 언젠가는 진심이 통할 테니 자신은 절대로 포기하지 않겠다는 것이다. 장사밑천인 장신구는 사지도 않고 로빈은 그 여자한테 줄 선물을 샀다며 금박 이마걸이, 목걸이, 귀걸이, 열손가락 열발가락에 끼우는 반지, 허리띠가 한 세트로 된 비싼 선물을 우리에게 보여주었다.

이것을 보고 또 우리들은 입을 모아 외쳤다.

"아 유 크레이지?"

나머지 한 명은 저스틴. 중국어 전공에 동양종교를 부전공으로 하는 호주 대학원생이다. 단돈 미화 500달러로 인도와 파키스탄을 거쳐 중국 신장[新疆]지방까지 여행하겠다는 20대 후반의 모험가다. 그렇게 적은 돈으로 여행을 다닐 수 있느냐니까 절약정보를 충분히 알고 있다면서 몇 가지 귀띔을 해준다.

잠은 기차역 대합실이나 일등석 웨이팅 룸(승객이 하룻밤을 기다릴 수 있는 곳. 샤워시설과 화장실이 있다. 원칙적으로는 일등석 표가 있어야 하지만 외국인들에게는 표검사를 하지 않는다)에서 자고, 밥은 길거리나 시장에서 사먹거나 절이나 사원에서 얻어먹는단다. 한 예로 파키스탄 국경에 있는 유명한 암리차르의 황금사원에서는 누구에게나 공짜로 숙식을 제공한다는 것이다.

기차는 몰래 타거나 제일 싼 다음역까지의 입석표만 사서 목적지까지 가고, 파키스탄에서는 방금 개종한 모슬렘이라고 하면 '모슬렘 형제애'가 돈독해 공짜 숙식으로 큰 문제 없이 중국까지 갈 것이라고 한다. 중국에 가면 자기가 중국어를 하니까 영어회화 아르바이트를 해가며 다닐 생각이라는데, 베이징에서 호주 시드니까지의 비행기표는 있으니까 만약 중국에서 일이 여의치 않으면 호주로 돌아가겠다는 생각이란다.

이 말을 들은 우리들은 또 한 번 이구동성으로 합창했다.

"아 유 크레이지?"

내 얘기도 해보라는 아이들에게, 너희들에 비하면 지극히 정상적인 삶을 살고 있다면서 이번에 인도에 와서 2주일만 머무는 것이 아쉽다니까 왜 겨우 2주일이냐고 묻는다.

그래서 지난번 원래 3개월 예정으로 인도에 왔다가 5개월 만에 떠나면서도 너무 아쉬워서 비행기 안에서 눈물을 흘렸는데, 이번에는 인도에 발목을 잡히지 않으려고 일부러 빨리 간다고 했다.

그러자 아이들은 또 입을 모은다.

"유 아 크레이지, 투(너도 역시 미쳤구나)."

그래서 한바탕 웃고는 즉석에서 '크레이지 클럽'을 결성했다. 그날 이후 서로 이름은 부르지 않고 저먼 크레이지, 프렌치 크레이지, 오스트레일리언 크레이지, 코리언 크레이지라고 부르며 어울려 다녔다.

매일같이 내 방 앞 베란다에 앉아서 강가를 바라보며 방랑생활에서 기대하는 것은 무엇인지. 인생에서 무엇이 우선인지. 앞날을 어떻게 꾸려나갈 것인지에 대해 시간 가는 줄 모르고 아주 많은 이야기를 나누었다.

서로 다른 문화권에서 다른 형태의 인생을 살다가 만난 네 사람이 여러 각도의 생각과 의견을 충돌없이 주고받는 것 자체가 참으로 멋진 일이다.

얘기하다 싫증나면 바라나시를 누비면서 매일 밤 인도영화도 보고, 한밤중에 맨발로 갠지스 강변도 돌아다니고, 배 타고 강을 건너가 신나게 수영도 했다. 이 '미친 친구들'은 새벽마다 강가에서 독욕을 했는데, 나는 그것까지는 같이 할 수 없었다. 같은 클럽 멤버가 행동통일 안한다고 배반자라고 했지만, 나는 이름과는 달리 지극히 '정상적'이라 밤늦게까지 놀고는 새벽에 못 일어난다고 했다.

바라나시를 떠나기 전날, 크레이지 클럽 멤버 중 가장 정상적이라고 큰소리치던 내가 멤버들의 대장이 될 뻔한 사건이 일어났다. 미친 개한테 물린 것이다.

크레이지 클럽 친구들과 밤늦게 영화를 보고 숙소로 돌아오는 길이었다. 지름길을 찾느라고 좁은 골목길로 들어섰다. 방금 본 영화의 장면을 흉내내며 까불다가 내가 골목길 옆에 웅크리고 자고 있던 개를 밟고 말았다. 발밑이 뭉클하는 느낌과 동시에 장딴지가 따끔했다. 아이들이 쫓기도 전에 개는 꼬리를 내리고 저만큼 도망갔다. 털이 다 빠지고 온몸이 부스럼투성이인 비쩍 마른 바라나시의 전형적인 미친 개다.

병원에 가기는 너무 늦은 시간이라 숙소에 돌아와 응급처치를 하기로 했다. 약간 피는 나지만 상처가 깊지 않고 아프지도 않았다. 아스망은 얼른 수건에 비누를 묻혀 상처를 박박 문질러 씻어내고 저스틴은 그 위에 소독약을 들이부었다. 개에 물린 상처보다 돌팔이 의사들의 치료가 더 아팠다. 클럽 멤버들은 임시조치는 했으니 마음놓으라고 하면서도 내가 광견병에 걸려 진짜로 미치면 '미친 친구 클럽'의 가장 확실한 캡틴이 될 거라며 놀렸다. 나는 걱정이 되어 잠이 오지 않았다. 혹시 광견병에 걸려 여행을 여기에서 끝내야 하는 것은 아닌가 해서 말이다.

이 의리있는 친구들도 걱정이 되었는지 새벽 목욕을 끝내고는 빨리 병원에 가자고 아직 자고 있는 나를 깨웠다. 로빈은 벌써 내 눈에 이상한 광채가 난다느니, 웃을 때 입꼬리가 어제보다 많이 올라간다느니 하면서 증세가 심상치 않다고 호들갑을 떨었다.

다음날 나는 예정대로 파키스탄과의 국경에 있는 암리차르로 떠났다. 짧은 동안 정들었던 클럽 멤버들과 헤어지는 것이 섭섭했지만 이제 내 갈 길로 가는 것이다.

이것이 배낭족들이 만나고 헤어지는 방식이다. 다양한 국적과 사연을 지닌 사람들이 서로 다른 길을 가다가 우연한 교차점에서 만나 인연만큼 함께 어울리다 인연이 다하면 헤어진다. 이별은 그렇게 아쉬워하지 않아도 좋다. 그들은 인연이 닿으면 다른 곳에서 다시 만날 수도 있고, 인연이 없으면 영원히 만나지 못할 수도 있다. 그렇더라도 그들은 서로의 주소록과 마음 속에 영원히 남아 있을 것이다. 이 바라나시의 '크레이지 클럽'의 멤버들처럼.

라이 따이한의 훌륭한 어머니,
베트남 딥 아줌마

베트남 나쨩에서 만난 라이 따이한의 훌륭한 어머니 딥 아줌마(오른쪽)

너 똥이냐? 나 똥 아니다

이번 여행의 처음으로 돌아가자.

1997년 1월 1일, 인천에서 중국으로 가는 배에 몸을 실었다. 내가 계획했던 세계일주의 마지막 여행을 떠나는 것이다. 이번에 갈 곳은 인도차이나와 남부 아시아 그리고 중국, 티베트, 몽골이며 여행기간은 1년 6개월. 계획대로라면 지난해 6월에 시작해야 하는 여행이지만, 잠깐 한국에 들렀다가 붙잡혀서 여행기를 쓰느라고 여섯달이 늦어졌다.

겨울이라서 따뜻한 인도차이나로 곧바로 가고 싶었지만 비행기를 타지 않는다는 원칙을 지키기 위해 인천에서 배를 탔다. 베이징을 거쳐 중국 남부의 윈난성으로 내려가서 비자 만료일까지 한달간 여행하다가 육로로 베트남으로 넘어가서 본격적으로 인도차이나와 남부 아시아를 여행할 계획이다.

우리나라에서 가장 가까운 이 지역을 세계일주 여행의 마지막에 넣은 데는 이유가 있다.

우선은 내가 처음 세계일주 여행을 떠날 때인 1993년에는 중국을 포함해서 몽골, 티베트, 베트남과 미얀마 등은 여행하기가 어려운 지역이었다. 미얀마는 비자기간이 겨우 2주일이었고 중국이나 베트남은 사전에 한국의 관계기관에 방문허가를 받거나 신고를 해야 했으며, 몽골은 비자를 낼 때 반드시 초청장이 필요했다.

다행스럽게도 지난 5년 동안 이곳이 모두 여행 자유지역으로 변했다. 물론 유럽이나 다른 동남 아시아 나라들처럼 무비자로 드나들면 더없이 좋겠지만 그전처럼 번거롭거나 까다롭게 비자를 내지 않는 것만도 감지덕지다.

둘째로는 중국에 대한 약간의 두려움이었다. 중국은 내게 한 입에 베어

먹기에는, 한 번에 소화하기에는 너무 크고, 너무 많고, 너무 여러 겹으로 되어 있다는 생각 말이다. 수많은 중국 관련 책과 경험자들의 이야기가 나를 망설이게 했다. 내가 세계일주 일정을 구체적으로 짜고 있을 때 만나 뵙고 자문을 구했던 김윤열 선생님은 유엔 개발기구의 국장을 지내시면서 전세계를 두루 다니신 분인데 내게 이렇게 충고해 주셨다.

"세상 구경 다 하고 중국은 마지막으로 보도록 해요. 그래야 중국이 제대로 보이고 비로소 우리 한국도 제대로 볼 수 있을 테니까."

또 중국에 대해 공부할 때 어느 중국 전문가가 쓴 이런 글도 읽었다.

'중국을 한달 다녀간 사람은 훌륭한 기행문을 쓸 수 있다. 한 해를 살아본 사람은 논문을 쓸 수 있다. 그러나 10년 정도 살게 되면 아무 말도 할 수 없다. 중국을 너무 모르는 것 같아서.'

단지 중국의 땅이 크고 사람이 많고 역사가 깊고 다양한 민족들이 있어서만은 아니다. 물론 나는 중국 전문가가 아닌 여행자이기 때문에 본 대로, 아는 대로 느끼고 경험하면 그만이겠지만 나는 우리와는 떼려야 뗄 수 없는 나라 중국을 충분한 시간을 들여 보다 잘 알아 오고 싶었다.

그래서 중국여행 기간은 최소 8, 9개월로 잡았다. 우선은 여행자로서의 궁금증과 호기심을 채우기 위해서이다. 55족이나 되는 많은 소수민족과 중국의 서민들과 함께 될수록 길게 지내려는 생각이었다.

물론 그들의 독특한 생활풍습이나 사고방식을 알게 되는 것도 재미있겠지만 더 중요한 것은 그들의 체취와 따뜻한 체온을 느끼면서 그들이 '중국 사람'이기 이전에 나와 같은 인간, 같은 지구촌 사람들로서의 공통점을 확인하고 싶었다.

중국여행을 길게 하려 했던 또 다른 이유는 좀 거창하게 들릴지 모르겠지만 '우리를 더 잘 보기 위해서'이다. 마음 밑바닥에 웅크리고 있는 중국에 대한 문화적 열등감의 정체를 밝혀내고, 우리의 자리를 제대로 찾아보고 싶었다. 예를 들어 과거 우리 문화와 역사는 중국의 변방문화권으로서 정신적·문화적 식민지와 다를 바 없었다는 통념도 그렇지만 중국을 직접 다녀온 사람들의 한 마디가 나의 마음을 더 자극했다.

"경복궁은 자금성 화장실만도 못하다."

정말 그럴까? 이런 물음에 내 스스로 답을 찾아내고 싶었다. 얼굴이 화끈해지도록 자존심이 상하는 이런 말 앞에서 조건반사적으로 나오는 변명조의 항의가 아니라 좀더 근본적인 것을 알아보는 나름의 노력을 하고 싶었다.

나를 제대로 알고 사랑해야만 비로소 다른 이를 이해하고 사랑할 수 있다는 것은 만고의 진리다. 세계가 좁아질수록 자신의 뿌리가 무엇인가를 제대로 알아야 한다. 내가 아무리 코스모폴리탄, 사해동포주의자라고 외치고 다녀도 남의 나라 국경을 건널 때는 반드시 대한민국 정부에서 발급한 여권이 있어야 하는 것처럼 우리를 아는 일은 '지구촌' 시대에 가장 먼저 해야 할 일이라는 생각이다.

겨울 베이징에는 우리들의 어린 시절이 고스란히 남아 있었다.

고소한 냄새를 피우는 군고구마 장수들, 굵은 국수발 같은 누런 콧물을 옷소매로 쓱쓱 닦는 아이들, 훨훨 타는 연탄난로 곁으로 몰려드는 벌겋게 튼 손들, 양지바른 곳에서 따스한 햇볕을 받으며 뜨개질하는 여자아이들, 그리고 빨리 타라고 고래고래 소리를 질러대는 버스 차장들.

베이징까지 배웅을 해준 친구 박찬희와 함께 가본 대공원 이화원에서도 느낌은 그렇다. 6, 70년대에 '공돌이, 공순이'라는 서러운 이름으로 불렸던 우리들 젊은 산업전사들 모습 그대로 중국 공장 근로자들이 소풍을 나와 있었다. 촌티나는 10대 후반의 아가씨들, 한껏 멋은 부렸으나 안 했으면 더 예뻤을 어설픈 화장 때문에 더욱 어색해 보이는 모습들. 하나씩 보면 괜찮은데 같이 입으면 안 어울리는 아래 윗도리. 이런 젊은이들 여럿이 몰려 사진도 찍고 신나게 수다를 떠는 모습이 더없이 정겹다. 이

● 사파
전차부대 참전용사
집에서 음력설 맞아

중국

● 하노이
감기 때문에 죽을 뻔하고
20달러 사기당하고

라오스

태국

● 후에
아름다운 왕궁이 있는 도시

● 호이안
옛날 중국 부자들이 살던 곳

베트남

캄보디아

● 나짱
라이 따이한의 훌륭한 어머니
집 아줌마는 오늘도 맛있는
베트남 국수를 만들고
있을 것이다.

● 호치민 시티

● 메콩 델타
온통 푸르른 논밭 사방으로 펼쳐져 있는 곳.
'못생긴 천사'에게 장학금 주다.

화원의 호수가 얼어 곳곳에 미끄럼을 타면서 즐기는 사람들. 가성을 내어 높게 부르는 뽕짝 스타일의 유행가까지 베이징은 단번에 거리감없이 내게 다가온다.

중국 여행 전에 누누이 들었던 '니 하오 화장실'의 소문은 사실이었다. 화장실에 문도 없고 벽도 없어 서로 쳐다보고 앉아서 각자 볼일을 보며 '니 하오(안녕하세요)?' 하고 인사를 나눈다는 얘기 말이다.

중국 여행을 시작하자마자 화장실 이야기를 해 좀 민망스럽지 않은 것도 아니지만 하루라도 화장실을 안 가고 버틸 재간이 없는 이상 이건 대단히 중요한 사항이다. 특히 나처럼 화장실에 자주 가는 사람에게는 단단한 사전교육과 마음가짐이 필요했다.

우선 중국에서는 화장실 찾기가 여간 어렵지 않다. 오죽하면 상하이에는 따오처위엔〔導厠員〕이라는 푼돈을 받고 공중 화장실을 안내해 주는 '화장실 안내원'이 생겨났을까. 대도시는 그래도 좀 나은 편이지만 조금만 시골로 가도 가뭄에 콩나듯이다. 운좋게 공중 화장실을 찾았다 해도 그 안에 들어가려면 대단한 각오와 노하우가 필요하다.

그 안에서 현지인들처럼 '만만디(천천히)'로 일을 보겠다는 생각은 절대 금물. 너무너무 급해 더 이상 참을 수 없을 때까지 기다렸다가 뛰어들어가서 단숨에 일을 보아야 한다. 그것도 화장실 밖에서 숨을 크게 한 번 들이켜고 들어가 그 안에서는 절대로 숨을 쉬지 말아야 한다. 그 안의 냄새가 가히 화생방 실습실을 방불케 하므로.

그리고는 구멍에 정확하게 넣는 기술과 노력이 필요하다. 시골 어느 화장실에는 벽에 이런 구호가 붙어 있다. 문명여성 필수입지(文明女性 必修入池).

이런 말이 필요할 정도로 '입지' 되지 않은 것이 널려 있으니 그 안의 환경은 각자의 상상에 맡길 수밖에. 특히 버스 정류장의 공동 화장실은 지상 최악이므로 버스를 타게 되면 차나 물 같은 액체는 절대 마시지 않고 귤이나 레몬으로 견딜 수 없을 때만 조금씩 먹으며 목을 축였다.

그동안 세계일주하면서 별의별 화장실을 다 다녀보았지만 중국 화장실은 적응이 쉽지 않다. 1966년부터 77년에 이르는 문화혁명이 이름값을 제대로 하려면 이 화장실부터 혁명을 했어야 옳았다.

내친 걸음이니 한 가지만 더 하자. 중국에 와서 말을 못해 겪은 똥에 얽힌 웃지 못할 에피소드 하나.

처음 중국에 도착할 때는 중국말을 전혀 못해 겨우 한문 필담(筆談)으로 꼭 필요한 의사전달만 하는 수준이었는데 베이징에서 조그만 식당에 들어갔다가 중국 아저씨 둘과 같은 식탁에 앉게 되었다. 그들은 자기들끼리 한참 중국말을 해대더니 나에게 묻는다.

"니 똥마?"

엉겁결에 질문을 받고 가만히 생각해 보니 '니'는 '너'라는 뜻이고 '마'는 물음의 뜻이니, '너는 똥이냐?'라고 묻는 것 같다. 설마 그러랴, 다른 뜻이겠지 싶으면서도 나보고 똥이라는데 가만히 있을 수 있나?

"뿌똥!"

나는 강하게 고개를 저으며 아니라고 했다. '뿌(不)'는 아니라는 뜻이다. 그랬더니 또 묻는다.

"팅똥마?"

이건 또 무슨 똥인가, 튀는 똥인가? 무슨 똥이든 무조건 고개를 세게 흔들며 '뿌똥'이라고 대꾸했다.

"칸똥마?"

점입가경이다. 이건 마른 똥이라는 말인가? 내가 또 아니라고 하니까 그들은 글씨 쓰는 시늉을 한다. 말이 안 통하니 필담을 하겠다는 이야기 같다.

"뙤이(그럽시다)."

그제야 그 아저씨, 종이와 연필을 꺼내 어느 나라에서 왔느냐고 묻는다.

이렇게 한자로 이야기를 나눈 후에야 '똥(懂)'이란 말은 '이해한다'는 뜻이라는 걸 알았다. 그러니 '니 똥마?'는 '내 말 이해하겠니?'라는 말이다〔이것도 내가 나중에 중국어를 본격적으로 배울 때 보니까 '니 똥러마'에서 러(了)를 못 들은 것이었다〕. '팅똥' '칸똥'은 똥의 종류가 아니라 '들으면 이해하느냐?〔聽懂〕' '쓰면 이해하느냐?〔看懂〕' 하는 말이었다.

말도 못 알아들은 사람이 똥이라는 줄 알고 자존심만 내세우며 '뿌똥'이라고 고개를 흔들었지만 따지고 보면 '난 모르겠다〔不懂〕.'는 뜻이었으니 그리 틀린 대답도 아니었다.

베이징의 배낭족 집합소인 징화판띠엔〔京華飯店〕에는 여러 나라 배낭족들이 있었다. 베트남에서 윈난성을 거쳐 온 사람들을 몇 명 만났다. 여러 정보를 종합해 일단 사천요리로 유명한 사천성 수도 청뚜〔成都〕로 가서 거기서부터 여행을 시작하기로 했다.

베이징에서 서른다섯 시간 기차를 타고 가서 청뚜에 내려 배낭족들이 많이 모이는 찌아오통판띠엔〔交通飯店〕에 묵었다. 그곳은 베이징보다 윈난성에 가까워서 오고 가는 사람들에게 새로운 정보를 많이 얻을 수 있을 것 같다.

예상대로 막 윈난성을 다녀왔다는 일본인 커플을 만났다. 서른한 살의 여성 유코는 책표지 디자이너이고 스물여덟 살인 노부히토는 만화가가 되고 싶었던 컴퓨터 프로그래머인데, 둘다 서글서글하고 붙임성이 있어서 마음에 든다. 이들은 지난해 각기 직장휴가를 이용해 인도를 여행하다가 만나 사랑에 빠졌는데 그 후에 회사를 그만두고(정확히 말하면 제때에 회사로 돌아가지 않아 목이 잘리고), 지금 5개월째 여행중이라고 한다.

걱정도 없고, 짜증도 없고, 유머가 넘쳐 유쾌하기만 한 이 친구들은 신용카드로 돈을 빌릴 수 있을 때까지 빌려 쓰다가 돈 떨어지면 귀국하겠다는 배짱이다. 그리고 그때까지 둘이 싸우지 않고 여행을 잘 다니게 되면 결혼할 것이란다(여행에서 돌아와 보니 이들에게 엽서가 와 있었다. 일본에서 올 봄 결혼했다는 거다. 귀여운 친구들, 진심으로 축하한다!). 카메라 대신 가지고 다니는 공동 일기장에는 온갖 풍물과 인물 스케치로 가득 차 있다.

이 친구들에게 얻은 그림과 약도를 곁들인 귀한 정보 덕분에 시간도 절약하고, 실속없이 이름만 거창한 명승고적을 건너뛸 수 있게 되어 여간 다행이 아니었다.

떠나는 날 저녁 시장에 가서 이 커플과 함께 한 양재기의 밥과 한 양재기의 국을 곁들인 맵고도 부드러운 이곳 명물 마파두부를 땀과 콧물을 흘려가며 마음껏 먹었다.

내가 음식값을 계산하자 각자 돈내기에 길들여진 일본인들이라 한사코 마다한다.

"사준다고 할 때 그냥 잘 먹어요. 반은 정보값이고 반은 두 사람 하루라도 더 여행하라고 경비 줄여주는 차원에서 사는 거니까."

노부히토가 자기는 매운 것과 생선을 좋아한다길래 만약 한국으로 신혼여행을 오면 매운탕을 꼭 사주겠다고 했더니 귀여운 유코가 얼른 그림 공책을 꺼내든다.

'나 한비야는 신혼여행 온 유코와 노부히토에게 매운탕을 사줄 것을 약속함.'

일본어로 이렇게 쓰더니 나한테 서명하란다. 중국 청뚜에서 만났다는 뜻으로 엉터리 그림 솜씨지만 마파두부 찌개 그릇을 그려넣고 사인을 곁들인 덕담을 한 마디 써주었다.

'좋은 인생 꾸리시길 빌며.'

나를 바라보며 환하게 웃는 그들이 사랑스럽다. 둘이 잘 어울려 참 보기 좋다. 나도 저렇게 좋은 여행동반자가 있으면 좋겠다는 생각을 잠시 해본다. 아주 잠시만.

윈난성의 일정이 20일 정도로 빠듯해서 리지앙〔麗江〕과 따리〔大理〕, 그리고 베트남으로 가는 기차의 출발점인 쿤밍〔昆明〕을 가보기로 했다. 짧은 동안이지만 리지앙에서는 나시족 집에서 민박할 기회도 있었고, 배낭족에게 잘 알려진 식당에서 불고기와 김치 만드는 법을 전수하기도 했다. 호랑이가 두 골짜기 사이를 뛰어다닌다는 후티아오시아〔虎跳峽〕의 아름다운 골짜기를 트래킹도 하고, 모계사회의 흔적이 고스란히 남아 있는 루구호에도 가보았다.

또 단지 영어를 할 줄 안다는 이유 때문에 문화혁명 때 모진 박해를 받은 인텔리 할아버지를 만나 '체험수기 문화혁명'을 들은 것도 아주 큰 수확이다.

따리의 따뜻한 날씨는 오랫동안 입고 있었던 두꺼운 점퍼를 벗은 듯 마음을 홀가분하게 했고, 밀린 빨래 하기도 안성맞춤이었다. 다음에 올 때는 될수록 오래 묵으면서 넓은 호수와 높은 산이 어우러진 자연과 소수민족 바이족이 만들어내는 독특한 문화, 그리고 땅을 일구고 사는 순박한 이곳 사람들을 좀더 깊이 느껴야겠다고 생각했다.

이렇게 바쁘게 돌아다니다 보니 어느덧 한달간의 비자기간이 끝나서 나는 쿤밍으로 떠난다.

* 이 윈난성의 리지앙과 따리는 인도차이나와 남부아시아 여행을 마치고, 본격적으로 중국 여행을 할 때 다시 오게 된다. 4권 중국편에서 자세히 다룰 것이다.

따리에서 쿤밍으로 가는 침대버스는 저녁 7시 정각에 출발하는데 나는 여유를 부리며 시간에 딱 맞춰서 느긋하게 버스에 올랐다. 그런데 이미 내 자리에는 어떤 남자가 누워 있다. 여긴 내 자리라고 하니까 자기도 나와 같은 8번이란다. 표를 꺼내보이니 그 남자가 다른 버스 표라고 한다. 뭐라고? 얼른 내려 차밑 트렁크에서 배낭을 꺼내 두리번거리니 다행히 바로 옆에 있는 버스다.

부랴부랴 내 자리를 찾아 앉았는데 창밖에 한국 사람인 듯한 남녀가 왔다갔다한다. 그 가운데 여학생이 나를 뚫어지게 쳐다보더니 '니 하오' 인사를 하는 것이다.

"안녕하세요?"

내가 한국말로 대답을 했더니 대번에 반색을 한다.

"혹시 한비야씨 아니세요?"

"맞아요."

"어머, 어머, 어머, 어머."

여학생은 소리를 지르며 말을 잇지 못한다. 나와 같은 버스에 타게 된 두 사람은 중국 산똥(山東)에서 공부하는 유연희양과 고려대학교 강사인 정태원씨다. 둘 다 내 책 1, 2권을 모두 읽었다는데, 올해(1997년) 정초에 조선일보에 난 기사를 보고는 중국에 다니다 보던 혹시 나를 만날 수 있지 않을까 은근히 기대하고 있었다며 그렇게 반가워할 수가 없다. 그러면서도 연희는 약간 실망한 듯한 목소리로 말한다.

"그런데 오지 여행가가 쿤밍 같은 큰 도시로 간다니 이상하군요."

오지 여행가라도 오지에서 오지로 날아다니기 전에는 어떻게 오지로만 다닌단 말인가? 베트남으로 넘어가려면 버스건 기차건 타야 하고, 그러려면 큰 도시를 거칠 수밖에. 큰 도시에서 중간 도시, 거기서 다시 작은 마을과 깊숙한 오지로 연결되는 것이 길이 아니던가.

어떻든 베트남으로 넘어가기 직전 한국 사람을, 그것도 둘씩이나 만났다는 것은 참 신나는 일이다. 연희와 나는 침대버스 맨 뒷자석의 몹시 덜컹대는 자리에 나란히 누워 한국을 떠나온 후 처음으로 수다다운 수다를 떨었다.

내 목소리가 워낙 큰데다 오랜만에 마음에 드는 사람과 떠드니 그 소음공해야 가히 짐작할 수 있을 것이다. 주위사람들에게는 미안하지만 알면서도 목소리 속도와 볼륨 컨트롤이 안 되는 게 나의 큰 약점이다.

참전용사 집에서 맞은 거창한 음력설

중국 국경에서 중국 돈과 바꾼 베트남 돈마다 호치민 초상화가 그려져 있는 걸 보는 순간 내가 드디어 베트남에 가는구나 하는 실감이 든다.

국경을 넘자마자 보이는 대나무로 만든 삼각형 모자와 어깨에 긴 막대를 걸고 막대기 양끝에 달린 쟁반에 물건을 얹어 지고 가는 사람들이 눈길을 끈다. 중국의 일반적인 대중교통 수단이 자전거라면 여기는 오토바이인 것 같다. 국경 도시의 작은 마을 라오카이에도 오토바이 소리가 요란하다. 이제부터 베트남이다. 그리고 그 첫 행선지는 사파다.

자칫하면 베트남 여행을 하다 말고 중간에 떠나야 할 만큼 한달간의 빡빡한 여정이면서 왜 여기 사파에서 일주일이나 묵으려고 하는가. 첫째는 이곳이 베트남 소수민족들이 모여사는 곳이고, 둘째는 산길 하이킹 코스가 좋다는 곳이기 때문이다. 이곳은 국경에서 두 시간 정도 떨어진 해발 1,600미터의 산간마을. 멍족, 다이족, 다오족 등 소수민족들이 모여사는 곳이다.

도착하는 날 날씨가 아주 맑아서 언제나 그런 줄 알았는데, 알고 보니 지금이 우기인데다 지형적인 영향으로 그렇게 갠 날은 아주 드물고 거의 흐리거나 비가 온다고 한다. 아닌게 아니라 다음날부터는 1, 2미터 앞도 볼 수 없는 안개비가 내려, 오는 날 보았던 그 멋있는 산 판시 판(3,143m)의 모습은 간 곳이 없고 하루종일 연기 자욱한 사우나탕에 들어앉은 기분이다.

하여간 여기까지 왔으니 날씨야 어떻든 하이킹을 해야겠다고 작정하고 산중턱에 있는 소수민족 마을 두 곳을 가보기로 했다. 왕복 6시간이 걸리

안개비를 맞으며 찾아간 산간 마을에서 만난 베트남 소수민족 멍족 아이들.

는 거리. 걸어서 겨우 1시간 거리의 두 마을에 사는 소수민족 멍족과 다이족이 각각 다른 언어와 복장을 하고 있는 것이 신기하다.

특히 300년 전에 중국 남부에서 넘어왔다는 멍족은 베트남에서 일곱 번째로 큰 소수민족이라는데 대부분이 중국 국경에 살고 있다.

사파 장터에서 흔히 볼 수 있는 그들 가운데 여자들은 무릎까지 오는 푸른 짧은 치마에 앞치마 같은 걸 입고, 종아리를 헝겊으로 감았다. 머리는 틀어올려 뚜껑 없는 모자 속에 넣고 다닌다. 남자들도 무릎까지 오는 푸른색 느슨한 바지와 윗도리, 그리고 파란 모자를 쓰고 있다. 여자는 물론 남자들도 은목걸이와 은팔찌 등을 끼고 있는데다 아주 어린아이들까지 민속의상을 입고 있는 것이 이색적이다.

시골인심, 특히 산에 사는 사람들의 인심은 어디서나 훈훈하고 넉넉하다. 연초록색의 부드러운 물결을 이루는 계단식 밭에서 일하던 아주머니와 아이들은 지나가는 나를 부르더니 자신들의 점심보따리를 풀어 무엇이라도 주고 싶어한다.

꼬불꼬불 밭길에 길을 잃어버려서 신발이 다 젖은 채 한참을 헤매다가 겨우 찾아간, 나무로 엉성하게 지은 집 아저씨는 나를 보고는 얼른 자신의 집으로 들어오라고 하더니 불을 피워주고 차를 끓여주고 간단한 요기 거리도 갖다주었다.

한눈에 보아도 겨우 입에 풀칠이나 할 만큼 가난한 살림인데도 길 가는 사람 먹여보내는 인심만은 넉넉하다. 사파로 가다가 또 길을 잃으면 안 된다며 열 살 정도의 남자 꼬마를 개와 함께 길목까지 딸려보내는 마음씀이 고맙기 짝이 없다.

불가에 같이 앉아 있던 아주 예쁘게 생긴 딸은 아직 어린아이 티를 벗지 않았는데도 조금 있으면 곧 시집을 간다고 한다. 제 엄마가 내게 이 말을 하니 부끄러웠던지 밥도 먹지 않고 줄행랑을 놓는다.

나중에 숙소 여주인의 친구인 40대 아주머니에게 들은 멍족 결혼 이야기가 재미있다. 멍족은 예전에는 거의 중매결혼을 했는데 최고로 치는 신랑, 신부감은 무조건 농사일과 집안일을 잘 하는 사람이란다. 외모를 비롯한 그 외의 조건은 무시되거나 별 영향을 미치지 못한다고 한다. 지금은 연애결혼을 하는 경우도 더러 있다는데, 이 아주머니는 자기 아들이 일도 잘 하지 못하게 생긴 여자와 결혼하려 해서 너무 속이 상한다고 한탄을 한다.

결혼을 하기 위해서 신랑집에서는 신부집에 돼지고기, 술과 돈 등 약 200달러어치 정도를 예물로 주어야 한다. 신랑은 가짜로 신부를 납치해 오고 '납치된' 신부가 신랑과 함께 선물을 가지고 자신의 집으로 돌아가는 것으로 혼례가 이루어진다고 한다.

이 지역이 1993년에 들어서야 겨우 외부인에게 공개되어서인지 아직까지 시골에는 옛날부터 내려오는 따뜻한 전통이 고스란히 남아 있다.

그러나 시내나 시내가 가까운 동네에서는 아이들이 돈이나 볼펜을 달라고 떼거리로 몰려다니고 같이 사진을 찍자고 하면 돈을 달라고 으름장을 놓는다. 경치를 찍었을 뿐인데도 돈 내놓으라고 끝까지 따라붙다가 안 주니까 돌을 던지는 아이들을 보면서 마음이 상하기보다는 이 산골마을의 전통이 무너지는 것도 시간문제가 아닐까 하는 안타까운 마음이 든다. 안타까운 마음뿐인가. 우리처럼 외지에서 찾아드는 관광객들이 이들을 '집단거지화' 하는 데 가장 큰 역할을 하고 있는 것은 아닌가 하는 자책감까지 들었다.

　이곳 사파에서 예상치 않은 행운을 얻었다. 음력설을 베트남 식구들하고 맞게 된 것이다. 국경 도시 라오카이에서 사파로 오는 길에는 분홍색 작은 꽃이 다닥다닥 달려 있는 복숭아나무 가지들이 눈에 많이 띄었다. 거리 곳곳에 꽃가지가 놓여 있고 사람들 손마다 집으로 가져가는 꽃가지가 들려 있었다.

　버스에는 대바구니에 든 닭도 같이 타고, 아주머니들은 맥주나 채소, 그리고 돼지고기를 담은 장바구니를 들고 탔다. 알고 보니 이게 모두 음력설인 '테트' 준비였다. 버스가 작은 마을에 서고 형제나 친척들이 내릴 때마다 정류장에서 기다리던 사람들이 왜가리 소리를 지르며 반가워한다. 승객들은 버스가 서기도 전에 뛰어내려 서로 얼싸안고 얼마나 좋아하는지 모른다. 눈물나도록 정겨운 풍경이다. 뿔뿔이 흩어져 살던 집안 식구들이 모이는 날이 여기도 바로 음력설이란다.

　내가 묵은 게스트 하우스에도 복숭아 가지에 빨간색과 노란색이 주류를 이루는 풍선과 금실 은실, 그리고 반짝이 전등을 달아놓았다. 또 며칠 전부터 조상 사진 앞에 과자며 담배며 술과 과일을 조금씩 사다 벌여 놓았다.

　설날 바로 전날에는 복을 상징한다는 우리나라의 주걱밥과 찰떡의 중간 정도 맛인 마잉층이라는 설 음식을 만드느라고 여관 안주인 린은 하루 종일 보이지도 않는다. 우리나라 떡국처럼 음력설에 반드시 덕어야 하는 음식이다. 아이들은 집 안팎을 대청소하느라고 한시도 쉴 틈이 없다.

우리 숙소에 묵은 배낭족 여섯은 정말로 운이 좋았다. 이 여관의 주인 부부와 네 명의 아이들과 한데 섞여 아주 즐거운 음력설을 보낼 수 있었기 때문이다.

내가 하루걸이 하이킹에서 돌아와 다른 아이들과 함께 저녁을 먹으려고 근처 식당에 앉아 있는데, 숙소의 둘째 아들이 숨을 헐떡이며 식당으로 들어왔다. 오늘 저녁은 꼭 자기네 식구들과 같이 먹어야 한다는 것이다.

집에 가니 주인 아저씨가 차례상에 촛불을 켜고 향을 피워놓았다. 상에는 촛대와 향, 조상의 위패 앞에는 삶은 닭 한 마리와 과일, 그리고 마잉층이 정성스레 차려져 있다.

며칠 전에 사다놓은 복숭아 가지는 그동안 탐스러운 꽃을 피웠는데, 그 가지에 아이들이 풍선을 더 많이 불어 달아놓았다. 8시쯤 저녁이 시작되었다. 안주인 린과 아이들이 하루종일 준비한 음식을 그야말로 배가 터지도록 먹고 놀았다. 나는 '까치 까치 설날은 어저께고요, 우리 우리 설날은 오늘이래요.' 라는 동요를 부르며 흥을 돋우었다.

저녁을 먹고 나자 이 집 식구들은 샤워를 하고 제일 좋은 옷으로 갈아입고 12시를 기다린다. 밤 11시가 되니 텔레비전에서 신년을 맞는 온갖 행사가 시작된다. 수상과 각 지방 도지사가 나와 지루한 송년사와 신년사를 하더니 갑자기 시계가 나오면서 2분 전부터 카운트 다운을 한다. 식구들은 1분이 남았을 때부터 60, 59, 58, 57 … 하고 거꾸로 셈을 하더니 4, 3, 2, 1 까지 세고는 서로에게 크게 인사를 한다.

"축 멍 남 머이(다복한 새해를)!"

나는 한국에서 가져간 부채 모양의 열쇠고리를 주면서 빨간 수술이 복을 가져다 줄 거라고 했더니 아주 좋아하면서 그것을 얼른 복숭아 가지에 걸어놓는다.

주인 아저씨는 세배도 안했는데 우리에게 빳빳한 1천 동(우리 돈 90원 정도)짜리 지폐를 나누어 준다. 행운의 돈이란다.

예전에는 이렇게 자정을 넘는 순간이면 마을 전체가 일제히 고막이 터지도록 요란하게 폭죽을 터트리고 불꽃놀이를 하면서 귀신을 쫓았다는데 이제는 법적으로 금지되었다고 하며 애석해했다.

음력설 행사는 그 다음날도 계속되었다. 이튿날 아침 아래층으로 내려가 보니 온 식구가 또 깨끗한 옷으로 갈아입고 마잉층을 먹으면서 웃고 있었다.

새해 첫날 누가 첫번째로 집을 찾아오는지 기다리고 있다는 거다. 설날 아침 제일 먼저 집에 들어오는 사람이 한 해의 행운을 가져올 수도 있고 불운을 가져올 수도 있단다. 그래서 복이 많은 사람이 찾아오기를 기다리고 있는데 절대로 미리 짜면 안 된다는 것이다.

나도 약간 긴장이 됐다. 그때 이웃 아주머니가 문을 열고 '축 멍 남 머이' 하며 들어왔다. 그녀가 들어오자 이 집 식구들은 와 함성을 지르고 박수를 치며 좋아한다. 이 아주머니는 근처에서 큰 가게를 하는데 마음씨도 좋고 다복한 사람이라는 것이다. 아주머니가 올해 우리에게도 좋은 운을 가져다 줄 거라며 모두가 싱글벙글 입을 다물 줄 모른다.

주인 아저씨 친과 베트남 전쟁에 대해 이야기하다가 그도 역시 전쟁에 참전했다는 사실을 알았다. 즐거운 정초부터 전쟁 이야기를 하는 건 미안한 일이지만 염치불구하고 여러 가지를 물어보았다.

올해 마흔세 살인 친이 탱크 부대원으로 참전한 것은 열아홉 살 때였고, 집에 돌아온 것은 9년이 지난 스물여덟 살 때였단다. 그가 속한 탱크부대는 북베트남에서 출발해서 라오스와 캄보디아를 거쳐 호치민시까지 진군했다. 처음 1,300명이 떠난 이 부대가 호치민시에 도착했을 때는 겨우 800명이 남았더라면서 벽에 걸린 베트남 지도를 가리키며 어느 지역에서 많은 사람들이 죽었는지 설명해 주었다.

남쪽 지도를 가리킬 때는 여기에는 한국 군인이 많았는데 미국이 한국에 돈을 줘서 한국 사람들이 대신 싸웠던 것이라는 설명을 붙인다.

이틀 전 하이킹을 하다가 다이족 마을인 타반에서 중국말을 할 줄 아는 할아버지가 나보고 어디에서 왔느냐고 묻길래 조심스럽게 한국에서 왔다고 했더니 깜짝 놀라면서도 다음 순간, "시엔자이 펑유(이제는 친구)!"라고 눈을 감은 채 신음하듯 낮은 목소리로 말하던 생각이 난다.

그 할아버지 주위에도 전쟁으로 피해를 당한 사람이 있었을까? 아니면 직접적인 피해자였을까? 하기야 인구 3천만인 나라가 거의 10년간을 초현대식 무기를 가진 세계 최강대국에 맞서 거의 맨주먹으로 싸웠으니 전쟁의 파편을 맞지 않은 사람이 어디 있을까.

이 사람들은 예전의 적이었던 나라 국민이 한가한 구경꾼이 되어 이런 시골 구석까지 찾아온 걸 보면서 무슨 생각을 할까? 여행자의 한 사람으로서 우리에게 좋지 않은 감정이 남아 있을지도 모르는 베트남 사람들에게 좋은 인상을 남겨야 한다는 의무감이 들기도 한다.

감기로 죽을 뻔하고, 사기당하고

하노이에서 지독한 감기에 걸렸다. 배낭족 숙소의 여러 명이 함께 쓰는 방에 묵었는데 밤에 내가 하도 기침을 해서 다른 아이들의 잠까지 설치게 했다.

생각해 보니 나는 며칠동안 감기에 걸릴 짓만 골라서 했다. 주범은 담배 연기다. 중국과 베트남의 국경도시 라오카이에서 하노이까지 오는 기차 앞자리에 앉은 남자들이 끊임없이 담배를 피워댔다. 열 시간 내내 잠시도 쉬지 않고 내뿜는 담배 연기가 얼마나 지독한지 굴뚝에 들어앉은 것처럼 코가 매웠다. 견디다 못해 창문을 열면 1분도 안 되어 춥다고 얼른 닫아버리니 고스란히 그 연기를 다 마실 수밖에 없었다.

하노이에 도착해서는 또 어땠는가? 가장 싼 배낭족 숙소의 가장 싼 방에 들었으니 난방시설이 있을 리 만무. 언 몸을 녹이겠다고 공동 샤워장에 가서 더운물을 틀었더니 미지근한 물이 쫄쫄 나오다가 금방 끊어져서 찬물로 머리를 감아야 했다. 그리고는 하노이의 야경을 본답시고 젖은 머리로 베란다에 나가 한 시간이나 바람을 맞고 있었으니 감기에 안 걸린다면 오히려 이상할 정도다.

몸은 으슬으슬, 머리는 지끈지끈, 콧물은 하염없이 나온다. 기침을 하도 해서 목은 물론 가슴까지 아프다. 온몸이 불덩이처럼 뜨겁고 기운이 하나도 없다. 펄펄 열을 내며 슬리핑 백 속에 하루종일을 누워 있자니 기가 막힌다. 내가 무슨 영화를 보겠다고 낯선 땅 하노이의 싸구려 여인숙에서 이렇게 앓고 있는가. 내 나이 적지도 않은 서른여덟 살에 도대체 여기서 무엇을 하고 있는 건지 한심한 생각이 절로 든다.

여행을 시작한 지 벌써 5년째. 누가 돈주고 시키는 일이었으면 그만두어도 벌써 그만두었을 거다. 내가 좋아서 내 돈, 내 시간 들여가며 하는 일이니 이렇게 힘든 때도 참을 수 있는 거다. 이럴 때마다 내가 나에게 묻는 말이 있다.

"그러면 넌 지금 한국에서 편안히 생활하면서 세계일주여행 한번 해봐야지 하고 생각만 하고 있는 편이 좋겠니?"

내 안에 있는 다른 내가 얼른 대답한다.

"아니, 아니야. 조금 몸고생이 되더라도 지금이 행복해."

마음은 이렇게 추스르지만 마음보다 정직한 몸은 괴롭다고 아우성이다.

'알았어. 내일은 정말 스팀이 나오고 욕조가 있는 방으로 옮겨 몇 시간이고 뜨거운 물에 너를 담가줄게.'

이렇게 다짐하다가도 막상 이튿날이 되면, '봐라, 다른 아이들도 잘 견디는데 좀 참아봐.' 하며 그냥 눌러앉기를 닷새째. 상하의 나라라는 베트남인데 2월의 날씨는 쌀쌀하고 거기에 몸살로 인한 스산함이 겹쳐 한국의 동장군 맛을 톡톡히 보고 있다.

설상가상으로 언짢은 일이 또 있었다. 같은 숙소에 묵은 배낭족에게 사기를 당한 것이다. 큰 건 아니지만 배신감에 뒷맛이 씁쓸하다. 캐나다 퀘백 출신 사진작가 지망생 알퐁소라는 아이가 있었다. 여럿이 어울려 저녁도 같이 먹고 자전거를 빌려타고 시내구경도 하고 1박 2일로 아름다운 바다와 기석들이 만나는 하롱베이 관광까지 같이 하면서 재미있게 지냈다.

"비야씨, 20달러만 빌려 주세요. 내일 아침 일찍 은행에서 바꾸면 갚을게요."

어느 날 저녁, 알퐁소가 자기는 지금 여행자 수표밖에 없는데 자기 방에 있는 친구가 내일 아침 일찍 떠나니 자기가 빌린 15달러를 갚아야 한다는 것이다. 나는 별 의심 없이 20달러와 가지고 있던 중국 가이드 북을 빌려주었다.

그런데 다음날 아침 숙소가 발칵 뒤집어졌다. 글쎄, 그놈이 아침 일찍 도망가 버린 거다. 돈을 뜯긴 사람은 나말고도 세 명. 자기 방에 있는 아이의 워크맨이며 전기 면도기며 심지어 치약까지 싹쓸이해 갔단다. 정말 치사하고 싸가지가 없는 놈이다. 한국 욕이 시리즈로 나온다.

나쁜 놈, 도둑놈, 썩을 놈, 사기꾼.

많은 여행객들은 베트남 여행이 다른 아시아 여행에 비해 너무 쉽고 외국인이 너무 많아 재미가 없다고 말한다. 그럴 수밖에 없는 것이 대부분 한달짜리 관광비자로 총길이 1,700km를 남북으로만 오르내리며 잘 알려진 관광지만 다니게 되기 때문이다.

게다가 북쪽의 하노이에서 남쪽의 사이공까지는 비교적 저렴한 관광버스가 정기적으로 다니기 때문에 현지인들과 섞일 기회는 거의 없이 만났던 외국인들을 계속 만나며 다니기가 십상이다.

나는 애초부터 이름난 관광지는 빠짐없이 보아야 한다는 생각도 없었고, 편안하게 관광버스로 다니는 것이 싱겁게도 느껴져 현지인 버스를 타는 것을 원칙으로 삼았다. 그러나 첫번째 버스에서부터 사람들이 왜 현지인 버스를 타지 않는지 깨닫게 되었다.

우선 현지인 버스터미널을 찾는 것부터가 쉽지 않았다. 하노이에서 사이공으로 가는 현지인 버스터미널을 찾느라고 한 시간 이상 시내 버스를 타고 이리저리 돌아다녀서야 겨우 발견할 수 있었다. 게다가 놀랍게도 버스터미널에 붙어 있는 공식 외국인 요금은 관광버스 요금보다 훨씬 비싼 것이다. 여행자 보험료 때문에 그렇다는 것이다.

하여간 나는 그동안 터득한 '차비깎기' 노하우를 썼다. 목적지로 가는 버스를 찾아서 운전사와 직접 협상하는 것이다. 대부분 이런 경우 내가 내는 차비는 고스란히 운전사나 차장의 부수입이 되므로 누이 좋고 매부 좋은 일이다. 나는 베트남어도 모르는 주제에 메모지와 볼펜만으로 차비를 7만 5천동(약 7달러)에 흥정했다. 알다시피 베트남은 남북으로 길쭉한 나라라 주요 고속도로는 하나뿐이다. 그러니 사이공으로 가는 버스를 타고 가다가 원하는 곳에서 내리면 되는데, 나는 중간이 있는 도시 후에까지 가기로 했다. 하노이에서 후에까지는 외국인 관광버스 차비가 22달러이니 내가 생각해도 흥정은 잘한 것 같다.

버스는 손님이 차야 떠난다면서 두 시간쯤 기다리다가 출발했다. 놀랍고 반갑게도 그 버스는 한국산 중고버스다. 겉에는 한 장기신용은행의 광고가 아직도 지워지지 않았고 '자동문' '비상구' 등의 한글이 선명하게 남아 있다.

그러나 버스 안은 번지르르한 겉과는 전혀 달라 좌측에는 3인용, 우측에는 2인용 딱딱한 나무 의자가 붙어 있고 의자의 앞뒤 간격이 너무나 좁아서 체격이 크지 않은 나도 앞의자에 무릎이 닿는다. 그러니 몸집 큰 서양 배낭족들은 이런 버스를 탈 엄두를 못 낼 것이다.

버스는 짐 반 사람 반으로 입추의 여지가 없다. 그래도 버스 차장은 그 사이를 잘도 왔다갔다한다. 기름투성이에 에너지가 철철 넘치는 20대 초반의 버스 차장은 30년 전의 우리 시골 버스를 연상케 한다. 차장은 바쁘게 설치면서도 어떻게든 내게 말을 걸 기회를 엿보다가 나와 눈이 마주치자 기다렸다는 듯 어디서 왔느냐고 묻는다.

"코리아."

그러나 못 알아듣는다. 아 참, 베트남에서는 우리가 코리언이 아니지.

"따이한."

그제야 고개를 끄덕이며 큰 소리로 버스에 탄 사람들에게 알린다.

"이 사람 따이한에서 왔대요."

나도 기왕 시작된 이야기이니 잘해보려고 하노이에서 산 베트남 포켓 사전을 꺼냈다. 차장이 몇 살이냐고 묻기에 서른여덟 살이라고 종이에 써서 보여주었더니 또 큰 소리로 떠든다.

"이 여자는 서른여덟 살이랍니다."

그러자 사람들이 모두 나를 돌아보며 고개를 끄덕인다. 할머니들은 검은 이를 다 드러내며 웃는다. 바로 그 유명한 흑치(黑齒)다. 1945년 혁명 전 대부분의 북부 여자들은 이를 까맣게 물들이고 다녔다는데 지금은 40대 이상 아줌마들에게서만 볼 수 있다.

매일같이 자기 전에 이빨에 어떤 나뭇잎을 붙이고 자면 한달 만에 영구 흑치가 된다고 한다. 북부 여인들은 흑치가 아름답고, 이가 튼튼해진다고 믿었다. 그러나 프랑스 식민지 시대에 외국인들에게 강간을 당하지 않기 위해 일부러 '정 떨어지는' 흑치로 만들었다는데 내가 보기에는 후자가 더 설득력 있어 보인다.

해가 있을 때는 견딜 만했는데 해가 지니 깨진 유리창 문으로 바람이 들어와 몹시 춥다. 다리까지 제대로 펼 수 없으니 쥐가 나려고 한다. 스무 시간을 그런 자세로 견뎌야 한다니 기가 막히지만 이렇게 하고 하노이에서 사이공까지 2박 3일을 밤낮으로 가는 사람도 있다는 것을 생각하며 위안을 삼았다. 이렇게 불편한 버스의 승객만 보아도 베트남 사람들은 참 어지간히 인내심이 있는 사람들이라는 것을 알겠다.

"현지인 버스도 탈 만하네 뭐."

듣는 사람도 없는데 괜히 한마디 내뱉는다.

아이 셋 데리고 보트 탈출 열세 번

그런데 후에에서는 내가 좀 이상하다. 베트남 최후의 왕국 수도였다는 이곳에는 왕궁, 사원, 왕릉, 고풍스러운 옛 건축물 등 볼거리가 잔뜩 있는데도 흥이 나지 않는다. 100년 전이나 지금이나 변함없이 아담하지만 고색창연하다는 호이안에서도 마찬가지다. 하루 1달러에 자전거를 빌려 강을 거슬러 올라가며 아름다운 경치를 감상하고, 200년 전에 지어졌다는 중국식 부잣집이나 화려한 절들을 돌아다녀 보아도 그저 그렇다.

왜 그럴까? 무엇 때문에 재미를 느끼지 못하는 걸까? 곰곰 생각해보니 베트남 여행에는 아주 중요한 것이 빠져 있다. 바로 현지인과 만나기가 어렵다는 것이다. 무슨 이유에선지 베트남에서는 외국인이 현지인 집에 숙박하는 것이 법으로 금지되어 있다. 그러니 만나는 사람들은 외국 관광객이거나 그들을 상대로 하는 사람들뿐이다.

세계 어디를 가나 마찬가지겠지만 베트남 장사꾼들도 역시 닳고 닳아서 기회만 있으면 바가지를 씌우려고 하니 쓸데없는 경계심만 불러일으키게 된다. 그러니 마음을 열고 정을 붙일 수 없다. 이렇게 '사람' 만나기가 어려우니 여기까지 와서 자칫하면 사진첩이나 비디오에서 얼마든지 볼 수 있는 경치나 건물 구경만 하다 갈지도 모르겠다는 생각이 들어 초조하다.

그러던 차에 이런 우려를 한꺼번에 씻어주는 '사람'을 만났다. 중부 해변 휴양도시 나짱에서 너무나 멋진 베트남 아줌마를 만난 것이다.

자전거를 빌려타고 해변을 따라 난 길을 달리다가 뜻밖에도 한국 간판을 발견했다.

'아리랑 한국음식점.'

서툴게 쓴 글씨가 확 눈길을 끌었다. 저경비 배낭여행을 하는 내 주머니 사정으로는 비싼 한국 음식이 가당치 않지만 적어도 지나간 한국 신문이나 잡지라도 읽을 수 있지 않을까, 하다못해 한국말로 베트남의 좀더 깊은 속사정을 자세히 들을 수는 있지 않을까 하는 기대가 일어 문을 열고 들어갔다.

"안녕하세요?"

"안녕하세요? 어서 오세요."

키가 자그마하고 눈이 부리부리한 50대 초반의 아주머니가 반갑게 맞는다. 건네오는 한국말 인사가 그리 서툴지 않다.

"반갑습니다. 지나가다가 간판 보고 들렀어요."

그러나 한국말은 그것뿐이다.

"오우, 저 한국말 조금밖에 하지 못해요. 남편이 한국 사람이에요."

그녀는 아주 유창한 영어로 대답하면서 남편은 지금 한국으로 구정을 쉬러 갔다는 것이다. 그러고는 잠깐 앉으라며 얼른 시원한 물을 내온다. 물을 한 잔 마시고 주위를 돌아보니 카운터용 쇼 케이스 안에는 진로소주, 양반김, 깻잎, 신라면 등 보기만 해도 반갑고 귀한 한국 음식들이 진열되어 있다.

이렇게 알게 된 아줌마의 이름은 딥이다. 이 통통하고 상냥한 아줌마는 내가 지금 세계일주중이라니까 깜짝 놀라며 왜 여행을 하느냐, 어디를 다녔느냐, 여자 혼자 위험하지 않으냐 한참을 묻더니 한마디 한다.

"아 참, 내 정신 좀 봐. 점심밥 먹었어요?"

머리만 바글바글 볶았더라면 마음까지 영락없는 한국 아줌마다. 그러면서 오늘이 음력으로 정월 대보름인데 베트남 사람들은 오늘 저녁 절에 가서 1년간의 안녕을 빈다며 같이 가잔다. 긴 여행 다니면서 별일 없이 다니려면 부처님의 가호가 필요할 거라나.

그날 이후 나짱에 머무는 동안 딱 하루 바다로 스노클링하러 간 날만 빼곤 내내 이 마음씨 좋은 딥 아줌마집에 출근을 하며 어울렸다. 딥 아줌마는 어느 날 저녁 바닷바람이 잔잔한 해변에서 아주 드라마틱하게 살아온 자신의 삶을 남의 이야기하듯 들려주었다. 정작 이야기를 하는 아줌마는 담담하기만 한데 듣고 있는 나는 센 바닷바람에 머리를 돌리는 척하면서 여러 번 눈물을 닦아야 했다.

지금은 해변의 휴양도시에서 한국 음식점을 하며 평화롭게 살고 있는 이 아줌마도 베트남 전쟁의 막대한 피해자다. 그녀의 집안은 여러 명이 티우 대통령의 베트남 정부에서 고위관리를 지낸 부유하고 힘있는 집안이었다. 그녀는 영어를 잘 해서 미국 대사관에 취직해 일하다가 1969년 영어 · 프랑스어 통역으로 와 있던 지금의 한국인 남편을 만났다.

두 사람은 첫눈에 반해 깊은 사랑을 나누었다. 외동딸을 외국인에게 시집 보낼 수 없다는 그녀 집안의 반대에도 불구하고 두 사람은 1969년 결혼을 해서 1975년 사이공이 함락될 때까지 세 아이를 낳고 행복하게 살았다. 그러나 함락 직전 남편은 사이공을 떠날 수밖에 없었다. 그대로 남아 있다가는 공산당에 잡혀서 처형될 판이었다. 남편이 한국으로 떠날 때 막내는 돌이 갓 지난 갓난아기였다.

사이공에 공산정권이 들어서자마자 그녀와 세 아이는 산골마을로 추방되었다. 부잣집에다 티우 정부에서 고위직을 지낸 집안의 딸로서 전쟁중 미대사관에서 일했고, 게다가 그들에게는 적이었던 한국인과 결혼까지 해서 아이들을 낳은 딥 아주머니는 공산정권으로서는 최고 악질분자였던 것이다. 그래서 추방지 중에서도 가장 멀리로 쫓겨나야 했다.

부모로부터 물려받은 집이 열 채도 넘고, 그동안 모은 재산도 적지 않지만 그 모든 것을 고스란히 빼앗긴 채 그녀는 젖먹이 아이를 안고 어린 아이들 손을 잡고 쫓겨갔다. 그때 몰래 숨겨간 금붙이를 팔아 그 후 5년간 열세 번이나 보트를 타고 베트남 탈출을 시도했으나 번번이 실패로 끝나고 말았다. 목숨이 붙어 있는 것이 그나마 다행이었다고 할까? 다행히 몸은 다치지 않았지만 돈은 다 날려버리고 드디어는 입고 있던 옷까지 팔아 아이들과 끼니를 이어갔다. 굶주림과 비참의 연속이었다.

그렇게 10년 넘게 고생하다가 10년 전 어찌어찌 사이공으로 돌아와서 국수가게를 열었다. 이를 악물고 국수를 팔아 아이들을 공부시키고 조금씩 저축을 해서 지금은 경제적으로 그리 어렵지 않게 되었다.

그러다가 18년 동안 죽었는지 살았는지 소식도 모르고 살았던 한국 남편을 다시 만나게 되었는데, 그 사연이 기막히다. 1993년 한국의 SBS가 '라이 따이한의 향기'라는 이름으로 한국인 2세 이야기를 다큐멘터리로 제작한 적이 있었다. 우연히 딥 아줌마 주변에 있는 사람을 인터뷰했는데, 그 아주머니가 카메라에 대고 말하는 것이었다.

"우리는 살기가 어려워요. 어서 남편을 만나 도움을 받아야만 해요."

그러자 옆에서 지켜보던 딥 아줌마가 그 여자를 몹시 질책했다.

"여태껏 우리 베트남 여자들은 가난하지만 남편 없이도 아이들을 남들에게 손가락질당하지 않도록 잘 길렀다. 이제 와서 무슨 우는 소리냐? 당신은 베트남 여자의 자존심도 없느냐?"

그리고는 마이크를 갖다대는 PD에게 말했다.

"한국과 베트남이 국교가 정상화되고 소식을 전할 수 있게 된 지가 벌써 2년이 되었습니다. 그동안 남편이 우리를 찾지 않은 걸 보면 나는 그가 죽었다고 생각됩니다. 아니, 죽은 것으로 생각하고자 합니다. 몸은 살아 있을지 몰라도 마음은 이미 떠난 것이니까 우리들에게는 죽은 것이나 다름없습니다."

또 이런 말도 했다고 한다.

"우리가 필요한 건 경제적인 도움이 아니라 우리 라이 따이한에 대한 한국 정부의 관심과 행동입니다. 그들은 한국인 2세라는 이유로 교육을 제대로 받을 수 없었음은 물론 온갖 기회를 박탈당해 왔습니다. 단지 한국인 피가 섞였다는 이유로 말입니다. 그런 속에서 우리 베트남 여자들이 이만큼 키워놓았으니 이제는 한국의 자식인 2세들에게 한국이 무엇인가 삶의 발판을 만들어주어야 한다고 생각합니다."

이 인터뷰가 한국에 방영되고 마침 이 방송을 본 남편이 일주일 후에 베트남으로 날아와 극적인 상봉이 이루어졌던 것이다. 남편은 한국으로 돌아가 그동안 새 장가를 들었는데, 한국 부인의 양해로 지금은 한국과 베트남을 왔다갔다하면서 지내고 있다고 한다.

"물론 내가 먼저 결혼했으니 본부인이라고 할 수 있지요. 그러나 나는 남편을 독차지하고 싶은 마음은 없어요. 격동의 세월을 살면서 있을 수 있는 일이지만 두 여자가 다 슬프게 되어서는 안 됩니다. 만약 할 수만 있다면 슬픈 역할은 내가 맡겠습니다. 지금까지 그래왔던 것처럼요."

그녀는 한 점 불만이나 회한도 없었다. 거친 운명의 파도에 실려 살아왔으나 딥 아줌마는 모든 운명을 있는 그대로 받아들이고 있었다. 담담하게 그러나 당당하게.

딥 아줌마의 이야기는 그저 누선을 자극해 눈물만 빼고는 '내가 뭣 때문에 울었더라' 하고 어색해 하는 신파조 영화가 아니라 대목대목 곱씹어 생각하게 한 인간 다큐멘터리다. 인생의 선배로서 그녀는 어느 때건 주어진 삶에 최선을 다하며, 어느 때 두 주먹을 불끈 쥐고 고개를 세우며 일어서야 하는지 가르쳐 주었다. 혼자 알고 있기는 너무 아까운 이야기지만 나하고 친해졌다고 털어놓은 인생 이야기를 내 마음대로 책에 쓸 수는 없는 일이다. 그러나 털어놓고 허락받기는 더욱 만만치 않을 것 같아 애가 탔다.

아줌마집에 풀방구리에 생쥐 드나들 듯 드나들면서 베트남 국수가게 20년의 노하우를 전수받았다. 특히 이곳 사람들이 아침 식사로 먹는 후티에우라는 국수를 만드는 법은 재료의 선택부터 만드는 법까지 확실하게 배워 아줌마로부터 아주 잘 만들었다는 칭찬을 들었다. 아줌마가 나보고 그렇게 돌아다니지만 말고 자기집 부주방장으로 취직해서 여기서 여름철 국수장사나 하잔다.

한국에서 단체 손님이 온 날은 내가 마늘과 파를 듬뿍 넣어서 쑥갓도 무치고 생선회 양념장도 만들어냈다. 그런데 그 한국분들이 나를 알아보시고 악수를 청하며 한비야씨가 여기서 식당을 차렸느냐고 반가워하니 딥 아줌마가 저분들이 비야를 어떻게 아느냐며 몹시 놀란다. 그 중에 입심좋은 아저씨 한 분이 말했다.

"한비야씨는 대한민국에서 아주 유명한 여자예요."

딥 아줌마는 더욱 놀라 나를 쳐다보았다.

"아니에요. 저분이 여행을 좋아하시니까 실수로 제 책을 보셨나 봐요."

내가 슬쩍 빠져나가려고 그렇게 말했더니 이 아줌마 나보고 그럼 여행가가 아니라 작가냐고 묻는다. 그러면서 혼잣말을 한다.

"작가였구나. 그런 사람에게 국수장사를 하자고 했으니 …."

이제야 정체를 알았다는 듯 대견한 눈빛으로 나를 바라보시며 내 손을 쓰다듬는다. 아이고, 작가는 무슨 작가, 얼떨결에 책 두 권 쓴 것 가지고. 그래도 이때가 절호의 기회다 싶어 아줌마에게 애교를 부렸다.

"딥 아줌마, 다음에 나올 제 책에 아줌마 얘기 써도 되지요? 아줌마 살아오신 얘기 혼자 알고 있기에는 너무 아까워요. 괜찮지요?"

아줌마가 당혹스런 표정을 짓고 있는 동안 대답을 기다릴 새도 없이 "고맙습니다."라고 선수를 쳤다. 딥아줌마는 얼떨결에 한국 아저씨들을 증인으로 공개 허락을 한 셈이 되었다.

잃어버린 전쟁, 부끄러운 전쟁. 다시 생각하고 싶지 않은 전쟁. 한때는 자유수호라는 정의로운 이름으로 불리던 베트남 전쟁에 붙은 현재의 이름이다.

어떤 이름으로 불리우든, 어떤 명분으로 변명을 하든 이 전쟁은 수많은 직접희생자와 딥 아주머니와 같은 간접희생자를 냈다. 우리나라도 이 전쟁에 직접 개입한 나라로서 가해자이면서 동시에 피해자이다.

나는 아직도 어렸을 때 '즐겨' 부르던 파월 맹호부대 근가를 틀리지 않고 끝까지 부를 수 있다.

  '자유통일 위해서 조국을 지키시다
  조국의 이름으로 님들은 떠났으니
  그 이름 맹호부대, 맹호부대 용사들아 ….'

우리는 마땅한 명분도 없이, 부탁받지도 않은 '민주주의 수호'를 위해 32만여 명의 군인과 4만여 명의 근로자들이 월남으로 갔다. 그리고 남의 나라 전쟁에 말려들어 아무 원한도 없는 사람들과 맞서 '용감히' 싸웠다. 머나먼 남녘땅에서 꽃다운 청춘을 마감해야 했던 우리의 젊은이들 수가 무려 5천여 명, 그 외에 부상당한 사람이 만 5천여 명, 고엽제후유증과 전쟁후유증으로 지금 이 시간에도 시달리고 있는 사람들이 또 수만 명에 이른다고 한다.

나는 어렸을 때 북한과 같이 공산주의 밑에서 신음하는 베트남 사람들을 구해주어야 하고, 전쟁때 우리편이 되어 싸워준 자유수호의 첨병 미군을 도와야 하는 도의적인 책임으로 참전한 것으로만 생각했었다. 그러다가 고등학교를 졸업한 후 리영희 교수의 〈전환시대의 논리〉라는 책을 읽고 깜짝 놀랐다. 나는 그때 처음으로 우리는 베트남 전쟁의 용병이었다는 사실을 알게 되었던 것이다. 그 놀라움과 당황이라니.

그후 나는 지금 〈한겨레신문〉 기자가 된 소위 '운동권학생'이었던 친구 오상석과 '스터디'를 하면서 더 자세하게 베트남 전쟁의 전후사정을 알 수 있었다.

"미군이 베트남전쟁에 직접 개입하게 된 통킹만 사건부터가 조작극이라는 거 알지?"

이렇게 시작한 그의 이야기는 베트남 전쟁의 실상에 대해 지금까지 나만 모르고 있었다는 부끄러움에서 나를 헤어나지 못하게 했다.

우리들이 우리의 젊은이들을 바쳐가면서 베트남 전쟁에서 얻은 것은 무엇일까. 미국과 혈맹의 약속을 지켰다는 신의와 그것으로 경부고속도로를 건설했다는 전쟁특수 몇 억 달러가 전부가 아니던가. 그리고 피는 물보다 진하다면서도 너무나 야비하고 치사하게 버리고 온, 3만명 정도로 추산되는 한국인 2세 라이 따이한[來大韓]. 정말로 한국 아버지가 다시 오리라고 기대하며 질곡의 삶을 살아온 불행한 인생들을 남겨놓았으니 이제 그 역사의 그늘에서 신음하고 있는 사람들을 우리는 어찌해야 할 것인가.

나는 무거운 마음을 남겨두고 다시 떠난다.

복권 파는 아이의 행복

사이공. 1975년 호치민시로 이름이 바뀌었지만 아직도 많은 사람들은 이 도시를 사이공이라고 부른다.

사이공. 이름부터 낭만적인 향기를 풍긴다. 무언가 아름답고도 슬픈 사랑 이야기가 담겨 있을 것만 같은 이름.

나짱에서 현지인 버스를 타고 도착할 때는 마침 고등학생들이 학교를 파하고 돌아가는 오후 시간이어서 하얀 아오자이 교복을 입은 여고생들이 자전거를 타고 지나가는 아름다운 모습들이 눈에 들어왔다. 긴 머리를 휘날리며 자전거 바퀴에 닿지 않도록 아오자이 끝을 살짝 올리고 달리는 모습이 차라리 한 마리 나비 같다고나 할까. 얼마나 아름다운지, 어지러울 정도로 선정적이기까지 하다.

사이공에 도착해서 며칠 동안은 나도 일반 관광객이 되어 남들이 다하는 여러 가지 관광을 다녔다. 전쟁박물관, 노트르담 성강과 벤탄 시장 등등. 시장바구니를 끼고 앉은 여자들의 손톱 발톱을 다듬고 메니큐어를 칠해주는 거리의 미용실이 이색적이고, 필리핀에서 많이 먹는 반쯤 부화된 달걀맛도 일품이다. 이 달걀은 이미 그 영양과 효능이 입증된 우수한 식품이다.

달걀은 원래 알을 품은 지 28일째에 부화하는데 이 달걀은 품은 지 한 20일쯤 된 알을 삶은 것이다. 우리나라 시골장에서도 약달걀이라고 팔고 있다는데 내가 필리핀이든 베트남이든 중국이든 가서 이 달걀을 까먹으려고 하면 같이 다니는 사람들이 생난리다. 미개인이라는 거다. 나는 무공해 햇닭이라 참 좋은데.

달걀 껍질 속에 든 햇볕도 한 번 안 받고 공기도 한 번 안 쐰 좀 덜 자란 병아리가 뭐 그렇게 징그러울 게 있는가. 조그만 부리도 있고 부드러운 털도 약간 있지만 부리는 연하니 머리와 함께 그냥 씹어먹어도 되고 털은 적당히 발라내면 그만인 것을.

정작 징그러울 것 같은 내장은 하나도 생성되지 않아 배 밑으로는 달걀 노른자 그대로이니 달걀 하나 값으로 닭과 달걀을 동시에 맛볼 수 있어 그야말로 '꿩도 먹고 알도 먹고'이다.

팜누라오 배낭족 거리에 있는 신스 카페나 킴스 카페는 배낭족을 상대로 여러 가지 관광코스를 마련해 놓았다. 여기서 운영하는 사이공 근교의 하루 관광코스는 아주 잘 짜여 있어 시간절약하면서 싸게 구경을 잘 할 수 있다(영어를 할 줄 아는 가이더가 따라간다). 그래서 가본 곳이 구치 땅굴과 유교, 불교, 도교, 기독교의 교리가 종합된 카오다이교의 본산인 타이 닌 사원, 메콩 델타의 맛보기용인 마이 토드 등이다.

며칠동안 짜여진 관광코스를 도니 금방 지겨워져 쉴 곳을 찾게 된다. 번 잡한 사이공에서도 숨돌릴 만한 쉼터가 있기는 있다. 시끌벅적한 배낭족 거리에서 '시클로'라는 자전거 인력거를 타고 마제스틱 호텔 쪽으로 한 15분쯤 가면 유람선 선착장이 나오는데, 그 근처에 메콩강을 따라 벤치나 간이의자를 놓고 영업을 하는 노상 카페가 그곳이다.

베트남 커피는 커피가루를 체에 담아 컵 주둥이에 댄 채 뜨거운 물로 걸 러 우려낸 다음 설탕 대신 연유를 듬뿍 넣어 마신다. 이 커피는 너무 달고 쓰지만 향기만은 일품이라 즐겨 마셨다.

어느 날 아침, 한가로이 강물을 바라보며 아침 커피를 즐기고 앉아 있는 데 열 살쯤 된 여자아이가 또랑또랑한 소리로 '굿모닝, 마담'하며 복권을 사라고 한다. 남자같이 짧은 머리에 허름한 차림이지만 눈만은 초롱초롱 하다.

영어를 하는 것이 신기해서 '영어 어디서 배웠느냐'니까 도리어 어디에 서 왔느냐, 이름은 무엇이냐는 등 간단한 '신원조회'를 한다. 그런 후에 자기는 아침에는 복권을 팔고 오후 늦게 학교에 다닌다고 대답한다. 왜 그때 학교를 가느냐니까 오후에 문 여는 학교는 수업료가 없단다. 그러면 서 하는 말이 놀랍다.

"아이 엠 러키(나는 운이 좋아요)!"

귀를 의심하며 놀라서 그 아이를 쳐다보았더니, 여전히 생글생글 눈을 빛내면서 이렇게 말한다.

"1년 전까지만 해도 나는 앵벌이었어요. 거리에서 징징거리며 구걸하 는 거지요. 그때는 복권을 사다 팔 돈이 없었거든요. 우리집이 정말 가난 했어요. 막노동을 하는 아버지가 자주 피를 팔아서 먹을 걸 사야 했으니 까요. 그러다가 내가 돈을 조금 모아 복권을 팔기 시작했어요. 지금은 구 걸하지 않아서 얼마나 좋은지 몰라요. 우리 언니는 아직도 구걸을 하고 있는데, 언니는 복권 파는 것보다 그게 더 좋대요. 바보같이."

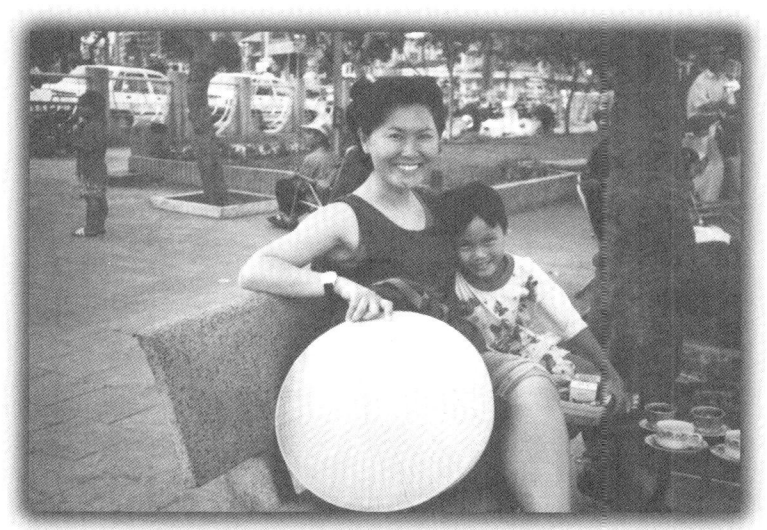
자기는 운이 좋다는 사이공의 복권 파는 아이(오른쪽 꼬마).

아주 짧은 영어지만 뜻은 다 통한다. 아침에는 복권이나 개비 담배 등을 팔고 오후에는 무료학교에 다니는 가난한 여자아이가 자기는 운이 좋다고 확신하고 있는 것이다. 놀라운 일이다. 꼭 안아주고 싶은 기특함과 어디로 숨어 들어가고 싶은 부끄러움이 동시에 느껴진다. 스위 돈많은 나라에서 살고 있는, 그래서 온갖 호사를 누리고 있는 우리들 중 누가 이 꼬마처럼 자신있게 자신을 행운아라고 말할수 있는가? 우리는 사소한 불편함이나 어려움에도 엄살과 투정을 부리고 사는 것은 아닌가? 행복의 조건이란 이런 것이라고 외부적인 것으로만 정해놓고, 자기가 행복하지 못한 것을 몽땅 남의 탓으로 돌리고 있지는 않은가?

갑자기 내 고등학교 친구가 생각난다. 이 친구는 부잣집 막내딸이었다. 얼굴도 아주 예쁘고 공부도 잘 해 선생님과 친구들의 사랑을 독차지할 만한데 그렇지 못했다. 결정적인 이유는 이 친구의 표정이 우울하고 웃질 않는 거다. 꼭 웃어야 할 때에도 활짝 웃지 않고 입을 가리고 억지로 웃는다. 이유는 단 한 가지. 덧니가 났기 때문이다. 이 친구는 자기가 아주 불행하고 못생겼다고 생각했다. 단지 덧니 몇 개 때문에 말이다. 졸업을 하고 몇 년 동안 치아교정을 할 때는 거의 친구들도 만나지 않았다. 흉측한 모습을 보이기가 싫다나.

이가 고르게 되면 모든 것이 행복할 거라고 생각하던 친구는 이가 반듯해졌는데도 여전히 우울했다. 그동안 가세가 기울었기 때문이다. 그래도 그 집은 그 시절에 엄마 자가용과 아버지 자가용을 따로 굴리는 집이었다.

행복과 불행은 이처럼 주관적이다. 내 친구처럼 인생의 불행이 덧니 몇 개로 결정지어질 수도 있고 이 꼬마아이처럼 피를 팔아 끼니를 이어가야 하는 극빈의 상황에서도 행복을 느끼며 사는 것이다. 모든 것이 다 마음 안에 있다는 말이 딱 맞다.

다시 한 번 아이를 쳐다본다. 아이가 환하게 웃는다. 참 기특하다. 극빈자의 둘째딸로서 이 아이의 앞날이 순탄하지 않을 것이라는 생각에 가엾고 딱하긴 하다. 그러나 나는 이 아이의 앞날이 걱정되지는 않는다. 앞으로 살면서 일상은 고달플지언정 절대로 웃음을 잃거나 삐뚤어지게 자라지는 않을 것이기 때문이다. 나는 이 기특한 꼬마에게 정표로 무엇인가 주고 싶어 주머니에 있던 빨간 복주머니 모양의 열쇠고리를 손에 쥐어 주었다.

"꼬마친구, 최고의 행운을 빌어요!"

꼬마는 고맙다는 인사 대신 한 번 활짝 웃어 보인 후 뒤돌아 몇 발짝 가더니만 다시 내게로 와서 손을 내민다. 고사리 같은 손에 들려 있는 것은 조악하게 인쇄된 복권 한 장.

"나도 한국이모에게 최고의 행운을 빌게요."

아이는 또록또록한 영어로 말하더니 한 번 안아줄 틈도 주지 않고 뒤돌아 달아나듯 뛰어간다. 오늘 아침 나의 하느님은 꼬마 여자아이를 앞세워 내게 '행복해지는 법'을 확실히 가르쳐 주셨다.

메콩 델타에서 건네준 장학금 100달러

베트남은 인도차이나의 첫번째 여행지. 그런데 인도차이나라는 말을 쓰는 것이 조심스럽다. 우리가 상식으로 알고 있는 아시아 역사에 관한 많은 용어들이 아시아를 지배했던 식민통치의 용어인 경우가 많기 때문이다. 우리들이 아직도 조선 시대를 아무 생각 없이 '이조 시대'라고 부르듯 말이다.

어쨌거나 베트남은 중국과 지리적으로, 역사적으로 아주 밀접하게 연결되어 있기 때문에 인도차이나 국가 가운데 가장 중국적인 곳이다. 역사적으로 한 무제부터 시작하여 천년 이상 정치적 영향을 받았기 때문인지도 모른다. 말과 글과 음식, 종교와 그에 따르는 정신세계와 문화까지 많은 것이 그렇다.

우선 말은 중국처럼 음의 높낮이를 중요시하는 억양언어이고, 13세기까지는 우리처럼 한자를 그대로 썼다고 한다. 발음도 우리가 한자를 읽는 것과 일치하는 것이 많아 참 재미있다. 예를 들면 '공안(公安)'도 공안으로 읽고, '공산당(共産黨)'도 꽁산당으로 발음한다.

종교도 다른 인도차이나 국가와는 달리 우리나라 · 일본 · 중국과 그 맥을 같이하는 대승불교이고, 유교와 도교 역시 문화에 많은 영향을 끼쳤다. 음력설을 아주 중요하게 쇠는 것, 경사스러운 일이 있을 때면 붉은색을 쓰는 것, 장사 수완이 좋고 이재에 밝은 것도 대단히 중국적이다.

물론 사이공에도 차이나타운이 있어 중국다운 북적거림을 경험할 수 있다. 하지만 사이공은 역시 '아시아의 파리'라고 불리웠을 만큼 유럽식의 세련된 분위기의 건물이 많아 눈을 즐겁게 한다.

사이공에서는 예외적으로 에어컨이 나오는 비싼 방에 묵었다. 하노이에서 감기가 들어 열이 40도를 오르내릴 때도 참았던 편한 숙소에 큰마음

먹고 든 것이 내게 큰 인연을 가져다 주었다.

나쨩에서 먹은 바닷가재가 탈이 났는지, 아니면 오는 길에 위생시설이 안 좋은 간이식당에 들렀기 때문인지 떠날 때부터 몸이 이상했다. 온몸에 개미가 기어다니는 듯 근질거리더니 사이공에 도착했을 때는 팔뚝과 다리에 온통 수십 마리의 모기에게 물린 듯 두드러기가 생겼다. 식중독 알레르기다.

게다가 더운 날씨에 배낭을 지고 숙소를 찾느라 땀을 흘렸더니 두드러기 난 부분이 따갑기 시작했다.

'에라, 엎어진 김에 쉬어간다고 두드러기가 난 김에 며칠 에어컨 있는 좋은 방에서 묵어보자.'

이렇게 해서 하루 10달러씩을 내고 사이공의 배낭족 거리 뒷골목에 있는 미니 호텔에 묵게 되었다. 그 덕분에 친절한 아가씨 투이를 만난 것이다. 호텔 종업원이었던 그녀는 내가 며칠 후 베트남의 곡창지대인 메콩 델타에 갈 예정이라고 했더니, 자기 고향이 메콩 델타에 있는 룽 후엔이라면서 그곳에 오거든 자신의 집에 꼭 놀러오라는 것이다. 자기도 며칠 후면 고향으로 돌아갈 참이니 오기만 하면 자기집에 묵으면서 구경도 잘 시켜주겠다나.

베트남에서는 외국인이 현지인 집에 민박하는 것이 금지되어 있는데 어떻게 그렇게 할 수 있느냐고 했더니 내 얼굴도 까무잡잡하게 베트남 사람처럼 생겼으니 조금만 조심하면 별 문제 없을 거라고 한다.

베트남 여행은 크게 세 부분으로 나눌 수 있다. 중국과 베트남의 국경도시인 라오카이로부터 하노이를 거쳐 후에에 이르는 북부 여행이 그 한 부분이고 그 다음은 호이안, 나쨩, 사이공에 이르는 남부 여행, 그리고 일년에 삼모작이 가능한 메콩강 삼각주인 베트남 최대, 아니 세계 최대의 곡창지대인 메콩 델타 여행이다.

끝도 없이 펼쳐지는 파란 논에서 삿갓처럼 생긴 대나무로 만든 파란 모자를 쓰고 일하는 사람들, 시커먼 물소를 타고 가는 소년, 양쪽에 바구니가 달린 물지게처럼 생긴 '가인'을 지고 가는 사람, 바다처럼 넓은 메콩강 위에서 장사를 하고 고기를 잡으며 살아가는 사람들이 내게는 전쟁보다 훨씬 강한 베트남의 이미지였다. 그래서 거금 20달러를 들여 비자까지 연장해서 이곳을 찬찬히 자세하게 보려고 하는 것이다.

사이공에서 현지인 미니버스를 타고 놀랍도록 잘 포장된 도로를 따라 여섯 시간쯤 달리니 룽 후엔이다. 투이가 자세히 그려준 약도를 따라 쉽게 집을 찾았다. 식구들이 아주 반갑게 맞아준다. 그 집은 10평 정도의 이층집인데 좁은 집에서 신혼인 큰아들 부부를 포함해 아홉 명의 식구들이 살고 있다. 집에 화장실이 없어서 아주 불편한데 괜찮겠느냐고 투이 아버지가 걱정을 한다.

"아저씨네만 경찰과 문제가 없다면 전 괜찮아요."

베트남에서는 주택난이 대단히 심각해서 따로 내줄 방이 없어 결혼을 미루는 경우가 허다하다고 한다. 큰아들 신혼부부도 방 안에 커튼을 쳐서 아주 작은 독립공간을 만들어 신혼방으로 쓰고 있다. 이 집은 큰딸과 큰아들 내외가 샌드위치 포장마차를 해서 살아가고 있는데 그날 팔 샌드위치에 들어갈 재료를 준비하느라 거의 전가족이 매달리고 있었다.

한국 라면 생각이 전혀 안 날 만큼 맛있는 베트남 국수도 일품이지만 베트남 샌드위치도 그에 못지않게 맛있다. 프랑스 식민지였던 영향으로 바게트 비슷한 길쭉하고 바삭바삭한 빵이 있는데 그냥 먹어도 맛이 괜찮다. 그 빵을 반으로 갈라 거기에 버터를 바르고 닭고기 잘게 썬 것, 햄 길쭉하게 썬 것, 무, 홍당무, 오이 잘게 썬 것을 넣고 약간 매운 소스를 뿌려 먹는데 맛이 그만이다. 값도 싸서 한 개에 2,000동(우리 돈 약 180원). 이것 한 개에 길에서 흔하게 파는 사탕수수즙이나 파인애플을 곁들여 먹으면 훌륭한 한 끼 점심이 된다.

값이 이렇게 싸다보니 정작 샌드위치를 만들어 파는 사람들의 순수익은 하루에 고작 3, 4달러 정도. 이 돈으로 아홉 식구 살기가 아주 빠듯하다. 투이의 아버지는 오토바이나 자전거를 고치는 기술자인데 가게도 없이 집에서 일을 한다. 그러나 동네가 모두 가난하다 보니 일감도 그리 많지 않다. 일이 있는 날보다 공치는 날이 더 많지만 그래도 올해는 작년보다는 일이 많아 수입이 괜찮았다며 넉넉하게 웃는다.

사이공에서 돌아온 투이는 시장에서 달걀을 팔고 있었다. 그나마 그 좌판 자리도 자기 것이 아니어서 하루 1만동(약 900원)을 받고 품을 팔고 있는 것이다. 이렇게 더운 날씨에 아주 좁은 집에서 부대끼며 살면서도 식구들은 서로의 이야기를 잘 들어줄 뿐 아니라 아끼는 마음이 대단하다. 정이 많은 가족이라는 게 한눈에 보인다.

내가 가자, 투이는 약속을 지키느라고 나흘간 시장일을 '땡땡이 치고' 이곳저곳 구경을 시켜주었다. 하루는 보트를 빌려 오전 내내 메콩강을 오르락내리락하기도 하고, 하루는 버스를 타고 수상시장으로 유명한 풍힙에 데리고 가서 모든 일상을 강 위에서 보내는 사람들을 보여주기도 했다. 또 하루는 동네 자전거를 빌려타고 당구대처럼 편편한 파란 논 사잇길을 달리기도 했다. 초록색 논 가운데 묻혀 있는 조상 무덤의 하얀 비석들이 이상하기보다는 잘 어울려 아름답게 보인다.

하루에 900원을 버는 '주제에' 돈낼 때가 되면 자기가 낸다고 우기는 통에 번번이 실랑이를 해야 한다. 올해로 만 서른 살이 되었지만 아직 시집을 못 간 투이의 마음은 메콩 삼각주만큼이나 파랗고 넓고 아름답다.

투이는 의사소통이 가능할 정도의 영어회화를 하는데 이 영어도 순전히 어깨 너머로 배운 것이란다. 동네에 영어를 가르치는 곳이 있는데 한 달 수업료가 5달러 정도. 투이에게는 이만한 돈이 없으나 꼭 영어를 배우고 싶어 무작정 학원에 찾아가서 앉아 있었단다. 물론 도강생인 게 들통나 번번이 쫓겨나왔지만 그래도 굴하지 않고 2주일간 계속 갔더니 나중에는 기특하게 여겼는지 선생님이 무료로 들으라고 하더란다. 그래서 지금

메콩 델타의 '통통한 천사' 투이(앞줄 왼쪽)와 그녀의 아버지

까지 1년째 배우고 있단다.

"사이공에 가서 취직을 하고 싶은데 나는 뚱뚱하고 못생겼으니 남들보다 실력이라도 좋아야 하잖아요. 그래서 영어를 배우기 시작했지요. 그러나 영어말고도 다른 기술이 있어야 하는데 배우지 못하고 있으니 …."

"무슨 기술 말이에요?"

"이를테면 컴퓨터 같은 거지요. 앞으로 컴퓨터 시대가 온다는 것을 알면서도 배우지 못하고 있어요."

"왜요?"

"수업료가 엄청나게 비싸서 나 같은 가난뱅이는 엄두도 낼 수 없어요."

"수업료가 얼마나 되는데?"

그녀는 한참 계산을 해보더니 고개를 가로저으며 눈알을 둥그렇게 뜨고 이리저리 굴린다.

"6개월에 100달러 정도예요. 지독하게 비싸지요?"

역시 그녀 형편으로는 어림도 없는 수준인 것 같다.

집이 너무 좁아서 잘 때는 옆으로 누워 칼잠을 자야 한다거나 화장실이 없는 것은 아무 문제가 아니지만 '불법민박'으로 혹시 다른 사람들 눈에 띌까 봐 여간 걱정이 되는 게 아니다. 특히 이 집 아버지는 1975년 사이공이 함락될 때 남쪽 정부군의 현역 장교였기 때문에 지금까지도 비밀경찰의 감시를 받고 있는데, 외국인을 집에서 몰래 재운 것이 들통나면 어떤 화를 당할지 알 수 없다.

그래서 나는 밖에 나갈 때는 베트남 모자인 농을 푹 눌러쓰고 허름한 티셔츠에 베트남 치마를 입고 투이의 슬리퍼를 신고 나간다. 집에서 나와 사람들이 지나다니는 골목을 빠져나가기 전에는 말도 하지 않았다.

베트남에는 '20호 담당제' 보안체제라는 것이 있어 20가구마다 한 명씩 담당 경찰이 있고 동향이 의심스러운 사람들은 서로서로 밀고를 해야 한다고 한다. 그러니 낯선 사람이 동네를 활보하기란 여간 어려운 일이 아니다. 사흘 동안은 그래도 담당 경찰과 동네 사람들의 눈을 피해 잘 다녔는데 나흘째 되는 날 그만 정체가 드러나고 말았다.

식구들이 다 모이는 저녁에 투이의 통역으로 그날 있었던 일을 열심히 이야기하고 있는데 바로 문 근처에 다섯 살쯤 되는 동네 남자아이가 왔다 갔다 한다. 언뜻 보니 앞머리만 약간 남겨두고 다른 곳은 전부 빡빡 깎은 모습이다. 그게 바로 그림엽서에 자주 등장하는 베트남 남자아이의 전통 헤어 스타일인데 이제 도시에서는 거의 찾아볼 수 없게 되었다.

나는 도둑민박을 하고 있다는 사실도 잊은 채 허둥지둥 카메라를 찾아

사진을 찍은 것까지는 좋은데, 그때가 이미 어두워진 두 라 플래시가 터지고 말았다. 번쩍 하고 빛이 터지자 근처에서 놀고 있던 동네 꼬마들이 신기하게 여기고 와아 하고 문 앞에 몰려들었다.

"헬로, 헬로."

아이들은 다짜고짜 헬로를 외치며 자기들도 찍어달라는 시늉을 한다. 카메라, 그것도 플래시가 달린 카메라는 분명 외국인이나 가지고 다니는 것이었기 때문이다.

'아차, 들켰구나. 이거 내가 무슨 경솔한 짓인가?'

외국인임이 들통이 나서 간담이 서늘해져 있는데 아니나 다를까 저녁 9시쯤 되자 담당 경찰이 집에 찾아왔다. 수리용 드라이버를 빌려달라는 구실이었지만 내가 정말 이 집에 묵고 있나 정탐하러 온 게 분명했다.

투이와 투이 아버지는 별일이 없을 것이라고 했지만 나는 시내 여관에서 자는 게 좋겠다고 했다. 나 때문에 이 집 식구들이 곤란한 일을 당해서는 안 되는 일이다.

"이런 일이 생겨서 정말 미안해요."

투이 아버지가 되레 미안해했다.

"아닙니다. 제가 바보같이 굴었습니다. 제가 정말 미안합니다."

그날 여관으로 숙소를 옮긴 건 정말 잘한 일이었다. 내가 떠나고 11시쯤 되어 그 경찰이 정복을 입고 다시 나타났다는 것이다. 만약 내가 거기 그대로 있었다면 나는 물론 그 집 주인도 불법민박으로 경찰서에 연행되었을지 모른다.

이래서 나짱의 딥 아줌마도 아무리 재미있는 이야기를 하다가도 11시만 되면 늦었으니 숙소로 돌아가라고 재촉한 모양이다.

그 아줌마도 나를 자기집에서 재우고 싶지만 그러려면 사전에 경찰의 허가를 받아야 하는데 허가받기가 여간 까다롭지 않다고 말했었다. 다 이유가 있었던 것이다.

외국인이 베트남을 자유롭게 여행하고는 있지만 아직도 이 나라는 사회주의 체제임이 틀림없는 사실이다.

사이공으로 돌아오는 날 아침, 투이는 샌드위치를 정성껏 싸주고 투이와 투이 아버지는 버스터미널까지 따라와 주었다. 아버지가 잠깐 자리를 비운 사이 투이에게 100달러를 슬쩍 건네주었다.

"어머, 이게 뭐예요?"

"투이 컴퓨터학원 다니라는 장학금이야."

"네?"

투이의 놀란 눈에 금방 눈물이 고인다. 그 모습을 보는 나도 목이 메어 괜한 헛기침을 하면서 말을 이었다.

"컴퓨터 기술 배우면 좋은 데 취직할 수 있다고 했잖아. 부디 잘 배워서 훌륭한 컴퓨터 기술자가 되길 바래!"

"비아언니, 캄은(고맙습니다). 열심히 할게요."

저경비 배낭여행자로서 100달러는 내게도 큰 돈이다. 현지에서 가장 싸구려 숙소에 묵으며 가장 싼 음식만 먹으며 돌아다니는 내게 100달러는 열흘 넘게 쓸 돈이다. 그러나 투이에게 100달러는 인생의 새로운 기회를 만들어줄 수 있는 돈이다. 나는 보름쯤 더 고생하면 되지만 투이에게는 일생이 달려 있다.

내가 절약해서 모은 100달러가 어떤 사람의 미래를 열 수 있는 열쇠가 된다면 언제라도 주고 싶다. 기꺼이 주고 싶다. 주는 기쁨이란 것이 이런 것일까. 사이공으로 돌아가는 발걸음이 나비처럼 가볍다. 마치 노란 아오자이를 입은 것처럼.

'세계 7대 불가사의'
앙코르 와트의 나라

앙코르 유적지 타프롬 사원에 엉겨붙은 나무뿌리

국민은 잘 웃는데 나라는 불안해

"아깝지만 아무래도 캄보디아 여행 취소해야겠어요."

"왜요?"

"너무 위험해요. 우린 휴가중인데 위험하다는 곳에 가서 마음 졸이며 다니기는 싫거든요."

덴마크에서 온 20대 후반 커플의 이야기다. 나도 귀가 있는데 캄보디아에 관한 갖가지 소문을 듣지 못했을 리가 없다. 캄보디아 최대 관광지인 앙코르에는 수천 개의 발목지뢰가 묻혀 있어 마음대로 다닐 수 없다는 것은 한국에서부터 알고 있었다.

연전에는 서양 배낭족 세 명이 고문당한 끝에 피살됐으며 2주일 전에도 앙코르 유적지로 가는 보트에서 독일인 두 명이 반군들에게 총살당했다고 한다.

지금은 정부군과 반군 사이의 충돌뿐만 아니라 정부내의 제1수상인 국왕의 아들 시노로돔 라나리드와 실세인 제2수상 훈센과의 피비린내나는 권력다툼으로 프놈펜 시내에서도 종종 총격전이 벌어진다고 한다.

게다가 며칠전 크메르 루즈가 '외국인 관광객을 죽이면 두당 3,000달러 주겠음'이라는 공고를 돌렸다는데 관광수입이 많아지면 정부군의 수입이 늘어나니까 서방 여행객을 본보기로 몇 명 죽여서 얼씬도 못하게 하겠다는 것이다.

이런 조직적인 위험이 아니더라도 내전중에 사용했던 총기는 돈만 주면 얼마든지 구할 수 있어 민간인끼리의 총기사고가 빈번하다고 한다. 이런 이유로 베트남에서 만나는 많은 여행객들이 바로 옆나라까지 와서 캄보디아 여행을 취소하고 있다.

하지만 내년 선거를 앞둔 캄보디아 정국이 언제 변해 몇 년 전처럼 앙코르 유적지 출입금지령이 내려질지 모를 일이니 이때를 놓칠 수는 없다. 그리고 아직까지 캄보디아 영사관에서 정식으로 관광 비자를 발급하는 것으로 보거나 캄보디아로부터 많은 배낭여행자가 베트남으로 넘어오는 걸 보면 소문보다는 덜 위험하리라 생각했다.

어쨌거나 나는 버스를 타고 캄보디아로 넘어가기로 했다. 베트남 국경을 넘자니 중국에서 넘어올 때 빼앗긴 20달러가 생각나 괜히 심통이 난다. 국경 이민국에서 내 베트남 비자 만기일이 2월 30일로 되어 있는 걸 알았다. 한국에서 비자를 낼 때 베트남 영사가 2월은 28일밖에 없다는 걸 깜박했었나 보다.

그런데 잘못은 저희측이 하고도 이것을 꼬투리잡아 '잘못된 비자 가지고 다닌 죄'로 꼼짝없이 20달러의 벌금을 물었었다. 하노이에서 경찰에게 빼앗긴 5달러도 아까워 죽겠다. 이 일의 전말은 또 이렇다.

다른 여행객들과 함께 자전거를 빌려타고 하노이 시내를 한바퀴 돌고 있는데 난데없이 경찰이 나타나 여기는 호치민기념관과 묘소가 있는 곳이라 자전거가 다닐 수 없으니 벌금을 내야 한다는 것이다. 바로 그 순간에도 베트남 사람들 수십 명이 자전거와 오토바이를 타고 다니는데 말이다. 나는 기가 막혀 끝까지 안 내고 버티려고 했는데, 경찰서로 가자는 말에 겁이 난 다른 사람들이 깎지도 않고 내것까지 같이 내고 말았다. 이처럼 이렇게 저렇게 출입국 이민국이나 경찰에게 한두 번 안 당한 여행자들이 거의 없다.

내가 베트남에서 출국수속을 하고 있는 순간에도 '벌금을 내라', '못 내겠다. 왜 벌금을 내야 하느냐?' 하며 이민국 직원과 배낭 여행객 사이에 언쟁이 벌어지고 있었다. 짐짓 권위적인 근엄한 표정을 지으며 내 여권을 훑어보던 베트남 이민국 직원에게 속으로 '폼 재지 마, 이놈아. 너도 도둑놈이지?' 하며 무시하는 표정으로 출국도장이 찍힌 여권을 빼앗듯이 받아 들었다.

참 억울하고도 안타까운 노릇이다. 외국 관광객에게 어떻게든 트집을 잡아 돈을 뜯어 외화를 벌겠다는 생각은 좋은데 이 나라를 들어설 때부터 이런 식의 불쾌한 경험을 하는 사람들이 자기 나라에 돌아가서 베트남에 대해 무어라고 하겠는가?

나처럼 베트남에서 좋은 사람들을 많이 만나 좋은 느낌을 가지고 떠나는 사람도 이렇게 이를 갈고 있는데, 그렇지 않은 사람들이야 베트남을 어떻게 생각하겠는가. 정부가 정말로 관광객 유치와 좋은 국가 이미지를 위해서 애쓴다면 제발로 찾아들어온 관광객들, 값진 무보수 홍보요원들을 괴롭히는 이민국 직원이나 경찰부터 뿌리를 뽑아야 할 것이다. 한번 두고 보자.

캄보디아 국경을 넘어 몇 시간도 지나지 않아 두 나라의 다른 점이 확실히 느껴진다.

같은 인도차이나에 있는 나라이면서도 베트남이 중국의 영향이 강하다면 여기는 인도의 영향이 더 많이 느껴진다. 베트남어는 억양이 강한 언어인데, 캄보디아말, 즉 크메르어는 그다지 올라갔다 내려갔다 하지 않는다. 천을 치마처럼 두르고 다니는 캄보디아 사람들도 인도식이다. 베트남 사람들이 중국인처럼 젓가락을 사용하는 데 비해 이곳 사람들은 손으로 음식을 먹는다. 게다가 베트남은 대승불교권인데 여기서부터는 소승불교권이 시작된다.

이런 것들과 어떤 연관이 있는지는 모르겠으나 캄보디아 사람들은 베트남 사람들에 비해 잘 웃는다. 국경에서부터 수도 프놈펜까지 합승택시를 타고 가는데, 두세 살 된 아이가 어른들도 견디기 어려운 더운 날씨에 비지땀을 흘리면서도 나랑 눈이 마주칠 때마다 웃는다. 그 36.5도짜리 어린 '난로'를 안고 가는 젊은 엄마도 시도 때도 없이 웃고, 난폭운전을 하고 있는 운전사 아저씨도 아무 이유 없이 그냥 웃는다.

70년대에 있었던 내전중에 태국으로 몰래 피난가는 캄보디아 사람과

베트남

라오스

태국

● 방콕

북부지방을 붉은 양귀비꽃이
피고 지는 곳.

앙코르 유적지 ●
나는 여기서 관세음보살님의
부드러운 미소를 배우려고 애썼으나…

똔레삽 호수 ●
노를 저을 수 없을 정도로
물고기가 많다.

캄보디아

● 코콩섬
태국으로 해상 밀입국
하려고 쾌속선을
전세내어 떠났으나
걸려서 철창 신세졌던…

● 프놈펜   내전으로 수백만 국민이 죽었으나
아직도 불안한 나라

● 시하누크빌

● 목바이

원주민 태국 사람을 구별하는 방법이 팔을 비틀어서 아프다고 찡그리면 태국 사람이고, 아파도 웃으면 캄보디아 사람이었다고 할 정도이니 알 만하다.

또 하나, 베트남 사람들은 중국 피가 섞여서인지 좀 빤질빤질하고 돈을 밝힌다는 느낌이었는데, 캄보디아 사람들은 어딘지 모르게 어리숙해 보인다. 거지들이 돈을 달라고 할 때도, 베트남에서는 맡겨놓은 것을 내놓으라는 듯 뻔뻔한 태도인데, 여기 아이들은 부끄러워하면서 먹을 것을 나누어 주면 혀를 쏙 내밀며 겸연쩍어한다.

프놈펜에 도착하니 운전사 아저씨는 물어보지도 않았는데 캐피톨 호텔로 데려다 준다. 이곳은 캄보디아에 온 배낭족이면 한 번 이상은 왔다가는 숙소로 주로 일본 배낭족의 거점이다. 1층에 있는 식당은 음식도 싸고 맛있을뿐더러 아시아를 여행하는 사람들을 만나 서로 필요한 정보를 교환하는 '수다의 광장'이다. 같은 식당에서 경영하는 여행사에서는 돈도 바꾸어주고 비행기표나 관광지로 가는 차도 알선해 준다.

게다가 게시판에 붙은 여러 가지 메모와 게스트 북(여행 정보나 감상 등을 적어 넣은 공책)은 일본 아이들의 꼼꼼한 기록 습관 때문에 중요한 최신 여행정보의 보고가 되어 있다.

일본에서는 이런 정보들만 고스란히 모아서 완벽에 가까운 여행 가이드 북을 만들어내고 있다니 부럽다. 물론 이 공책에는 간간이 우리나라 사람들이 다녀간 반가운 흔적이 있는데, 아무래도 글로써 무엇을 남기는 것은 일본인에게 못 미치는 것 같다.

다녀간 사람 중 기록을 남기는 사람 수도 아주 적고 정보의 실용적인 면에서도 떨어진다. 서말 구슬도 꿰어야 보배라지 않던가. 물론 글 쓰는 습관이 몸에 배어 있지 않을 수도 있고, 글을 남기는 것이 부끄럽게 생각될 수도 있을 것이다. 그러나 한글로 써놓은 글을 읽는 사람은 결국 우리나라 사람들뿐일 텐데, 식구끼리 뭐가 그리 부끄러운가. 멋있게 써야 한다는 생각, 거창하게 써야 한다는 생각만 버리면 몸소 겪어 얻은 값진 정보와 재미있는 이야기를 나누는 것이 그리 어렵지는 않을 것이다.

나는 이 호텔 게스트 북에서 캄보디아 여행에 필요한 대부분의 정보를 얻을 수 있었다. 캄보디아(현지인들은 캄프차라고 한다) 하면 우선 떠오르는 것이 무엇일까. 물론 희대의 살인마 폴 포트의 킬링필드와 세계 7대 불가사의 중의 하나라는 앙코르 유적지일 것이다.

나는 킬링필드의 깊은 상처를 고스란히 안고 있는 프놈펜 여정을 잠시 뒤로 하고 앙코르에 먼저 가기로 했다. 앙코르 유적지가 소문대로 그렇게 좋으면 비자 기간이 한달뿐이니 다른 곳을 모두 포기하더라도 그곳에서 있고 싶은 만큼 있을 심산이다.

앙코르! 한달 여정으로 캄보디아에 오는 사람은 앙코르에 간다. 겨우 사흘 예정인 초고속 관광단도 앙코르에는 꼭 가본다. 캄보디아에서 보낼 시간이 단 하루밖에 없는 사람도 앙코르에는 가야 한다. 캄보디아에 오는 사람은 누구나 앙코르에 간다. 아니, 앙코르에 가기 위해 많은 여행객들이 캄보디아에 온다.

앙코르는 그야말로 캄보디아의 심벌이며 최대의 돈줄이다. 이 나라 국기에도, 돈에도 앙코르가 그려져 있다. 캄보디아에서 파는 모든 관광용 티셔츠에도 앙코르가 그려져 있다. 수많은 상점이나 회사 이름, 심지어 이곳의 유일한 맥주 이름까지 '앙코르 비어'다. 이처럼 앙코르는 캄보디아를 대표하며, 하루에 20달러, 3일에 40달러, 일주일에 60달러를 받는 앙코르 유적지의 입장료는 캄보디아 재정의 큰 몫을 차지한다.

앙코르는 크메르어로 '수도'라는 뜻이다. 우리가 보통 부르는 앙코르 와트는 앙코르 유적지의 1천여 개 되는 건물 중에서 제일 크고 보존이 잘 되어 있는 사원의 이름이다.

9세기부터 13세기에 걸친 크메르 왕국의 전성기에는 북으로는 중국 남부의 윈난성, 동으로는 베트남 남부의 메콩강 유역, 그리고 서쪽으로는 지금의 태국 동부에 걸치는 방대한 영토를 자랑했었다. 엄청난 국력과 재력, 왕들의 신앙심이 합쳐져 이 시기에 거대한 사원 역사가 이루어진 것이다. 14세기에 들어 크메르 왕국이 망하자 이 유적지는 정글에 묻힌 채 1859년 프랑스 고고학자에 의해 발굴되기까지 수백년간 깊은 잠을 잤다.

이 고고학자는 앙코르 발견 직후 원주민들에게 물었다.

"이것을 건설한 사람들이 누구라더냐?"

원주민들은 대답을 하면서 경고했다.

"저절로 생긴 것을 문둥이 왕이 고쳐 만들었다. 거기 들어가면 왕의 저주가 내려 죽게 되니 절대로 들어가지 말라고 했다."

우연인지 아니면 정말 왕의 저주가 있었던 것인지 이곳을 처음으로 발굴한 앙리 무오는 이것을 발굴한 다음 해에 죽고 말았다. 하지만 그 이후 왕의 저주는 은총으로 바뀌었는가 일년에 수십만 명의 관광객을 끌어모으고 있다.

웃자, 관세음보살님의 따뜻한 미소로

프놈펜에서 네 시간 정도 가는 스피드 보트를 타고 가서 시엠 리프 부두에 내리자 20대 오토바이 운전사들이 벌떼처럼 몰려들어 필사적으로 손님을 끈다.

앙코르 유적지는 워낙 넓기 때문에 걸어서는 도저히 다닐 수 없고, 차를 전세 내기는 너무 비싸므로 보통 배낭 여행자들은 오토바이를 타고 구경을 다닌다. 관광객 한 명을 잡으면 적어도 3일간은 고정 수입을 올릴 수 있는데, 오토바이 하루 전세가 6달러이니 이곳 경제 수준을 감안할 때 아주 짭짤한 수입이다.

그렇게 몰려드는 오토바이 운전사들 중에 '경주 조기축구회 12번'이라고 한글이 선명한 빨간 티셔츠를 입은 운전사가 눈길을 끈다. 우습기도 하고 반갑기도 하다. 베트남에서도 그랬지만 캄보디아에도 우리나라 헌 옷이 많이 들어와 있다. 그가 우리 물건을 '애용'하고 있으니 나도 그 사람을 '애용'하기로 했다. 신이 난 '조기축구회 12번 선수' 총각 운전사는 바둑판처럼 평평한 들판을 나는 듯이 가로지른다.

앙코르 유적지는 대낮에는 더워서 도저히 다닐 수 없다고 해서 아침 6시부터 11시까지 돌아보고 숙소에 와서 점심 먹고 쉬었다가 오후 3시부터 6시까지 다시 돌아보는 것으로 하루 스케줄을 잡았다.

나는 좀 비싸긴 하지만 60달러짜리 1주일 패스를 사서 이 방대한 유적지를 느긋하게 감상하려고 생각했는데 '12번 선수' 말로는 저녁 4시 반 이후는 패스 검사를 안하니 3일짜리를 사서 열심히 돌아보고 나머지 4일은 4시 반 이후에 구경하라는 절약정보를 준다.

시내에 숙소를 잡고 저녁 내내 앙코르 유적지에 대한 책자며 자료를 살펴본다. 이곳에도 여행자들이 남겨놓은 앙코르 정보 노트가 있다. 사실 앙코르에 대한 공부를 제대로 하지 못하고 여기까지 왔는데, 바로 앞에서 사진첩과 그림엽서를 보고 있자니 한시라도 빨리 내 눈으로 확인하고 싶은 생각에 조바심이 난다. 이튿날 아침, 새벽 5시 반에 앙코르 3대 유적지로 꼽히는 앙코르 톰 사원부터 가보기로 했다.

오토바이를 타고 마을을 벗어나니 한 20명 정도 되는 헬멧을 쓴 남자들이 끝에 동그란 판이 달려 있는 쇠막대기를 들고 트럭에 오르는 것이 보인다. '12번 선수'에게 물으니 그들이 바로 지뢰제거 작업반이란다. 캄보디아 전국에 묻힌 지뢰수가 천만 개를 넘는다는 설명이다.

그들은 내전중에 정부군과 반군이 경쟁적으로 묻은 지뢰를 제거하는 것은 물론 도굴을 막기 위해 밤새 묻어놓은 지뢰를 아침에 거둔다고 한다. 태국인들과 짠 도굴꾼들이 밤중에 와서 여러 가지 조각이나 불상을 떼어다가 파는 일이 비일비재하기 때문이란다.

사원 입구 양옆에 무릎을 구부린 자세로 앉아서 뱀신(나가)의 몸통을 껴안은 채 열병을 하고 있는 수십 개의 조각들은 약간 화가 난 듯 진지하다. 크메르 왕국의 가장 절정기에 만들어졌다는 이 불교 사원은 '바이언'이라는 관세음보살 얼굴탑으로 특히 유명하다.

여명 속의 바이언 사원은 멀리서 보니 거대한 회색 돌무덤처럼 보인다. 평평한 지평선 위로 해가 떠오를 때는 자연과 인조 석조물이 어우러져 장관을 이룬다. 아침에 떠오른 후에도 한참동안 운무에 싸여 있는 해는 마치 오렌지색 달을 보는 것 같아 신비로움을 더한다.

햇살이 비추기 시작하면서 바이언 사원의 근엄해 보이는 172개의 석상들 입가에 비로소 미소가 감돈다. 사원 안에는 온통 돌로 만든 얼굴탑들뿐이다. 앞을 보아도 얼굴, 뒤를 돌아보아도 얼굴, 위를 보아도, 아래를 보아도 보이는 것은 얼굴, 얼굴의 석상들. 인자하고도 신비하게 웃고 있는 2미터 크기의 대형 얼굴상이 바로 관세음보살상이라는데, 사실 이것은 사원을 지은 왕 자야바르안 7세의 얼굴이라고 한다.

사원 중앙에는 힌두교 풍요의 상징인 남성 성기 모양의 링가가 모셔져 있다. 그 근처 조그만 공간에는 주황색 천을 걸친 돌부처님이 모셔져 있고 그 앞에는 향불이 켜져 있다. 힌두교와 불교의 평화로운 공존이다.

바이언상을 더 자세히 보려고 얼굴이 잘 보이는 꼭대기 테라스에 자리를 잡고 앉았다. 마음이 편안해 온다. 부드럽게 웃고 있는 얼굴을 쳐다보고 있자니, 나이 들어 저렇게 여유있고 따뜻하게 웃을 수 있게 되었으면 좋겠다는 생각이 든다.

사원 안에는 꼬마 아이들이 대나무로 만든 피리나 그림엽서를 파느라 정신이 없다. 관세음보살의 자비심에 감염되었음인지 나는 시내에서는 더 싸게 살 수 있는 그림엽서를 달라는 대로 다 주고 샀다. 돈을 받아든 꼬마가 '오큰(고맙습니다)' 하고 인사할 때 나는 '바이언식'의 자비로운 미소를 지으려고 애썼다. 제대로 따라했는지는 모르지만 가슴은 한결 넓어지는 기분이었다.

바이언상 앞에 단체관광객들이 물밀듯 몰려들어오는 것을 보고 내려가니 '12번 선수'가 여태껏 무얼 했느냐며, 한 군데서 이렇게 오래 있으면 3일 안으로 다 못 본다고 야단을 친다. 이미 해가 중천에 떠 있어 살갗이 따가울 정도로 뜨겁다.

보고 있어도 보고 싶은 타프롬 사원

오후에는 드디어 앙코르 와트에 갔다. 오전에 선탠 로션을 충분히 바르지도 않고 짧은 소매와 반바지를 입고 다녀서 벌써 팔뚝과 장딴지가 익어 벌겋게 되었다. 그런데도 앙코르 와트에 들어간다는 사실 때문에 화상을 입은 곳이 쓰린 줄도 모르겠다.

사원으로 들어가는 다리를 지나가니 대여섯 살짜리 꼬마들이 졸졸 따라붙으며 부채질을 해 준다. 한참을 그렇게 따라오면서도 정작 돈 달라는 말은 하지 못하고 저희들끼리 서로 눈치만 보는 게 측은하다.

앙코르 와트는 힌두교신인 비시뉴를 위해 만든 신전인데, 이것을 건설한 수르야바르만 2세를 비롯한 그 시절의 왕들은 자기가 죽은 후에는 자신들이 모시던 신과 동일하게 된다고 생각했었다고 한다. 이 신전은 그가 죽은 후 무덤으로 쓰였다는데, 서향이라 특히 해지는 것을 보려고 사람들이 몰린다.

앙코르 와트는 사방 1.5킬로미터 정도 되는 큰 규모가 우선 사람을 압도한다. 신전은 중앙에 있는 다섯 개의 탑과 건물, 이를 둘러싸고 있는 외벽과 이 모든 것을 감싸안은 네모난 인공호수로 되어 있다. 돌다리로 이 호수를 건너는 데만도 한참이 걸린다.

건물은 그 자체가 우주를 상징하는 것으로 중앙의 탑은 힌두교에서 말하는 세계의 중심 메루산의 상징이고, 주위의 네 탑은 메루산의 봉우리들이며, 외벽은 이 세계의 끝, 그리고 네모난 인공호수는 바다를 뜻한다고 한다.

사방이 800미터인 외벽은 사면에 촘촘히 비시뉴, 인드라, 하누만 등 인도 신들에 얽힌 설화들이 마치 어제 새긴 듯 선명하게 조각되어 있다. 어느 외벽에는 '압사라'라 불리는 아름다운 선녀들 수천 명이 하늘에서 춤을 추고 있다. 그 모습이 너무 매혹적이라서 발이 얼어붙은 듯 꼼짝할 수가 없다.

해가 질 때까지 몇 시간에 걸쳐서 돌아본 앙코르 와트는 정말 대단한 구경거리다. 12세기 전반, 그러니까 거의 900년 전에 만들어졌다고는 믿기 어려울 정도로 원형이 잘 보존되어 있다. 수백년 동안 정글에 묻혀 있었기에 세월의 풍상을 겪었던 흔적도 전혀 없다.

처음에는 프랑스 과학자에 의해, 나중에는 유네스코에 의해 잘 보수된 후 보존 관리되고 있기 때문이다.

그 규모로 보나 외벽의 조각들의 내용과 보존상태, 고고학적 가치, 그리고 건축물의 상징적인 의미 등을 종합해 볼 때 이곳이 세계 최고의 유적지라는 명성에는 추호의 의심도 없다. 그렇지만 나는 웬일인지 이 유적지가 '세상에서 제일 위대한 건축물'이라는 걸 동의하기가 좀 망설여진다. 너무 인위적인 게 아닌가 하는 생각 때문이다. 마치 돈 많고 시간 많고 나이 많은 여자가 어떻게든 젊어 보이려고 여러 차례 성형수술을 해서 반질반질해진 얼굴에 잔뜩 화장을 하고 있는 것 같은 느낌이다.

그런 사람일수록 감출 수 없는 손과 목의 주름살 때문에 젊게 보이려는 추한 몸부림이 더욱 처절하고 비참하게 보이는 것 같다고나 할까?

나이가 들면 어딘가 세월의 흔적을 가지고 있어야 하지 않을까. 그래야 그 자연스러운 깊이만큼 그 사람의 인생에 대한 공경심이 우러나오는 것이 아닐까.

이런 면에서 나는 앙코르 와트보다 타프롬 사원이 훨씬 마음에 든다. 그곳은 보수하지 않고 옛날 그대로 남아 있는 정글 속의 사원이다. 역시 12세기에 세워진 불교 사원인데 전성기에는 3,000명이 넘는 승려가 불도에 정진하고 있었다고 한다.

승려들로 번잡하던 그 사원 건물들 사이로 지금은 자이언트 팜나무의 나무뿌리가 파고들어 기둥이며 지붕이 곧 내 앞으로 쏟아져 내릴 것처럼 쇠락한 폐허로 남아 있다. 무너지기 직전의 건물들을 친친 감고 있는 대형 나무뿌리는 살아 움직이는 듯하다. 태어나서 이런 광경은 처음이다.

'무너질지 모르니 조심하라' 는 경고문을 이리저리 피해 좀더 안쪽으로 들어가니 정글 속이라 대낮인데도 컴컴하다. 사원 중간쯤에는 나무뿌리가 건물 사이로 들어가 건물을 갈라놓았는데, 그 위로는 더 굵은 뿌리가 갈라진 건물을 꽉 쥐고 있다. 주위에 떨어져 있는 낙엽은 언제 것인지 퀴퀴한 냄새를 풍기며 분위기를 돋운다. 그 안에 들어서는 순간 알 수 없는 감동과 전율이 인다.

앙코르 와트에서는 신을 경배한다는 핑계로 인간의 현시욕을 자랑하는 오만함이 엿보였던 데 비해, 여기 타프롬은 자연의 힘에 비하면 사람의 힘은 얼마나 보잘 것 없는가를 느끼게 한다. 막대한 인력과 권력, 재력을 써서 만든 사원이 처음에는 보잘 것 없었을 한 줄기 나무뿌리에 얽혀 묶여 있는 모습, 그러나 자세히 보면 무너져내리려는 건물을 단단히 잡고 있는 나무뿌리의 모습을 보고 있자니 자연에 대한 경외감이 절로 생긴다.

어두워질 때까지 타프롬 사원을 돌아다닌다. 허물어져 가는 건물의 창틀에 지는 햇살이 비쳐지자 당장이라도 요괴가 튀어나올 것 같은 음산한 분위기로 변한다. 크메르 사람들은 해가 지면 이 유적지 근처에 나쁜 귀신들이 돌아다닌다고 믿기 때문에 절대로 얼씬거리지 않는다는 말을 '12번 선수' 에게 들은 탓에 두려운 마음까지 든다. 이런 곳에서 미로를 헤매며 어슬렁거리다 보니 마치 수백년간 버려졌던 유적지에 내가 최초로 들어선 듯한 감동마저 인다. 섬뜩하지만 아주 멋진 느낌이다.

그래서 3일간의 패스 유효기간은 물론 그 후에도 매일 오후 이곳에 왔더니 '12번 선수'는 아무래도 좀 이상해 보였는지 "타프롬은 이제 그만 가요"를 연발한다. '보고 있어도 보고 싶다'는 유행가 가사가 어떤 뜻인지 알 것 같다. 바로 그곳이 그랬으니까.

내전 속에서도 건강한 난민 의형제

캄보디아 수도 프놈펜에서 묵은 숙소 주인 버트는 유엔 직원으로 캄보디아에 왔다가 크메르 여자와 결혼을 해서 늘그막에 첫아들을 본 40대 초반의 유쾌한 미국인이다. 나는 이 책방 겸 숙소를 사이공에서 묵었던 숙소 주인 룽씨에게 소개받았는데, 알고 보니 프놈펜에서도 꽤 유명한 곳이다. 버트가 전에 사이공에 갔을 때 룽씨네 집에 묵은 것이 인연이 되어 서로 알고 지낸다고 한다.

룽씨가 전해달라는 메시지와 첫아들 선물을 전달했더니, 내게 대한 대접이 확 달라진다. 방값도 깎아주고 바쁜 와중에도 시간을 내어 알고 있는 대로 캄보디아의 정치상황과 문화에 대해 이야기해 준다. 이야기 끝에 캄보디아에서 한 일주일 정도 민박을 하고 싶다고 했더니 당장 소개를 해 준다.

"내 친한 친구집이 있는데 어때요?"

거기가 마침 앙코르 유적지에서 그리 멀지 않다니 안성맞춤이다. 앙코르로 떠나는 날 버트는 친구집 약도를 자세히 그려주고 편지도 한 통 써 준다. 그야말로 '옛 친구 사이'의 덕을 톡톡히 보게 된 셈이다. 그 집 주인 세타는 버트가 크메르식 결혼식을 올릴 때 혼인증인을 설 정도로 형제같이 지내는 친구란다.

앙코르 유적지를 일주일간 구경한 후 찾아간 세타네 집은 앙코르에서 묵었던 숙소에서 오토바이로 10분도 안 되는 거리에 있다. 토요일이라 직장을 쉬고 집에 있던 세타는 영어가 유창하고 인상이 좋은 서른아홉 살 아저씨다. 내 소개를 하고 버트의 편지를 내놓자 환하게 웃는다.

"아주 잘 오셨어요. 계시는 동안 당신집처럼 편히 지내세요."

그리고는 부인 냐와 아이들을 소개해 준다. 이제 겨우 다장아장 걷는 꼬마를 포함해 아이들이 모두 여덟, 고만고만한 아이들이 줄줄이 나와서 두 손을 모으고 공손하게 합장 인사를 한다.

"춤립수(처음 뵙겠습니다)."

배웠다는 사람이 어쩌면 이렇게 자식 욕심이 많을까 의아한 생각이 든다. 냐는 더울 테니 우선 샤워부터 하라는 시늉을 하며 커다란 면보자기를 내온다. 이것은 길이 1미터, 폭 1.5미터짜리 면을 두 겹으로 박은 것으로 캄보디아 여자들의 일상적인 치마다.

통치마만 가슴까지 올려 둘러입고는 우물가에 가서 머리부터 물을 끼얹는 '무엇 떡'을 하는 것이 이곳의 샤워다. 대중 앞에서 공개적으로 샤워를 하는 것이 좀 멋쩍지만 로마에 왔으니 로마법에 따라야지.

마침 우기 직전이라 캄보디아는 찌는 듯 덥다. 그래도 시타의 말에 따르면 1월부터 3월까지는 겨울이고, 6월부터 9월까지가 여름이란다. 35도가 넘어가는데 겨울이라니. 그런데 우기까지 적어도 10도는 더 올라갈 거라고 한다.

다행히 크메르 전통 나무집은 생각보다 시원하다. 이층집인데 나무 기둥이 박혀 있는 1층에 평상을 놓고, 거기서 음식준비도 하고 아이들과 놀기도 하고 낮잠을 자기도 한다. 2층은 30평쯤 되는 원룸이다. 구석에 있는 부부 침실만 커튼으로 가려져 있다.

2층은 천장이 높고 사방으로 창문이 나 있어 바람이 잘 통한다. 벽에는 불교 설화와 힌두교 설화 그림은 물론 잡지에 실렸던 남미 마추픽추나 만

리장성 등 여러 나라 관광 명소 사진과 캄보디아, 태국의 영화배우 사진들까지 가득 붙어 있다.

세타네 집은 유엔 자원봉사단에 다니고 있는 세타의 외국인 직장 동료들이 '모금'을 해서 지었다는데 3,000달러쯤 들었다고 한다. 버트가 헌금한 500달러로는 기와지붕을 올렸단다. 집을 지을 때 돈이 없는 동네 사람들은 몸으로 때우는 노력봉사를 했다고 한다. 지금 세타네 집 바로 옆에 세타의 의동생 비티가 집을 짓고 있는데, 역시 동네 인력이 총동원되고 있다.

샤워를 하고 1층 평상에 앉아 있는데, 동네 아줌마들이 찾아와 활짝 웃으며 '춤립수' 하고 인사를 한다. 조금 있다가 식구들이 둘러앉아 방바닥에 음식을 놓고 막 점심을 먹으려는데 동네 아줌마들이 다시 나타나 튀기거나 구운 생선들을 내놓는다. 나를 자신들 모두의 손님으로 대하는 마음씨다. 사람 사는 냄새가 물씬 나는 동네다.

크메르의 먹거리는 주로 쌀밥과 생선이다. 지형적인 특징으로 건기에는 노를 저을 수 없을 정도로 물고기가 넘친다는 통레삽 호수 때문이다. 전국민을 먹여 살리고도 남는 양이라니 생선 종류도 많고 조리법도 그만큼 다양하다. 구워 먹고, 튀겨 먹고, 찜해 먹고, 우리나라처럼 오래 삭힌 생선젓갈 '늑맘'이라는 것까지 있다.

또 우리나라 김치처럼 절대로 빠져서는 안 되는 것이 어린 망고를 채썰어 고추 간 것, 간장, 생선젓과 함께 버무린 '뜩 치루 스와이'다. 맛은 떫고 신데 이 신맛이 무더위에 식욕을 잃지 않게 해 주는지도 모르겠다.

밥상이 차려지자 냐와 세타는 내가 첫 숟가락을 삼킬 때까지 기다렸다가 조심스럽게 묻는다.

"어때, 음식이 괜찮아요?"

"아니, 그냥 괜찮은 게 아녜요. 정말 훌륭해요."

"참 다행이에요. 보통 외국 사람들은 생선젓의 큼큼한 냄새를 아주 싫어하거든요."

나는 아무래도 혓바닥에서 조미료가 따로 나오는 모양이다. 세계 각국의 어떤 음식을 먹어도 맛이 있으니 말이다. 냐는 오후 내내 나만 보면 '무엇 떡'이라고 하면서 머리에 물 끼얹는 시늉을 한다. 양 팔뚝에 불에 데인 듯 벌겋게 땀띠가 나 있는 모양이 안쓰러웠나 보다. 그것은 1주일 동안 앙코르를 돌아다니며 얻은 훈장이다.

세타네 집 앞에 있는 펌프는 마을의 센터다. 펌프는 세타가 이 동네에 오자마자 개인적으로 만든 것이고, 지금도 정기적으로 펌프세를 내야 하지만 동네 사람들이 무료로 쓰도록 해주고 있다.

펌프뿐만 아니라 세타네 집은 동네 사랑방이고 세타는 동네의 중심인물이다. 저녁이 되면 어른 아이 할 것 없이 스무 명이 넘는 동네 사람들이 세타네 집 2층으로 몰려와 텔레비전을 본다. 이곳에는 아직 텔레비전 방송은 안 나오고 만화보다 유치한 중국 무술영화 비디오를 상영한다. 우리네 옛 시골 동네처럼 이웃간의 인정이 여간 아니다.

세타는 이곳 토박이가 아니다. 동부 산골 출신으로 1975년 폴 포트 치하에서 태국 국경 난민촌으로 피난을 갔다가, 그 후에도 베트남 침공을 피해 13년간이나 그곳에 눌러 살았던 피난민 출신이다. 사방이 가시철망으로 막히고 견딜 수 없을 정도로 더운 텐트촌에서 살았던 피난민 생활은 참으로 견디기 힘들었다고 한다.

그러나 그에게 더욱 힘들었던 것은 육체적인 고통이 아니라 정신적인 괴로움이었다. 유엔과 다른 세계기구에서 먹을 것과 입을 것, 사는 데 필요한 최소한의 물자를 공급해 주니까 일을 하지 않고도 먹고 살 수 있었는데 바로 그 점이 그를 괴롭혔다.

공짜로 받는 데 익숙해지고 있는 자신이 부끄럽게 여겨졌던 것이다. 그래서 난민촌 학교에서 열심히 공부하고 책을 읽으며 시간나는 대로 자원봉사를 하면서 영어를 배웠다. 성실한 그는 곧 국제기구 사람들의 눈에 떠어 급기야 현지 직원으로 채용되었다.

"내가 난민촌에서 살지 않았다면 그런 고급 교육을 받을 수 없었을 거예요. 어찌 보면 난민촌에서 살았다는 것이 행운이었지요."

인생은 생각하기 나름이라고 하지만 자신에게 닥친 역경을 기회로 바꾸며 살아온 세타도 자신에게 주어진 삶에 감사하면서 살고 있다. 그는 난민촌에서 지금의 부인을 만나 아이 넷을 낳고 그곳에서 부모 잃은 아이 넷을 입양해서 행복하고 건강한 가정을 꾸려가고 있다. 그러니까 아이가 많다고 처음에 내가 가졌던 의아심은 순전히 무지의 소치였던 것이다.

"앞으로 자리가 조금 더 잡히면 아이를 몇 명 더 입양할 생각입니다. 잘 먹이고 입히지는 못해도 사랑을 듬뿍 줄 자신은 있습니다."

그는 수줍게 웃었다. 참 대단한 사람이다.

유유상종이라더니 세타의 의동생 비티도 마찬가지다. 한쪽 눈이 안 보이는 이 30대 중반의 남자는 폴 포트 시절 굶주림을 견디다 못해 군인을 피해 망고를 따러 갔다가 나무에서 떨어지면서 나뭇가지에 찔려 한쪽 눈을 잃었다. 그러나 에너지가 철철 넘치는 사람이다. 아침부터 저녁까지 바쁘게 왔다갔다하며 참으로 많은 일을 한다. 보통 사람이라면 인생을 비관할 수도 있을 텐데, 그는 넘치는 에너지로 오히려 주위를 밝게 하고 많은 이들에게 힘을 주고 있다.

이런 에너지는 도대체 어디서 나오는 것일까. 그건 삶과 내일에 대한 기대와 믿음으로부터 오는 것이 아닐까. 오늘보다는 내일이 나을 거라는 기대. 땀흘려 일하고 마음을 다해 노력하는데 내일이 밝지 않을 수 없으리라는 믿음 말이다. 멋있는 사람이다.

일요일 아침 덥기 전에 세타와 장을 보러 갔다. 어디를 가나 내가 민박을 하면 한국 음식 만들어주는 것이 빠뜨릴 수 없는 행사다. 한국 음식도 소개하고 나도 그 김에 한국 음식을 먹게 되니 도랑 치고 가재 잡고, 마당 쓸고 엽전 줍는 격이다. 이날도 동네 사람 모두에게 한국 음식을 대접할 생각이다.

재래시장 전체에 큼큼한 생선 말리는 냄새가 진동을 한다. 시장 물가는 생각보다 비싸다. 그곳 주민들의 한달 수입이 평균 30~50달러라는데 사과가 1킬로에 2달러, 감자와 양파가 킬로당 1달러, 닭고기는 1킬로에 무려 3달러나 된다. 그러니 주민들이 얼마나 곤궁한 생활을 하겠는가.

시장을 한 바퀴 돌아보니 당면 비슷한 국수도 있고, 놀랍게도 중국산 참기름에 집에서 만든 손두부까지 있다. 그래서 이 날의 메뉴는 잡채와 두부 달걀국, 그리고 오이무침으로 정했다. 잡채와 두부 달걀국도 괜찮았지만, 이 날의 하이라이트는 단연 오이무침이다. 좋아할지 어떨지 몰라 맛보기로 조금만 만들었는데 만드는 도중에 오이무침 한 접시를 냐와 비티 부인이 맛본다면서 다 집어먹어 버렸다. 새콤달콤한 게 크메르인 입맛에 딱 맞는다나.

그래서 오이 스무 개를 급하게 더 사와서 무쳤는데도, 식사를 시작한 지 5분도 지나지 않아 한 양푼의 오이무침이 동이 났다. 모두들 맛있다고 난리다. 급기야 마사지하려고 '꼬불쳐 둔' 오이까지 꺼내 동네 아줌마들에게 요리 시범을 보였다. 시장에서 구한 빨간 생고추 간 것이 맛을 내는 데 큰 몫을 한 것 같다.

그날 저녁 동네 아줌마 둘이 비슷하게 버무린 오이무침을 가지고 와서 제대로 만들었는지 맛을 봐달란다. 세타도 부인에게 한두식 오이무침 만드는 법을 단단히 배워놓으라고 말한다. 좁은 부엌에서 땀을 비오듯 흘리고 숯불연기에 눈물 흘리며 몇 시간 노력한 보람을 톡톡히 찾았다.

이 동네의 하루는 신새벽에 시작된다. 해가 뜨기 전에 집 앞의 펌프가 삐걱삐걱 소리를 내는 것으로 아침을 맞이한다. 낮에는 너무 더워서 해가 나기 전에 많은 일을 해두어야 하기 때문이다. 나도 다른 사람들과 함께 아침 일찍 일어나 밥을 먹고 집 안팎과 우물가를 청소한다. 그리고는 동네 꼬마들을 물가에 모아놓고 깨끗하게 씻긴다.

꼬마 아이들은 나만 보면 '헬로, 헬로' 하는데 첫날은 수줍어서 엄마 뒤에 숨던 아이들이 둘째날부터는 펌프가에서 적어도 하루 두 번 정도는 샤워를 하는 내게 서로 물벼락을 맞으려고 안달을 한다. 물은 소름이 끼칠 정도로 차가워서 물벼락을 맞는 사내아이의 고추가 쪼그라든다. 물가에서, 마당에서 큰 애는 작은 애를 돌보고 작은 애는 또 그보다 어린 아이와 놀아주면서 아이들은 자기들끼리 잘도 크고 있다.

　　이 동네 사람들은 잘 웃는다. 아니, 크메르인들은 잘 웃는다. 아이고 어른이고 눈만 마주치면 그냥 웃는다. 내전과 혼란한 정치, 지금도 여전히 어려운 살림살이 속에서 어떻게 그런 아름다운 미소를 잃지 않고 있는지 신기하고 부럽다 못해 고맙기까지 하다. 이들은 선천적으로 개방적이고 긍정적이며 낙관적이다. 이런 사람들이 어떻게 킬링 필드와 같이 피비린내나는 살육전쟁의 피해를 입어야 했는지 안타깝고 가슴 아프다.

　　동네를 떠나기 전날 냐가 내 여행의 기념이 되었으면 좋겠다면서 무언가를 수줍게 건네준다. 펴보니 실로 짠 연초록색 스웨터다. 그걸 석달에 걸쳐서 짠 것이라고 세타가 귀띔하자 냐가 펄쩍 뛴다.

　　"아니, 한달 반밖에 안 걸렸어요."

　　나도 뭔가 주고 싶은데 줄 만한 것이 없다. 큰 배낭을 프놈펜에 놓고 왔기 때문이다. 독실한 불교신자들이니 한국에서 가져온 부처님 그림엽서를 주면 좋아할 텐데. 궁여지책으로 가지고 다니던 비자용 증명사진과 네 가지 색볼펜으로 태극기를 그려주었다. 사진 뒤에 '내 모든 사랑을 담아'라고 적어주었는데 그건 정말 진심이다.

　　"리아 헤우이(안녕히 계세요)."

　　크메르 식구들, 이 아름다운 사람들이 사는 나라에 더 이상의 고통이 없기를. 특히 이들이 걱정하는 내년 선거가 무사히 끝나기를 영험하신 관세음보살님의 자비에 빌어본다.

태국 해상 밀입국 실패,
공항에서 웃다

인레 호수에 사는 주민들은 남녀노소 할 것 없이 한 발을 노에 걸고 잘도 배를 젓는다.

안 된다니까 더 가고 싶어

왕 이름을 딴 캄보디아 유일의 항구 시하누크빌로 갔다. 아무런 기대를 하지 않았기 때문인지 평범한 바다 경치가 마음을 끈다. 여기에는 아름다운 해변이 있다지만 가볼 생각도 하지 않는다. 그렇다면 왜 여기까지 왔는가? 보트를 타고 태국으로 밀입국하기 위해서다. 비행기를 타지 않고 태국에 가려면 이 방법밖에 없다.

지난달 베트남에서 만난 여행자들의 이야기로는 올 3월 들어 태국 국경 초소의 경비가 강화되어 외국인들은 이 바다로 절대 다니지 못하게 한다는 것이다. 그러나 캐피톨 호텔에는 일주일 전 이 루트를 통해 몰래 캄보디아에 들어온 미국인을 만났다는 사람이 있는 걸 보면 운과 타이밍만 좋으면 가능성이 전혀 없는 건 아닌 것 같다. 그래서 일단 그 밀항의 시발점이 되는 시하누크빌로 간 것이다. 그곳에서는 더 자세한 상황을 알 수 있을 것 같아서다. 시하누크빌에서도 의견이 분분하다.

"문제없어요. 우리 숙소에 묵었던 사람들도 여러 명 갔는데 안 돌아왔잖아요."

배낭여행자 숙소에는 큰소리치는 사람이 있다. 안 돌아온 것이 꼭 성공한 것은 아닐 텐데.

"아니에요. 여권 빼앗기고 감옥에 가고 엄청난 벌금 물어요. 전에는 그렇게 많이들 간 모양이지만 지금은 캄보디아와 태국이 국경협상을 하고 있는 중이어서 경비가 굴샐 틈 없다는데요."

좀 고급 호텔에 묵는 사람들은 하나같이 고개를 젓는다.

그렇지만 나는 욕심을 부려보기로 했다. 안 된다니까 더 가보고 싶다. 절대로 안 되는 건 아니라지 않는가. 숙소에서 만난 스위스 커플도 귀가 솔깃해서 나를 따라오겠단다. 솔직히 이 커플과 함께 동행하는 것은 내키지 않는다. 허여멀건한 외모가 금방 외국인으로 눈에 띌 테니까. 그러나 믿어주는 마음이 고맙기도 하고 한편으로는 혼자 가는 것보다 든든할 것 같기도 하다.

며칠동안 바닷가에서 느긋하게 쉬었다. 글도 쓰고, 수영도 하고, 잠도 자고, 실컷 먹고, 날마다 아름답게 지는 해를 감상하면서 힘을 충전한 후 드디어 대망의 밀항길에 나선다. 우선 시하누크빌 이민국에 가서 출국도 장을 받고 항구를 떠난다.

시하누크빌에서 국경인 코콩 섬까지는 여객선으로 네 시간 거리다. 부 두에 닿자 들던 대로 캄보디아 이민국 경찰이 대기하고 있다가 은밀히 우 리를 사무실로 데리고 간다. 눈치가 뻔하다. 우리끼리가 되자 이민국 직 원이 넌지시 말을 걸어왔다.

"외국인은 이 국경을 넘을 수 없다는 것 아시지요?"

"우리는 벌써 시하누크빌에서 출국 도장을 받았으니 나가는 것만 눈감 아 주세요."

"한 사람당 10달러 내시오."

도둑놈들. 짐작은 하고 있었지만 아주 대놓고 돈을 내라는 게 너무 뻔뻔 스럽다.

"10달러라뇨? 우린 그런 돈 없어요. 비행기 탈 돈 없어 뱃길 밀항을 하 는 사람들이 무슨 돈이 있겠어요? 세 명에 10달러만 해요."

"뭐라고요? 아니, 이 아가씨가 무슨 소리 하는 거야."

여태껏 불법 통과료를 깎자는 사람이 없었던지 이 비리경찰들은 서로 를 쳐다보며 제 귀를 의심한다. 이 세상에 에누리없는 장사가 어디 있어. 한참 실랑이를 한 후에 셋이서 15달러에 합의를 봤다.

"태국 국경에서 되돌아와도 우리 책임은 아닙니다."

돈을 받고 나자 이민국 직원이 못을 박는다.

"또 한 가지. 요즘 들어 경비가 강화되어 옛날처럼 바다로 가면 절대로 입국할 수 없으니 여기서 배를 타고 국경도시인 능록까지 가서 택시로 한 번 국경을 넘어보시오."

돈을 받았다고 나름대로 친절한 체한다. 그래도 그게 우리에게는 커다란 정보다. 코콩 섬에서 다시 조그만 스피드 보트를 타고 30분쯤 달리자 국경도시인 능록이 나온다. 거기서 택시를 흥정해 국경에 도착했다. 그런데 놀랍게도 캄보디아 국경관리 초소에서 한 마디로 딱 잘라 돌아가라고 한다.

우리는 벌써 출국 도장을 받아서 돌아갈 수가 없고, 코콩 섬 이민국 관리가 여기는 문제없이 지나갈 수 있다고 했다며 떼를 썼으나 어느 집 강아지가 짖느냐는 태도다. 이런 때 가장 잘 통하는 마지막 수단인 '국제여권', 즉 달러 뇌물 가능성을 은근히 내비쳤지만 어찌 된 일인지 강경하게 돌아가라고만 외친다.

아무래도 여기를 지나가기란 무리인 것 같다. 그렇다면 절대로 건너갈 수 없다는 해상국경 하틀락을 시도할 수밖에. 다시 부두로 와서 하틀락까지 데려다 줄 보트를 찾으니 모두 고개를 절레절레 흔들고, '타이 폴리스(태국 경찰)'를 외치며 수갑 차는 시늉을 한다. 시간은 자꾸 가고 애가 탔다. 원래 요금이 5달러 정도인데, 우리가 두 배, 세 배, 네 배까지 올려도 작자가 나서지 않는다. 20달러 정도라면 이곳 사람들의 반달치 월급이다. 10분 거리에 그런 거액을 마다하는 걸 보면 아무래도 여기서 보트를 찾을 수는 없을 것 같다.

일단 후퇴. 코콩 섬으로 와서 다시 시작하기로 했다. 거기에서 하틀락으로 가는 보트를 찾았다. 부두에는 많은 보트맨들이 기를 쓰고 손님을 끌고 있었으나 그들 중 누구도 하틀락에는 가지 않으려 한다. 이구동성으로 '경찰, 경찰'을 연발하기만 한다. 초조해진 우리는 뇌물을 준 경찰을 찾았다. 그는 뇌물을 먹었으니 할 수 없이 또다른 정보를 준다.

"때때로 태국에서 들어온 보트들이 새벽에 돌아가는데, 그런 보트를 찾으면 하틀락에 갈 수 있을 겁니다."

우리는 피곤한 눈빛을 교환했다. 스위스 커플은 아주 지친 얼굴로 자기들은 내일 아침 배로 시하누크빌로 돌아가 비행기를 타겠다고 한다.

어쨌거나 일단 오늘밤 묵을 숙소를 찾아야 한다.

부두에서 조금 나가니 시장이 있고 그 안에 '호텔·가라오케'의 간판이 보인다. 동네 아이들은 무슨 큰 구경이라도 난 듯 우리 뒤를 졸졸 따라오며 '헬로, 헬로'를 외친다. 이날 일진은 정말 나빴다. 우리가 묵게 된 곳은 게스트 하우스가 아니라 매춘소굴이었던 것이다.

2층에 올라가자 방금 일을 끝낸 술 취한 남자가 방에서 튀어나온다. 여자 종업원이 보여주는 방안을 들여다보니 창문도 없는 좁은 방에 붉은 등이 켜져 있는데, 그 방도 조금 전까지 '영업중'이었음이 분명하다. 방바닥에는 사용한 콘돔이며 휴지가 널브러져 있다.

그런데다 물도 안 나오고 전기도 저녁 늦게나 들어온다니 생지옥이 따로 없다. 사방이 막힌 형무소 같은 좁은 방에 선풍기까지 안 돌아가면 어떻게 자나. 밥 먹고 올 때까지 방을 치워달라고 부탁을 하고 시장에 나가 국수건 과일이건 빵이건 눈에 띄는 대로 요기가 될 만한 것을 사서 배를 채웠다. 맛도 모르겠고 배도 안 부르다.

숙소로 돌아와 생수를 손수건에 묻혀 아프리카에서 하던 대로 고양이 샤워를 했다. 다행히 저녁 일찍 전기가 들어오긴 했지만 물은 끝내 나오지 않았다. 전기가 들어오자 덜덜거리는 선풍기가 돌아가서 시원하기는 한데 잠잠하던 길 건너 가라오케에서 죽자 하고 노래를 부르는 찢어지는 듯한 여자 음성이 그치지 않는다. 아무래도 제대로 잠자기는 글렀다.

"독한 술 몇 잔 마셔야 잠을 자겠는걸."

베란다에 서서 내가 혼잣말처럼 중얼거리자 옆에 있던 스위스 아이가 반색을 한다.

"아까 길에서 럼주를 보았어."

"우리 콜라 한 병, 럼주 한 병 사서 섞어마시고 자자."

내가 제의했다.

"굿 아이디어!"

4달러짜리 럼 한 병이 순식간에 없어진다.

"내일 어떻게 할 거야?"

마지막 술잔을 비우면서 내가 물었다.

"비야는?"

"나는 다시 한번 시도해 볼 거야. 되는 수도 있다잖아."

"애초에 이 길로 가려던 게 무리였어."

옆에서 잠자코 있던 여자아이가 끼여든다.

"그건 그래. 그렇지만 시도해 보지 않는다면 한번 해볼걸 하고 두고두고 후회하게 될 거야."

"난 무서워. 그런데 너는 하나도 안 무서워하는 것 같아."

"난 밀입국 '전과'가 있거든. 아니, 아니, 이건 농담이고 나도 두렵긴 마찬가지야. 그래도 한번 해보기로 한 거니까 방법이 전혀 없을 때까지 시도해 보는 것뿐이야."

다음날 새벽 부두로 나갈 준비를 하고 있는데, 가지 않겠다던 그 스위스 커플이 나타났다.

"굿모닝! 어젯밤 우리 의논해 봤는데 비야를 따라가기로 했어. 나중에 그때 해볼걸 하고 후회하면 안 되잖아?"

숙박비를 치르려고 주인을 찾으니 30대 후반의 예쁘장한 여자 주인이 부스스한 얼굴로 나오더니 까만 브래지어 안에서 잔돈을 꺼내준다. 이제 겨우 어린애 티를 벗은 젊은 청년 두 명이 역시 부스스한 얼굴로 숙소 문을 나선다. 캄보디아 홍등가의 아침 풍경이었다.

해가 뜨기 전 부두에 가서 하틀락에 갈 보트를 찾으니 역시 모두들 고개를 절레절레 흔든다. 그런데 좀 떨어진 곳에 있던 보트맨이 선뜻 가겠다고 나선다. 마음이 변할까 봐 값도 흥정하지 않고 얼른 올라탔다. 보트 위에 배낭을 올려놓는 동안 주위에 있던 동료들이 다가와 크메르말로 뭐라고 한다. 필경 위험하니 가지 말라는 뜻일 게다.

한순간 얼굴을 찌푸리며 망설이는 보트맨에게 다급해진 내가 5백바트란 표시로 손가락 다섯을 쫙 펴보였다. 갑자기 얼굴을 푼 보트맨은 '레츠고(갑시다)!' 라고 힘차게 소리치며 모터에 시동을 건다. 태국 국경까지는 약 30분 거리. 만약 성공을 한다면 거기서 방콕까지는 일곱 시간이면 갈 수 있다.

하도 빨리 달려 뱃머리가 거의 90도로 일어서는 6인용 스피드 보트 안에서도 아름답게 해가 뜨는 것이 보인다. 캄보디아 바다의 일출 일몰은 푸른 바다와 키 큰 야자수를 배경으로 뜨고 지는 선홍색 태양이 정말 아름답다. 물길도 그에 못지않게 아름답다. 무사히 태국에 들어갈 수 있다면 더욱 멋진 기억으로 남을 것이다.

"우리 외국인은 여기로 들어갈 수 없어요. 경찰 만나면 큰일이에요. 이런 거 잘 알죠?"

국경이 다가오자 보트맨에게 수갑차는 시늉을 해보이며 단도리를 했다. 그는 알아들었다는 듯이 태국 국경에 다가가자 좀더 먼 바다로 나가 경찰의 눈을 피하려고 했다. 스위스 커플에게는 머리를 고자로 가리고 몸을 낮추라고 내가 주의를 주었다.

하지만 쫙 깔린 경찰과 군인의 눈을 끝내 피할 수는 없었다. 얼마 가지 못해 해양경찰이 확성기로 우리를 불러세우더니 총을 들이대며 이민국으로 가자고 한다.

물론 우리는 이민국을 무사히 빠져나갈 수 없었다. 이민국 국장에게 내가 하도 통사정을 하며 장시간 끈질기게 물고 늘어지니까 나중에는 내 여권을 빼앗더니 책상 서랍에서 무슨 서류를 꺼내면서 수갑을 들이댄다. 업무방해죄에 불법월경죄라나. 순간 당황은 했지만 내가 아직까지 태국 땅에 들어간 것도 아닌데 이럴 것까지야 없지 않나 하는 생각이 들어 불쾌했다.

"내 여권 내놔요. 모르는 걸 자세히 물어보는 게 뭐가 잘못이에요?"

소리를 빽 질렀다. 스위스 커플은 겁에 질려 얼굴이 새파랗게 된다. 이민국 국장은 내 반응에 당황했던지 슬며시 여권을 돌려준다.

"아가씨, 이제 군말없이 돌아가는 거지요?"

그런데 그 순간 바로 코 앞에서 우리의 순진한 보트맨이 태국 군인들에게 뭇매를 맞고 있는 것이 아닌가. 국경 경비군들이 사공의 따귀를 마구 때리고 구둣발로 차고 하더니 멱살을 잡고 어딘가로 끌고 가려고 한다.

'우리 때문에 저 보트맨이 끌려가거나 보트를 빼앗기면 안 된다.'

순간적으로 얼굴이 확 달아올랐다. 우리는 그야말로 순전히 호기심으로 한번 경험해 보자고 시도한 것이고, 나 혼자 정한 육로이동이라는 여행원칙 때문에 불법으로 국경을 넘으려던 것이었는데 저 불쌍한 보트맨이 우리 때문에 그의 전재산인 보트를 빼앗길지도 모른다는 생각이 머리를 스치자 피가 솟구쳤다.

"그 손 놓아! 그 보트맨 건드리지 마! 우리가 돌아가면 될 거 아냐!"

내가 얼굴을 붉히며 사납게 소리를 지르자 군인들이 흠칫 놀라며 잠깐 보트맨의 멱살을 느슨하게 잡는다. 나는 그 틈을 놓치지 않고 보트맨의 팔을 획 낚아채서는 황급히 이민국을 빠져나왔다.

이렇게 해서 태국 국경을 바다로 밀입국하려는 기도는 결국 무산되고 말았다.

공항의 통 아저씨, 고맙습니다

다음 문제는 이미 받은 출국도장을 취소하는 일이다. 다시 시하누크빌 이민국으로 가니 소위 이민국 직원이라는 사람 세 명이 할 수 있는 영어라는 게 모두 합쳐 단 세 마디다.

"노 캔슬(취소 안 됩니다)."

"프놈펜 에어플레인(프놈펜에서 비행기를 타시오)."

"노 프라블름(문제없어요)."

노 프라블름은 무슨 얼어죽을 노 프라블름. 캄보디아를 떠나는 날 공항 출국심사에서 프라블름이 생겼다.

"당신은 비자가 없으니 출국할 수 없습니다."

"무슨 소리예요? 4월 2일까지 여기 이렇게 비자가 남아 있잖아요."

"출국도장이 있으니 비자는 끝난 겁니다. 외무부에 가서 새로 비자를 받아야 합니다."

비행기 뜰 시간은 한 시간밖에 남지 않았는데 프놈펜 시내에 있는 외무부로 가라니. 게다가 오늘은 일을 안하는 일요일이 아닌가.

"당신 상사하고 이야기할 수 있어요?"

이런 땐 말단 '쫄따구' 하고는 말이 통하지 않는다. 곧 그 직원의 상사가 왔지만 조금 더 친절하기는 해도 안 된다는 말은 똑같다.

"이민국에 가서 불법체류만큼 벌금을 물고 새로 비자를 받아오는 방법밖에는 없습니다."

"캄보디아는 비행기로 입국을 하면 공항에서 여행자 비자를 받을 수 있잖아요. 여기서 바로 비자를 받을 수는 없습니까? 혹시 이민국 상사와 이야기해 볼 수 있을까요?"

내가 탈 비행기는 곧 떠난다고 마지막 콜을 한다.

"9시에 이민국이 문을 여니 그때 가보시오."

출국심사 상사는 요지부동이다. 그 자리에서는 더 이상 방법이 없는 것 같다. 그 순간에 가장 다급한 것은 이미 비행기 짐칸에 실어놓은 내 배낭을 꺼내오는 일이다.

한바탕 난리를 피우면서 짐을 꺼내고 비행기표를 취소하고 공항세를 환불받아 입국청사에서 기다려 입국 담당 상사를 만났지만 역시 허사다. 자기는 비행기로 입국하는 사람들에게만 비자를 발급할 권한이 있을 뿐이라며 혼잣말처럼 중얼거린다.

"이 공항 최고책임자라면 또 몰라도 …."

귀가 솔깃해서 그 사람 이름을 가르쳐 달라니까 곤란하다면서 말꼬리를 흐린다.

"찾아봐도 소용없을 거요."

흥, 안 가르쳐 주면 내가 못 알아낼까 봐? 사무실을 나오면서 문 밖에 지나가는 이민국 직원에게 물었다.

"여기 총책임자 이름이 뭐지요? 저 사무실에 계신 분이 방금 가르쳐 주셨는데 외우기가 어려워서 …."

"아! 미스터 통 말이군요."

통이라면 외우기 어려운 이름도 아니네. 이제 마지막 희망인 통씨를 찾아나섰다. 그의 사무실을 찾아가 보았지만 일요일이라 근무를 안하니 직무 대리인 미스터 루사랏을 만나보란다. 다시 공항으로 돌아와 루사랏을 찾았으나 아뿔싸, 그 루사랏이라는 사람이 아침에 출국 심사대에서 나를 쫓아낸 바로 그 사람이 아닌가. 아침에 나와 실랑이를 했던 직원들이 다시 찾아온 나를 보고 깜짝 놀란다.

"안녕하세요? 입국심사 책임자가 당신이 허가장을 써주면 출국할 수 있다고 하던데요."

루사랏이라는 사람 앞에서 거짓말이 술술 나온다.

"뭐라고요? 누구 허가장을 받았다고요?"

"아뇨. 당신이 써줄 수 있다고 하더란 말입니다."

"내가 무슨 권한으로 …. 이렇게 떼를 써봐야 소용 없습니다. 내일 외무부 이민국에 가서 새 비자를 받아오십시오."

캄보디아 공항에서 나를 구해준 멋진 남자 통 아저씨(왼쪽).

그는 나를 상대하기도 싫다는 듯 돌아서다가 갑자기 누구에겐가 경례를 척 올려붙인다. 얼떨결에 그 사람 명찰을 보니 그렇게 찾던 '미스터 통'이다. 어이구, 반가워라.

"아, 선생님이 제가 아침 내내 찾던 분이군요."

침착하고도 인자한 인상에 일단 마음이 놓인다. 더이상 사정을 하거나 억지를 부리기는 싫다. 상황 설명을 잘 하면 말이 통할 것 같다.

"그 바다 국경으로 외국인이 넘어갈 수 없다는 걸 모르고 국경까지 간 건 제 실수입니다. 그렇지만 그곳 이민국 직원들도 마땅히 제게 그 사실을 알려주었어야 하지 않습니까? 그 사람들도 잘 모르고 출국도장을 찍어주었으니 그들 책임도 있습니다. 국경이 안 열려 있다면 도장을 찍어주지 말아야 하고, 찍어주었더라도 국경이 막혀서 돌아왔으면 취소를 해주어야 할 텐데 그러지 않아서 제가 이런 곤란을 겪고 있습니다."

내 이야기에 틀린 데가 있으면 말해 보라고. 차분히 듣고 있던 미스터 통은 심각하게 잠시 생각하더니 나를 한번 쳐다보고는 활짝 웃으면서 고개를 끄덕인다.

"오케이."

"아이고, 오큰. 오큰(고맙습니다)."

"그런데 미스 코리아(내가 한국 사람이라니까 이렇게 부르는 거다. 이 아저씨 골고루 마음에 든다), 방콕행 오후 비행기는 이미 만원일 테니 날 따라오세요."

그는 캄보디아 국영비행기 체크 인 창구까지 같이 가서 자기 빽으로 나를 대기자 명단 1번에 올려주었다. 여행사 직원은 나에게 깍듯이 대하면서도 도대체 누구이길래 공항 총책임자가 손수 나서서 이런 부탁을 하나 하는 눈치였다.

실제로 그날 혼자 갔으면 대기번호가 50번도 넘어 비행기를 탈 수도 없었을 것이다. 오후 비행기 출국심사 때 내 여권에 해준 그의 사인 하나로 새 비자는커녕 벌금 한 푼 물지 않았다. 모든 수속을 무사히 마치고는 그에게 기념사진을 찍자고 청했다.

"미스터 통, 정말 고맙습니다. 내가 아는 사람들 모두에게 당신의 친절을 말하겠어요."

"내 친절이 아니라 캄보디아의 친절을 말해 주세요."

역시 멋진 분, 미스터 통은 정말 멋있는 아저씨다. 약속대로 한 마디 하겠다. 캄보디아 사람들은 정말 친절하다!(통 아저씨는 그 중에서 제일 친절하다.)

라오스에 가면 물벼락을 맞으세요

신년 축제 '피 마이'의 하이라이트인 미스 루앙 파르방 퍼레이드

여기에도 자랑스러운 한국인이 있었네

저경비 배낭여행자들의 특징 중 하나는 자기 의견이 분명하다는 점이다. 어디는 어때서 좋고, 또 어디는 어때서 싫다는 느낌을 확실하게 말한다. 그러므로 어느 한 나라에 대해서도 사람에 따라, 경험에 따라 각기 다른 평가가 나온다. 그런데 라오스에 대해서만은 예외적이다.

'전혀 오염되지 않은 무공해 자원과 무공해 인심이 고스란히 남아 있는 나라.'

이것이 모든 배낭족이 한 목소리로 동의하는 라오스에 대한 평가다. 물가도 싸고, 국수도 맛있고, 사람도 좋고, 마을과 도시에서 조금만 벗어나도 정글 깡촌이라는 라오스는 의심할 바 없이 오지여행가의 천국이다. 그래서 생존에 필요한 단 세 마디의 말만 배워가지고 흥분되는 가슴을 안고 라오스 국경을 넘는다.

'사바이디(안녕하세요)?'

'코이 까올리(전 한국 사람이에요).'

'뽀 뻬냥(문제없어요. 괜찮아요).'

실제로 이 세 마디가 한달 남짓 머물면서 라오스인들과 나눈 대화의 반 이상을 차지했다.

여기서 한 가지, 태국이나 라오스를 여행할 때 왜 사람들이 뜬금없이 우리를 보고 '까올리'라고 부르는지 몹시 궁금했는데, 나중에 중국여행중 어학연수를 하면서 이 단어의 어원을 스스로 터득했다. 이 말은 바로 고려(高麗)의 중국식 발음이었다.(만약 이것말고 다른 이유가 있다 하더라도 나의 의견은 상당한 설득력과 연구가치가 있다고 생각한다.)

태국 국경도시 롱 카이에서 미니버스를 타고 우정의 다리를 건너 라오스의 수도 비안첸으로 가자마자 라오스 유엔 개발기구를 찾았다. 한국 유엔개발기구에서 일하는 후배 이현신이 소개를 해준 손귀엽씨를 만나러 가는 길이다. 자그마한 몸집에 아주 앳된 얼굴인 손귀엽씨의 직함은 놀랍게도 '지역 담당 총책임자 대행'이다.

그녀는 바쁜 중에도 친절하게 나를 맞아주었다. 내가 조만간 올 것이라고 현신이한테서 전자우편을 받았다면서 라오스에서는 어디에서 묵을 거냐고 묻는다. 내가 뻔뻔스럽지도 않게 다름아닌 손귀엽씨 집이라고 했더니 "알았어요, 언니. 그럼 그렇게 하세요." 하며 기가 막힌지 웃음을 감추지 못한다.

안면도 전혀 없는 사람이 국제기구 사무실에 쫄바지 입고 큰 배낭, 작은 배낭 줄줄이 메고 불쑥 나타났으니, 내가 생각해도 좀 우습다.

사실 애초에는 비안첸 중심에 있는 아주 싸고 깨끗한 배낭여행자 숙소에 묵으려 했었는데, 손귀엽씨가 한눈에 마음에 들어 예정에도 없는 엉뚱한 말이 나왔던 것이다.

그런데 이런 '엉터리' 때문에 나는 또 자랑스러운 대한의 딸이자 좋은 친구 한 명을 갖게 되었다.

그날부터 내가 비안첸을 떠나는 날까지 날마다 나와 귀엽씨는 그야말로 날밤을 새면서 이야기꽃을 피웠다.

귀엽씨는 한국에서 고등학교를 다닐 때 공부는 잘 하지만 지지리도 말썽을 피우던 학생이었다. 품행이 방정치 못해서가 아니라 붕어빵 찍어내기식 교육방식에 도저히 적응을 못했던 것이다.

어린 마음에도 이런 식으로는 자신이 앞으로 무엇이 될지 알 수 없다는 불안감이 들었다. 매일매일 시험 치르는 기계가 되어가고 있는 자신이 앞으로 무슨 일을 할 수 있을지, 정말 하고 싶은 공부와 분야는 무엇인지 확신을 가질 수 없었다.

그래서 고등학교 2학년 때 학교를 자퇴하고 혼자서 공부를 하겠다는 어려운 결단을 내리고, 엄하기만 한 아버지께 쫓겨날 각오를 하고 말씀드렸더니 아버지는 의외로 선선히 허락해 주셨다.

"귀엽아, 나는 너를 믿는다."

이 한 마디에 자신감과 무한한 책임감을 느끼며 자퇴를 감행하고 검정고시를 준비하고 있다가, 미국에서 공부하고 있던 언니의 권유로 미국으로 가서 고등학교를 졸업하고 컬럼비아대학에 들어갔다. 그 후 졸업논문 자료 준비로 케냐에 갔다가 국제기구 활동에 관심을 갖게 되었고, 대학 졸업 후 혼자 힘으로 당당히 공개채용에 응시하여 유엔 개발기구에 들어가게 되었다.

처음 발령받은 일터가 아프리카 소말리아였는데 그가 속한 팀이 추진한 프로젝트들이 큰 성과를 얻었다. 그때 손발이 잘 맞던 보스가 라오스 책임자로 발령을 받자 귀엽씨도 같이 오게 되었다.

일이 고되고 스트레스가 엄청났지만 이곳 라오스는 개발의 여지가 무궁무진하여 큰 책임과 보람을 느끼고 있다고 했다. (그 후 일년 반의 여행을 끝내고 한국에 돌아왔을 때 걸려온 전화에 의하면 그녀는 '단계파괴 초고속 승진'을 해서 뉴욕 유엔본부 사무실에서 일하고 있다고 한다.)

결과만을 보면 귀엽씨는 아주 운 좋은 사람으로 보일 수도 있다. 하지만 고등학교 2학년이 자퇴를 결정할 때는 미래에 대한 불안으로 얼마나 많은 밤을 잠을 설치며 고민했겠는가. 또한 어린 나이에 먼 이국땅에서 다른 인종들의 보이지 않는 편견과 싸우며 스스로를 다잡기에 얼마만한 노력을 기울였겠는가.

이런 뼈를 깎는 노력과 단단한 실력으로 국제사회에서 당당히 자기 몫을 하고 있는 자랑스러운 한국인 손귀엽씨. 정말 반갑고 신나고 고마운 사람이다.

"언니랑 있는 며칠 동안 정신이 번쩍 났어요. 앞으로 잘 살게요. 우리 계속 연락하면서 지내야 해요."

떠나는 날 아침 귀엽씨가 말한다. 나도 정신이 번쩍 들었다.

미얀마

● 바쿠
밀렵숙소로 걸어간 곳.
운 좋게 닭들과 함께 경운기를 얻어타다.

라오스

● 팍 뱅
배를 타고 메콩강을
오르다 쉬어야하는 곳

● 루앙 프라방
신년맞이 '물의 축제'에서
물총을 들고 다국적군 대장이 되다.

● 치앙마이
소박한 작은 마을에서 평화롭게
쉬다가 예쁜 마약중독자를
만나 열받다.

● 비안첸
라오스의 수도에도
자랑스러운 한국인이 있었다.

태국

라오스 여자들은
순박하면서도 수아하다.

● 방콕
배낭족거리 카오산
로드에는 없는 것이 없다.
그곳에 자리잡은
한국 배낭족의 거점
'홍익인간'은 웃음과 사랑이
가득한 곳.

캄보디아

● 프놈펜

● 뚝빠이

● 코콩섬

● 시하누크빌

꽃과 사람의 향기 가득한 루앙 프라방

인도차이나 여행을 하면서 꼭 시기를 맞춰 가보아야 할 곳이 몇 군데 있었는데, 그 중의 하나가 바로 4월 중순의 라오스이다. 이 나라 최대의 축제인 신년맞이 물축제 때문이다.

'피마이(새로운 해).'

라오스에서는 물의 축제를 이렇게 부른다. 전국적으로 일주일 이상 계속되는 이 축제에는 식구들과 가까운 친척, 친구뿐 아니라 처음 보는 사람들에게까지 지난해의 묵은 것들을 씻어버리고 새해를 깨끗이 맞자는 뜻으로 물벼락을 안긴다.

물벼락 축제가 가장 화려하고도 성대하게 치러지는 곳이 바로 라오왕국의 600년 도읍지였던 루앙 프라방이다. 그래서 라오스의 신년 연휴가 시작되는 날 루앙 프라방을 향해 떠났다. 비안첸에서 루앙 프라방까지 가는 길은 가끔씩 산적들이 나타나는 위험지역이라는 소문이 배낭여행자들 사이에 무성했다. 버스를 타고 가던 외국인들이 몇 명이나 살인 강도를 당했다는 것이다.

그러나 그런 소문에 일일이 신경쓰다가는 어떻게 오지여행을 하나. 소문은 대부분 과장되기 십상일뿐더러 정말 위험하다면 현지인들도 안 다닐 테니 차가 다니는 한은 아직 괜찮다는 믿음을 가진다.

나는 정식 버스도 아닌 밀가루를 싣고 가는 트럭 뒷칸을 공짜로 빌려타고 가면서도 별다른 위험을 느끼지 못했다. 간간이 산 언덕 초소에 긴 총을 든 군인들이 지키고 있는 걸 보면 산적들이 나타난다는 게 거짓소문은 아닌 것 같다. 그런데도 나는 태평스럽게 그 길을 지나가고 있으니, 내가 원래 위험불감증인지 아니면 뭘 몰라서 위험스러운 길을 얼떨결에 지나고 있는 건지 모르겠다.

라오스는 오래 전부터 '란 쌍'이라고 불리웠는데 이건 '백만 마리 코끼리의 땅'이라는 뜻이란다. 이곳 사람들은 자기 나라를 '라오'라고 부르는데 이 나라를 지배했던 프랑스 사람들이 자기네식으로 '스'라는 어미를 붙여 '라오스'가 되었다고 한다. 공식 국가명은 '라오 인민민주주의 공화국'이며 사회주의 국가이다.

베트남 · 중국 · 미얀마 · 캄보디아 · 태국과 국경을 이루고 있는 라오스는 근대에 와서 정치적으로 베트남의 영향을 크게 받았지만 전통적으로는 일상생활 속속까지 태국의 영향이 강하게 배어 있다. 민족도 타이족의 한 종파인 라오족이 50퍼센트 이상을 차지한다. 라오의 말과 글이 태국 사투리라고 생각될 만큼 태국과 비슷할 뿐만 아니라, 같은 남방불교권이어서 그런지 종교와 정신세계도 비슷하다. 그러니 태국문화가 유입되는 것은 오히려 자연스러운 일이라고 해야 할 것이다.

게다가 요즘은 경제적으로 훨씬 앞선 태국의 서구식 대중문화가 깊숙이 파고 들어와서 노래와 춤, 영화 등이 태국 것 그대로다. 라오스의 어린이들은 어떤 것이 태국 것이고 라오스 것인지조차 분간하지 못한다고 매스컴에서 우려의 목소리를 높인다.

경제적으로도 태국의 입김이 세다. 라오스에서는 태극 돈인 '바트'를 더욱 안정된 돈으로 보며 선호하고 있다. 한편으로 그들은 태국의 경제적 침략에 두려움을 갖고 있다. 라오스 밀림 벌채권을 가진 태국 사람들은 거대한 원목을 베어 태국으로, 중국으로, 베트남으로 수출하고 있다. 그러나 지금 가고 있는 루앙 프라방은 머리부터 발끝까지 지극히 라오스적인 곳이라고 한다.

루앙 프라방의 첫인상은 몸집이 자그마한 시골 부잣집 셋째딸 같다. 귀엽고도 아담한 규모이지만 넉넉하면서도 순진하고, 그러면서도 발랄하다는 느낌이다. 도시라고 해야 인구 고작 1만 6천명, 도시 이쪽 끝에서 저쪽 끝까지 천천히 걸어가도 30분이면 갈 수 있다.

그래도 600년 도읍지답게 서쪽으로는 넓은 메콩강이 흐르고, 도시 중심에는 푸시산이 우뚝 솟아 있어 풍수지리상으로도 아주 좋은 모양새다. 그 안에 왕국의 여러 왕들이 앞다퉈 세운 왕궁과 수십 개의 사원들이 붉은색과 황금색의 조화를 이루며 현란함을 뽐내고 있다.

도시 가운데 있는 시장은 새해 특수 때문인지 활기에 넘치고 밝은 주황색 가사를 입은 스님들이 돌아다니며 도시를 밝게 만들고 있다. 지나다니는 현지인들이나 여기저기 기웃거리는 관광객들의 표정도 환하고 느긋해 보인다. 게다가 온 도시에는 이름모를 하얀 꽃이 한껏 피어 싱그런 향내를 뿜어내고 있다. 모든 게 마음에 쏙 든다. 시간만 있으면 오래 머물고 싶은 곳이다.

나는 이곳에서 억울하게 또 한 살을 먹어 올 한 해에 세 살을 한꺼번에 먹었다. 지난 1월 1일 인천에서 중국 천진으로 가는 배 안에서 떡국을 먹었으니 거기서 한 살, 베트남 북부에서 음력설을 쇠면서 또 한 살, 그리고 여기 라오스에서 또다시 정월 초하루를 맞게 되었으니 말이다.

축제의 공식 행사는 정월 초하루가 되기 사흘 전부터 시작된다. 사람들은 이미 일주일 전부터 집 안팎을 깨끗이 치우고 불상을 닦으면서 축제를 기다리다가 사흘 전이 되면 메콩강 건너편 강둑에서 모래탑쌓기를 하는 것으로 새해 행사를 시작한다.

"행사에 참가하려거든 반드시 물총을 휴대해야 해요."

메콩 강가에 있는 비라데사 게스트 하우스에서 만난 두 명의 일본인과 보트를 타고 건너가려 하자 숙소 매니저가 친절하게 일러준다. 우리는 가까운 시장에 가서 기관총식으로 된 물총을 한 자루에 3달러나 주고 샀다.

강을 건넜을 때는 이미 많은 사람들이 모래탑을 쌓느라 여념이 없다. 가족끼리, 혹은 친구끼리 모래로 탑신을 만들고, 계단을 만들어 붙이고, 조그만 불상을 앉힌다. 그런 다음 준비해 간 울긋불긋한 신년축하 깃발과

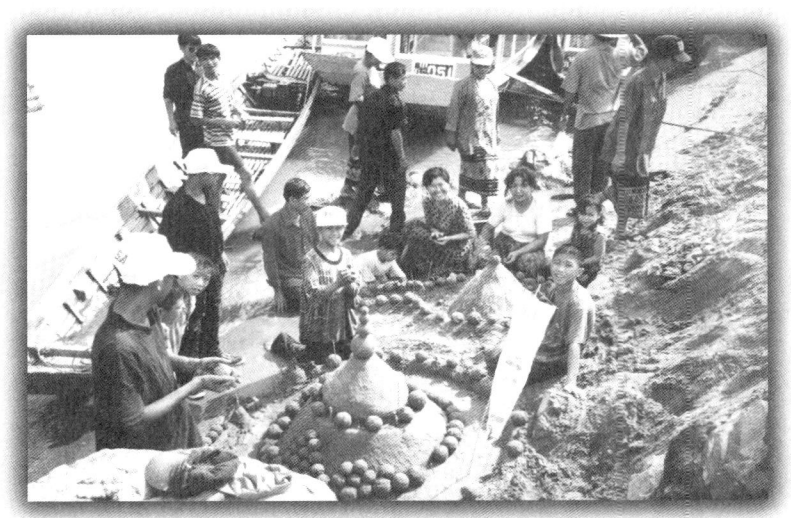
4월 중순에 맞는 라오스의 새해. 사흘 전부터 메콩강가에서는 신년맞이 모래탑쌓기가 벌어진다.

꽃을 꽂아 모래탑을 완성한다.

아이들과 젊은이들은 장난 반 놀이 반 희희낙락하며 탑을 쌓고 있지만 나이든 어른들은 불심을 모아 온갖 정성을 다 기울이고 있다. 크고 작은 모래탑들이 각각 다른 모양으로 강가에 즐비하게 늘어서 있는 게 여간 장관이 아니다. 우리도 한켠에서 조그마한 불탑을 만들며 여행이 무사하기를 빌었다.

사람들이 많이 모이는 곳이면 어디나 그렇듯 과일, 음료수, 과자 등을 파는 장수들이 신년대목을 맞아 신이 났고, 모래탑쌓기에 참여하지 않은 젊은이들은 아는 사람, 모르는 사람 가리지 않고 메콩 강물을 퍼다 끼얹으며 '사바이디 피마이(신년 축하합니다)'를 외친다. 우리도 덩달아 신이 났다.

우리는 그날 최신식 물기관총으로 무장을 했음에도 불구하고 몇 차례씩 물세례를 받아 옷과 배낭에서 물이 뚝뚝 떨어질 정도로 흥건하게 젖어 버렸다. 그러나 이것은 오프닝 게임에 불과하다.

새해 복 많이 받으세요, 물세례 물세례

다음날 오후에는 굉장한 물세례 격전이 벌어졌다. 그날의 행사는 미스 루앙 프라방 퍼레이드였는데, 여러 명의 미인들이 도시 끝에 있는 사원에서 이곳 최대의 사원인 시엥통 사원까지 시가 행진을 하는 것이다.

행렬의 맨 앞에는 오렌지색 가사를 두른 수십 명의 스님들이 맨발로 걸어가고 그 뒤에 귀신을 쫓는다는 사자탈과 악사들이 따른다. 그 다음에는 전통의상을 입은 수십 명의 미인들이 꽃을 들고 따르고, 이윽고 마차를 탄 미스 루앙 프라방이 나타난다. 도시의 전시민들이 이 가마의 뒤를 따라 행진을 하면서 서로 거침없이 물을 뿌려댄다.

손에 조그만 물바가지를 들고 있는 어린아이부터 아예 호스를 꺼내놓고 기다렸다가 물벼락을 안기는 아저씨들까지 온 도시 사람들이 물세례 격전에 끼여든다. 우리도 외국인 관광객이라고 봐주기는커녕 오히려 집중공격 대상이 되기 일쑤다.

나는 그날 어쩔 수 없이 다국적 연합 외인부대 대장이 되었다. 중국에서도 만났던 한국 배낭족 부산 아가씨 정은아양, 독일인 둘, 이탈리아, 노르웨이인이 각각 하나씩, 그리고 일본인 둘까지 모두 여덟 명이다.

물세례 격전에서 살아남으려면 아무래도 지휘체계가 확립되어야 하겠기에 대장이 필요한데, 모두 나를 처다보는 바람에 '자의 반 타의 반'으로 캡틴이 되었다. 우리 외인부대는 수적으로 절대 열세인데다 무기도 빈약하므로 전략과 사기가 중요하다.

"최상의 방어는 최상의 공격이라는 건 잘 알겠지? 이건 세계적인 군사 전략가인 손자라는 사람도 두 손 든 작전이야."

알아듣거나 말거나 이렇게 명령을 내리고 현지인들의 물총이 우리를 향하기 전에 먼저 우리가 일제히 물을 뿜어댄다. 그러나 역부족. 그날은 그 도시에 살고 있는 사람이란 사람은 모두 거리로 쏟아져 나왔고, 그들은 외국인 관광객에게 물을 뿌려주는 것을 최상의 축복이라고 생각하고 있었기에 우리에게 풍족하게 물세례를 안겼다.

집집마다 호스를 길에 끌어내 놓거나 아예 대형 물탱크에 물을 가득 받아놓고 길 가는 사람들이 마음대로 쓰게 한다. 그러니 사람들은 남녀노소, 내국인 외국인을 가리지 않고 서로에게 마음껏 물을 쏟아붓는다. 우리 외인부대는 특히 꼬마들의 좋은 표적이다. 꼬마들은 대여섯 명씩 몰려다니며 우리 중의 하나를 표적삼아 집중공격한다.

길가에 서 있던 여자아이들은 소꿉장난 같은 바가지로 양동이에서 물을 퍼 들고서 우리가 지나가면 등 뒤에서 높고 명랑한 목소리로 '사바이디 피마이'라고 외치며 물을 끼얹는다.

그보다 좀 나이가 든 틴에이저들은 물 대신 베이비 파우더를 가지고 다니며 얼굴이고 머리고 마구 뿌려댄다.

아주머니 아저씨들은 양재기에 물을 담아들고 걷다가 우리를 만나면 컵으로 조금씩 떠서 부드럽게 뿌려준다.

"사바이디 피마이."

이날 이 말은 이 나라 최대의 축복어이다. 우리도 똑같은 말로 응수하며 부드럽게 물총을 쏘면 '콥짜이(고마워요)'라며 환하게 웃는다. 더러 장난기가 있는 아저씨들은 얼음이 둥둥 떠 있는 아주 차가운 물을 등에다 붓곤 하는데, 그럴 때면 말 그대로 등골이 서늘하다.

심지어 사원 근처에서는 젊은 스님들이 '비겁하게' 돌목에 숨어 있다가 갑자기 나타나서 물을 뿌리기도 한다. 그날은 날씨가 아주 덥고 해가 쨍쨍 내리쬐었기 때문에 시원하게 쏟아지는 물벼락이 고맙기만 하다.

'집중공격' '앞으로 돌격' '정면돌파' '작전상 후퇴' '패장영입'. 나는 여러 가지 전술을 '신출귀몰하게' 구사하며 점차 군세를 불려나갔다. 처음에는 우리와 격전을 벌이던 동네 꼬마들이 나중에는 우리 부대에 투항

해 다른 꼬마 도전자들을 격퇴하는 최전선에 용감무쌍하게 나선다. 아, 어디서나 빛나는 한국인의 지휘력이여.

다음날 도시는 너무나 조용하다. 어제의 소란스러움이 도무지 믿어지지 않을 정도다. 내일 또다시 한바탕 떠들썩한 축제가 있다고 하니 그날은 이를테면 중간 휴식일인가 보다.

연이틀간 하도 엄청난 물세례를 받았던 터라 이날만은 물벼락을 좀 피하고 싶은 심정이었다. 그래서 동네 꼬마들이 숨어 있음직한 골목을 피해 사원 구경을 나섰다.

사원 안은 안전할 것 같기도 하고 이렇게 쉬는 날이 아니면 이 도시를 찬찬히 볼 기회가 없을 것 같아서 물조심하며 돌아다녔다.

어느 사원에 들어가 법당구경을 하고 잠깐 계단에 앉아 쉬고 있으려니 어느 틈에 10대의 소년 스님이 커다란 은그릇에 물을 가득 담아들고 나타난다.

'이크, 저 꼬마 스님이 또 내게 물을 뿌리려고 그러는구나.'

혼자 놀라서 소리를 지르며 자리를 박차고 일어서려니까 그 스님은 황급히 손을 저으며 그릇을 건네주더니 의자 위에 올라가 나무로 만든 물꼬에 물을 부으라는 시늉을 한다. 시키는 대로 하자 놀랍게도 그 물은 물꼬를 타고 내려가 그 아래에 있는 부처님 머리 위로 떨어지는 게 아닌가. 자세히 보니 그 부처님은 손가락을 다 붙인 채 손바닥을 몸 쪽으로 하고 있는 '비를 부르는 부처님'이었다. 그 머리 위로 물이 떨어지는 것이 마치 비가 쏟아지는 것 같다.

생전 처음 보는 광경이 신기해서 한참 쳐다보고 있으니 절에서 놀던 꼬마 아이들이 너도 나도 물을 떠다가 자꾸 붓는다. 부처님 머리 위에는 계속 비가 쏟아진다.

대웅전 안에서는 젊은 스님들이 정성스레 불상을 닦고 있다. 내가 그 앞을 왔다갔다하자 그 가운데 나이가 좀 든 스님이 나에게 들어오라고 손짓을 한다. 스님은 커다란 나무상자 앞으로 나를 데리고 간다. 여러 칸으로 나뉘어진 상자에는 칸마다 종이가 들어 있다. 무엇인가 하고 들여다보았더니 신년운수점 같은 것이다. 통 안에 든 대나무를 흔들어서 번호가 나오면 그 번호에 해당하는 신년운수표를 뽑아주는 것이다.

나도 점괘가 나오긴 나왔는데, 모두 라오스 글로 되어 있으니 알 수가 있나. 눈 뜬 장님일 수밖에. 스님이 읽어보시더니 웃으며 '피마이 디라이(신년에 아주 좋아요)' 한다. 좋다고 믿으면 좋은 것이겠지.

4월 16일. 드디어 라오스의 새해 아침이 밝았다. 사람들은 전통의상을 입고 제일 먼저 집집마다 모셔놓은 불상을 밖으로 꺼내 꽃잎을 띄운 물을 뿌리고 깨끗하게 닦는다. 그리고 나서 소원성취와 행운을 비는 '바시' 라는 새해 의식을 치른다.

나는 너무나 운이 좋게도 정월 초하루 전통적인 가족행사인 바시에 초대를 받았다. 사흘 전날 강둑에서 모래탑쌓기 축제가 있을 때, 다섯 명의 한가족이 화기애애 굉장히 멋진 모래탑을 만들고 있어서 사진을 찍어도 되느냐고 물었던 게 인연이 되었다. 그들을 시가행진에서 다시 만나게 되어 반가운 마음에 또 사진을 찍었는데, 새해 전날 외국인 관리국에 갔다가 그 집 아버지를 만난 것이다.

영어를 조금 할 줄 아는 아버지 젠 피엥 씨는 출입국 관리국 경찰이었다. 그는 나와 몇 마디 이야기를 나누다가 기꺼이 자기집 정초 손님으로 초대해 주었다. 새해 아침 8시. 비상 사교생활용으로 한 벌 가지고 다니는 긴 고동색 원피스를 차려입고 그 집에 도착하니 부인과 두 딸이 마당까지 뛰어내려와 나를 맞는다. 부인 잔티와 두 딸 상니엠락, 닥달론은 아주 고운 라오스 전통의상을 입고 있다.

한쪽 어깨가 드러나는 딱 붙는 윗도리에 긴 치마, 가슴을 가로지르는 휘장이 전통 의상이다. 화려한 꽃무늬나 기하학적 무늬가 있는 비단 종류의 천으로 만들었는데, 바시 의상을 제대로 차려입는 긴 과정이 처음 보는 사람에게는 큰 구경거리다.

열여덟 살난 큰 딸은 동그란 얼굴이 가수 심수봉을 꼭 빼다박았다. 그녀는 무명실 한 타래를 20센티 정도로 잘라 가는 대나무에 엮어 깃대처럼 만드는 일을 하고 있었다. 열다섯 살짜리 작은 딸은 바나나 잎으로 여러 겹의 원통형 탑 같은 걸 만든 다음 라오스 전국에 피어 있는 하얀 꽃을 작은 바나나잎으로 곱게 싸서 그 탑 사이사이에 꽂고 있다. 바시 의식에 쓰일 제물이다.

그 집 엄마는 연신 손님은 오셨는데 아직 준비가 덜 되어 미안하다면서 닭고기를 삶는다, 과자를 예쁜 모양으로 접시에 올려놓는다 분주하고, 막내인 사내녀석은 집안을 쓸고 닦느라 바쁘다. 준비가 거의 끝나가자 젠 피엥 씨가 나이 드신 친척 어른을 오토바이로 모셔왔다. 이분이 바로 이 집의 신년의식을 주도하실 분이다. 그 사이에 동네 아줌마 아저씨들도 몇 분 오셨다. 인자하게 생기신 친척 어른이 어깨를 가로지르는 하얀 휘장을 두르면서 의식이 시작되었다.

젯상 위에는 작은 딸이 정성스럽게 만든 바나나잎 탑이 중앙에 놓여 있고, 거기에 큰 딸이 만든 무명실이 주렁주렁 걸려 있는 대나무가 꽂혀 있다. 그 양옆에 삶은 통닭이 한 마리씩 놓이고 작은 대나무 찬합에는 찰밥이 들어 있다. 쌀과자들도 접시에 담겨 있다.

젠 피엥 씨는 내게도 하얀 휘장을 둘러주면서 상 앞에 앉으라고 한다. 다른 여자들처럼 양다리를 포개 옆으로 놓은 '인어공주 포즈'로 폼을 잡고 앉는다. 내가 중앙에 앉았으니 이 의식의 주인공이 된 셈이다. 여행 많이 다니다 보니 귀중한 남의 집 신년행사에 주인공 노릇도 다 해본다.

친척 어른은 바나나탑 중간에 꽂힌 촛불에 불을 붙이고 행운을 비는 주문을 외운다. 주문 사이사이에 '까올리 까올리(한국인)'라는 말이 자주 등장하는 걸로 보아 내 이야기를 하는 게 틀림없는데, 동네 사람들과 이 집 식구들이 즐거운 듯 킬킬대며 나를 쳐다본다.

한참 주문을 외운 어른은 이 집 식구들과 나를 보고 상 끄트머리를 잡으라는 시늉을 하더니 '사바이디 피마이' 하면서 대나무 가지에 걸려 있던 실을 풀어 내 양손에 묶어준다. 그 뒤를 이어 동네 아줌마, 아저씨, 할머니들도 돌아가며 내 양손에 실을 묶는다. 젠 피엥 씨와 그 브인도 내 손에 실을 묶는다. 물론 아이들에게도 똑같이 해주었다.

실 묶는 일이 끝나니, 어른은 내게 파코완이라고 부르는 젯상 위의 바나나탑을 건네주며 뭐라고 축복을 하는 것 같다. 그러고는 삶은 닭 한조각을 손수 뜯어주며 먹으라는 시늉을 한다. 내가 한입 베어무니 사람들이 모두 와아 하면서 환성을 지른다. 이것으로 바시 의식이 끝났다.

그리고는 젯상에 놓여 있던 찰밥과 닭고기를 골고루 나누어 먹으면서 서로에게 웃으며 말을 하는 것이 새해 덕담을 나누는 거 분명하다. 아침인데도 그 악명 높은 라오스 화주(火酒) 라우라오가 몇 차례씩 돌아간다. 아침도 먹지 않은 빈 속에 알코올 농도 40도가 넘는 술을 권하는 대로 받아마시자니 뱃속에서 불이 나고 얼굴은 데인 듯 화끈거린다.

"바시 프로텍트 유. 트래블 뽀 뻬냥(바시가 당신을 지켜줄 거예요. 여행은 문제없어요)."

젠 피엥 씨는 내 사정을 아는지 모르는지 자꾸 술을 더 권하며 영어와 라오스말을 섞어 덕담을 건넨다. 그 선한 얼굴이 활짝 웃고 있어서 건네는 술을 사양하기가 어렵다. 너무나 큰 친절에 감읍해서 우리나라 부처님 그림이 담겨진 그림엽서를 내놓으며 나도 한마디를 한다.

"까올리 부다 프로텍트 유. 피마이 뽀 뻬냥(한국 부처님이 보호해 주실 겁니다. 새해에는 아무 문제 없을 거예요)."

내 행동에 부부는 손뼉을 치면서 그 엽서를 당장 집 안의 불당 옆에 걸어놓는다.

나중에 안 일이지만 손목에 실을 묶어 건강과 행운을 비는 이 바시 의식은 정초뿐만 아니라 결혼이나 새로 아이가 태어났을 떠, 큰 병에서 완쾌

되었을 때 등 인생의 중요한 순간마다 행해지는 라오스의 대표적 전통의식이라고 한다. 바시의식을 하면서 손에 무명끈을 묶으면 크완이라는 32명의 보호신이 몸에 있는 32곳의 주요 기관을 보호해 준다는 것이다. 그러니 긴 여행에서 건강이 가장 큰 재산인 내게는 너무나 값진 의식인 셈이다. 모든 게 끝나고 떠나려 하자 젠 피엥 씨가 은근히 말을 꺼낸다.

"비야씨가 일주일만 우리집에서 나와 함께 지내 주면 내 영어가 무척 늘 텐데. 그렇게 해줄 수 있을까요?"

한순간 나도 정말 그렇게 하고 싶었다. 그러나 라오스 비자가 일주일밖에 남지 않았으니 여기서 그 시간을 다 보내기는 어렵다.

"미안해요, 아저씨. 비자가 얼마 안 남았네요. 그 대신 루앙 프라방을 떠나는 날까지 매일 놀러와서 아저씨와 이야기를 나눌게요."

젠 피엥 씨는 너무나 좋아했고 나는 매일 그 집에 들러 열과 성을 다한 무료 영어과외를 해 주었다.

정월 초하루가 지났는데도 루앙 프라방의 신년축제는 끝없이 계속된다. 정초 다음날은 시내 중심가에 있는 마이 사원에서 행사가 있었다. 전통의상을 차려입은 도시 사람들이 꽃과 깨끗한 물을 들고 몰려들어 비를 부르는 부처님상 앞에 물을 끼얹으며 꽃과 양초를 바친다. 법당 안의 부처님상에도 물을 끼얹으며 복을 비는 의식을 행한다. 현란한 전통의상을 곱게 차려입고 꽃을 들고 차례를 기다리며 서 있는 여자들은 손에 들고 있는 꽃보다 더 아름답고 진한 향내를 풍겼다.

신년을 맞는 한 주일 내내 도시 어딘가에서는 행사가 벌어졌다. 거기에 전시민이 한마음으로 참여해 마음껏 즐기는데, 거친 듯하면서도 절대 지나치지 않게 즐기며 흥겨워하는 사람에게 정이 듬뿍 든다. 수백년 대를 이어 내려오는 축제는 그들을 하나로 단단하게 묶어주는 힘이 된다. 이 축제가 앞으로도 수백년간 지금과 같은 모습과 분위기로 고스란히 전해져 내려갔으면 좋겠다는 생각을 해본다.

아편지대 '골든 트라이앵글' 밀림 깊숙이

더운 날에도 이불을 둘둘 감고 드러누워 아편을 피우는 아카족 남자들. 이방 한쪽 편
에서 여자와 아이들이 함께 생활한다.

이스라엘 청년과 인적 없는 산 속으로

루앙 프라방에서 북쪽으로 가는 방법은 두 가지. 하나는 픽업 트럭 뒤를 개조해서 만든 승용차를 타고 육로로 가는 것이고, 다른 하나는 배를 타고 메콩강을 거슬러 올라가는 방법이다. 나는 물론 배를 타기로 했다.

그때가 건기의 끝무렵이라 혹시 메콩강이 말라 배가 다니지 않을지도 모른다는 생각은 기우였다. 막상 물색을 해보니 매일 떠나는 배가 있을 뿐 아니라 완행배, 급행배까지 선택할 수 있다.

완행배는 북쪽 끝까지 이틀이 걸린다고 한다. 스피드 보트로는 3시간이면 갈 수 있는 거리를 30시간이 넘게 가는 것이다. 뱃삯은 반밖에 싸지 않은데, 완행배는 주로 짐배이기 때문에 이렇게 오래 걸린다고 한다. 그래도 메콩강을 제대로 감상하자면 완행배가 좋을 것 같다.

라오스의 두드러진 지형적 특징은 단연 정글로 뒤덮인 산과 전국토를 감싸안듯 흐르는 메콩강이라 할 수 있다. 이 강은 이웃하는 태국과는 천연 국경선 역할을 하고 있고, 산악지방이어서 육로가 발달하지 않아 수로의 역할이 상당히 크다. 당연히 여행객들의 이동로도 메콩강을 빼놓고는 생각할 수 없다.

메콩강은 라오스뿐만 아니라 인도차이나 전체를 통해서도 아주 중요하다. 티베트에서 시작되는 이 강은 세계에서도 열 몇 번째로 꼽히는 긴 강으로 미얀마와 태국, 라오스, 캄보디아를 거쳐 베트남의 메콩 델타에 이르러 드디어 바다로 드는 장장 4,500킬로미터의 유장함을 자랑한다. 이 지역의 모든 민족은 메콩강에 생명줄을 대고 있다.

이 아시아의 젖줄이 오랜 여행을 끝내고 바다로 들어가는 도도한 모습을 메콩 델타에서 보았을 때 느꼈던 그 감격을 나는 영원히 잊을 수 없다. 마치 오랫동안 전장을 누벼온 백전노장이 위엄을 갖추고 개선하는 것처럼 느린 속도로 대양으로 흘러드는 그 당당함이라니! 온갖 고난을 이기고 영원한 영광을 찾은 영웅의 모습이 그러할까.

내가 타고 갈 완행선은 여기서도 슬로 보트라고 부르는데, 승객 반 화물 반의 동력선으로 길이 10미터 정도에 납작한 양철 지붕이 덮여 있는 나무 배다.

아침 9시, 배에 오르니 이미 배 안에는 발 디딜 틈 없이 짐이 실려 있다. 발목이 묶여 푸드득거리는 닭도 몇 마리, 새끼돼지랑 양도 한 마리씩 타고 있다.

'아휴, 저런 동물들과 이틀간 동고동락이라니 ….'

배 안을 둘러보니 선장실이 비어 있다. 선장실이라고 해야 두 평 남짓한 운전실인데 그래도 그 안이 손님칸보다는 그럴 듯해 보인다.

"사바이디. 코이 까올리. 룸 뽀 뻬냥(안녕하세요. 나는 한국 사람이에요. 방에 들어가도 괜찮아요)?"

"사바이디. 뽀 뻬냥(안녕하세요. 괜찮아요)."

안에 있는 선장에게 아는 말을 총동원해 물어 보았더니 라오스 사람 특유의 순진한 미소를 지으며 선선히 허락한다. 이렇게 일찌감치 선장실에 자리잡기를 정말 잘했다. 떠날 시간이 되자 사람들이 몰려들어 승객실에 있었다가는 마치 피난 떠나는 보트 피플의 형상이 될 뻔했다.

배가 출항하자 해가 더 뜨거워지기 전에 메콩강의 아침 경치를 잘 보겠다는 욕심으로 배 지붕 위로 올라갔다. 이리 휘청, 저리 휘청, 어찌나 흔들리는지 한순간도 가만히 앉아 있을 수 없지만 비릿한 강 냄새와 강 양쪽으로 펼쳐지는 나직하지만 울창한 산 경치와 바위산들이 눈을 떼지 못하게 한다. 대나무로 만든 집들이 듬성듬성 그림처럼 엎드려 있는 마을은 평화로움 바로 그 자체다.

해가 솟아오르고 이내 한낮의 따가운 햇볕이 양철 지붕을 뜨겁게 달구지만 나는 도저히 배 안으로 들어갈 수가 없었다. 갑자기 강폭이 좁아지면서 양쪽으로 바위절벽이 나타나기도 하고 이내 강폭이 넓어지면 강가에서 벌거벗고 노는 꼬마 아이들, 그리고 더위를 피해 아예 물 속에 들어가 앉아 있는 물소들, 원시적인 그물로 고기를 잡는 마을 아저씨들.

강둑을 향해 손을 흔들어 보이면 애 어른 할 것 없이 팔이 빠져라고 배가 보이지 않을 때까지 손을 흔든다. 내가 한 손으로 흔들면 같이 한 손으로 흔들다가 점점 멀어져서 두 손으로 흔들면 따라서 두 손으로 흔든다. 어떻게 하나 보려고 모자용 면보자기를 벗어 흔드니까 입고 있던 티셔츠까지 벗어들고 흔들어 댄다.

이 배는 말 그대로 슬로 보트. 가는 도중에 마을이란 마을은 전부 들르고, 모터에 물이 들어갔다고 서고, 기름 넣느라고 서고, 손님이 화장실이 급하다고 하면 서고. 그렇게 누런 메콩강을 유유히, 하염없이 거슬러 올라간다.

'사롱'이라는 커다란 면보자기 치마를 입은 머리 긴 여인들이 강가에서 저녁목욕을 하는 모습이 보이기 시작할 때쯤 배는 어느 마을에 도착한다. 그곳에서 하루를 묵고 다음날 점심때가 다 되어서야 최종 목적지인 팍 뱅이라는 마을에 닿았다.

내가 가려는 곳은 중국과 라오스의 국경마을인 무앙 씽이다. 그쯤 가야 북부 라오스의 진짜 정글맛도 볼 수 있고, 자연 상태로 살아가는 산악 소수민족들도 만날 수 있다는 여행자들의 이야기를 들었던 터다.

항구마을인 팍 뱅에서 무앙 씽까지 가는 길 또한 만만치 않았다. 픽업트럭을 몇 번 갈아타면서 14시간 논 스톱으로 달리는 일도 그렇지만 한때는 포장도로였으나 지금은 험하게 망가지고 땅이 패어 울퉁불퉁한 길을 달리는 일은 정말이지 고역이다. 차가 덜컹거릴 때마다 팔다리는 물론 오장육부가 마구 흔들리고 골까지 흔들린다. 그렇게 달려봤자 1시간에 20 킬로미터도 못 가는 주제에 말이다.

이 험한 길을 기꺼이 견딜 수 있었던 것은 길가 마을 사람들의 순진한

라오스 북부 밀림을 함께 다닌 청년 엘리. 이스라엘 사람으로는 드물
게 친절하고 유쾌한 여행 친구다.

미소와 '사바이디' 라는 인사말, 산길에 접어들면서 빽빽하게 나타나는 산
악 정글과 산촌 마을의 경치, 그리고 착하고 유머가 넘치는 엘리라는 이
스라엘 청년 덕분이었다.

　대학원에서 심리학을 전공한다는 엘리는 메콩강을 거슬러 올라오는 배
안에서 만나 이번 북부 라오스 여행을 함께 하기로 한 청년이다. 키가 큰
유태인이 아시안 사이즈 픽업 트럭 버스에 10명 이상의 승객과 함께 몸을
구겨넣고 10시간 이상 쪼그리고 가는 일은 여간 힘든 일이 아닐 것이다.
그러나 버스에 오를 때부터 아예 다리 한쪽을 바깥으로 내놓은 어정쩡한

자세로 앉아오면서 자기는 차비를 반만 내도 된다며 농담을 하기 시작했다.

차가 마을을 지날 때 길가의 동네 아이들이 손을 흔들며 '사바이디' 하고 트럭을 따라오면 의자를 잡고 있어야 하는 손까지 들어 흔들며 '사바이디' 응답을 한다. 그러다가 길가에 저고리를 느슨하게 해서 가슴이 다 드러나는 옷을 입은 산악족 여자들을 만나면, 더 신이 나서 트럭 밖으로 몸을 떨어지기 직전까지 내밀며 반가워한다. 차는 덜컹거리고, 배는 고프고, 엎친 데 덮친 격으로 장대비까지 쏟아져 춥고 지친 상황에서도 엘리는 유머를 잃지 않는다.

"우리 엄마가 이런 상황에서 판결문을 쓴다면 내일 재판받는 사람들은 모두 적어도 10년 이상씩 형을 받을 거예요."

엘리의 어머니는 이스라엘의 판사라고 한다. 드물게 보는 유쾌한 이스라엘인이다.

배낭여행을 오래 한 사람들은 이스라엘 사람들과 동행하는 것을 별로 즐거워하지 않는다. 특히 군복무를 마치고 여러 명이 어울려 아시아로 저경비 여행을 다니는 젊은 이스라엘 아이들은 '노 생큐' 중에서도 '노 노 생큐'다.

젊은 혈기 때문인지, 군복무를 마쳤다는 해방감 때문인지, 또는 중동이라는 특수한 상황에서 자랐기 때문인지는 몰라도 그들은 다른 나라 여행자들이나 현지인들을 아주 거칠고 무례하게 대한다. 어느 나라 사람이든 여럿이 모이면 그렇겠지만 몹시 시끄럽고 싸우기도 잘 하고 주위의 다른 사람들은 보이지도 않는 것처럼 행동한다.

거친 땅에서 살아남는 데만 골몰하다 보니 예의고 교양이고 신경 쓸 수 없었던 탓일까. 이동할 때 같은 버스를 타거나 어쩌다 일일관광을 함께 하게 되면 불평을 하거나 문제를 일으키는 것은 십중팔구 이스라엘 젊은 이들이다. 당연히 여행을 오래 다닌 사람들은 어느 나라를 막론하고 한두 번씩 '불쾌한 이스라엘인'을 만나게 된다.

나도 그런 일이 있었다. 그들과 작은 다툼도 여러 번 있었고, 한 번은 6 대 1의 큰 언쟁을 벌인 일도 있는 터라 젊은 이스라엘 사람이라고 하면 별로 감정이 좋지 않다. 그때 이야기를 한번 해볼까?

1권에서 나오는 이집트 다합에서의 일이다. 요르단으로 넘어가기 바로 전날, 모세가 십계명을 받았다는 기독교 성지 시나이산으로 하루 관광을 나섰다. 슬쩍 예약자 리스트를 훑어보니 같은 버스로 가는 사람 9명 중 이스라엘 아이들이 무려 6명이다. 내키지는 않았지만 그날이 마지막 기회여서 그냥 가기로 했다.

그런데 아니나 다를까. 출발 때부터 두 명이 제 시간에 나타나질 않아 한 시간이나 늦게 떠나게 되었다. 버스 안에서 멍청하게 기다리는 것도 짜증이 났지만 이렇게 늦게 떠나면 시간이 늦어 해뜰 때를 맞추려고 산을 허겁지겁 올라가야 된단 말이다.

그런데도 늦게 나타난 놈들은 미안하다는 소리 한마디 없이 다른 아이들과 웃고 떠들며 올라온다. 옆에 앉았던 영국 여자도 영 못마땅한 표정이다. 더 가관인 것은 놀러왔으니 떠드는 것까지는 봐 주겠는데, 다른 사람이 자고 있는 것은 눈곱만큼도 생각지 않고 노래를 부르기 시작하는 것이다.

우리는 밤을 달려 시나이산으로 가는 중이었다. 같이 가던 다른 사람들은 서로 눈치만 볼 뿐 누구도 싫은 소리를 먼저 하지 못했다.

이스라엘 아이들 때문에 잠도 제대로 자지 못하고, 다음날 꼭두새벽 차가 시나이산에 도착하자마자 뛰듯이 일출을 보러 정상을 향해 올라갔다. 차에서 내리는 아이들에게 부탁과 경고가 섞인 목소리로 나는 오늘중으로 꼭 요르단으로 가야 하니 떠나는 시간을 엄수해달라고 신신당부했다. 왁자지껄 내리던 아이들은 나를 한 번 올려다보더니 건성으로 대답하고 뛰어나갔다.

그러나 산을 다 보고 돌아와 떠날 시간이 되었는데도 이스라엘 아이들 네 명이 나타나지 않았다. 옆에 있던 영국아이는 다합에서 아주 중요한 약속이 있는데 늦게 되었다고 울상이고, 네덜란드 남자아이도 "이스라엘 사람들과 같이 다니면 꼭 말썽이 난다니까." 하며 불만을 터뜨렸다. 나는 괘씸하고 약이 올라 운전사에게 그냥 가자고 했으나 아주 곤란하다는 표정을 지으며 안 된다는 것이다. 이스라엘 사람들이 주고객이니 그럴 수는 없겠지.

바로 그때 노래를 부르면서 그들이 저만치에서 나타났다. 시간에 늦게 와서 허겁지겁하거나 미안한 기색은 전혀 없다. 열이 있는 대로 뻗친 내가 가만히 있을 수 있나.

"야, 야! 너희들 빨리 뛰어오지 못해! 지금이 도대체 몇 시야?"

그렇게 소리를 질렀는데도 어느 개가 짖느냐다. 오히려 적반하장식으로 내게 빈정거리는 게 아닌가.

"왓 이즈 유어 프라블름(네 문제가 뭐야)?"

나쁜 놈들. 자기네 나라 몇 놈이 모여 있다고 기고만장이었다.

"야, 넌 내 문제에 관심 갖기 전에 너희들 문제부터 해결해. 너희 때문에 버스표까지 사놓은 요르단 차를 놓쳤으니 오늘 숙박비하고 이집트 비자 연기비하고 차비하고 물어주셔야겠는데."

나도 빈정대는 투로 맞섰다.

"왓(뭐라고)?"

녀석들이 합창을 했다.

"너희들 영어 못 알아들어? 아 참, 영어를 못하니까 아까 늦게 나타나면서도 미안하다는 소리 한 마디 못하셨군. 다시 말해 볼까? 돈물어 내라고 이 자식들아!"

내가 하도 길길이 뛰니까 잠시 멈칫하더니 5초 후 다시 전열을 가다듬은 듯 서로 히브리 말로 뭐라고 주고받고는 비아냥거리는 웃음을 터뜨렸다. 그러면서 내뱉는 말.

"말도 안 되는 소리!"

놀라운 것은 아까까지 나와 같이 투덜대던 아이들이 한 마디도 거들지 않는다는 사실이었다. 이 녀석들에게 딴지를 걸 때 그들의 응원을 염두에 둔 것인데 그야말로 사면초가, 고군분투하는 것이다. 그러니 더욱 오기가 났다.

"자, 누가 내 돈 물어줄 거야, 앙?"

주위를 둘러보니 카메라가 의자에 놓여 있는 것이 눈에 띄었다.

"돈으로는 안 준다니 할 수 없군. 물건으로 가져가는 수밖에."

얼른 카메라를 낚아챘다. 카메라 주인은 하필 그 중에서도 제일 덩지가 큰 놈이었다. 약간 뜨끔했지만 이미 쏟아진 물이다. 카데라 주인은 카메라를 빼앗으려고 달려들었다.

"가까이 오면 카메라 던져버린다."

최악의 경우, 카메라를 박살내고 물어주면 그만이라는 배짱이었다. 내 여행 보험은 여행중 내 물건은 물론, 남의 물건을 잃어버리거나 파손해도 보상이 되는 보험이다. 이 녀석은 설마 내가 그러지는 않을 것이라고 생각했는지 카메라를 낚아채려 했고, 나는 보란 듯이 카데라를 창 밖으로 던져버렸다.

뛰는 듯 나가 카메라를 주워 온 아이 얼굴이 절집에 있는 사천왕상이다. 나는 태연한 체했지만 이 아이가 어떻게 나올까 긴장이 되었다. '조직의 쓴맛'을 볼 수도 있는 상황이었으니까.

"카메라 물어내."

험악한 얼굴로 그 아이가 소리쳤다. 다른 아이들의 인상도 있는 대로 굳어 있었다.

"너희들부터 물어내. 애초에 제시간에 나타났으면 이런 일도 없었잖아. 책임은 전적으로 너희한테 있어. 안 그래? 이게 뭐야. 나는 차 놓치고, 너는 카메라 망가지고."

아군이 없는 나는 한발짝도 물러서지 않았다. 그때까지 한 마디 없이 사태를 방관하던 운전사가 곤혹스러운 듯 "얄라(이제 그만 갑시다)."라고 하며 차의 시동을 걸었다.

'이놈들아, 너희들 오늘 운좋은 줄 알아라. 내 이집트 비자가 며칠 더 남아 있었으니망정이지 정말 내일이 비자 마감일이고, 쓸 수 없게 된 버스표값이 비쌌으면 내가 이만하기만 했겠니?'

속으로 이렇게 생각했다. 너무나 갑자기 당한 일이라서 그런지, 나와 상대해 봐야 국물도 안 나올 것 같아서 그런지, 아니면 깨진 카메라에 든 필름이 무사했다는 걸 알아서인지(다행히 그 카메라는 일회용 싸구려였다) 다합까지 오는 동안 더 이상 찍소리가 없었다.

곰곰이 생각해 보니 내가 좀 한심하다는 생각이 들었다. 아까 말다툼을 벌인 것은 어떤 정의감 때문이 아니라 순전히 화풀이용이었다는 생각에서다. 할 말 다 하고 살면 속이야 시원하고 스트레스는 쌓이지 않겠지만 세상을 살면서 어떻게 자기 하고 싶은 말을 다 하고 살 수 있겠는가. 참아야 할 때도 있고, 꼭 항의를 해야 할 경우라도 남의 물건을 창 밖으로 집어던지는 것보다 좀더 세련된 방법이 있었을 텐데. 혼자 여행하면서 당하는 온갖 불이익에 한치도 양보없이 대처하겠다는 생각 때문에 오히려 내 성질이 점점 나빠지는 것 같아 씁쓸했다.

그래서 다합에 도착할 때쯤 뒤에 앉은 카메라 주인에게 조용한 목소리로 말했다.

"내가 망가뜨린 네 카메라 수리비 내가 낼게. 그 대신 너희도 나한테 미안하다고 해야 돼."

나로서는 최대한의 양보안을 내놓으며 화해의 손길을 뻗쳤는데 기다렸다는 듯 험상궂은 얼굴로 소리를 빽 지르는 것이 아닌가.

"너하고 얘기하기 싫어."

그 순간 1분 전에 속으로 했던 다짐은 싹 사라지고 내 본색이 다시 드러났다.

"그러니까 이놈아, 내 차비 물어내. 지금 당장."

나도 질세라 소리를 질렀다. 정말 이럴 뜻은 아니었는데. 그 녀석은 더 이상 대꾸가 없었다. 다른 아이들도 자는 건지 자는 척하는 건지 무반응이었다. 자고로 힘없는 사람들에게 힘쓰는 놈들은 세계 나가면 쭈그러들게 되어 있다니까.

그러나 엘리는 달랐다. 천진하고 친절하고 양보심 많고, 게다가 건강한 유머가 넘치는 사람이다. 눈이 나빠 영화 자막을 잘 읽을 수 없어서 원어로 비디오를 보려고 영어를 열심히 공부했다는 엘리는 그동안 내가 만났던 이스라엘 사람 중에서 제일 영어가 유창하다.

머리 장식 요란한, 히프 보이는 여인들

루앙 프라방을 떠나 사흘 만에 닿은 무앙 씽은 생각했던 것처럼 시골 깡촌은 아니다. 물론 나무나 시멘트 건물은 20여 채뿐이고 나머지 80여 가구는 몽땅 대나무집이라 시골임에는 틀림없다. 하지만 중국 국경이 10킬로밖에 떨어져 있지 않아서인지 길도 잘 닦여 있고 마을에는 배낭족을 위한 소규모 게스트 하우스가 서너 개, 배낭족 전용 음식점도 있다.

여기가 미얀마 북동부에서 태국을 거쳐 라오스에 이르는 소위 골든 트라이앵글 지방이라선지 음식점에 잠깐만 앉아 있어도 생아편을 팔려고 오는 순진하게 생긴 마약장수를 심심치 않게 볼 수 있다.

이 마을은 근처 산간 지방의 중심이라 새벽마다 시장이 선다. 이곳에서는 전통의상을 입은 산악족들이 대나무순, 산나물 등 먹을 것과 산에서 잡은 개미핥기, 산쥐, 산새 등을 팔고 있다. 손으로 짜서 천연 염색을 한

기하학적 무늬의 전통 옷감과 입던 옷들도 보인다. 여기가 한때는 그 지역 최대의 아편 시장이었다는데, 나는 이런 쌀쌀한 새벽에는 먹어도 배 안 부른 아편보다 따끈한 국수 한 그릇에 더 관심이 끌린다.

이곳의 소수민족은 아카족인데, 남자들은 별 특징이 없지만 여자들은 머리에는 은과 동전, 실타래 등으로 요란하게 장식을 했는데 그에 비해 검정색 중심의 옷은 허름하기 짝이 없는 게 특징이다. 가슴이 보이거나 치마가 엉덩이의 반 정도 내려오게 걸쳐입어 히프라인이 다 보이는 건 보통이다. 여행객들이 쳐다보면 젊은 여자들은 봉긋한 젖가슴을 팔꿈치로 가린다.

'그렇게 부끄러우면 옷을 입지.'

저렇게 '섹시한' 차림으로 다니는 것도 나름대로 무슨 이유가 있을 텐데, 그 사람들을 먼 발치에서 감질나게 보고만 있을 게 아니라 아카족들이 사는 깡촌을 직접 찾아가 봐야겠다는 생각이 들었다.

영어를 거의 못하지만 한자는 조금 아는 숙소 주인에게 라오스어와 영어, 한자를 섞어서 내 의도를 말하자 손을 저으며 높은 톤으로 아주 길게 '오 ~'를 연발한다.

이건 분명 좋은 사인이 아니다. 그동안 터득한 것 중의 하나가 '오 ~'라는 감탄사의 속뜻이다. 가려는 곳이나 하려는 일의 가능성을 물을 때, 이 '오 ~'라는 감탄사를 통해 그 어려움의 강도를 짐작할 수 있다.

예를 들어, 어디 갈 수 있는지를 물었을 때 1초간 낮은 톤으로 '오 ~'라고 대답하면 그건 '아, 거기요? 물론 문제없이 갈 수 있지요.' 하는 의미이다. 만약 낮은 톤으로 2초간 길게 '오 ~' 하면 '아, 어렵긴 하지만 갈 수는 있어요.' 라는 뜻이다. 같은 길이의 2초지만 높은 톤으로 '오 ~' 라면 '아주 어려워요. 나 같으면 안 가겠어요.' 하는 뜻이다.

그런데 숙소 주인은 높은 톤으로 길게 '오 ~'를 외치는 것이다. 대강 알아들은 것만 종합해보면 더 오지로 들어가려면 차를 타야 하는데, 다니

라오스와 중국 접경도시의 마을 장에는 이 지역 소수민족인 아카족 여자들이 많이 눈에
띈다.

는 차가 없으니 며칠을 걸어서 가야 한다는 이야기이다. 내가 걷는 건 괜
찮으니 시장 근처에 사는 아카족말고 산 속 아카족 마을로 가는 약도를
그려줄 수 있느냐니까 뜬금없이 이곳 마을의 약도를 그리더니 어느 지점
을 가리킨다.

'마니 미. 마니 미(여기 있어요. 여기 있어요).'

뭐가 있다는 말인지 몰라도 찾아가 보니, 놀랍게도 멋진 목즈건물에 독
일에서 온 비정부 국제협력기구가 있는 게 아닌가. 거기서 영어를 할 줄
아는 라오스 여직원을 만나 무앙 씽에서 한 40킬로미터쯤 떨어진 마을 바
쿠까지 가는 약도를 얻을 수 있었다. 그녀는 가는 길에 있는 서 곳 마을의
이름을 라오스 글로 써주며 자는 것과 먹는 것은 마을 촌장에게 부탁하면
문제없을 거라고 친절하게 알려 준다.

그러나 정작 문제는 무앙 씽에서 첫번째 마을인 무앙 컴까지 가는 20킬
로미터 길이. 산을 넘고 물을 건너야 하는데, 가는 도중에 변변한 마을
이 없어서 해가 지면 낭패이기 때문이다.

게다가 비자도 문제다. 라오스는 관광비자가 이주일짜리뿐이라 비안첸에서 30달러를 내고 일주일을 연기했는데도 비자 유효기간이 사흘밖에 남지 않았다.

이 북쪽 마을을 다녀오려면 적어도 일주일은 필요할 것이다.

'할 수 없지. 태국 국경을 넘을 때 벌금을 무는 수밖에.'

엘리에게 같이 가겠느냐니까 라오스 사람 톤까지 흉내를 내며 "뽀 뻬냥(문제없어요)." 한다. 나중에 알고 보니 그는 깡촌 여행이 처음이었다. 누구나 모르면 용감하다고 엘리도 아무것도 몰랐기 때문에 용감하게 나섰던 것이다.

두 사람의 짐을 배낭 하나에 꾸려놓고, 마을 가게에서 신세질 산골 사람들에게 줄 물건을 샀다. 양초 한 통, 볼펜 한 통, 라이터 열 개, 세숫비누 다섯 개, 그리고 아이들 줄 사탕과 풍선. 물론 설사약과 진통제, 피부연고제도 작은 배낭에 넣어 둔다. 가게에 따라온 엘리는 이런 물건들을 왜 사는지 몰라 어리둥절한 표정이다.

"조금만 기다려 봐. 왜 필요한지 알게 될 테니까."

다음날 날이 밝자 혹시 차편을 구할 수 있을까 해서 시장 근처에 있는 모든 차량에게 무앙 멈을 외쳐보지만 헛일이다. 시간만 자꾸 흘러가는 것이 아까워 우리는 지도를 보면서 일단 걷기 시작했다. 가는 길에 바퀴 달린 것이면 어떤 것이든 얻어타기로 작정하고.

마을을 벗어나고 얼마 지나지 않아 갈림길이 나타난다. 지도에는 표시가 되어 있지 않은 길이다. 근처에 있는 집에 들어가 아주머니에게 물어보았다.

"사바이디. 무앙 멈(안녕하세요. 무앙 멈이 어느 쪽이에요)?"

손으로 방향을 가리켜 달라는 시늉을 했더니 깜짝 놀라며 고개와 손까지 절레절레 흔들면서 아주 높은 톤으로 한 5초간 '오 ~'를 부르짖는다. 이 정도 '오 ~'라면 이쯤 된다고 봐야 한다.

'무앙 멈이라고? 지금 무슨 소리 하는 거예요? 걸어서는 도저히 못 가요.'

"뽀 뻬냥. 마니 무앙 멈(괜찮아요. 이쪽이 무앙 멈이에요)?"

한쪽 방향을 가리키며 길이나 가르쳐 달라고 하자 믿을 수 없다는 듯 높은 톤으로 '오 ~'를 연발하면서도 한쪽 길을 가리킨다. 갈 길은 멀지만 길은 제대로 들어섰으니 일단은 성공인 셈이다.

마을을 벗어나자 곧 산과 멋지게 어우러진 논과 밭이 나온다. 처음 한 시간은 라오스 오지여행을 떠난다는 설렘에, 다음 한 시간은 마음에 쏙 드는 산골 풍경과 하늘의 뭉게구름 때문에, 그 다음 한 시간은 몇 시간을 가도 사람 몇 명 만날 수 없다는 신기함에 씩씩하게 걷는다.

그러나 그 후로는 비가 오려고 꾸물거리는 하늘과 이렇게 가다가 차량을 만나지 못하면 어디에서 자야 하나 하는 걱정이 들기 시작했다. 엘리는 오늘은 여기서 철수하고 내일 시장 근처에서 다시 무앙 멈까지 가는 차량을 물색해서 떠나는 것이 좋겠다고 한다. 나는 가볼 때까지 가보자고 고집을 부렸다.

한참을 걸으니 작은 개울이 나온다. 그곳에서 남자 몇 명이 자전거를 닦고 있다.

"사바이디. 무앙 멈?"

내가 인사를 하고 물으니 모두 합창으로 높고 길게 '오 ~'를 뽑아낸다.

"라이 라이 몽(시간이 아주 많이 걸려요)."

"우니 보(오늘은 안 돼요)."

그들이 하는 말 중에 알아들을 수 있는 것은 모두 우리를 만류하는 말뿐이다. 엘리는 나를 쳐다보며 눈썹과 어깨를 동시에 들썩이며 돌아가야겠다고 한다. 나는 시계를 가리키며 앞장섰다.

"아직 시간이 있잖아."

얼마쯤 걷자 한 차례 소나기가 무섭게 내렸다. 비는 근처에 원두막이 있어 피할 수 있었지만 갑자기 땅이 진흙탕으로 변해 발이 푹푹 빠진다. 한 발 한 발 떼어놓기가 어려울 지경이다. 엘리는 더는 못 견디겠는지 또 돌아가자고 한다.

"너 그렇게 돌아가고 싶으면 지금 돌아가는 게 좋겠다. 나는 무슨 일이 있어도 끝까지 가고야 말 테니까."

정말 혼자 갈 생각은 아니었지만 더 이상 엘리가 가자는 말을 꺼내지 못하도록 따끔하게 일침을 놓았다.

"이건 한국식 고집이에요?"

엘리가 놀랐다는 듯 짐짓 과장되게 눈알을 굴리며 묻는다. 조금 미안한 마음이 들어 최대한 부드러운 말투로 대답해 준다.

"아니, 한비야식 고집이야."

엘리는 기가 막히다는 표정이지만 어깨를 한번 으쓱하더니 따라왔다. 그러나 '무지무지' 운좋게 지나가는 경운기를 만나지 못했더라면 내 똥고집 때문에 우리들은 단단히 경을 칠 뻔했다.

아편 피우는 아저씨들과 한방에 누워

원두막이 있는 마을 이후에는 집 한 채 없는 산길이다. 비가 오는 산 속에서 텐트도, 슬리핑 백도 없이 노숙을 했다면 어떻게 되었을까? 왜 현지인들이 높은 음으로 긴 '오 ~'를 연발했는지 짐작이 가고도 남는다.

산 속에서 만난 경운기의 뒷칸에는 승객 열 명과 강아지 두 마리, 그리고 바구니에 담긴 중닭 대여섯 마리가 짐과 함께 실려 있어 송곳 하나도 비집고 들어갈 틈이 없어 보인다. 그러나 젊은 경운기 운전사가 사람들에게 뭐라고 뭐라고 하자 기적처럼 공간을 만들어 주었다.

배낭을 진 채 몸의 반 이상이 경운기 밖으로 나왔지만 그래도 크게 안도가 된다. 이 경운기는 밭갈이용이어서 시간을 한없이 잡아먹는다. 경운기가 진창에서 비틀거리느라 사람이며 짐이 이리 밀리고 저리 쏠리면 함께 탄 강아지가 압사 직전이 되어 깨개갱 죽겠다고 소리를 지른다.

겨우 '물어서 물어서' 가다가도 오르막길이나 나무다리가 나타나면 모두 내려서 경운기를 뒤에서 밀어야 했다. 어느 때는 경운기를 앞으로 보내고 진창길을 500미터 이상 걸어야 한 적도 있었다. 간간이 억수 같은 비가 쏟아지면 벌 서듯이 양손을 높이 들고 간이 비닐 천막을 쳐서 비를 피한다. 물이 들어가서 모터가 꺼지면 또 몇 사람이 달려들어 다시는 시동이 걸릴 것 같지 않은 모터에 시동을 걸어야 했다.

이렇게 아주 큰 불편을 당하면서도 사람들은 누구 하나 찡그리기는커녕 서로 눈이 마주치면 웃기만 한다. 이 빗길에 그래도 경운기를 탔으니 천만다행이라고 생각하는 듯하다. 짜증을 내봤자 아무 도움이 안 되는 상황에서 웃고 있는 얼굴들을 보니 기분이 좋다. 역시 산글 사람들은 인간 냄새가 난다.

어둑어둑해질 때 우리는 어느 마을에 도착했다. 마을에 들어서서 약도를 펴보이며 우리가 어디쯤 와 있는지 물으니까 놀랍게도 차포쿤이라는 마을을 가리킨다. 우리는 우리도 모르는 사이에 오늘의 목적지였던 무앙멈을 지나 다음 마을까지 온 것이다.

얏호! 첫날은 성공 중의 성공인 셈이다. 엘리와 나는 '하이 파이브'를 교환했다. 더욱 잘된 것은 경운기에 탔던 일행 중 한 사람이 이 마을에 산다는 것이다. 그러니 자연스럽게 그 집에서 하룻밤 묵어가게 되었다. 세계 어디서나 이런 산골에서는 길가는 나그네는 전혀 모르는 사람이라도 하룻밤 재워주게 마련이다. 그게 산골인심이다. 10여 년 전까지만 해도 우리네 산골도 마찬가지였다. 물론 지금은 달라졌겠지만.

20가구쯤 되는 손바닥만한 동네는 틀림없이 아카족 마을이다. 나무 계단을 올라 대나무집에 들어서니 머리는 한껏 장식을 했지만 치마는 엉덩이에 걸쳐져 속살이 다 드러나는 '섹시한' 차림의 부인이 나온다.

"사바이디."

인사를 하는데 무표정이다. 그래, 맞아. 여기서는 라오스말말고 아카말을 써야지.

"요몽."

배운 대로 한 마디 인사를 하자 그제야 갈색으로 심하게 탈색되고 듬성듬성 빠진 이를 드러내며 웃는다. 입술도 피를 흘린 듯 검붉게 물들어 있는데, '비틀'이라고 하는 나무 껍질을 노상 씹고 있는 탓이다.

마른 옷으로 갈아입그 안으로 들어갔다. 방 안의 불가에서는 여자들이 남자들의 시선에도 아랑곳없이 웃통을 홀렁 벗어 가슴을 다 드러내 놓은 채 옷을 갈아입는다. 가슴도 손이나 발처럼 특별히 가릴 것 없이 아무나 봐도 되는 신체의 일부라고 생각하는 것 같다.

이 대나무집은 조금단 힘을 주어 걸어도 전체가 흔들린다. 집의 2층은 30평 정도로 생각보다 상당히 넓다. 한쪽에 화로가 있고 한편으로는 이부자리가 일렬로 깔려 있다. 여기가 부엌이자 식당 겸 침실이다.

한 모퉁이에는 세수를 하거나 설거지나 빨래를 하는 공간이 있는데, 이 베란다에서는 무엇을 아래로 내다버려도 뽀 뻬냥! 밑에 돼지와 닭이 기다리고 있어서 무엇이든지 주워 삼키기 때문이다. 안주인은 갑자기 들이닥친 손님들을 위해 닭 한 마리를 잡아 급하게 식사준비를 해서 내놓는다. 대나무 밥상에는 삶은 채추, 닭고기국, 그리고 죽순을 불에 구운 것과 간장에 고춧가루를 탄 것이 올라 있다.

밥상 앞에 앉자 주인 여자가 얼른 닭발과 닭대가리를 내 밥그릇 위에 올려놓아 준다. 깜짝 놀란 엘리에게 보란 듯 닭발을 양념간장에 듬뿍 찍어 먹었다. 우리나라에서 먹던 닭발과는 달리 몹시 질기고 비린내가 난다. 그래도 한 개는 다 먹어야지 생각하고 잘 씹지도 않고 그냥 꿀꺽 삼켜버렸다.

이 집 부인은 내가 맛있게 먹는 줄 알고 나머지 닭발도 내 쪽으로 밀어 놓는다. 엘리는 아시아 사람들은 책상과 걸상 다리만 빼놓고 모든 다리와 발은 다 먹는다더니 그 말이 진짜였다면서 놀란다.

한참 밥을 먹다보니, 이 집 주인과 경운기를 함께 타고 온 다른 남자들이 보이지 않는다. 어두운 방을 한참 둘러보니까 화로 그석에 있는 이부자리에 램프 불을 켜놓고 남자들이 두 명씩 두 명씩 마즈보고 누워서 무엇인가를 열심히 피우고 있는 게 아닌가.

'아, 저게 바로 아편을 피우는 거로구나.'

호기심에 얼른 밥을 먹고 가까이 가서 그들이 하는 양을 지켜보았다. 조그만 은상자에서 캐러멜 덩어리 같은 갈색 고약을 새끼손톱만큼 떼어낸 후 그것을 램프 불로 녹인다. 그것이 노긋노긋해지면 뭔지 모를 하얀 가루(헤로인일까?)를 묻혀 다시 녹인다. 그런 다음 조그만 구멍이 나 있는 담뱃대에 그것을 붙인 후 긴 철사 핀으로 조금씩 구멍 근처로 옮겨 녹이면, 덩어리가 녹으면서 작은 방울이 일어나고 그때 긴 담뱃대를 이용해 연기를 들이마시는 것이다.

이렇게 만든 아편은 몇 모금 피우면 없어지는데 보통 2, 3차례 정도 만들어 피워야 약효가 나타난다고 한다. 방 안에는 쑥 타는 냄새와 설탕 타는 냄새가 섞인 듯한 달착지근한 냄새가 진동을 한다. 이곳 남자들은 깡마르고 얼굴이 하나같이 비정상적으로 새까만데 그게 아마 아편 때문인가 보다.

내가 하도 열심히 쳐다보고 있으니까 한번 해보겠느냐고 권한다. 펄쩍, 아니라고 손을 저을 수밖에. 아편을 피워본다는 경험 자체가 겁나는 것이 아니라 아편에 취하면 그 다음을 예측할 수도, 컨트럴할 수도 없다는 것이 두려웠다.

여기는 값싸고 질좋은 아편을 얻기에 적당한 땅이다. 라오스 북부 산악 지방은 몇 년 전까지만 해도 미얀마, 아프가니스탄 다음으로 많은 양의 아편을 생산하는 곳이었다고 한다. 아무리 전세계가 마약과의 전쟁이다 무엇이다 떠들고 있어도 이곳 산간마을에는 오래 전부터 언제나 그래왔듯이 붉은 양귀비꽃이 피고, 그 꽃이 지면서 양귀비의 눈물이라는 하얀 아편액을 남긴다. 그들은 이 꽃이 남겨준 열매로 생계를 유지하고 여기 누워 있는 아저씨들처럼 몽롱한 환각의 세계로 빠져드는 것이다.

너무나 피곤했던지 저녁을 먹고 나니 금세 졸음이 왔다. 누울 만한 곳을 찾으니까 주인 아주머니가 한쪽을 가리킨다. 거기에는 2인용 이부자리가 가지런히 깔려 있었다. 엘리는 이렇게 여자와 누워보는 것이 너무나 오랜만이라서 흥분된다며 능청을 떤다. 그리고는 자기 여자친구하고 1년을 별러서 함께 아시아 여행을 왔는데 여행 떠난 지 1주일도 안 되어 사사건건 싸움만 하게 되었다면서 자기 이야기를 털어놓는다.

"우리는 3년이나 사귀었어요. 지난 1년은 같이 살기까지 했죠. 서로를 잘 알고 있다고 생각했었는데 막상 여행을 함께 해보니까 석달간 여행 다니면서 알게 된 것이 지난 3년간 서로에 대해 안 것보다 더 많은 것 같아요. 우리는 올 겨울에 결혼할 계획이었는데 지금은 잘 모르겠어요. 방콕에서 대판 싸우고 그 친구 지금은 인도에 갔어요. 따로따로 여행을 하기로 한 거죠."

그것 봐라. 내가 친구나 후배들에게 늘 뭐라고 하던가. 결혼하기 전에 반드시 긴 여행을 해보아야 한다고 누누이 강조하지 않던가. 결혼하기 전에 같이 살아봐야 한다는 사람도 있지만 그것만으로 상대방의 일상적인 면 이상을 어떻게 알 수 있겠는가. 여행이야말로 온갖 종류의 사람과 일을 겪으면서 그 사람의 성품과 본성을 드러내고 두 사람의 관계의 본질을 선명하게 보여주는 것이다.

지난번 아프리카에서 만났던 독일인 노부부가 생각난다. 말라위에서 만난 이들은 대륙을 횡단하는 오버랜드 트럭으로 5개월째 여행을 하고 있었다. 아들 딸 낳고 금실 좋게 살다가 결혼 30주년 기념으로 여행을 왔다는데, 돌아가는 즉시 이혼할 거라며 서로 이를 박박 갈고 있었다. 지난 세월 동안 내가 이런 사람하고 같이 살았는지 서로 몰랐다는 것이다.

그러니 한 사람을 정확히 알려면 함께 긴 여행을 다녀봐야 한다. 그것도 이 호텔에서 저 호텔로 옮겨다니는 관광여행이 아니라 꿈 흘리며 다니는 저경비 배낭여행 말이다.

여자는 하루종일 일, 남자는 하루종일 아편

다음날 이른 아침 요란한 닭 울음소리에 잠이 깨었다. 아침을 먹으면서 알아낸 사실은 어제 운전하던 판쇼는 중국 윈난성 사람이고 우리가 가려는 최종 목적지 바쿠까지 간다는 것이다. 이게 웬떡인가. 판쇼는 필담으로 자기집에서 며칠이고 묵어가라고 한다. 물론 우리는 그렇게 하기로 했다. 운수 대통이다.

날씨는 화창하고 사람도 어제의 반밖에 없어 헐렁한 경운기를 타고 가는 기분이 이루 말할 수 없이 상쾌하다. 주변 경치도 울창한 정글의 맛을 톡톡히 보여준다. 가끔 경운기가 산등성에 오르면 눈앞에 펼쳐지는 초록색 밭과 거기서 검은 점처럼 박혀서 일하는 사람들의 풍경이 한없이 평화롭다. 왼쪽 산 너머가 중국이고 오른쪽 산 너머가 미얀마라는데 눈이 닿는 곳마다 겹겹이 겹쳐진 산들이 눈을 시원하게 한다. 속까지 탁 트이게 하는 청량감이다.

오후 두시경 드디어 바쿠에 도착했다. 마을에 도착하니 함께 타고 온 나이 든 여자와 젊은 여자가 판쇼네 집으로 쑥 들어간다.

"아니, 저 사람들이?"

알고 보니 그들은 판쇼의 부인과 장모다. 대충 얼굴을 씻고 얼른 밖으로 나가보았다. 동네는 어린아이들 노는 소리로 활기가 넘친다. 노는 게 하도 귀여워 사진을 찍으려 하자 몽땅 도망갔다가 다시 뭉친다. 무리를 지어 우리 뒤를 졸졸 따라다니다가도 뒤를 돌아보면 소리를 지르며 도망간다. 아주 어린 아기는 엘리를 보더니 놀라서 울기 시작했다. 서양인을 처음 본 모양이다.

어른들의 반응도 마찬가지. 물을 길러가던 여자들은 우리를 빤히 쳐다보며 높은 톤으로 긴 '오 ~'를 연발하고, 남자들도 가만히 보고 있다가 서로 쳐다보며 확인하듯 "팔랑(외국인)?"이라고 한다. 외국인에게 반감이 있다거나 친절하지 않아서가 아니라 말로만 듣던 외국인을 직접 보니 어떻게 해야 할지 모르겠다는 얼굴이다.

동네 개들은 노골적으로 우리를 반가워하지 않는다. 동네 한바퀴를 도는 동안 '검둥이'와 '누렁이'가 어찌나 따라다니며 짖어대는지 그대로 다니다간 물리고 말 것 같아 일단 판쇼네 집으로 철수를 해야 할 정도였다.

집에 들어갔더니 판쇼의 장인은 아편을 피우고 있고, 여자들은 저녁을 준비하고 있다. 판쇼의 부인은 남편이 중국인이어서 그런지 채소도 볶고 닭고기도 양념을 제대로 해 맛있는 중국식 저녁상을 차려낸다.

다음날 아침 판쇼의 안내로 마을 사람들에게 인사를 다녔다. 어제 소 닭보듯 하던 사람들이 경계심을 풀고 집안으로 우리를 맞았다. 한창 수박 수확철인지 가는 집마다 커다란 수박 한 덩이와 중국차를 내놓는다.

판쇼가 나는 '까올리'이고 엘리는 프랑스인이라고 소개를 했다. 라오스가 프랑스 식민지였기 때문인지 서양인은 모두 프랑스 사람이라고 생각하는 모양이다. 사람들은 건성으로 고개를 끄덕이면서도 나보고 다시 중국 사람이냐 태국 사람이냐를 묻는다. '한국'이라는 나라를 모르는 게 분명하다.

아이들은 엄마 등 뒤에 숨어서 어른들이 아무리 괜찮다고 해도 나오지 않는다. 수줍고 순진하기가 말할 수 없다. 풍선을 사 가지고 간 건 정말 잘한 일이었다. 집에 앉아 판쇼의 어린 처남에게 풍선을 불어주고 있자니,

경운기를 타고 찾아간 라오스 북부 끝동네 아줌마.

아이들이 구름처럼 모여든다.

30분 후 동네 꼬마들의 손에는 색색가지 풍선들이 들려 있었고, 아이들은 꿱꿱 소리를 지르며 좋아서 어쩔 줄 모른다.

그 후로는 아이들이 우리를 보면 '팔랑 팔랑' 하면서 아는 척을 하고 동네 개들이 짖으면 저리 가라고 쫓아주기도 했다. 그 다음부터 판쇼의 장모는 밥때가 되면 동네로 우리를 찾아다니느라 정신이 없게 되었다.

이곳에서 며칠 묵으면서 느낀 것은 세계 오지마을은 대부분 남자들은 하는 일 없이 비생산적으로 빈둥거리고, 여자들과 아이들은 새벽부터 밤 늦게까지 한시도 쉴 새 없이 일한다는 것이다.

여기서도 여자들은 집안일은 물론 가축을 돌보아야 하고, 나무도 해와야 하고 물도 길어와야 한다. 몸집이 아주 왜소한 여자들이 자기보다 더 큰 짐을 낑낑거리며 지고 다니는 건 보기에 참으로 안쓰럽다.

남자가 여자의 일손을 거드는 것이라곤 아기를 보는 것 정도이다. 남자들이 아이를 포대기에 싸서 엉덩이 근처에 걸치고 다니는 모습을 아주 흔하게 볼 수 있다.

그럼 남자들은 무엇을 하느냐. 40대 이후의 중년 남자들은 거의 예외없이 아편을 피우면서 하루를 보낸다. 아침에 느지막이 일어나 깨자마자 피우고, 점심때 또 피우고. 저녁밥 먹을 때쯤 또 피워 몽롱한 상태에서 잠이 든다. 하루 세 끼 밥 먹듯 아편을 피우며 사는 것이다. 어린 자식들 앞에서도 피우고, 우리에게도 몇 차례씩 권하는 걸 보면 아편의 폐해를 전혀 모르고 있는 것 같다.

또 한 가지 아카족의 일상생활은 대나무를 빼놓고 생각할 수 없다. 대나무로 집을 짓고 생활 가구를 만든다. 밥상에 밥통, 의자, 곡식통, 심지어 이쑤시개까지 몽땅 대나무 제품이다. 물지게도, 소지품 가방도, 냇가의 다리도, 논에 물을 대는 수리시설도 모두 대나무로 만들어져 있다.

아이들은 대나무 칼로 칼싸움을 하고, 여자들은 대나무 정글에서 죽순을 베어다 끼니마다 밥상에 올린다. 가장 가까이 있는 것에서 모든 것을 얻는 이들. 이들을 오지의 미개인이라고 누가 감히 말할 수 있겠는가. 주위의 값진 것을 보지도 못하고 활용할 줄도 모르는 우리보다 훨씬 깨어 있는 사람들이다.

무앙 씽으로 돌아가는 길도 수월치는 않았다. 이 마을에 세 대밖에 없는 경운기를 다시 얻어타기를 바라는 건 너무나 염치없는 일이다. 걸어서 하루 반 정도로 일정을 잡은 다음 계획을 이야기하자 판쇼를 비롯한 전가족이 높은 톤의 긴 '오 ∼'를 외친다. 하지만 무작정 기다릴 수도 없는데다 차포쿤까지 가는 길은 그야말로 정글의 처녀지라니 정글 하이킹도 해보고 싶다.

그런데 판쇼의 장모님이 싸준 찰밥과 닭조림 도시락을 가지고 막상 떠나고 보니 판쇼가 그려준 약도의 지름길은 찾기가 쉽지 않았다. 몇 시간 동안 헤매며 길을 잃었다가 찾았다가 하면서 대나무숲을 헤쳐나갔다. 그러다가 나무를 잔뜩 짊어진 아카족을 만나면 반갑기 그지없다. 우리가 적어도 길을 잘못 든 건 아니라는 안도감에서다.

오르락 내리락 하면서 산등성이를 넘을 때면 강원도 정선 민둥산 꼭대기에서 바라본 풍경이 펼쳐진다. 겹겹이 포개진 산들을 감상하는 재미에 힘든 줄도, 시간이 많이 지체되는 줄도 몰랐다. 준비해 간 3리터의 물을 12시도 되기 전에 다 마셔버렸다. 샘물이 있다면 가지고 다니는 정수약을 타서 마실 수 있겠는데, 그것마저 찾을 수 없다. 산에서 물이 떨어지다니, 결코 좋은 징조가 아니다.

다행히 멀리 집들이 보인다. 한달음에 내리막길을 내려가 아무 집이나 들어갔다. 혼자서 어린아이 둘을 보고 있는 아저씨가 눈에 들어온다.

"사바이디. 미 남(안녕하세요. 물 좀 있으세요)?"

"미(있어요)."

아저씨가 2층으로 올라오라는 시늉을 한다. 물을 얻어먹고 바람이 잘 부는 곳에 아예 쌀자루를 베고 누웠다. 그랬더니 아저씨가 갑자기 부엌에 드나들며 분주하게 움직인다. 조금 쉬고 다시 가려고 나서려니까 그 아저씨가 손을 저으며 붙잡는다.

"낀 까오(밥 먹고 가요)."

이런 세상에! 우리가 쉬는 동안 아저씨는 '남자 식모'가 되어 밥상을 차린 것이다. 비록 찬밥에 삶은 채소 한 가지, 구운 대나무순에 간장이 전부인 초라한 상이지만 그 마음씀이 고맙기 짝이 없다. 이름도 성도 모르고, 어디에서 온 줄도 모르고, 어디라고 해도 모르는 곳에서 온 이방인에게 끼니때가 되었다고 밥을 먹여보내는 마음! 이런 무공해 인심에 저절로 힘이 솟는다.

그 힘 때문에 무앙 씽으로 돌아오는 이틀간의 행군이 힘든 줄 몰랐다. 무앙 씽에서 태국 국경까지 큰 비로 군데군데 무너진 길을, 트럭을 여러 번 얻어타고 갈아타고 또 배까지 타고 가는 2박 3일의 길도 힘든 줄 몰랐다. 그렇게 무공해 인심의 위력은 대단했다.

태국으로 가는 배 안에서 엘리가 말했다.

"이곳 여행이 내 아시아 여행, 아니 여태까지 해본 해외여행의 하이라이트였어요. 나도 오지여행가로 나서야겠어요. 풍선 많이 사 가지고."

나는 고개를 크게 끄덕여 준다. 엘리는 아주 마음에 드는 여행 동반자였기 때문이다. 내 수궁에 신이 났는지 엘리는 한쪽 무릎을 꿇으며 프로포즈하는 시늉을 한다.

"우리 둘이 부부 오지여행가로 나서면 어떨까요?"

내가 심각한 척 말했다.

"다른 건 다 좋은데 나이가 좀 문제군. 5년이면 모를까 15년 연하는 좀 그렇지?"

황금의 나라, 눈물 속의 미얀마

미얀마 인레 마을의 부처님 오신 날 전야제는 매우 화려하다.

여행 다니다 몸버리는 서양 아이들

라오스 국경을 넘자마자 그날로 태국 북쪽 최대의 도시 치앙마이로 갔다. 하루빨리 태국 북서쪽 산간지방으로 가고 싶었기 때문이다. 라오스를 다닐 때는 몰랐는데 태국에 오니 갑자기 그동안 쌓였던 피로가 몰려와 쉴 곳을 찾아가는 것이다.

태국에 들어서니 자본주의 시장경제의 냄새가 물씬 난다. 국경 근처 작은 도시의 구멍가게도 라오스 수도의 비안첸 번화가 가게보다 물건이 많고, 상품진열대의 물건들 포장이 화려하기만 하다. 그동안 트럭을 타고 다녔던 내게는 치앙마이까지 가는 고물 시외버스도 벤츠보다 안락하게 느껴지고, 미끈하게 포장된 까만 도로 위를 달리고 있는 것이 신기하게 생각된다. 한달 만에 촌년이 다 되었다.

태국을 여러 번 왔지만 아직 북부 산악지방에서 트래킹다운 트래킹을 해보지 못했다. 그래서 이번에 태국으로 올 때는 본격적으로 트래킹을 해보겠다고 잔뜩 벼르고 있었는데 지금의 신체상태로는 트래킹보다는 어디 조용하고 조그만 산골 동네에서 며칠 잘 먹고 푹 쉬어가는 편이 좋을 것 같다.

지치면 쉬어가야 한다. 장기여행을 하는 사람들은 지쳤다고 생각하면 불가피한 경우를 제외하고는 반드시 심신의 피로를 풀고 에너지를 재충전해야 한다. 몇 군데 볼것을 놓치고 계획했던 것을 몇 가지 못하게 되더라도 결과적으로 쉬어가는 편이 훨씬 남는 장사다. 그래야 긴 여행도 항상 '첫날같이 힘이 솟고, 첫날같이 설레는 여행' 을 할 수 있으니까.

그래서 찾아간 곳이 파이라는 조그만 마을이다. 가이드 북을 보고 강가에 자리잡고 있는 '골든 헛' 에 묵기로 했다. 대나무로 번듯하게 지은 방갈로식 여관이다. 이곳은 근처 산을 트래킹하는 출발점이기 때문에 작은 마을이지만 배낭족을 위한 시설이 잘 되어 있다.

내가 묵은 곳은 마을 중심에서 많이 떨어져 있어서 혼자 은둔생활을 하기에 안성맞춤이다. 마침 엘리가 주고 간 소설책 〈가시나무새〉와 다른 게스트 하우스에서 구한 존 그리섬의 〈더 펌〉도 있다.

방 바로 앞에 강을 따라 나무며 풀이며 꽃들이 무성하다. 아침 나절에는 늦잠을 자고 과일로 아침을 먹고 방갈로 베란다에서 책을 본다. 한낮이 되면 몇 차례씩 샤워를 하고 글을 쓰든지 또 책을 본다. 그러다가 무료해지면 식당으로 가서 음식을 시킨 다음 식당 아가씨에게 태국 음식 만드는 법을 배운다.

오후에는 다리 건너에 있는 마을로 산책을 나가는데 매일같이 아름다운 노을을 볼 수 있었다. 이렇게 평화롭게 지내면서 조금씩 여독을 풀고 있는데 조그만 사건이 하나 터졌다.

마을에 있는 식당에서 국수를 먹고 있는데, 옆에 앉은 여자가 자꾸만 쳐다보며 말을 걸고 싶어하는 눈치다. 그러더니 내가 국수를 다 먹고 수박주스를 시키자 드디어 내 자리로 옮겨오며 앉아도 되느냐고 한다. 그러면서 울상을 짓는다.

"배낭과 돈, 여권을 몽땅 다 잃어버렸어요. 좀 도와주실 수 있으세요?"

벨기에서 왔다는 금발에 푸른 눈의 이 아가씨는 입이 딱 벌어질 만큼 미인인데다 순진해 보인다. 이름은 미셸이란다.

사연인즉 태국 남쪽에서 만나 한달째 같이 여행하던 남자가 오늘 아침 다 들고 도망갔다는 것이다.

"사정 참 딱하게 되었네. 그럼 잠은 내가 묵고 있는 숙소에서 자요. 그리고 방콕에 있는 벨기에 대사관에 신고하고 집으로 전화 걸 돈은 내가 빌려줄 테니 걱정하지 말고."

그날밤 미셸은 한숨도 자지 못하고 신음소리를 내며 아파했다. 자주 토하고 또 쓰러져 가슴을 두 손으로 싸안고 괴로워한다. 깜짝 놀란 내가 어디가 아프냐고 물어도 속 시원히 말을 안한다.

"조금 있으면 괜찮아요."

그 애가 어떻게 될 것만 같아 나도 밤을 꼬박 새웠다. 그러나 미셸은 그 다음날이 되어도 증세가 나아지지 않는다. 더욱 깊은 신음을 하며 침대를 굴러다니며 괴로워한다. 물을 먹어도 토하고, 손발에 힘이 없는 것은 물론 언뜻 본 눈동자가 다 풀어져 있다.

"안 되겠다, 미셸. 우리, 병원에 가보자."

걱정이 된 내가 말했다.

"난 괜찮아요, 비야. 날 그냥 내버려둬 주세요."

하도 고집을 부리는 통에 어떻게 해볼 수가 없다. 그냥 내버려두면 저절로 낫는 병이기나 했으면 좋겠다. 미셸을 방에 두고 단골로 가는 국수집에 가서 안면이 있는 영국 남자아이에게 우리집 '손님' 이야기를 하며 걱정을 했더니 대뜸 웃는다.

"비야씨는 정말 그 애가 왜 그러는지 모른단 말이에요?"

"너는 알아?"

"그게 마약 금단현상이 아니면 뭐겠어요? 근육을 쥐어짜는 듯한 고통과 풀린 눈. 비야씨, 엉뚱한 사람 도와줄 생각말고 전대, 카메라나 잘 챙겨요. 그런 아이들은 마약을 구하기 위해서라면 무슨 일이라도 할 테니까요. 난 지난 한달간 태국 남쪽 섬에서 그런 아이들 무진장으로 보았어요. 어쨌든 조심해요."

"뭐라고!"

깜짝 놀라서 부랴부랴 숙소에 돌아오니 미셸은 여전히 기운이 없어 보였지만 어제처럼 아파하지는 않았다. 얼굴을 보니 마약중독자의 일그러지고 찌든 험한 얼굴이 아니라 그저 힘없는 예쁜 천사 같다. 그 영국인의 지레짐작이 틀린 것 같다. 아니, 틀렸으면 좋겠다.

"이제 좀 기운이 나? 뭘 좀 먹고 집에 전화를 해야 하지 않겠어?"

인도

방글라데시

중국

미얀마

● 히시포
산속에서는 소수민족 마을에서
가정부 노릇을 톡톡히 하다.

● 만달레이
아침 나절 길에는
'스님 반, 사람 반'이다.

● 바간
수천 개의 불탑과
사원이 곳곳에
흩어져 있다.

● 인레 호수
떠다니는 밭, 떠다니는 집, 떠다니는 시장.

골든 트라이앵글
최대의 아편 생산지

● 양군
국민은 가난해도
쉐다곤 황금사원에 는
돈이 넘쳐난다.

태국

"그런데요, 잘 생각해 보니까 아는 애가 조만간 이곳으로 올 것 같아요. 그 애만 만나면 집에 전화 안해도 돼요."

미셸은 태평한 얼굴이다.

조만간에 온다던 아이는 그 다음날 나타났다. 가게에 갔다가 돌아와 방갈로 문을 열고 들어서는 순간 나는 놀라서 기절하는 줄 알았다. 옆에는 빈 주사기가 놓여 있고 남자아이는 라이터로 미셸이 잡고 있는 숟가락에 담긴 하얀 물을 데우고 있었다. 미국이나 홍콩 영화에서 수없이 보던 바로 그 장면이 내 눈앞에 펼쳐진 것이 아닌가. 정맥에 투입할 헤로인을 데우고 있는 중인 것이다. 나와 눈이 마주친 미셸은 애원하는 듯하면서도 절망하는 눈빛이다. 거지행색의 남자는 돌아보지도 않고 자기 하던 일에 열중이다.

"너희들 뭐하는 거야! 내 방에서 당장 나가! 지금 당장, 당장!"

큰 소리로 말한 첫 같은데 말은 정작 웅얼거리는 소리가 되어 나왔다. 내가 놀라긴 놀랐나 브다. 사태를 알아차린 남자아이가 낭패했다는 듯한 표정으로 마약 도구들을 신주단지 모시듯 들고 나가고, 미셸이 그 뒤를 따라나간다. 내 앞을 지나갈 때 미셸은 혼잣말인 듯 들릴 듯 말 듯한 소리로 말한다.

"정말 미안해요."

미안하다고? 미셸이 미안해해야 하는 것은 겨우 며칠간의 친절을 베푼 내게가 아니라 자신에게여야 하는 것 아닌가? 태국까지 여행을 와서 마약 따위에 끌려다니며 자기를 천하게 다루고 있는 자신에게 말이다.

여행을 다녀 보면 마약(보통은 마리화나나 하시시다) 하는 것을 흔하게 볼 수 있다. 그래서 자기 나름의 주관이 서 있지 않은 여행객들은 '싸니까', '누구나 하니까', '얼마든지 구할 수 있으니까', '걸려도 큰 문제 없으니까' 등등의 이유로 그 유혹에 쉽게 빠져든다.

적지 않은 여행자들은 마약을 물가가 싼 나라에서 얻을 수 있는 즐거움

중의 하나라고 생각한다. 게다가 집에서 멀리 떨어진 곳에서는 무슨 짓을 해도 알아볼 사람이 없다는 정신적인 해방감과 세상에서 해볼 수 있는 경험은 모두 해보고 싶다는 치기어린 호기심에서 본래 여행목적을 잊어버리고 마약에 빠지게 된다.

이것이 절제없는 섹스와 함께 부각되는 여행의 역기능이다. 시간과 돈 들여서 큰 마음 먹고 떠나온 여행에서 자신의 삶이나 미래에 보탬이 될 무엇을 얻기는커녕 몹쓸 버릇, 마음의 병만 들어 가지고 간다면 개인적으로도 국가적으로도 엄청난 손해다. 말짱한 정신으로 다녀도 모자라는 판에 몽롱한 정신으로 무엇을 제대로 보고 느끼겠는가? 여행을 떠나기 전에 단단히 새겨두고 여행중에도 끊임없는 유혹에 대처할 '소신있는 생각과 행동'이 필요하다.

예상치 않은 사건이 있긴 했으나 여기서 쉴 만큼 쉬었으니 다시 또 길을 떠나야지. '나그네는 길에서도 쉬지 않는다'고 했던가.

그래서 방콕을 거쳐 미얀마로 넘어갔다.

어지러운 돈 단위, 어지러운 경제

방콕에 있는 미얀마 대사관에서 '무지무지' 친절한 영사에게 단 10분 만에 한달짜리 비자를 받았다. 시작이 순조롭다. 한동안은 아예 외국관광객을 받지 않았고, 최근까지만 해도 겨우 이주일간의 관광비자를 받을 수 있었던 나라다. 비자를 손에 넣고 보니 마음은 이미 미얀마로 향한다.

한 가지 아쉬운 점이 있다면 미얀마는 육로로는 절대로 들어갈 수 없고 반드시 비행기로 들어갔다가 나와야 한다는 것이다. 어느 여행자에게 물어보아도, 어느 게스트 북이나 가이드 북을 뒤져보아도 절대로 안 된다는 것이다. 이번에는 정말로 '절대로'다.

그래서 방콕에서 미얀마의 랑군을 경유해서 인접국인 방글라데시의 다카까지 가는 제일 싼 비행편인 비만에어를 타려고 기다리다가 미얀마에서 방금 돌아오는 배낭족 아이들을 몇 명 만났다.

미얀마가 어떻더냐고 물으니 그들은 미얀마는 사람들이 '믿을 수 없이' 친절하고 유순하며, 물가는 '믿을 수 없이' 싸고, 날씨는 '믿을 수 없이' 덥다는 것이다. 물가가 싸고 사람들이 친절하다? 그렇다면 용광로에 들어간다 해도 즐거운 여행이 될 게 틀림없다.

이제 미얀마로 간다. 향기로운 불심이 피어난다는 미얀마. 옥과 사파이어가 천지라는 보석의 나라, 우아하고 신비한 미소의 나라. 내게는 인도차이나의 마지막 여행지다.

장마 직전의 랑군은 듣던 대로 무지막지하게 덥다. 북위 17도쯤이므로 적도와는 꽤 멀리 떨어져 있는데도 무슨 요인이 있는지 말 그대로 찜통더위다. 자다가 몇 번씩 일어나 샤워를 하지만 그래도 더워서 잠을 이룰 수 없다. 오후에 샤워를 하면 튀긴 닭이 될 만큼 뜨거운 물만 나온다. 낮 동안 물탱크에 있던 물이 태양열에 데워졌기 때문이다. 시내에는 아스팔트가 녹아서 인절미처럼 말랑말랑하다.

이런 더위에 구경은 무슨 구경이며 여행은 어떻게 다닌담. 한낮에 햇볕 아래 나가면 10분도 안 되어 저절로 혀가 쭉 빠지는데. 가볼 곳에 도착하기도 전에 먼저 병원으로 실려갈 판이다. 이럴 때는 조금이라도 시원한 북쪽으로 올라가는 게 상책이다. 그러니 일단 북으로 향하고 보자.

이런 심정으로 랑군에 도착한 그 다음날 밤버스를 타고 이 나라 마지막 왕국의 수도였던 만달레이로 떠났다.

방콕에서 들은 이야기와 공항에서 얻은 귀한 미얀마 가이드 북과 평소에 관심있던 것을 종합해 대충의 계획을 세운다.

우선 수천 개의 사원과 탑이 밀집해 있는 바간과 인레 호수를 가자. 마침 5월 보름이 '부처님 오신 날'이라니 이날을 바간에서 보내고, 외국인이 갈 수 있는 곳까지 최대한 북쪽으로 가보자.

국경의 산악지방으로 쫓겨난 소수민족들과 중앙정부와의 갈등이 만만
치 않아서 북쪽 오지는 외국인 통행금지 구역이 많다지만 가능하다면 아
편왕 쿤사의 활동무대였던 '와' 지방과 민주운동의 본거지 '샨' 지방도
깊숙이까지 가보도록 하자. 베트남처럼 이곳도 치안을 핑계로 외국인의
민박이 금지되어 있지만 산악지역 산 속 마을에서까지 어떻게 불법 민박
을 단속하겠나.

미얀마 여행을 시작하기 전에 한 가지 꼭 이야기해 두어야 할 게 있다.
바로 이 나라의 웃기는 돈 이야기다.

랑군에 도착해서 숙소를 잡자마자 마실 물을 사러 나갔다. 200키아트
짜리 지폐를 내고 물과 과자를 조금 사자 거스름돈을 한 무더기 건네준
다. 미얀마 현지 돈은 처음이기도 하고 여기는 아라비아 숫자 대신 고유
의 숫자를 쓰기 때문에 제대로 거슬러 받았나 살펴보다가 깜짝 놀랐다.
거스름은 15키아트짜리 2장에, 90키아트짜리 1장, 그리고 5키아트짜리
4장, 1키아트짜리 4장이다.

'15 키아트짜리에 90키아트짜리라니!'

세상에 무슨 이런 우스꽝스러운 돈 단위가 있단 말인가. 장난감 돈을 거
슬러 받은 건 아닐까? 그래서 15짜리와 90짜리를 주인어 게 되돌려 주며
'노 굿'이라고 하니까 주인은 고개와 손을 절레절레 흔든다.

"케사 무시부(상관없어요)."

주인 아저씨 말대로 이것은 진짜 돈이다. 이 신기한 ⴝ 폐들은 1987년
에 발행했다가 88년부터 발행을 중지했으나 지금까지 회수가 안 되고 그
대로 쓰이고 있다. 도대체 무엇 때문에 이렇게 이상한 돈 단위를 만들어
냈단 말인가. '믿거나 말거나' 여기에는 상당히 흥미로운 뒷이야기가 전
해오고 있다.

1987년, 절대 권력을 잡고 있던 독재자 네윈 장군은 미신을 굳게 믿고

있었는데 전속 점쟁이가 그의 운수에 액운이 끼었으니 액운을 행운으로 바꾸는 '야다야치'를 해야 한다고 했다. 네윈은 국민들의 기(氣)가 자기보다 세어서는 안 된다는 점쟁이의 말에 따라 자기가 행운으로 여기는 수인 15를 돈 단위로 사용케 했다. 그래서 15키아트짜리와 45키아트(15×3), 90키아트(15×6)짜리를 만들었는데, 국민들이 이 속셈을 눈치채지 못하게 25, 75짜리 들을 엉뚱하게 끼워 넣었다.

네윈 장군을 비롯한 많은 치정자들은 이렇게 점성술과 행운의 숫자에 집착하여 모든 국정의 중대사를 점성술가와 의논하고 그 의견을 따랐단다. 독립일시도 점성술가의 의견에 따라 1948년 1월 4일 오전 4시 20분으로 정했다. 네윈은 자신의 또 하나의 행운의 숫자가 9라고 생각해 쿠데타를 일으킨 날을 1988년 9월 18일(9+9는 18)로 절묘하게 잡았단다. 일설에는 아까 말한 돈의 단위도 15의 배수가 아니라 9의 배수라고 해서, 45차트는 9×5, 90차트는 9×10이라는 말도 있다.

어쨌든 이 돈 단위가 시행된 지 1년도 지나지 않아 정부는 25, 45, 75짜리는 더 이상 돈으로 통용하지 않는다고 발표했다. 은행에서는 그 돈을 다른 돈으로 바꾸어 즈지 않았다. 미얀마 사람들은 은행을 이용하기보다 현금으로 돈을 지니고 있는 것이 보통인데, 그것을 하루아침에 휴지조각으로 만들어버리니 국민들은 혼란에 빠질 수밖에. 어느 나라에서나 독재정권이란 참으로 어처구니없는 짓들을 하게 마련인가 보다.

지금은 다른 나라처럼 500, 200, 100, 50, 20, 10, 5, 1 단위로 통일시키려고 하고 있지만 워낙 은행을 불신하는 국민정서 탓에 정부의 노력에도 불구하고 돈들이 잘 회수되지 않는다고 한다. 그래서 시중에는 수십 가지 단위의 돈들이 뒤섞여 통용되고 있다.

1989년 국가명인 버마를 미얀마로 이름을 바꾸면서 '미얀마 중앙은행'이 발행한 크기가 작고 색상이 선명한 돈과 그 전에 '버마 중앙은행'이 발행한 아웅산 장군의 초상이 그려진 옛날 돈이 함께 쓰이고 있다. 여기에 외국인 전용 화폐인 FEC와 미국 달러까지 쓰이니, 시중에 돌고 있는 지폐의 종류만 무려 27가지다. 게다가 동전까지 있으니 처음 며칠 동안은 돈을 낼 때나 거슬러 받을 때나 어찌나 헷갈리든지 가뜩이나 숫자에 어두운 나는 크게 애를 먹었다.

돈 때문에 헷갈리는 게 또 있다. 하루가 다르게 변하는 환율이다. 처음 도착했을 때는 달러당 167키아트였는데 일주일이 지나자 200키아트가 되고 다시 그 다음 주에는 170선으로 떨어졌다. 물론 은행이 아니라 암달러상의 환율이다(은행의 공식환율은 달러당 6키아트 정도다). 그러니 돈을 바꾸려면 랑군 시내를 한바퀴 돌아야 한다.

길거리에서 파는 국수 한 그릇이 40키아트, 콜라 한 병이 20키아트, 열두 시간을 타고 가는 시외버스 요금이 350키아트이니 ㅣ키아트라도 좋은 환율로 바꾸는 게 '생계'에 얼마나 큰 도움이 되겠는가.

암시장의 환율을 결정짓는 가장 큰 요인이 놀랍게도(미얀마를 조금만 알면 그리 놀라운 것도 아니지만) 소위 '드러그 머니' 곧 아편무역으로 벌어들이는 돈이라고 한다. 그래서 계절에 따라 변화가 많다. 12월부터 3, 4월까지는 미얀마 북부 '와' 지방에서 아편이 생산되는 시기이다. 이 아편과 헤로인은 중국의 윈난성과 홍콩, 방콕을 거쳐 미국으로 건너가게 되는데, 이 무렵에는 달러가 미얀마로 엄청나게 유입되어 달러값이 떨어진다고 한다.

내가 갔을 때가 바로 달러가 똥값이 되어야 하는 계절인데 그 전설적인 마약왕 쿤사가 올해 초 정부군에 항복을 하고 아편으로부터 손을 씻는 바람에 '드러그 머니'가 차단되어 달러값이 폭등을 하고 있다고 한다.

소위 태국, 라오스, 미얀마로 이어지는 골든 트라이앵글이라고 불리는 지역에서 아편이 재배되고 있다. 평균 표고 1,000미터 이상의 아열대 밀림산악지대에서 다양한 소수민족들이 양귀비를 길러 전세계 마약 수요의 3분의 2를 공급하고 있는 것이다.

그 중에서도 미얀마는 생산량이 단연 톱이다. 조금 오래된 통계이지만 1988 ~ 89년 사이의 골든 트라이앵글 추정 아편량 2,400톤 중 2,000톤이 미얀마, 350톤이 라오스, 그리고 나머지 50톤이 태국산이라는 것만 보아도 잘 알 수 있다.

라오스에서처럼 이곳에서도 정작 이 양귀비를 재배하는 산악민족들은 대량으로 팔 생각이라기보다는 학질과 배앓이가 나면 약으로 쓰고, 양귀비씨를 그냥 먹거나 기름을 짜서 식용으로 쓰고, 신경 안정제로 자급자족하며 살았다. 이 지역의 아편재배가 문제가 되기 시작한 것은 재배농민들이 아편의 막대한 시장성과 돈에 눈이 뜨여서가 아니라 강대국간의 농간 때문이다. 조금 뒤에 다시 얘기하자.

호수에 떠다니는 밭, 떠다니는 집

미얀마 여행 초반부터 더위에 지쳐 허우적거리지 않기 위해 만달레이까지는 최고급 버스를 타기로 했다.

일반버스보다 세 배 비싼 이 버스는 일본제 중고차지만 아쉬운 대로 에어컨도 나오고, 비디오도 틀어주고, 저녁식사는 물론 밤 12시에는 밤참이 나오고, 새벽에는 종이 물수건과 함께 아침식사까지 제공되는 서비스가 있다. 이 모든 것을 합한 요금이 1,500 키아트, 우리 돈 8천원도 안 된다. 만달레이에 와도 덥기는 마찬가지지만 그런대로 정신은 들었는지 새로운 나라 미얀마가 조금씩 눈에 들어오며 더위를 잊게 한다.

우선 남녀노소 모두 롱지라는 통치마를 입고 있고, 여자들과 아이들은 얼굴에 '타나카' 라는, 나무껍질을 맷돌에 갈아 만든 노란 천연화장품을 바르고 있는 것이 눈에 들어온다.

인도나 캄보디아에서도 볼 수 있는 롱지는 두 겹으로 된 면천을 둘러 허리에 질끈 묶어 입는 발끝까지 내려오는 전통의상인데, 성인남자들은 거의 예외없이 롱지를 입고 있다. 지갑이나 작은 수첩, 빗 등을 등허리에 꼽고 다니는 것도 인상적이다. 가난하든 돈이 많든, 길거리의 거지나 대학 교수나 모두 이 통치마를 입고 있는 게 좋아보인다.

남자들이 파란색이나 약간 어두운 체크무늬의 롱지를 선호한다면 여자들은 화려한 색깔의 여러 가지 무늬가 그려진 롱지를 입는다. 짧은 블라우스에 엉덩이선이 드러나는 긴 롱지를 입고 천천히 걷는 긴 머리의 여자들의 뒷모습이 대단히 매력적이다.

거의 모든 여자와 어린아이들이 바르고 있는 타나카는 미얀마에서만 볼 수 있는 특이한 것이다. 맨 처음 공항에서 옷을 잘 차려입은 공항 여직원의 얼굴에 노란 파운데이션이 덕지덕지 발라져 있어서 '저 여자 옷은 잘 입었는데 화장은 참 못했군.' 하고 생각했다. 그런데 이게 웬걸. 전송 나온 사람들을 보니, 모두가 얼굴에 노란색 파운데이션으로 떡칠을 하고 있는 게 아닌가.

어떤 사람은 얼굴뿐만 아니라 목이며 귀, 팔 전체가 노랗다. 이게 바로 미얀마 최대의 화장품인 타나카인데 타나카라는 나무껍질을 작은 맷돌에 먹같이 갈고 향기가 좋은 향나무를 넣어 손으로 펴바른다. 이 천연 화장품은 미용효과는 물론 선탠과 보습효과까지 있다고 한다.

나도 미얀마에 있는 동안 타나카를 바르고 다녔는데, 처음에는 얼굴이 밀가루를 바른 듯 당기지만 저녁에 세수를 하면 피부가 매우 부드러워진 것 같고 로션을 바르지 않아도 얼굴이 당기지 않았다. 미얀마 사람들은 타나카를 바르고 롱지를 입고 있는 '현지화' 된 나를 도면 입을 모아 '까옹데(예뻐요)' 하며 기특해했다.

미얀마에는 스님들이 많다는 것도 곧 느낄 수 있다. 특히 이른 아침에 길에 다니는 사람들은 '스님 반, 사람 반'이라고 해도 과언이 아니다. 새벽에 맨발로 줄을 지어 걸어가며 탁발하는 수십 명의 스님들과, 길거리에 역시 줄을 지어 서서 소쿠리에 담긴 밥이나 다른 먹을 것을 시주하는 사람들을 매일 볼 수 있다.

여기 미얀마의 소승불교에서는 이승에서 공덕을 쌓는 것 중에서 제일 좋은 것이 탑이나 사원을 짓는 것, 그리고 아침마다 공양하는 것이라고 여긴단다. 밝은 오렌지색의 동자승들은 아직 꼬마여서인지 눈이 마주치면 웃을까 말까 하다가 몇 번 더 눈이 마주치면 결국 장난스럽게 웃는 모습이 천진하다. 핑크색 승복을 입은 여승들의 해맑은 피부와 반듯한 이마가 처연하게 느껴지기까지 한다.

장거리 버스를 타고 가다보면 곳곳에 불사(佛事)를 한다고 한 줄로 늘어서서 양푼이나 깃발을 흔들며 모금을 하는 신자들이 자주 눈에 띈다. 승객들은 달리는 차 창문으로 돈을 뭉쳐 던져서 시주를 하는데, 내 옆에 앉은 아주머니는 단 한 군데도 그냥 지나치지 않고 돈을 냈다.

랑군에서 700킬로 이상 북쪽에 있는 미얀마 제2의 도시 만달레이는 이 나라 마지막 왕국의 수도였다. 미얀마 여행자에게는 여행의 요충이라 할 수 있는 곳이다. 동쪽으로는 수중정원으로 유명한 인레 호수가, 서쪽으로는 전설적인 파고다의 도시 바간이, 북쪽으로는 샨 지방의 정취를 물씬 느낄 수 있는 피올린과 히시포가 있기 때문이다.

만달레이를 거쳐 인레 호수로 가기 전에 잘 익은 망고를 한 바구니 샀다. 지난 3월 캄보디아를 여행할 때는 아직 익지 않은 아이 주먹만한 초록색 망고가 주렁주렁 달렸었는데, 어느덧 노랗게 잘 익은 망고철이 된 것이다.

노랗고 단단한 망고는 새콤달콤한 그 맛이 정말 일품이다. 망고를 먹으려면 손은 물론 얼굴 전체가 망고즙 범벅이 되지만 그런 불편은 문제가 안 된다. 맛도 좋지만 물도 많고 영양도 풍부해서 매일 어른 손바닥만한 것을 두세 개씩 먹었다. 미얀마 여행에서는 빼놓을 수 없는 중요한 간식거리였다.

인레 호수 안에서 물에 떠 있는 밭과 떠 있는 집.

만달레이에서 새벽에 열 시간 정도 미니버스를 타고 인레 호수로 갔다. 이곳은 미얀마에 오는 외국 관광객은 반드시 거쳐가는 코스다. 유명한 곳은 다 이유가 있는 법, 여기 인레 호수도 그렇게 이름이 날 만한 요소가 몇 가지 있다.

우선은 길이 22킬로미터, 너비 11킬로미터 되는 인레 호수 안에 살고 있는 사람들이 흥미롭다. 호수에 떠 있는 작은 배의 사공들은 배 뒤에 한 발로 서서 나머지 한 발에 놋대를 감아 노를 젓는다. 이런 기술은 이곳밖에 없다는데 직접 와보니 왜 그렇게 노를 저어야 하는지 알 것 같다. 수면 밑에 수초가 무성하게 나 있는데 호수 표면을 뒤덮고 있는 수초들을 헤쳐 나가려면 서서 보아야 잘 보이기 때문이 아닐까.

모터 보트를 타고 호수 안으로 들어가면 이곳을 유명하게 만든 초록색 수중정원이 시원하게 펼쳐진다. 수중정원은 호수에서 나는 워터 히아신스라는 풀을 흙과 물이끼와 섞어 물 위에 띄워놓고 거기에 채소를 재배하는 수중 경작지, 곧 '물 위의 밭'이다. 이 밭에서는 양파, 토마토, 가지 등의 채소는 물론 파파야나 바나나 등의 과일까지 많이 생산된다고 한다.

떠 있는 밭을 대나무로 고정시켜 놓았는데, 농부들은 조각배를 타고 밭 사이를 떠다니며 농사를 짓고 있다. 밭이 하도 넓어서 모터 보트를 타고 30분 이상을 달려도 끝나지 않는 곳도 있다. 호수에는 '떠다니는 밭' 만 있는 게 아니라 그 밭에 대나무로 집을 지은 '떠 있는 집' 도 있다. '떠 있는 집' 옆에는 '떠 있는 화장실' 이 있고 가까운 공터에는 재배한 것을 내다파는 '떠 있는 시장' 까지 있다.

여기도 미얀마 안에 있는 지역인만큼 사원과 탑이 없을 리 없다. 호수 위에 '떠 있는 절' 을 겸한 수도원이 100여 개나 되고 '떠 있는 탑' 이 1,000여 개나 있다고 한다. 제일 큰 떠 있는 수도원에서는 스님 한 분이 고양이를 훈련시켜 고리 사이로 뛰어넘는 묘기를 보여주기도 한다.

호수 근처 마을 낭슈에라는 곳에서는 부처님 오신 날 준비를 성대하게 하고 있다. 사흘 전부터 1키아트짜리 돈을 주렁주렁 단 나무를 앞세우고 북이나 꽹과리 같은 악기를 들고 춤을 추며 걷는다. 그 행렬 뒤를 아주 곱게 차려입고 화장까지 한 어린 여자아이들이 따라간다. 그 뒤로는 정성스레 마련한 과일이며 과자며 음식을 싣고 가는 수많은 사람들이 따르는데, 부처님 오신 날까지 매일 이런 행렬이 이어진다고 한다.

이와는 대조적으로 내가 묵었던 숙소 바로 앞 큰 나무 밑에서는 이 동네 수호신(쉬운 말로 하면 동네 귀신이다)에게 드리는 의식이 한창이다. 나무 주위에는 동네 사람들이 구름처럼 모여 있다. 북과 징 등 악기 소리가 하도 요란해 무슨 일이 벌어지나 나가보았더니 우리나라에서 굿을 할 때처럼 만신들 그림 앞에 상을 크게 차려놓고 여자 옷을 입고 울긋불긋 화장까지 한 박수무당 여럿이 신들린 듯 춤을 추고 있었다.

그 춤추는 가락과 모습과 흥이 우리네 굿판과 어찌 그리 비슷한지. 차이가 있다면 우리나라에서는 통돼지나 돼지머리를 쓰는데 여기서는 생통닭을 쓰는 정도이다. 이곳에서는 돼지고기 안에 나쁜 정령이 들어 있다가 그걸 먹는 사람에게 옮아간다고 믿어서 돼지를 쓰지 않는다고 한다.

두손 모아 열심히 비는 사람들이 돈을 치마춤이나 가슴 안에 넣어주면 무당들은 그 돈을 제단에 바치면서 엉덩이와 손을 몹시 흔들며 더 격렬하게 춤을 춘다. 한쪽에는 악기를 연주하는 흥이 난 악사들이 따로 앉아서 강한 박자의 곡을 연주하고 있다.

무당들이 덩더쿵 춤을 추면서도 사람들이 바치는 담배를 연신 피워대고 술을 연거푸 마시는 게 재미있고도 우습다. 무당들이 술을 마시다가 주위에 있는 사람들에게 권하기도 하고, 중앙으로 끌어들여 같이 춤을 추기도 한다. 맨 앞에서 구경하고 있던 나도 '뽑혀서' 독한 술도 마시고 남의 나라 굿판에서 발을 구르며 하늘로 뛰어오르는 한국식 덩더쿵춤도 추었다.

의식은 일년에 단 한 번, 사흘 밤낮 계속되는데 그동안 쉬지 않고 춤을 춘다는 무당들은 정말 체력도 대단한가 보다. 아니면 그들이 믿는 대로 신이 들려서 그렇게 할 수 있는지도 모르겠고. 불심이 깊기로 유명한 미얀마 사람들이 동시에 이런 귀신을 믿는다는 게 흥미롭다.

묵고 있는 숙소 주인에게 이야기를 했더니 부처님은 내세를 위해 열심히 믿는 것이고, '나트'라는 정령 수호신은 현세의 일상생활을 보호하기 위해 모신다는 것이다. 불교가 들어오기 전에 있었던 토속신앙이 이런 방식으로 면면히 전해오는 것이다.

이들의 토속신앙에 의하면 인간은 물론 동물, 식물 등의 모든 피조물 안에는 정령이 들어 있는데, 치성을 드리면 그 정령들이 재앙을 없애고 복을 가져다 준다고 믿는다. 이 나트 신앙은 원래 나무나 산 등 자연을 신앙의 대상으로 삼았으나 점차 죽은 영혼, 특히 역사상의 실제 인물로 비운의 죽음을 맞아 귀신이 된 사람을 신앙의 대상으로 삼게 되었다. 우리나라 만신들 중에도 연개소문이나 남이 장군, 임경업 장군 등 대장신을 모시는 이들이 있으니 그것과 맥을 같이한다고 볼 수 있겠다.

도시에는 어떤 장군의 신체를 여러 등분으로 나누어 갖가지 색깔로 칠해놓고 파는 복권이 많이 눈에 띄는데, 신체를 36부위로 나누어 각 부위마다 특별한 색깔과 신이 있다고 믿기 때문이란다. 이런 나트의 정령신앙의식은 미얀마를 다니면서 얼마든지 볼 수 있다.

나트 신앙의 본거지인 바간 근처 포파산 꼭대기의 나트 신전과 산 밑에 36정령과 마을 수호신을 모셔놓았다. 산악지방 하이파 근처 동네를 돌다보면 마을 곳곳에 흰 깃발로 신당을 표시하고 조그만 탑에는 동네신이 모셔져 있다. 산악지방 남자들의 문신에도 이런 신들이 많이 보인다.

어린애 장난처럼 보일 수도 있는 굿판에서, 기도하는 사람이나 굿을 벌이는 사람이나 모두 그렇게 진지할 수가 없다. 20세기 말을 사는 현대인들이 저렇게 자연이나 역사적인 인물들이 자신을 보호하고 있다는 것을 한 치의 의심도 없이 믿으며 정성스레 비는 모습이 어쩌면 유치한 미신으로 보일 수도 있을 것이다. 하지만 나는 그 모습이 눈물나게 아름답게 느껴진다.

미신이란 무엇인가. 비과학적이라는 뜻인가. 그렇다면 지구상의 어떤 종교를 과학으로 설명할 수 있다는 말인가. 종교란 다름아닌 믿음이 아니던가. 그리고 믿는다는 것은 바로 이런 것이 아닐까. 무언가를 위해 순수하게 염원하는 마음.

졸고 계신 부처님, 웃고 계신 부처님

인레 호수의 배낭여행자 숙소에서 한 가지 수확이 있었다. 캐시라는 캐나다 여자와 다 읽은 책을 서로 바꾸었는데, 내가 받은 책은 지금은 영국의 런던대학 교수로 있는 중국 여성 융창의 가족사를 다룬 〈와일드 스완스(Wild Swans)〉이다.

중국의 공산화와 문화혁명 등 격동기를 살아온 할머니, 어머니, 딸에 걸친 여인 3대의 이야기인데, 중국을 여행하려는 사람들에게는 필독서로 알려진 책이다. 책을 손에 넣자마자 거의 식음도 전폐하다시피 하고 며칠간 밤을 새워 읽었다. 700쪽이나 되는 두꺼운 책이 조금씩 줄어드는 것을 몹시 안타까워하면서.

긴 여행을 다니면서 이렇게 읽고 싶었던 책을 얻게 되는 것은 큰 행운이다. 여행자들은 항상 다 읽은 책을 돌려보는데, 다음에 어떤 책이 걸릴지 모르는 일이다. 하기야 여행 자체가 언제나 불확실함의 연속이 아닌가.

거의 매일을 새로운 곳에서 자고, 새로운 사람을 만나고, 새로운 경험을 하게 되는 떠돌이의 생활. 항상 새로운 환경에 부딪치면서 이번에는 또 어떤 것이 나를 기다리고 있을지 전혀 예측도 하지 못한 채 새로운 곳으로 들어가야만 하는 것이 여행자의 삶이다.

나는 어떻게 타고났는지 이 불확실성과 낯섬을 대단히 즐기는 편이다. 미지의 세계에 대한 두려움보다는 호기심과 도전의식이 한 발쯤 앞선다고나 할까. 그러나 새로운 것에 끌리는 만큼 오래된 것이 갖는 소중함이 커지는 것도 사실이다.

매일 사용하며 손때 묻은 것, 만 5년간 꼬박 가지고 다녀서 거의 천수를 다해가는 낡은 배낭, 역시 여행을 시작할 때부터 입어서 빛이 바래고 여기저기 꿰맨 파란 바지, 아프리카에서 산 법랑 컵, 면으로 된 커다란 다목적 보자기, 계산기로도 쓰이는 자명종 시계, 앞뒷장이 다 찢어진 세계지도와 일기장. 이런 가족과 같은 보물들이 새로움과 낯섬 속에서 나를 지켜주는 나만의 세계를 만든다.

바간은 캄보디아의 앙코르 와트와 더불어 인도차이나 최고의 볼거리로 알려져 있으며, 세계 3대 불교 유적지 중의 하나다. 서로 다른 점이 있다면 앙코르 유적지는 건물들의 거대한 크기로, 바간은 건물의 숫자로 사람을 압도한다는 것이다. 전성기에는 무려 4,400개 이상의 불탑이 있었다는데, 사방 40킬로미터의 평원에 널려져 있는 사원과 수도원, 탑 들은 멀리서 보면 마치 여러 사이즈의 키세스 초콜릿이 흩어져 있는 것 같다.

왜 이렇게 많은 불탑이 생겼을까 하는 의문은 미얀마의 소승불교를 조금만 알면 쉽게 이해할 수 있다. 900년전에 스리랑카에서 온 소승불교의 교리에 따르면 현세란 내세를 준비하기 위한 시간이며 현세에 공덕을 쌓아야 내세에 복을 누릴 수 있다고 믿는데, 복을 쌓는 것 중에서 제일 최고로 치는 것이 바로 탑을 건립하는 것이다.

바간에 불교 건축물을 세우기 시작한 왕은 힌두교에서 불교로 개종한 아나우라타왕이라고 한다. 왕이면 왕, 신하면 신하, 부자면 부자, 가난하면 가난한 대로 자기 처지와 재력에 맞는 사원을 짓기 시작한 건축붐은 1050년경부터 시작되었다고 한다.

수많은 아름다운 건축물과 불교문화재를 남겼으나 1287년 몽골침입 이후 왕국은 돌이킬 수 없는 나락으로 빠지게 된다. 그러다가 1600년경 무역을 빌미로 들어온 포르투갈은 지금의 인도인 고아의 지원을 받아 이 나라를 카톨릭 국가로 만들고자 탑을 부수고 사원과 탑 속에 있는 금은보화를 갈취했으며, 종을 녹여 총을 만들었다.

그 후 1975년에 일어난 큰 지진과 계속된 도굴로 폐허가 되어 버려, 지금 우리가 보고 있는 것은 옛 영화의 한 조각이라고 한다. 하지만 이런 모든 고난에도 지금까지 남아 있는 탑의 수가 2,217개나 된다니 이것만으로도 옛 영화를 쉽게 짐작할 수 있겠다. 정말 대단한 신앙의 산물이다.

숫자가 많다 보니 그 크기나 모양새도 가지각색이다. 올드 바간에는 붉은색이 아름다운 아난다 사원도 있고, 멕시코에서 본 테오티와칸과 흡사한 모양의 다마양지 사원도 있다. 또 언뜻 보면 서양 고대 건축물처럼 생긴 가우다우파린 사원도 있다.

탑들은 흰색을 칠하거나 금박을 입혀 화려하기 짝이 없다. 크고 멋있는 건물 사이사이에는 덩그렇게 부처님만 혼자 모셔져 있는 좁고 초라한 탑도 있다. 이들 탑은 아무도 거들떠보지 않아 안쓰러운 마음까지 든다.

부처님이 여럿 모셔져 있는 사원에는 앉아 계신 부처님, 서 계신 부처님, 누워 계신 부처님 등 여러 자세의 부처님이 있다. 또 눈꼬리가 위로 올라간 날카로운 부처님, 무심히 졸고 계신 듯한 부처님, 입꼬리를 완전히 올려 활짝 웃고 계신 부처님 등 얼굴 표정도 가지가지다.

생김새도 미얀마 사람들처럼 코가 길고 납작한 부처님에, 우리나라 부처님처럼 귀가 길고 얼굴이 통통하고 입술선이 뚜렷한 부처님도 있다. 가끔은 중국 사람처럼 둥글 납작하게 생긴 부처님도 보인다. 어떤 부처님은 멀리서 보면 기분이 언짢으신 듯, 무엇엔가 몹시 화가 나신 듯한 표정이지만 바로 앞에 가서 무릎을 꿇고 앉아 올려다보면 너무나 인자하고 온화한 모습이다.

처음 이틀간은 자전거를 빌려타고 하루종일 이리저리 다니면서 마음에 드는 건물이 있으면 안에 들어가고, 건물 꼭대기에 올라갈 수 있으면 올라가 앉아 있거나 그도 저도 할 수 없으면 그저 바깥에서 어슬렁거렸다. 가끔 루비 등 보석을 사라고 다가오는 사람이 있긴 하지만 앙코르 유적지처럼 음료수나 그림엽서, 티셔츠 같은 걸 사라고 끈질기게 따라붙는 장사꾼들은 전혀 없다. 여기만 해도 아직 무공해 지역인 셈이다.

부처님이 있는 사원 안에는 거의 예외없이 전국에서 성지순례를 온 사람들이 경건하게 향을 피우고 절을 하며 시주하는 모습이 보인다. 사원 안에서든 길에서든 눈이 마주치는 사람들에게 '밍글라바(안녕하세요)' 하고 인사를 하면, 당장 '밍글라바' 라는 합창이 순진한 미소와 함께 건너온다.

날씨가 지독하게 덥다고 해서 걱정을 했는데, 내가 갔을 때는 마침 구름이 잔뜩 끼고 오후에 한 차례씩 비가 온 덕분에 바깥 구경하기에는 최상의 날씨다.

숙소에서 영화제작자라는 40대 초반의 일본인을 만났다. 가조라는 이 사람은 다음 영화를 찍을 장소를 물색하러 왔다가 잠시 머리를 식히려고 미얀마에 왔다고 한다. 처음부터 별로 호감이 가는 사람이 아니다. 숙소 거실에 모여 있는 종업원들에게 당신들이 마실 수 있을 만큼 얼마든지 맥주를 사겠다고 큰소리를 치는가 하면, 미얀마는 돈 쓰는 맛이 있어서 여행이 즐겁다며 객기와 허세를 부리는 게 영 마음에 들지 않는다.

그래서 나한테 어디서 왔느냐, 뭐하는 사람이냐, 꼬치꼬치 물을 때도 책에 열중해 있는 척하면서 건성으로 대답하며 무시하고 있었다.

그런데도 그는 전혀 신경쓰지 않고 말을 붙여 온다. 올드 바간을 돌면서 아주 멋진 사원을 봐두었는데, 그 건물은 지난 1975년 지진으로 심하게 손상되어 일반에게 공개가 되지 않지만 뇌물을 톡톡히 주어 놓았으니 사원 꼭대기에 올라가 바간의 전경을 싫도록 감상할 수 있다고 자랑한다.

그 소리에 귀가 솔깃하다. 자기 말에 관심을 보이자 우쭐해져서 더욱 큰소리를 친다.

"내일 같이 갑시다. 마차도 벌써 하루 전세를 내놓았고 점심, 저녁식사는 물론 다른 비용도 다 내가 낼 테니까요."

병신 같은 놈. 나는 세상에서 돈 자랑하는 놈이 제일 꼴보기 싫더라. 그와 다닌다는 게 영 마음 내키지 않는 일이었지만 사원 꼭대기에서 보는 바간 경치가 그만이라는 숙소 종업원들의 이구동성에 못 이기는 체 동의했다.

"식사는 그만두고 그 사원에만 같이 갈게요. 나는 어디 한 군데서 오랫동안 앉아 감상하는 걸 좋아하거든요. 가조씨는 여기 관광을 오셨으니 여러 군데 좋은 곳을 많이 가보셔야죠."

한 마디 토를 달고 같이 가기로 약속을 했다. 이튿날 아침 일찍 마차를 타고 간 그 사원의 이름은 나가욘이다. 얼마를 뇌물로 주었는지 모르지만 사원지기가 우리를 보자 반색을 하며 얼른 2층으로 올라가는 좁은 문을 열어준다.

　들은 대로 사원건물은 지진 때문에 많이 부서져 있었고, 큰 부처님상이 있는 1층도 안전문제로 일반 사람들의 출입을 금하고 있었다. 무너질 듯 좁고 가파른 계단을 올라가니 갑자기 시야가 탁 트이면서 구름이 낀 낮은 하늘 아래 바간의 아름다운 모습이 한눈에 들어온다. 수백 개의 크고 작은 사원과 탑들. 그 기기묘묘한 모양들. 바둑판처럼 평평한 붉은 평원이 멀리 보이는 강의 푸른 물줄기와 멋진 조화를 이룬다.

　최근 새로 단장한 아난다 사원, 탓빈뉴 사원 등의 불교 건물들이 세월의 풍상 속에 무너져 가는 이름없는 건물들과 대조를 이루며 신비감을 더한다. 사원 꼭대기를 한바퀴 돌아보는데 평원에서 불어오는 바람이 어찌나 센지 잠시 균형을 잃고 떨어질 뻔했다. 가조가 얼른 손을 내밀었지만 어쩐지 그 손을 잡기가 싫어 지붕에서 약간 미끄러졌다. 이 곳에서 오전 내내 바간의 전경을 감상하며 그동안 밀렸던 일기를 써야겠다고 생각했다. 그래서 가조에게 먼저 가라고 권했다.

　"가조씨, 난 여기서 점심때까지 있고 싶으니까 제 걱정 말고 다른 데 구경하러 가세요."

　"아이고, 저도 간밤에 술을 많이 마셔서 여기서 그냥 한숨 자는 게 좋겠어요. 비야씨가 가고 싶을 때 깨워주세요."

　가조는 한술 더 떠서 윙크까지 한다. 하는 꼴로 봐서 오늘 하루종일 꼼짝없이 이 화상과 함께 다니게 생겼다. 사원 꼭대기에서 실컷 바간의 파노라마를 감상하고 해가 머리 꼭대기에 올 때쯤 사원을 내려왔다.

　마차꾼은 바간에 와서 아침 내내 사원 한 군데서만 시간을 보내는 사람들은 처음 봤다며 고개를 젓는다.

　올드 바간의 백미라는 아난다 사원 앞에 있는 미얀마 식당으로 점심을 먹으러 가잔다. 전라도 한정식집처럼 수십 가지 반찬이 한꺼번에 차려져 나오는 곳이다. 생선조림에 닭조림, 쌉쌀한 겨자잎국에 죽순무침과 가지

볶음, 마른 새우와 고춧가루 섞은 것에 양배추와 오이 등 채소, 여러 종류의 된장 같은 소스가 커다란 테이블이 모자랄 정도로 자꾸만 나온다.

먹는 입은 나와 가조씨, 마차꾼 세 명인데 열 명이 먹어도 남을 양이다. 반찬은 기름기가 많은 것만 빼고 아주 맛있다. 가조가 약간 밥맛을 떨어뜨리지만 않았어도 끝까지 잘 먹었을 것이다.

가조는 떡 벌어진 상을 보며 일본에서 이렇게 먹으려면 어마어마하게 비싼데, 여기서는 십분의 일도 안 된다는 둥, 그래서 돈 쓰는 재미가 있다는 둥 듣기 싫은 소리를 해대면서 다 먹지도 못할 음식을 자꾸만 시킨다.

그러면서 10년 전만 해도 한국에서도 이곳처럼 돈 쓰는 맛이 있었다면서 예전에 한국에 여자 친구도 두 명이나 있었다고 꼴불견 주책을 떤다. 말하는 것이 듣기 싫어 미얀마 가이드 북을 건성으로 들여다보고 있자니까 또 알은체를 한다.

"그거 영어책이네요. 내가 만난 한국 사람들은 거의 일본 여행 책을 베낀 한국어 책을 가지고 다니던데. 내용뿐만 아니라 껍데기 색깔까지 똑같아요. 그것도 다 지난 옛날판을."

애초부터 마음에 들지 않았는데, 우리나라를 비하하는 듯한 말투에 기분이 상했다.

"여보세요, 가조씨. 많은 한국인 여행자들이 그 노란 책을 가지고 다니는 건 사실이에요. 그렇지만 무단으로 베낀 것처럼 말씀하시는데 절대 그런 건 아니에요. 상당한 금액을 인세로 주고 정식으로 번역한 것이니까 일본에 도움이 되면 되었지 해가 되진 않아요."

이렇게 항변을 하고 나서도 속이 시원하지 않다.

"그런데 가조씨, 베끼는 이야기가 나와서 말인데 일본의 국보 1호가 뭐죠? 교토에 있는 목조 미륵보살반가사유상 아닌가요. 그게 우리나라 금동미륵보살반가사유상을 그대로 복사했다는 사실을 알고 계시나요? 일본에서는 이렇게 중요한 걸 베꼈으면서도 로열티는커녕 베낀 사실까지 쉬쉬하고 있으니, 그 사실을 알고나 계시는지 모르겠네. 돈도 안 내고 남의 것을 무단으로 베끼는 건 도둑질과 같죠. 안 그래요, 가조씨?"

여기까지 나가자 가조의 얼굴이 점점 굳어진다.

"아, 소우데스카. 와다시와 젠젠 시라나카단데스(아, 그렇습니까? 저는 전혀 몰랐습니다)."

얼떨떨한 얼굴로 가조는 맥없이 대답한다. 그래도 화가 덜 풀린 것 같아 좀더 퍼부어 줄까 하다가 덕분에 아침 내내 멋진 구경도 하고 공짜 마차에 점심까지 잘 얻어먹었으니 이쯤 해두는 게 좋겠다.

"하기야 그건 가조씨 개인의 잘못이 아니지요. 알리고 싶지 않은 역사는 아예 가르치지 않는 일본의 역사교육이 문제겠지요."

이쯤에서 끝냈더니 가조는 소태를 씹은 듯 씁쓸한 표정을 짓는다. 어제 나를 어떻게 보았는지 제 생각으로는 돈을 펑펑 쓰면 자기를 좋아라 따라다닐 줄 알았나 보다.

그래서 기분 좋게 점심까지 샀는데, 내가 이런 소리를 하고 있으니 대단히 실망했다는 얼굴이다.

(이 책을 쓰는 도중 홍윤기님의 〈한국인이 만든 일본 국보〉라는 책을 보니, 내가 그저 단순한 카피라고 알고 있었던 그 불상이 사실은 신라 불상을 그대로 가져간 것이다. 이것을 일본 국보 제1호로 지정하고 국가적인 보물로 떠받들면서도 일본 교과서나 자료 어디에도 그 사실을 밝히고 있지 않다고 한다. 그때 알았더라면 더 강력한 말발이 서는 건데.)

그래서인지 밥을 먹고 나서는 같이 구경하자고 건성으로 한번 권해보고는 내가 여기서 좀더 쉬어가겠다고 하자 그럼 저녁때 숙소에서 보자며 가조는 굳은 표정으로 마차를 타고 떠났다.

가조가 떠난 후 나는 식당 주인 식구들과 아주 즐거운 한때를 보냈다. 이곳은 80대 증조할머니와 50대 할머니, 30대 초반 엄마와 일곱 살난 딸이 한 지붕 밑에서 살아가는 '여인 4대' 집안이다. 이들에게 둘러싸여 '질문 집중공격'과 '친절 집중공격'을 받는다.

내가 일본 사람인 줄 알았던 30대 초반의 엄마는 한국 사람이라니까 당장 '석가모니불'이라고 하면서 반가워한다. 이곳에 한국 스님들과 불교 신자들이 많이 온다는 것이다.

일곱 살짜리 예쁘장한 딸도 "헬로, 이름이 뭐예요?" 등등 눈동자를 이리저리 굴리면서 제가 아는 영어를 총동원한다.

긴 여행중이라니까 50대 중반의 할머니는 자신이 끼고 있던 반지를 내 손가락에 끼워주며 영어로 "행운을 빌어요" 한다. 이 지방 행운의 상징이라는 코끼리 꼬리털로 만든 반지다. 80대 증조할머니도 질세라 중국차를 권하며 종업원들에게 계속 망고와 과자 등 군것질거리를 내오라고 재촉한다. 가조 안 따라가기를 정말 잘했지.

바간에서 맞는 부처님 오신 날에 대한 특별한 기대는 무참히 깨졌다.

나는 미얀마의 모든 여정을 이날에 맞춰 짤 정도로 부처님 오신 날에 큰 기대를 하고 있었다.

인구의 90퍼센트 이상이 불교 신자라는 불교국인만큼 부처님 오신 날을 상당히 거창하고 화려하게 지낼 것으로 생각했다. 그리고 이 행사는 아무래도 수천 개의 사원과 탑이 운집해 있는 바간에서 하이라이트를 이룰 것이라고 지레짐작한 것이다. 이런 기대를 부추긴 것은 인레 호숫가 마을에서 본 부처님 오신 날 전야제의 화려한 행사였다.

그런데 이게 웬걸. 부처님 오신 날을 축하하는 행사 하나 없이 바간 전체가 쥐죽은 듯 조용하다. 우리나라에서도 볼 수 있는 연등행렬은 물론 다른 이웃 불교나라에서 흔히 볼 수 있는 꽃이나 음식물 바치는 사람들도 없다. 그저 조용히 보리수나무 밑에 있는 작은 부처상에 물을 뿌리는 의식이 있을 뿐이다.

세계에서 가장 불심이 깊다는 미얀마에서 이처럼 고요하고도 조용하게 부처님 오신 날을 맞다니. 여기에는 무언가 숨은 뜻이 있을 것 같다.

살아 있는 천사, 산골 마을 국수집 아줌마

만달레이에서 버스를 타고 중국 국경을 향해 서쪽으로 열두 시간쯤 가면 히시포라는 소도시가 나온다. 여기는 샨 왕국 때의 왕궁이 있고, 산간 마을로 가는 길목이라는 소문을 익히 들었던 터다.

이 길이 바로 중국과의 육로 밀수 무역로라는데, 정말로 무슨 물건인지를 잔뜩 실은 대형트럭들 때문에 조그만 시골 마을길에 교통체증이 일어날 지경이다.

배낭족들에게 소문이 자자한 미스터 찰리의 게스트 하우스를 찾았다. 친절한 주인 미스터 찰리는 언제나 고개를 왼쪽으로 약간 기울이고 있어 내가 '12시 5분전'이란 별명을 즉석에서 붙여주었다.

내가 묵게 된 방은 2층 베란다 바로 옆에 있는 6호 방이다. 사방으로 창이 나서 바람이 불지 않아도 창 밖의 자스민나무에서 나는 꽃향기가 방안에 진동을 한다.

나는 여기 히시포에서 이 자스민보다 더 향기로운 사람 둘을 만났다. 그 중 한 사람이 낸시다. 우리 숙소 바로 앞에서 조그만 국수가게를 하는 45세의 통통한 샨족 아줌마다. 히시포에 도착한 첫날 중국 식당이 있다는 시장까지 가기가 귀찮아서 적당히 때우려고 근처를 두리번거리는데 첫번째로 눈에 띈 가게가 그곳이다.

낸시는 어렸을 때 선교사가 운영하는 학교에 다닌 덕분에 영어를 배웠는데, 20년 만에 처음으로 영어를 써본다며 약간 흥분한다. 그동안 외국인 관광객이 집 앞을 지나면 말을 붙여보고 싶었지만 워낙 부끄러움을 잘 타는 성격이라 쑥스러워서 아무 말도 못했단다.

쌀로 만든 납작한 국수를 약간 기름기가 많은 뼈국물에 말아 고기 고명을 얹어내는 샨 국수는 한 그릇에 30 키아트, 우리 돈으로 150원이다. 뚝

딱 먹고 돈을 내려니까 손을 휘휘 내젓는다. 한국 사람 처음 본 것도 반갑고, 오랜만에 영어를 써본 것도 즐거우니 돈을 안 받겠단다. 어떻게나 강하게 나오는지 돈을 내면 무시하는 것으로 생각할 것 같다.

"낸시, 그럼 다음에는 꼭 받아야 해요. 아니면 내가 부담스러워 못 오잖아요. 알았지요?"

이렇게 다짐을 받는데도 건성으로 고개를 끄덕이며 연신 대나무 부채를 부쳐준다. 후식으로 망고를 먹었는데, 우리나라에는 망고가 안 난다니까 망고가 없으면 무슨 반찬으로 밥을 먹느냐고 눈을 동그랗게 뜨고 깜짝 놀란다.

이렇게 놀라는 것도 무리가 아닌 것이 미얀마에서는 없어서는 안 될 기본 반찬이 잘게 채썬 파란 망고를 생선젓국과 곱게 간 고춧가루로 버무린 것이다. 우리로 치자면 김치라고나 할까. 이것 없이는 밥을 못 먹는다고 생각한다.

국수도 맛있거니와 낸시의 친절에 이끌려 히시포에 있는 동안 하루도 빼놓지 않고 그곳에 가서 놀았다.

"비야는 간도 크네. 어떻게 그렇게 혼자서 몇 년씩 여행을 다닐 수 있지? 나는 무서워서 혼자 만달레이도 못 가는데."

내 여행경력을 듣고는 이렇게 말을 하는 낸시지만 실상 그녀의 살아온 이야기를 들으면 그녀가 인생을 얼마나 적극적이고 당당하게 대하고 있는지 알 수 있다.

그녀는 어렸을 때 가족이 뿔뿔이 흩어져서 남의 집에서 눈치밥을 먹고 자랐는데, 재작년에는 그렇지 않아도 힘든 자신의 인생에서 최악의 해가 되었다는 것이다. 1월에 자기가 사는 동네에 불이 나서 대나무로 만든 자기집이 몽땅 타버린 것을 시작으로, 봄에는 '계주'라고 할 수 있는 사람이 돈을 떼어먹고 도망을 가는 바람에 있던 돈을 다 날렸다. 가을에는 또 열두 살난 큰 아들이 강물에 빠져죽는 불행을 겪었단다.

나를 정말 친구로 대해 준 국수집 아줌마 낸시(오른쪽)와 양녀 애니. 어니 얼굴에 허옇게
바른 것이 타나카이다.

"집에 불이 나고 돈을 떼인 건 속은 상하지만 그래도 괜찮아요. 아직 신체 건강하니까 얼마든지 다시 시작할 수 있어요. 그러나 죽은 아들은 다시 돌아올 수 없겠지요. 그렇지만 내 아들이 그렇게 일찍 죽은 것도 다 무언가 이유가 있을 거예요. 지금은 이해할 수 없지만 말예요."

이런 걸 두고 달관했다고 해야 하나. 아들이 죽은 것도 다 부처님의 뜻으로 받아들이고 묵묵히 자기의 생을 살고 있는 것이다. 내가 갈 때마다 가게에는 손님이 한두 명 있을까 말까 할 정도로 한가하다. 수다떨기는 좋지만 장사가 너무 안 되는 것 같아 은근히 걱정이 된다.

"그래도 여기는 한달에 한 번씩 대목이 있어서 괜찮아요. 보름을 전후해서 사람들이 절에 오는데, 그때는 하루에 4, 50그릇도 파니까."

어떻든 자기는 괜찮다며 대범하고도 태평한 웃음을 짓는다. 이틀째 국수로 저녁을 먹었더니 어떻게 그렇게 국수만 먹고 사느냐며, 그러니까 이렇게 빼빼 말랐다고 혀를 끌끌 찬다. 바깥 세상에서는 마른 사람을 더 쳐주는 줄도 모르고서.

그 다음날 저녁 가게에 들어가니까 낸시와 수양딸 애니가 반가워하며 뭔가를 주섬주섬 내온다. 호박국과 돼지고기 볶음에다 생선을 튀겨서 다시 조린 것, 설익은 망고무침까지 반찬이 한 상 가득이다. 놀란 눈으로 그들의 얼굴을 번갈아 쳐다보았더니 '제주 템 바레(고마워요).'를 연발하며 이를 다 드러내고 웃고만 있다. 친구가 되어주고 영어를 함께 해줘서 고맙다는 것이다.

실은 그날은 시내에서 중국식 고기만두를 발견하고 반가워서 배터지게 먹고 온 뒤였지만 낸시가 퍼주는 대로 밥을 몇 그릇이고 비웠다.

여기가 북쪽의 산간지방이라 만달레이나 랑군보다 시원하긴 하지만 한낮에 내리쬐는 햇볕이 따갑기는 마찬가지다. 아침에는 중국계 미얀마인 찰리(이 동네는 중국계가 10퍼센트 이상이다)와 함께 동네를 한바퀴 돌면서 이집 저집 방문해 차도 마시고 시골길을 걷기도 했는데 햇볕이 어찌나 뜨거운지 팔뚝에 또 땀띠가 돋기 시작한다.

무엇 때문인지 모르겠지만 지난 2월 베트남에서부터 땀띠가 계속 도진다. 햇볕에 노출되면 다음날 팔뚝 전체가 벌겋게 부어오르면서 좁쌀 같은 물집이 곳곳에 생긴다. 가려워서 물집이 터질 때까지 긁기가 일쑤인데, 그러면 물에 닿기만 해도 벌에 쏘인 것처럼 따가워 샤워를 할 때마다 곤욕을 당하는데다 흉터가 남아 오래 간다. 무좀과 더불어 오랜 여행에서 얻은 반갑지 않은 보너스다.

땀띠가 햇볕에 노출되지 않으려면 긴 팔을 입어야 한다. 마침 시장에서 구제품 옷이 눈에 띄길래 긴 팔 셔츠를 샀는데, 소매가 너무 길어 너덜거린다. 낸시에게 이 동네 재봉틀집이 어디 있느냐니까 옷을 한 번 보더니 거기 놓아 두고 가란다. 저녁에 가보니, 글쎄 낸시가 소맷단을 자르고 손수 꿰매놓았다.

"재봉틀집에 물어보니까 20키아트 달라잖아. 내가 잠깐 꿰매면 그만인데 20키아트나 왜 줘."

마음씨 고운 낸시. 랑군도 인레 호수도 말만 들었지 아직 가본 적이 없는 이 시골 아줌마는 자기 나라 이야기만 해줘도 입이 벌어진다. 다른 나라를 여행한 신기한 이야기를 해주면 너무나 흥미있게 듣는 모습이 마치 소녀 같다.

위험한 이야기를 해주면 숨을 들이마신 채 입을 다물지 못하고, 우스운 이야기를 하면 손뼉을 쳐가며 깔깔거린다. 딱한 이야기를 하면 금방 얼굴이 일그러지며 혀를 찬다. 사이사이 "집의 엄마가 얼마나 걱정하겠어!" 하는 후렴을 잊지 않는다.

그러나 아무리 재미있는 이야기를 하고 있더라도 저녁 8시가 되면 낸시가 반드시 하는 일이 있다. 라디오로 영어방송 뉴스를 듣는 일이다. 달리 영어 공부를 할 방법이 없는 그녀는 십 몇 년간을 꾸준히 이 방송을 들어왔단다. 여러 모로 대단한 국수집 아줌마다.

어느 날은 해 지기 전에 꼭 오라고 신신당부해서 오후 5시쯤 갔더니 어린 딸에게 가게를 맡겨놓고 자전거를 끌고 나온다. 자전거 뒤에 나를 싣고서 동네를 한바퀴 돌더니 근처 언덕으로 가서 멋진 일몰을 구경시켜 주었다. 마을로 내려와서는 동네 절에 들어가 아주 경건하게 절을 하고 꽃을 바친다. 오며 가며 만나는 사람에게 나를 소개할 때마다 몹시 뻐기는 듯한 낸시 아줌마의 모습이 사랑스럽다.

히시포를 떠나기 전날 낸시에게 뭔가 정표를 남기고 싶은데 큰 배낭을 샅샅이 뒤져보아도 마땅한 게 없다. 한국에서 가지고 간 열쇠고리는 떨어진 지 이미 오래고 그림엽서도 동이 났다. 그런데 기적적으로 옛날 고리짝에 세계지도 사이에 끼워놓은 학이 그려진 연하장 한 장을 발견했다. 거기에 비자용으로 가지고 다니던 내 사진을 붙이고 한국 주소와 함께 이렇게 적어주었다.

'히시포에서 새로 사귄 좋은 친구. 우리 평생 연락하면서 지내요. 사랑을 전하며, 비야가.'

낸시도 한참 부스럭거리더니 뭔가 꺼내 놓으며 정표니까 받아 두라고 한다. 하얀 물결무늬가 있는 미얀마식 붉은색 롱지다.

"비야는 롱지가 참 잘 어울리더라. 이건 내가 막내동생 결혼식 때 딱 한 번 입었던 거예요. 마음에 들었으면 좋겠어."

히시포에 있는 동안 낸시의 롱지를 빌려입고 다녔더니 그것을 마음에 두었다가 롱지 한 벌을 준 것이다. 그러면서 하는 말이 다시 한 번 고맙다는 거다.

"나같이 무식한 국수가게 아줌마랑 친구해 줘서 정말 고마웠어요."

누가 누구에게 고마워해야 하는지도 모르고 거꾸로 내가 할 말을 가로 챈다.

'그건 내가 할 말이에요' 라는 뜻으로 "당신이 내 말을 훔쳤어요."라고 했더니 "훔쳐요?" 하면서 깜짝 놀란다.

"아니, 아니에요. 내 말은 내가 더 고맙다는 뜻이에요."

극구 부인했더니 그제야 안심이 된 듯한 표정이다. 낸시의 표정이 너무 순진하고 귀여워 주위 사람들을 아랑곳하지 않고 한 번 껴안아 주었다.

다음날 새벽 5시 30분에 버스를 타려고 정거장에 나갔더니 낸시가 비를 맞으며 나를 기다리고 있다. 손에는 커다란 망고 두 개와 자스민꽃으로 엮어 만든 꽃 목걸이 두 개가 들려 있다.

"어저께 주려고 준비했던 망고를 얘기하느라 깜빡 잊었지 뭐야."

"제주 템바레(고마워요)."

정말 고마워요, 낸시 아줌마. 훌륭하고 사랑스런 미얀마 친구.

붉은 양귀비꽃 필 때

히시포에서 만난 또 다른 소중한 사람은 '벵캉' 이라는 산골 마을의 여선생님과 마을 사람들이다. 스물여덟 살의 '남 모모라인'이라는 초등학교 여선생님은 깡촌 동네에서 영어를 할 수 있는 유일한 사람이다. 나는 미얀마 북부 지방으로 올 때부터 이 산악 소수민족들에게 특별한 관심이 있었다.

미얀마는 인구의 70퍼센트가 버마족이고 나머지 30퍼센트는 분리 독립을 주장하며 무장투쟁을 벌이고 있는 카렌족과 마약산지로 유명한 샨고원의 샨족을 비롯한 50여 개의 소수민족으로 이루어져 있다. 이들 소수민족은 산악지방을 중심으로 독립적인 생활을 하고 있는데 기회가 있다면 꼭 한 번 산골 마을에서 민박을 하고 싶었다.

특히 샨족은 마약왕 쿤사를 배출한 종족이다. 쿤사 이야기가 나온 김에 이곳 아편의 역사에 대해 좀 알아보자.

고혹적인 꽃 양귀비에서 추출되는 아편은 그 시작이 그리스까지 거슬러 올라간다. 이것이 아랍상인들에 의해 13세기 초에 중국으로 들어왔는데, 중국의 소수민족들은 아편을 약으로도 사용하고, 국가에 낼 세금이나 필요한 물건을 사기 위한 집안살림용 환금작물로 재배하기 시작했다.

그런데 1940년대쯤 중국 남쪽에서 아편을 재배하며 살던 사람들이(물론 이 사람들은 대부분 화전민이었다) 정치적 불안으로 태국이나 라오스로 옮기게 되었는데, 그때 이 '돈 되는' 작물도 함께 가지고 갔다. 이때만 해도 생산되는 아편의 양이란 자급자족과 최소한의 생활비를 조달하는 정도였다.

그러던 것이 미얀마와 태국 북부를 장악한 중국 국민당이 아편을 군자금 확보수단으로 사용하기 시작하면서 대량으로 재배되었다. 여기에는 당시 공산주의의 급속한 확산에 두려움을 느낀 미국이 공산당을 막는 일이면 어떤 일도 묵인해 주던 분위기가 결정적인 원인으로 작용했다. 국민당을 지원하던 미국이 이들의 아편 대량 생산을 묵인한 것이다. 어떤 책에는 보호했다고도 되어 있다.

게다가 미얀마 반정부 게릴라들도 아편을 군자금 조달을 위해 재배하기 시작했다. 1960년대 이후 인도차이나에 여러 명목으로 미군들이 주둔하면서 아편의 수요가 급증하게 되었고, 곧 미군들의 입소문에 의해 아편 생산의 중심이 중동에서 이 지역으로 넘어오게 된 것이다.

그 이후 미국 CIA가 아편 재배와 유통에 직간접적으로 관여하여 거기서 얻는 수익으로 인도차이나에서 수행되는 군사행동에 작전비로 사용했다고 한다.

지금 이 지역의 마약생산을 국제문제화하며 마약퇴치를 위해 막대한 인력과 자금을 퍼붓고 있는 미국이 실은 문제의 원인 제공자 및 확대자라는 사실이 아이러니컬하다.

미얀마에서 마약재배가 급격히 늘어난 이유에는 또한 복잡한 국내 문제도 얽혀 있다. 1960년대에 정부군은 자기들을 대신해서 북부 지역의 반정부 게릴라와 싸워주는 세력에게 그 대가로 마약거래를 묵인해 주어 재배가 크게 확산되었다. 이런 세력 중 대표적인 것이 '샨족연합군'이고, 그 핵심인물이 자체 무기공장과 병기창, 항공기, 미사일까지 갖춘 막강한 군사력을 보유하고 있던 마약왕 쿤사다.

소수민족 블라운족의 마지막 마을

게스트 하우스 주인인 '12시 5분전' 찰리에게 이 근처 산골마을에서 며칠간 민박을 하고 싶다고 조심스럽게 말했더니 싱거울 정도로 쉽게 벵캉 마을에 있는 여선생을 소개해 주었다. 그 마을은 히시포에서 걸어서 네댓 시간 산으로 들어가는데, 샨족은 아니고 블라운족이라는 소수민족이 사는 마을이란다.

그 마을 사람들이 가끔씩 차잎이나 땔감을 팔러 히시포로 내려오는데 그들과 함께 가면 될 것이라는 설명이다. 게다가 이 시골은 마약과는 전혀 무관하게 사는 마을로 주산업이 차잎이라서 무장군인이나 총기사고 따위는 전혀 걱정하지 않아도 좋다는 것이다. 나는 아이들에게 줄 공책과 볼펜 등을 잔뜩 사놓고 사람이 내려오기를 기다리는데 마침 다음날 그 마을로 돌아가는 사람들이 있었다.

4명의 마부가 차잎과 땔감을 판 돈으로 12마리의 말에 쌀, 감자 등 식량을 사서 싣고 돌아가는 길이라고 한다. 꼬불꼬불 산길에 5시간이나 급경사 언덕빼기를 올라 마을에 도착했다. 미스터 찰리가 가부들에게 어떻게 이야기 해놓았는지 마부들은 마을에 들어서자마자 두말 않고 여선생네 집으로 나를 안내한다.

여선생에게 간단히 내 소개를 하고 며칠 묵어갈 수 있겠느냐니까 처음 듣는 소리에 놀라면서도 선선히 그러라고 한다. 그러면서 미안하지만 자기는 지금 볼일이 있어 잠깐 어딜 다녀와야 한다며 이층집에 있는 할머니를 가리킨다. 할머니에게 가보라는 뜻인 것 같다.

이층으로 올라가자 내가 오는 것을 내려다보고 계셨던 할머니가 아주 반갑게 맞아 주신다. 70대 중반의 할머니는 치아가 다 빠졌지만 한창때는 꽤 고우셨을 얼굴이다. 그런데 할머니가 처음 보는 나를 이렇게 반가워하시는 이유가 따로 있었다.

마을로 오는 도중에 소나기를 만나서 옷과 신발, 배낭이 흠뻑 젖었다. 이층에 배낭만 얼른 놓고 내려와 불가에 앉아 몸을 말리그 있자니 할머니가 따라와서 모닥불가에 어지럽게 널려 있는 찻종지들을 가리키며 거두어 씻어오라는 시늉을 한다.

이곳 풍습은 자기가 마실 찻잔은 자기가 씻어 와야 하는가 보다 생각하고 시키는 대로 했다. 끓여 나온 차는 요즘 새로 따서 말린 것을 즉석에서 살짝 볶아서인지 아주 구수하다. 연거푸 몇 잔을 마시면서 다리를 펴고 느긋하게 불가에 앉아 머리를 말렸다. 몇 시간 동안 비에 젖은 등산화를 신고 있어서 발가락이 쪼글쪼글 오이지같이 되었다.

이가 다 빠진 할아버지는 얼굴에 표정이 전혀 없이 계속 차를 권한다. 할머니 할아버지는 차에 설탕 대신 소금을 넣어 마신다. 그러나 그렇게 한가하게 앉아 있는 것도 잠시뿐. 할머니가 방 바깥으로 나오라고 손짓을 한다. 나가보니 납작한 소쿠리에 쌀이 담겨져 있는데 오늘 저녁 지을 쌀이니 뉘와 돌을 고르라며 시범을 딱 한 번 보여주시고는 방으로 들어가 다른 일을 하신다.

바깥에서 십여 분간 뉘를 골라내고 방으로 들어가 불가에 앉으니 부엌으로 다시 부른다. 이번에는 커다란 호박을 내놓으면서 잘게 썰어 국거리를 만들어놓으라는 시늉을 하신다. 일 시키는 품이 어찌나 자연스러운지 필시 집안일 돌봐주러 온 가정부로 생각하시는 것 같다. 그도 그럴 것이 이 집에는 손자인 장정 6명을 포함해 식구가 9명이나 되는데 여자 식구는 할머니와 여선생 딸 둘뿐이니 집안일이 넘치는 것이다.

호박국을 만들고, 가지를 썰어 양파와 함께 볶고, 마늘과 토마토와 양파와 고춧가루를 작은 절구에 넣고 빻아 미얀마식 고추장을 만들었다. 이것을 밥과 함께 먹는다. 밥은 우리처럼 물을 붓고 하는 게 아니라 김을 쐬어 찌는 식이다. 밥을 짓는 방 한켠 부엌에는 작은 새앙쥐가 한 마리 바쁘게 들락거리고 있다.

그런데 놀라운 것은 할머니가 저녁을 준비하면서 밥을 제외한 모든 음식에 화학 조미료를 한 숟가락씩 푹푹 넣는 거다. 처음에는 소금인 줄 알았는데 할머니가 자진해서 발음도 정확하게 '아지노모토'라고 가르쳐 주신다. 미얀마 북부의 밀림 속 깡촌 마을에서, 이렇게 나이 드신 옛날 할머니가 음식마다 꼭 넣어야만 한다고 생각하는 것이 화학 조미료라니!

한때 우리에게도 이런 시절이 있었다. 화학 조미료는 '맛을 낼 뿐 아니라 머리도 좋아진다'는 믿지 못할 풍설이 널리 퍼졌던 적이 있었다.

다시 한번 일본 사람들의 마케팅 기술에 혀를 내두르지 않을 수 없다.

미얀마 북부지방 벵캉 마을에서 나를 식모살이시켰던 할머니와 할아버지.

베트남, 캄보디아, 태국 등에서 이 화학 조미료가 막강한 인기를 누리고 있다는 것은 알고 있었지만 이런 산골에까지 영향이 미친 것을 보면 그들이 얼마나 치열한 판촉전을 벌였을까 가히 짐작이 간다.

어디 일본의 '아지노모토' 뿐이겠는가? 20세기 문명의 상징처럼 군림하는 '코카콜라'는 또 어떻고. 아프리카나 남미를 여행할 때 영양부족으로 아이들이 비틀어져 있는데도 엄마가 콜라를 사서 아이와 같이 마시고 있는 것을 보고 안타깝게 생각했던 것이 기억에 새롭다.

'콜라 살 돈으로 아이들에게 영양 많은 달걀을 사주어야 하는데.'

오지의 오지, 깡촌 사람들까지 그 까만 설탕물을 안 마시면 안 되는 것으로 여기고 있다는 사실이 놀랍다기보다는 차라리 무섭다. 없어도 되는 물건을 마치 없어서는 절대 안 되는 물건처럼 팔고 있으니 얼마나 무섭고 냉혈한 마케팅인가.

저녁 준비를 끝내고 할머니와 나는 다른 식구들이 차밭에서 돌아오기를 기다렸다. 이 집도 벵캉 마을의 다른 집들처럼 차잎을 따다 말려 히시포에 내다파는 것이 주업이다.

4월부터 9월까지가 차잎이 나는 시기이고, 특히 지금 장마 직전에 따서 하루 만에 햇볕에 말린 차를 최상품으로 치기 때문에 요즘 전식구가 차 수확에 전력투구를 하고 있다는 게 여선생님 남 모모라인의 설명이다. 사람 키만한 차나무에서 새로 난 이파리만을 하나씩 손으로 따서 한 바구니를 채우는 데 하루종일 걸린다고 한다.

조금 있으니 커다란 바구니를 이마에 걸치고 몇 사람이 마당에 들어선다. 이층에 함께 앉아 있던 할머니가 나더러 같이 내려가자는 시늉을 한다. 그리고는 바구니를 받아 즉석에서 차잎을 손질한다.

차잎을 손질하는 순서는 이렇다. 따온 차잎을 우선 한 번 데친다. 살짝 데친 차잎을 대나무로 만든 긴 테이블에 널어놓고 식구들이 양쪽으로 한 줄로 서서 빨래를 짜듯 물기를 빼낸다. 그런 다음 돗자리에 널어 햇볕에 하루나 이틀 말린 다음 내다파는데, 당시 시세가 킬로그램당 85키아트 (우리 돈 425원) 정도란다.

거기 머문 5일 동안 나는 하루도 빼지 않고 저녁마다 물기를 빼는 작업을 했다. 데친 차잎은 몹시 뜨거워 여간 힘든 일이 아니다.

일을 나갔던 식구들이 받아놓은 빗물로 샤워를 하고 둥근 저녁상에 둘러앉는다. 납작한 접시에 밥을 가득 담아 손으로 반찬과 섞어 맛있게 먹는다. 장정들이라서 뜨는 밥의 양이 어마어마하다. 할머니는 조그만 상에 따로 밥을 차려서 나가서 먹는다. 부부간에 밥을 한 상에 차려 먹지 않는 것이 또한 이곳 풍습인가 보다.

그리고 보니 이곳에서도 남녀유별이 대단하다. 불가에도 할아버지 자리, 남자 자리가 따로 있다. 한 번은 모르고 불가의 할아버지 오른쪽에 앉았다가 할머니에게 혼이 났다. 그쪽은 남자들만 앉는 자리라는 것이다. 잠자리에도 '성차별' 이 있는 것이다. 남자들은 따뜻한 불가에서 잠을 자고 여자들은 불기 하나 없는 부엌을 중심으로 잔다.

나도 예외가 아니어서 부엌 옆에 대나무 돗자리를 깔고 거친 담요를 덮고 잤다. 하루종일 쉬지 않고 집안일 하지, 잠은 부엌 구석에서 자지, 누가 보든 틀림없는 식모살이다.

할머니는 저녁이 되자 오후 내내 쓰고 계시던 하얀 스카프를 벗었는데, 글쎄 까까중머리를 하고 계신 게 아닌가. 게다가 할아버지는 파란 무늬가 있는 긴 소매 내복을 입은 듯 전신에 문신이 잔뜩 새겨져 있다. 결혼한 여자의 까까중머리와 남자의 전신문신은 블라운족의 독특한 풍습이란다.

저녁을 먹고 다시 불가에 둘러앉았다. 차를 마시면서 그제야 할머니가 남 모모라인을 통해 여러 가지 궁금했던 질문을 하신다. 이름이 뭐냐, 어디서 왔느냐, 이 산골까지 왜 왔느냐 ···. 내가 대답할 때마다 '오 ~' 하는 감탄사를 연발하면서 기특하다는 듯 등을 쓰다듬으신다.

그런데 어찌 된 일인지 자기 손녀딸이 바로 옆에 있는데도 나한테만 일을 시키신다. 주전자의 물을 더 부어오라, 찻잔을 다시 씻어오라, 여간 부려먹는 게 아니다. 이제는 마치 시어머니가 새며느리 부리듯 당당하시다. 그래서인지 하룻밤도 지나지 않아서 이 집 식구가 된 기분이다.

이곳의 가옥은 이층집인데, 티크와 대나무를 섞어 만든 아래층에는 물소 6마리, 말 3마리가 살고 있다. 사람들이 주로 생활하는 이층은 침실, 거실, 부엌이 따로 있는 게 아니라 완전히 원룸 시스템이다. 50평도 더 되는 넓은 공간 한쪽에 화덕 겸 난로인 장작불 파이어 플레이스가 있다. 여기서 차도 끓이고 음식도 만들고 식구들이 모여 얘기도 한다.

저녁 8시 30분도 못되어 다른 식구들은 모두 잠자리에 들고 나는 남 모모라인과 불가에 앉아 이 집 식구들과 동네에 대한 이야기를 들었다. 100여 가구가 모여사는 이 마을은 지금은 1,000여 명밖에 남지 않은 블라운족의 가장 큰 마을이란다.

일년 내내 허리가 휘도록 차잎을 따도 겨우 먹고 살기 바쁜 게 이 동네 경제수준이지만 교육열은 높아서 초등학교와 중학교 과정을 겸하는 학교에는 98명의 학생이 다닌다고 한다. 사람들이 친절하고 순진해서 못 살아도 항상 웃고, 없으면 없는 대로, 있으면 있는 대로 나누며 사는 정직하고 정이 넘치는 동네란다. 남 모모라인은 그 맛에 여기서 6년째 가르치면서 살고 있다고 한다.

내가 학교 어린이들을 만날 수 있겠느냐니까 마침 다음날 아이들이 학교 마당에 모두 모여 잔디뽑기를 하기로 되어 있으니 같이 가잔다.

등록금 1달러가 없어 우는 아이들

다음날 아침 동도 트기 전에 일어났다. 그래도 내가 이 집 식구 중에서 제일 늦게 일어난 것이다.

할머니는 내가 일어난 것을 보자마자 빨리 세수하고 이빨 닦으라고 재촉을 한다. 시키는 대로 하고 다시 방에 들어가자 어디를 같이 가자는 듯 나를 끌고 앞장을 서신다. 따라나선 곳은 집 근처에 있는 절이다. 할머니는 새벽 일찍 일어나 정성스럽게 밥을 해서 만든 동글동글한 주먹밥 열 개와 집 안의 꽃나무에서 꺾은 꽃을 절에 바치러 가는 것이다. 1년 365일 하루도 빼지 않는 경배 의식이란다.

학교는 마을이 한눈에 내려다보이는 언덕 위에 있다. 덩그러니 길쭉한 건물에 책상과 걸상이 한데 붙은 긴 나무의자, 그리고 칠판 다섯 개가 학교 시설의 전부다. 양철 지붕은 지난해 유니세프가 기증을 한 것이라고 한다.

학교 운동장에는 열 살 미만의 꼬마 여자아이들이 스무 명 정도 삽과 곡괭이를 들고 모여 있다. 좀더 큰 아이들은 어른들을 따라 차잎을 따러 갔음이 분명하다.

생각했던 것과는 달리 아이들은 아주 붙임성이 있다. 안녕하세요, 이름이 뭐예요? 내 이름은 누구누구예요, 어디서 오셨어요? 乙의 모든 학생들이 돌아가면서 영어로 질문을 한다. 행색은 초라하지만 천부적으로 밝게 웃을 줄 아는 아이들이다. 아침 내내 이 아이들과 함께 학교 마당에서 잡초를 뽑았다.

일손을 잠깐 멈추고 그늘에 앉아 쉬는데, 일곱 살 정도의 한 꼬마 아이가 찰싹 달라붙어 떠나지 않는다. 아까 구슬땀을 흘리며 열심히 삽질을 하던 아이다. 귀여워서 가지고 다니는 네 가지색 볼펜으로 손가락에 초록, 빨강, 파란색으로 꽃반지를 그려주었다. 어찌나 좋아하는지 입이 찢어진다. 그것을 보고 거기에 있던 아이들이 너도나도 손을 들이대며 반지를 그려달란다. 온갖 솜씨를 발휘해서 하트모양, 별모양, 태극모양의 반지를 그려주었다. 흐뭇한 웃음을 지으며 그 광경을 바라보고 있던 남 모모라인 선생의 손가락에도 꽃반지를 그려주었다.

반지가 동네 아이들의 마음을 끌었는지 다음날부터 내가 집 밖에만 나서면 아이들이 "비야, 비야" 하고 따라오며 서로 손을 잡으려고 야단이다. 아이들 손을 잡고 걸어가다 다른 아이들이 나타나면 손을 잡은 아이들은 더 힘을 주어 꼭 잡으며 손을 놓지 않으려고 한다.

어떤 아이들은 내가 자기집 앞을 지나가면 "헬로, 헬로, 비야"라고 소리를 질러서 그 소리에 아기를 업은 엄마까지 덩달아 집 밖으로 뛰쳐나와 손을 흔들기도 했다. 마을에 온 지 이틀도 지나지 않았는데, 벌써 마을의 일원이 된 듯 온동네 사람들과 친해졌다.

마을에서의 생활은 나름대로 바쁘다. 새벽에 절에 가서 공양을 바치고 와서 아침 준비하는 것을 거든다. 식구들이 다 일하러 나가면 뒷동산으로 아침 산책을 가거나 동네를 한바퀴 돌기도 한다. 점심때 밥을 먹고 설거지를 하고 나면 집 뒤뜰에 있는 채소밭의 풀을 뽑는다. 비가 오면 집안을 치우고 남 모모라인과 이야기를 하거나 밀린 글을 쓴다. 오후에는 저녁 준비를 하고 식구들이 따온 차잎 손질을 돕고, 저녁을 먹고 난 후에는 자기 전까지 할머니 차 시중을 든다.

할머니는 대단히 재미있는 분으로 나를 정말 식구처럼 생각하신다. 내가 떠나는 날에도 인사가 딱 한마디. "그럼 조심해서 갔다 와."였다. 마치 내일 모레면 다시 집으로 돌아올 사람이라도 되는 것처럼. 어쩌면 할머니는 내가 금방 자기집으로 돌아오리라고 생각하셨는지도 모르겠다.

밤에는 동네 사람들이 가끔씩 남 모모라인을 만나러 왔다. 5월 말까지가 다음 학기 등록금 마감이라 아이들 학비를 내러오는 사람들이다. 미얀마의 의무교육은 국가에서 학교와 선생을 제공하고, 학용품과 교과서는 각자 가정에서 준비해야 한다. 다른 지방에서는 초록색 교복도 의무적으로 갖춰야 하지만 이 동네는 교복은 제외되었다. 교복까지 사야 한다면 학교에 못 다닐 아이들이 많기 때문이다.

마을에 더 있고 싶지만 남 모모라인이 5월 말까지 히시포에 가서 교사 회의에 참석해야 한다길래 아쉬움을 뒤로 하고 마을에 온 지 닷새째 되는 날 히시포로 돌아가기로 했다.

떠나기 전날 저녁 열두 살쯤 되어 보이는 한 남자아이가 남 모모라인을 찾아와서 뭐라고 뭐라고 하더니 어깨를 들썩이며 우는 것이다. 그러자 남 모모라인은 아이를 달래며 한참 이야기를 했고 아이는 가만히 듣고 있더니 고개를 깊이 숙여 인사를 하고 간다. 무슨 일이냐고 물어보았다.

"저 아이 부모가 등록금을 낼 수 없어서 그래요. 오늘까지 돈을 내지 않으면 학교에 다닐 수 없거든요. 저 아이는 정말 공부를 더 하고 싶은데 돈이 전혀 없다는 거예요."

싸이 싼 떼이라는 이름의 그 아이는 5형제 중의 둘째인데, 일년 내내 티셔츠와 롱지 한 벌로 지내는 가난한 집 아들이지만 아주 똘똘하고 열심히 공부하는 학생이라고 한다.

"그래서 내가 걱정 말라고 했어요. 돈을 안 내도 학교에 와서 수업을 듣게 해 주겠다고요. 그렇지만 그 아이는 교과서 없이 공부해야 해요."

그 말을 들으니 갑자기 나의 학창시절이 머릿속을 스친다. 나도 고등학교 다닐 때 등록금을 제때 낸 적이 없었다. 등록금 납입 마감시간이 지나면 종례시간에 이름이 불려지기가 일쑤였고, 어느 때는 다음 등록금 고지서가 나올 때까지도 지난 등록금을 내지 못해 중간고사 시험을 치르지 못할 지경에 놓인 적도 있었다. 이렇게 여러 학기의 등록금을 밀리다간 제적을 당할지도 모른다는 불안감으로 늘 마음 한구석이 조마조마했었다.

그런 경험 때문인지 어두운 호롱불 밑에서 울고 있던 그 아이가 가깝게 느껴지며 돕고 싶다는 생각이 들었다. 사실 그때 내 수중에는 미얀마 돈이 충분치 못했다. 히시포에는 암달러 거래가 활발하지 않아 수도 랑군하고 환율 차이가 아주 크기 때문에 겨우 랑군까지 갈 차비 정도만 가지고 있었다. 그렇지만 물어보지 않을 수 없었다.

"그 아이 등록금이 얼마예요?"

"140키아트예요. 제가 내주고 싶어도 다른 아이들이 있어서 쉽지 않아요. 저도 겨우 한 달에 1,000키아트(우리 돈 5천 5백원 정도)를 받으니 마음은 굴뚝 같아도 여러 아이를 도와줄 수가 없어요."

"아니, 140 키아트면 1달러도 안 되는 돈 아니에요?"

나는 귀를 의심하며 깜짝 놀랐다. 1,400 키아트가 아니라 140키아트가 분명하냐고 되물으니, 한숨을 쉬며 그렇다고 한다. 그렇게 적은 등록금을 내지 못해 우는 아이가 있다니. 이번 학기에만도 등록하지 못한 아이들이 열 명이나 된다고 한다.

"오, 남 모모라인. 내가 그 아이 1년치 등록금을 낼게요. 그 아이뿐 아니라 여태까지 돈 못 낸 아이들 것도 다 내줄게요."

호롱불빛 아래 고개를 들고 나를 쳐다보는 남 모모라인의 놀란 눈동자가 반짝인다.

"진심이에요. 진심으로 내주고 싶어요."

고개를 끄덕이며 다짐을 하자 그제야 남 모모라인은 얼굴에 차분한 미소를 떠올리며 고개를 숙인다.

"비야, 정말 고맙습니다. 아이들과 그 부모들이 정말 기뻐할 거예요."

깊이 고개를 숙이는 인사를 맞받아 나도 같이 고개를 숙였다.

"내일 아침 히시포로 가기 전에 학생들 집에 들러요. 비야가 아이들 등록금을 내주었다고 내가 말해주겠어요."

"아니, 아니, 그럴 필요 없어요. 정말 그러고 싶지 않아요. 딱 한 사람, 아까 울고 있던 아이가 마음에 걸리니까 그 학생 집에만 들렀다 가요. 좋아하는 모습도 보고 싶고 격려도 해주고 싶어요."

다음날 아침 일찍 히시포로 가는 길에 그 집에 들렀을 때는 대문에 나무 빗장이 걸려 있었다. 이미 식구들이 모두 차밭으로 나간 뒤였다.

황금사원에는 재물이 넘쳐나는데

복을 지으면 그 복이 반드시 돌아온다더니, 돈이 모자라 만달레이에서 랑군으로 올 때 현지인 버스를 타는 바람에 또 다른 수확이 있었다. 내 옆자리에 앉은 학생을 통해 겉으로는 알 수 없는 미얀마의 '진짜 속사정'을 엿볼 수 있었던 것이다.

그 학생은 만달레이에서 대학에 다니고 있는데, 구멍가게를 하는 집에 1년 가게 세금이 무려 5만 키아트가 나왔단다. 겨우 먹고 사는 집안 형편으로는 도저히 낼 수 없는 너무 무거운 세금이다. 그래서 세무서로 찾아가 담당 세무원에게 뒷돈으로 1만 키아트를 내기로 하고, 2만 키아트로 깎았는데, 일단 세무원에게 줄 돈 1만 키아트를 빌리려고 랑군에 사는 친척을 찾아가는 길이라는 것이다.

"미얀마에서는 돈만 있으면 무엇이든지 가능해요. 돈만 있으면 대학 졸업장도 살 수 있고, 죽은 사람도 살아 있다고 말할 수 있어요."

그 학생은 아주 냉소적으로 말했다. 며칠 전 자전거를 타고 가던 막내동생이 큰 트럭과 부딪치는 사고가 났단다. 누가 보아도 트럭 잘못이라 집에서는 트럭 운전사에게 자전거 수리비와 병원비를 달라고 했더니, 막무가내로 거절하더란다.

근처 경찰서에 신고를 했는데 경찰들이 사정도 알아보지 않고 무조건 동생이 잘못한 거라며 빨리 나가라고 오히려 호통을 쳤다고 한다. 알고보니 그 트럭 운전사가 경찰들에게 이미 뇌물을 먹인 것이었다. 자기네처럼 돈 없는 사람은 이렇게 억울하게 당하기만 한다며 그 학생은 무겁게 한숨을 쉬었다.

"지금 학기중일 텐데 이렇게 학교를 빼먹어도 괜찮아요?"

"휴교중이에요. 몇 달 전 랑군과 만달레이에서 대학생들의 대규모 반정부 시위가 있었는데, 이것이 확산될까 두려워 정부가 아예 유치원을 비롯한 모든 학교의 문을 닫아버렸어요. 참 웃기는 나라지요."

"앞으로 이 나라가 어떻게 될까요?"

"글쎄요. 끝내는 정권에만 눈이 어두워 국민들을 못살게 구는 현 정부가 무너지겠지요. 그러나 그때까지 불쌍한 우리 국민들이 얼마나 더 당해야 할지 모르겠어요."

그의 어두운 목소리에 내 마음도 무거워진다. 이 학생은 내가 아직 미얀마 최대의 불교성지인 쉐다곤 파고다를 안 보았다니까 자기도 랑군에 갈 때마다 꼭 들러서 기도하는 곳이라며 기꺼이 안내를 해주겠다고 한다.

다음날 우리는 아름다운 불교 사원에서 다시 만났다. 아침 내내 내린 장대비에도 불구하고 사원에는 전국에서 몰려든 순례자들로 가득하다. 사원의 외벽은 몽땅 역대 왕과 불교신자들이 기증한 금판으로 덮여 있다.

이같은 금 기증의 전통은 이 사원이 얼개를 갖추기 시작했을 때인 1450년경 불심이 깊은 한 여왕이 자기 몸무게에 해당하는 금을 기증한 것으로부터 시작되었다고 한다. 그때 기증한 금을 금판으로 만들어 외벽에 붙였다는데, 현재 이 사원 경내의 크고 작은 불탑을 덮고 있는 금을 모두 합하면 무려 7톤이나 된다고 한다. 한때는 쉐다곤 파고다의 금이 영국 중앙은행이 보유하고 있는 금궤보다도 많다는 말이 있을 정도였단다.

금뿐만 아니라 보석의 숫자도 어마어마하다. 불탑의 꼭대기 부분은 5천여 개의 다이아몬드와 루비, 사파이어 등 2천여 개의 각종 보석으로 되어 있단다. 아무리 보석이 많이 나는 나라라고 해도 한 사원이 가지고 있기에는 참으로 대단한 양의 재물이다.

금과 보석만이 있는 것이 아니다. 사원 내에 수십 개 되는 각 절마다 시주함에는 직원들이 하루에도 몇 번씩 자루로 담아가야 할 정도로 돈이 넘친다. 미얀마 최대의 불교 사원에 와서 부처님이 보이는 것이 아니라 금과 보석과 산처럼 쌓여 있는 돈이 먼저 눈에 들어오는 내 세속성이 우습다. 그러나 산골의 아이는 단돈 1달러의 등록금이 없어서 우는데 사원에는 이렇게 재물이 넘쳐나고 있다니, 어딘가 이상해도 한참 이상한 것 아닌가.

나와 함께 간 학생은 사원을 한 바퀴 돌면서 건물마다 들어가 준비해 온 1키아트짜리 새 돈을 코시함다다 바치고 아주 경건하게 수십 배의 절을 올린다. 나도 시주통에 일일이 돈을 넣고 학생을 따라 열심히 합장 기도를 했다.

'이 어진 백성들의 간절한 소망이 하늘에 닿게 하옵소서. 그리하여 부처님의 자비가 바깥에 내리는 비처럼 이 나라에 내리게 하옵소서. 주룩주룩 쏟아져 내리게 하옵소서.'

비운의 방글라데시, 그 처절한 인간참상

사람과 자전거 때문에 정신이 하나도 없는 방글라데시 다카 거리.

쓰레기 더미 뒤지는 어린이들

방글라데시의 수도 다카에 오니 정신이 하나도 없다. 모든 것이 눈이 돌아갈 정도로 바삐 움직인다.

광기에 가까운 활기라고 해야 할까. 마그마가 끓을 대로 끓어올라 당장이라도 터져버릴 것 같은 활화산의 에너지가 감지된다. 인체로 치면 대동맥 안에, 그 뜨거운 피의 격류 속으로 뛰어든 듯한 느낌이다. 도저히 따라잡을 수 없는 속도감과 어지러울 정도의 현란함의 근원은 바로 다카의 교통 수단인 자전거 릭샤와 오토바이 릭샤다.

40만대 정도로 추산되는 릭샤는 시내 어디에든지 사람과 소, 또 차와 다른 인력거에 부딪치고 엉키면서 전속력으로 질주한다. 신발도 신지 않은 깡마른 자전거 릭샤꾼들이 어디서 그런 힘이 나올까. 모두 설사난 사람들처럼 날아다닌다.

그것뿐이라면 왜 정신을 못 차렸겠는가. 온갖 방향으로 달리는 릭샤들은 백이면 백 모두 알록달록한 장식을 하고 있다. 자전거 릭샤와 오토바이 릭샤(이름하여 베이비 택시, 예쁜 이름과는 전혀 딴판으로 천하무적 마징가 제트다) 차체에는 보통은 인도 영화의 남녀 주인공이 그려져 있는데, 이밖에도 화려한 꽃이나 기하학적 패턴, 모슬렘 사원이나 모슬렘경의 이야기가 형형색색으로 한치의 빈틈도 없이 그려져 있다. 어쩌다 육교 위에서 보면 릭샤의 물결은 마치 화려한 페르시아 카펫처럼 아름답기까지 하다.

그리고 사람들! 세계에서 가장 인구밀도가 높다는 피상적인 말로는 도저히 상상할 수 없는 사람들의 파도다. 다카 어디를 가나 추석 귀성객들로 들끓는 여객 터미널이나 기차 대합실을 무색하게 한다.

그 많은 사람들은 거리를 걸을 때나, 밥을 먹을 때나, 물건을 살 때나 언제, 어디에서를 막론하고 시야에서 사라질 때까지 나를 쳐다본다. 표정도 없이 뚫어지게 쳐다보는 눈만 커다란 얼굴들. 느긋하고도 담백한 분위기의 미얀마에서 방금 온 여행객의 혼을 쏙 빼놓는다.

베이비 택시를 타고 꼬불꼬불한 구시가지 안을 돌아 가이드 북에 소개된 호텔을 찾아갔다. 멀리서 회교사원의 기도시간을 알리는 소리와 남자들이 쓰고 다니는 하얀 회교식 모자에서 회교문화권으로 들어왔다는 것을 느낄 수 있다. 구시가지라서인지 복개하지 않은 하수구에서, 그리고 골목마다 산처럼 쌓여 있는 쓰레기 더미에서 썩는 냄새가 진동을 한다. 남자들은 그 옆에서 쪼그리고 앉아 소변을 보고 있다. 거리에서는 하얀 모자에 승마복을 입은 교통 경찰이 눈에 띈다. 보기만 해도 덥고 땀띠가 도질 지경이다.

미얀마 더위도 살인적이었지만 방글라데시의 더위는 온도와 습도면에서 그 격이 다르다. 습도 110퍼센트의 압력밥솥 안에 들어앉은 기분이다. 이런 날씨에는 찬물로 샤워를 하고 차가운 맥주를 마시며 더위를 식혀야 하는데, 여기가 모슬렘 국가라 맥주를 비롯, 모든 알코올 함유 음료가 판매금지다.

겨우겨우 호텔을 찾아드는데 방은 곤충의 왕국이다. 워낙 싸구려방이니 오죽할까마는 화장실에는 구렁이만한 지렁이가 있고 침대 위로는 박쥐만한 바퀴벌레들이 날아다닌다.

내가 정말 방글라데시에 온 것이다. 어렸을 때 깡마른 아이들을 보면, "너 비아프라에서 왔니?" 혹은 "네 고향이 방글라데시지?" 하고 놀렸던 기억이 난다. 그렇게 방글라데시는 굶주림과 가난함의 대명사였고, 지금까지도 그 빈곤에서 벗어나지 못하고 있다.

최신 유엔자료에 따르면 한 시간에 28명의 어린이가 죽어가고, 극빈과 아사 속에서도 매일 3,000명의 신생아가 태어난다고 한다.

인구 1억 3천만, 세계 여덟 번째의 인구대국인 이 나라가 앞으로 25년 뒤에는 지금 인구의 두 배가 된다고 하는데, 전국민의 60퍼센트가 영양실조 상태라고 한다.

전국토가 퇴적층으로 토지가 비옥하고 물이 많아 국토의 3분의 2를 경지로 이용할 수 있고, 1년에 삼모작도 가능한 기후조건을 가지고 있다는데, 왜 이렇게 가난할까? 과연 게을러서일까?

물론 식량생산이 인구증가를 따르지 못하기 때문이겠지만 그보다 결정적인 이유는 한 해도 거르지 않고 발생하는 홍수와 사이클론의 피해 때문이다. 무슨 이유에서인지 성스러운 강 갠지스는 이곳에 오면 꼭 심술을 부린다. 지형적으로 해발 1미터도 안 되는 낮은 지역이고 모든 강물은 벵골만으로 흘러드는데, 우기가 되면 갠지스강과 브라마푸트라강, 자무나강이 넘쳐 정성들여 지은 농사를 고스란히 집어삼킨다.

게다가 계절풍이 불면 히말라야의 눈 녹은 물이 강으로 흘러들어 매초 14톤 이상의 막대한 양의 물을 쏟아낸다. 이 엄청난 물은 인간의 구조물로는 도저히 감당할 수가 없는 양이다.

그래서 우기 때에는 전국의 40퍼센트가 물에 잠기고, 1987년에는 전국의 75퍼센트가 물에 잠기기도 했다.

홍수가 나면 또 무서운 것이 바로 수인성 전염병이다. 이곳이 아직까지 전세계에서 사람을 제일 많이 죽이는 병인 콜레라의 발원지이라니 상상할 만하다. 물만 치명적인 것이 아니라 바람도 목숨을 앗아간다. 해마다 소낙비에 강풍을 동반한 사이클론으로 수천 명씩 죽는 것은 흔한 일이라 국제뉴스의 일단 기사거리도 되지 않는다. 1974년 사이클론 때는 수십만 명이 한꺼번에 떼죽음을 당하기도 했다.

자연환경이 이렇게 열악한데, 엎친 데 덮친 격으로 정치환경도 대단히 불안하다. 방글라데시는 1971년에 세워진 신생국인데 대부분의 신생국과 마찬가지로 식민 통치의 잔재, 일반 국민의 지지가 부족한 정부와 정당, 함량미달인 지도자의 좁은 안목 등에 따르는 사회혼란과 빈부의 차가

중국

● 암리차르
접장은 시크교도들의 도시.
황금사원에서는 공짜로 먹여 주고
재워 준다.

티베트

수많은 사람과 적사와
소와 엄청난 가난이
방문자의 머리를
터지게 하는 곳.

비아푸르 마을 ●
쇠똥불은 손스로 밀가루
반죽을 해서 구워주는
빵이 맛만 좋다.

바라나시 ●
이 도시를 보지 않고는
인도를 말할 수 없다.

● 다카
방글라데시

캘커타 ●
5년 전에 비해 겉모습은
변했으나 속마음은 그대로

인도

세인트 마틴 섬 ●
'외로운
코코넛 섬'에는
장대 같은
장마비만, 내리고

극심하다. 내가 다카에 있을 대에도 무슨 선거를 치르는지 현수막이 여기저기 붙어 있어 어수선한데, 한편에서는 연일 반정부데모가 한창이다.

이곳 방글라데시에서의 가난이란 버스 타는 대신 걸어가고, 밥 대신 수제비를 먹는 그런 상대적인 가난이 아니라 생존 자체를 위협하고 인간이기를 포기해야 하는 처절하고 절대적인 가난이다.

시내에 갔다가 골이 보일 정도로 눈알 빠진 자리가 깊숙이 들어간 거지 아이를 보았다. 구걸을 시키기 위해 갓난 아기일 때 부모가 일부러 그렇게 했을 것이란다. 그게 굶어 죽는 것보다는 나으니까.

한번은 우연히 크고 작은 시궁창에 둘러싸여 있는 다카의 일용노동자 천막 합숙소를 가보게 되었다. 보통 잡역부들의 하루벌이가 4, 50타카(우리 돈으로 900원), 아이들은 10타카라는데, 이곳 숙박료 이야기를 들으니 우스우면서도 가슴 아프다. 옆으로 칼잠이나 새우잠을 자는 데 1타카, 바로 누워서 자는 데 2타카, 팔다리를 펴고 큰 대자로 자는 데는 5타카다. 그나마 일을 할 수 있을 만큼 큰 아이들만 여기에서 잘 수 있다고 한다. 그래봤자 열 살 미만이다.

내가 묵고 있는 호텔 앞 쓰레기 옆에도 두 살쯤 되어 보이는 아기와 돌도 지나지 않은 갓난아이가 맨바닥에서 세상 모르게 자고 있는 것을 보았다. 다음날 보니 그 아이들은 소, 개와 같이 쓰레기 더미를 뒤지며 먹을 것을 찾고 있었다.

나와 눈이 마주치자 세상 근심 없다는 듯한 표정으로 흰이를 드러내며 웃어 보이던 그 아이가 가엾다는 생각보다 세상에 대한 분노가 앞선다. 지난번 미얀마에서는 모든 인간에게는 신성(神性)과 불성(佛性)이 있다고 가르쳤다. 신이 될 수도 있다는 인간이 집에서 기르는 짐승보다 훨씬 못한 환경에서 그저 목숨을 연명하며 나뒹굴고 있는 모습이 끔찍하다.

땀흘리며 전력질주하고 있는 앙상한 릭샤꾼들에게 건전한 노동의 정직함과 신성함이 물씬 느껴진다. 그러나 그렇게 뼈가 으스러지게 일해보았자 팔다리도 제대로 펴지 못하고 자야 한다니. 이 사회구조의 불공평성에 진저리가 쳐진다. 그러나 내가 이들을 위해 아무것도 할 수 없다는 무력함에 더 몸서리가 난다.

아! 머리가 터질 것 같다. 가슴도 터질 것 같다. 이 날씨 , 이 복잡함, 이 현란함, 이 냄새, 이 가난, 이 불공평, 그리고 이 무력함. 눈에 브이고, 코로 맡아지고, 피부로 느껴지고, 가슴 속으로 파고드는 이 모든 것을 감당하고 소화해 낼 능력이 지금 내게는 없다.

이들을 객관적으로 바라보고 주관적으로 생각할 수가 없다. 안 되겠다. 어디 가서 머리를 식히고 와야겠다. 이렇게 과열된 머리로는, 이토록 감상적인 마음으로는 나의 판단도 믿을 수 없고, 이곳이 저대로 보일 리도 없다.

그래서 인도 비자와 육로 통행증을 신청해 놓고, 다카를 떠나 바닷가로 일주일 정도 피정을 가기로 했다. 여행 중의 여행을 떠난 것이다.

버스사고, 피범벅된 얼굴로 기념사진

가이드 북을 참고로 해서 콕스스 바자를 거쳐 이 나라 최남단의 섬 세인트 마틴에 가기로 했다. 콕스스 바자는 120킬로미터나 되는 세계에서 제일 긴 해변의 중심지이고, 조용한 휴양도시라고 한다.

그런데 예상치 않게 윌리엄이 따라가겠단다. 윌리엄은 다카 숙소에서 만난 싱가포르에 사는 영국인 기자다. 직장을 호주로 옮기는데, 3개월 동안 시간이 비어 여행을 하고 있다고 한다. 방글라데시는 아직 배낭여행자가 별로 없는 곳이라 윌리엄이라는 같은 배낭족이 웬만하면 반가울 텐데, 현지인들을 너무 얕보고 함부로 대하는 게 영 마음에 들지 않아 같이 다니기가 피곤하다.

구제불능 국민이라느니, 신이 버린 나라라느니, 여기서 사람으로 태어나느니 영국에서 애완견으로 태어나는 게 낫겠다느니 하는 말들이 들을수록 가관이다.

　쓰레기를 뒤져 썩은 망고를 찾아 먹는 아이를 보면서 우리와 같은 인간이라는 존재가 어떻게 저 지경으로 살아가야 하나, 지구라는 행성에서 같은 하늘을 이고 사는 사람의 삶이 이다지도 다를 수가 있나 하는 생각에 나는 눈물이 날 지경인데, 윌리엄은 호주에 가면 살 아파트의 테마색을 파랑과 흰색으로 할 것인지, 진한 자주색과 회색으로 할 것인지를 신이 나서 얘기하고 있는 것이다.

　"윌리엄, 좀 조용히 해요. 알겠어요?"

　그제야 그는 내가 왜 그러는 줄 알고는 머쓱해진다.

　"저것 때문에 그래요? 저런 건 여기서 벌써 많이 보았잖아요."

　그래, 네 말이 맞을지도 모르겠다. 내가 너무 과잉반응을 보이고 있는지도 모르겠다. 그렇지만 너같이 '논리적이고 합리적인 것'에만 빠져 있어서 손발과 정서가 안 맞는 '서양 촌놈'과 여행을 같이 하기는 싫다.

　그런데도 그는 남의 속도 모르고 자기도 해변에서 며칠 쉬어가고 싶었는데 혼자서 하는 여행이 처음이라 엄두가 안 났었다고 반색을 하며 매달리는 것이다.

　"마침 비야씨를 만나서 같이 갈 수 있으니 정말 잘 되었어요."

　잘 되긴 너나 잘 되었지. 나는 같이 가고 싶은 마음이 조금도 없는걸.

　하지만 방글라데시에 도착하고부터 물갈이를 하는지 심하게 설사를 해대며 잘 먹지도 못하고 있는 동족을 매정하게 뿌리칠 수가 없다. 아무튼 한국 사람은 오나가나 그놈의 정 때문에.

　콕스스 바자는 다카에서 버스로 열 시간 정도의 거리인데, 윌리엄은 버스를 타자마자 차멀미로 얼굴이 새하얘지고 자꾸 토한다. 푹푹 찌는 차 안에서 바로 옆자리에서 나는 시큼한 냄새를 맡고 있자니 나까지 덩달아

헛구역질이 난다.

　게다가 버스 운전사의 운전하는 모양새를 보면 멀미가 나는 것도 당연하다. 길은 그런대로 괜찮은데 편도 2차선 도로를 버스, 승용차 네 대가 차선을 완전히 무시하고 중앙선을 넘어 전속력으로 나란히 질주하는 거다. 그러다가 앞에서 차 한 대가 마주 오면 나란히 달리던 네 대의 차들이 바싹 붙어 간신히 한 대가 지나갈 공간을 마련해 준다. 마주 오는 차가 부딪칠 듯하면서 간신히 스치고 지나갈 때는 꼭 충돌할 것만 같아 가슴이 철렁 내려앉는다.

　산악지방을 지나갈 때 산사태나 낭떠러지 때문에 위험을 느끼는 것과는 차원이 다르다. 마치 곡예경주 자동차를 타고 달리는 것같이 머리가 쭈뼛 서는 '스릴'이다. 경치 구경을 제대로 해보겠답시고 운전사 바로 뒷좌석에 앉았는데 그 덕분에 '짜릿함'을 보너스로 몇 배 만끽해야 한다. 그래도 운전사가 태연자약하게 운전을 하고 있는 걸 보면 여기서는 이렇게 달리는 게 정상인가 보다.

　그러나 아무리 접어 생각해 보아도 이 운전사의 난폭운전은 너무하다. 핸들을 이리저리 꺾고, 브레이크도 너무 급하게 밟고, 클랙슨도 너무 자주 마구 누르고, 전방에 10미터만 길이 트여도 전속력으로 달려나가며 마주 오는 차들을 요리조리 피한다. 그렇게 달리기를 두 시간쯤 했을까. 아니나 다를까. 갑자기 앞바퀴에서 바람 빠지는 소리가 나면서 '어어어' 할 시간도 없이 버스 앞대가리가 길 옆 진흙밭에 처박히고 말았다.

　운전사 바로 뒷자리에 앉은 나는 용수철 튕기듯 튀어올라 의자 등받이에 얼굴을 정면으로 들이받았다. 그 순간 코를 둔기로 얻어맞은 것처럼 얼얼해지며 정신이 몽롱해진다.

　'사고다! 빨리 빠져나가야 한다.'

　본능적으로 탈출할 생각이 뇌리를 스친다. 앞으로 잔뜩 기울어진 버스 속에서는 사람과 짐이 뒤엉켜 한순간에 아비규환이 벌어진다. 서로 먼저 문을 빠져나가려고 악을 쓰는 사람들, 놀라서 빽빽 울어대는 아이들.

"앞사람들 빨리 비켜요, 알라."

"조금만 비켜요. 아이가 짐 사이에 끼였잖아요, 알라."

"유리 깨고 뒷문으로 나가자, 알라."

비명과 악다구니가 오가는 순간에도 거의 후렴처럼 그들은 자기들의 신 알라를 찾는다.

정말로 알라 때문인지 불행 중 다행으로 크게 다친 사람은 없는 것 같다. 버스가 길가 쪽으로 가다가 일어난 사고라서 요행히 다른 차와 부딪치지 않고 진흙탕에 처박힌 것이다.

윌리엄과 나는 카메라와 일기장이 들어 있는 작은 배낭을 챙겨서 밀고 당기던 끝에 가까스로 버스 앞문을 빠져나왔다.

일단 위험한 순간은 넘겼다는 안도감에 잠깐 숨을 돌리는데, 들고 있던 배낭 위로 선홍색 피가 뚝뚝 떨어지는 게 아닌가. 놀라서 얼굴을 만져보니 아까 부딪친 코 주위가 부어오르고 코피가 펑펑 쏟아지는 중이다.

얼른 거울을 꺼내보니 소복 입고 긴 머리를 풀어헤치지만 않았지 영락없는 '월하의 공동묘지' 여주인공 몰골이다. 코피 나는 줄도 모르고 버스를 빠져나오면서 얼굴을 어떻게 만졌는지 얼굴 전체는 물론 목까지 피범벅이 되어 있다. 코피가 주르르 흘러 티셔츠를 적신다. 휴지로 막으려다가 좋은 생각이 떠올라 눈으로 윌리엄을 찾았다.

버스를 빠져나온 승객들은 화가 나서 '드라이버, 드라이버'를 외치며 운전사를 찾고 있는데 운전사는 이미 삼십육계 줄행랑을 놓은 후다. 나중에 알고 보니 이런 때 사고를 낸 운전사가 도망가지 않고 있다가는 몰매를 맞는다는 것이다.

피범벅이 된 내 얼굴을 보고 놀라서 윌리엄이 비명을 지른다.

"으악, 비야씨 얼굴에 피가 나요."

"알아요. 기념으로 사진이나 한 장 찍어주세요."

월리엄에게 카메라를 내밀었더니 도저히 믿지 못하겠다는 표정으로 눈만 껌벅인다. 좋은 일만 기념인가, 나쁜 일도 기념은 기념이니까. 자, 멋있게 찍어줘. 하나, 둘, 셋.

우리는 외국인이라고 특별히 자기 회사 소속도 아닌 다음 버스를 타게 해주어서 해 지기 전에 콕스스 바자에 도착할 수 있었다.

모처럼 날씨가 좋았기 때문에 숙소를 잡자마자 일몰을 보려고 서둘러 바닷가로 나간다. 바람이 모래를 일정한 방향으로 날려가는 것이 사막을 여행하는 기분이다. 해변 군데군데 그물을 말리는 모습이 마치 대형 그물 침대를 걸어놓은 것 같다. 기대했던 멋진 붉은 노을은 없었지만 대신 진한 비둘기색 구름이 지평선에 닿을 만큼 낮게 내려앉아 듬울하고도 원시적인 독특한 분위기의 바다를 맛볼 수 있었다.

이곳 바닷가는 해변이 길고 관광객용 시설물이 적어 그런대로 마음에 들기는 하지만 수영복을 입고 해수욕을 즐기거나 선탠을 할 수 있는 분위기는 전혀 아니다. 남자들은 트렁크형은 물론 그보다 더 야한 삼각팬티 모양의 수영복도 입고 다니지만 여자들은 옷을 모두 입은 채 물 속에 들어간다. 외국인인 나도 숙소나 바닷가 어디서도 반바지조차 입을 수 없다. 반바지는커녕 치마가 좀 짧아 종아리만 보여도 동네 남자들에겐 큰 구경거리가 된다.

그렇다고 조용히 그늘에 앉아 책을 읽거나 한가로이 해변을 거닐며 생각에 잠길 수 있는 곳은 더욱 아니다. 바닷가에 혼자 앉아 있으면 1분도 안 되어 무엇을 사라는 장사꾼을 비롯해 호기심 많은 청소년들의 좋은 표적이 된다.

어떻게든 피해보려고 해도 그들에 비해 살결도 하얗고 얼굴모양이 달라 선글라스를 쓰건 모자를 푹 눌러쓰건 변장이 불가능하다. 여기서도 '조용히 머리 식히기'는 그른 모양이다. 하기야 세계에서 인구밀도가 제일 높은 나라에 와서 조용한 곳을 찾는다는 것이 애시당초 무리가 아니었던가.

윌리엄은 바닷바람을 심하게 쐬어서인지 이번에는 감기가 든 것 같다고 엄살이다. 골치가 아프다거니 목구멍이 따갑다거니 계속 징징대는 소리가 번거로워 한국 감기약을 꺼내주며 위로의 말을 몇 마디 해주니까 조용해진다.

윌리엄의 몸은 '불량품'인지 '정비불량'인지 안 아픈 데가 없다. 아프면 엄살과 짜증이 많아지는 게 당연하다고 생각해서 싫은 내색 안하고 꾹꾹 참아주고는 있지만 아무래도 더 이상은 같이 못 다니겠다. 나도 지금 폭발 일보 직전인데 어쩌란 말이냐.

'외로운 코코넛 섬' 끈질긴 장마비

방글라데시 국토의 최남단은 섬이다. 이름은 세인트 마틴 섬. 현지인들은 나라켈 진지라, '외로운 코코넛 섬'이라고 부른다. 콕스스 바자에서 버스로 3시간 가서 다시 배를 타고 2시간 정도 가는 거리다.

이 섬에는 선착장도, 접안시설도 없다. 사람들은 사다리를 타고 배를 내려가 물이 허리까지 오는 바다를 걸어 섬으로 들어간다. 나도 배낭이 물에 젖지 않게 머리에 이고 가슴까지 들이닥치는 파도를 가르며 해변으로 가야 했다.

배에 탄 어린아이와 모슬렘 여자들은 남자들의 등에 업혀 건너간다. 얼굴은 물론 온몸을 검은 천으로 가리고 평소에는 눈길도 마주치지 않는 여자들이 아무렇지도 않게 외간남자에게 업히는 게 신기하다.

해변에 도착하니 외국인을 본 동네 아이들이 소리를 지르며 겹겹이 모여든다. 손을 흔들어 주니까 더 신이 나서 깡총깡총 뛰면서 '헬로, 헬로'를 연발한다.

운 좋게 마침 그때 해변에 나와 있던 영어를 할 줄 아는 해군 장교가 자신이 묵고 있는 숙소를 소개해 주었다. 정부가 운영하는 하룻밤 30루피 (약 600원)짜리 게스트 하우스는 황송할 정도로 시설이 좋다. 원래는 공무원들이나 군인 장교들이 출장 때 묵는 숙소인데 사람이 없으면 일반인도 몰래 받아 부수입을 올리고 있단다.

이 섬은 산호가 만든 섬으로 150년 전 사람이 처음으로 이주해 올 때는 13가구에 55명뿐이었는데, 지금은 약 500가구에 5,000명 정도가 살고 있다고 한다. 아직 전화나 자동차도 없고, 그 흔한 릭샤 한 대 없다. 거기에다 지난 5월 19일 태풍으로 전기까지 끊어진 상태다.

코코넛나무 사이를 스치는 바람소리와 하루종일 짖어대는 개소리, 떠들며 노는 아이들 소리, 예배시간임을 알리는 사원의 기도소리가 전부인 곳. 식당도 없고 거지도 없는 현대 속의 원시섬. 마을 전체가 쭉쭉 뻗은 코코넛나무로 둘러싸여 있어 아름답고도 이국적인 분위기다.

그런데 푹 쉬려고 찾아온 이 섬에서도 쉬기는 틀린 것 같다. 우선은 '초강력 인간 접착제' 윌리엄이 따라붙었기 때문이다. 내가 섬주인이 아닌 다음에야 자기 발로 오겠다는데 못 오게 할 수는 없는 일이니까. 그렇지만 아무리 감추려 했어도 이쯤이면 내가 자기와 다니기 싫어한다는 것을 알아차렸을 만도 한데. 눈치가 없는 건지, 도저히 혼자 다닐 엄두가 안 나서 '모진 구박' 도 감수하는 건지 알 수가 없다.

둘째는 우리를 구경하는 동네 아이들 때문이다. 적을 때는 5, 6명, 많을 때는 30명 정도가 밥을 먹으러 갈 때나 해변을 걸을 때나, 심지어 숙소 베란다에 앉아 있을 때조차 대문 밖에 몰려와 "헬로, 헬로' 를 연발한다. 숙소 매니저가 대문을 닫으면 문 밑 좁은 빈틈으로 얼굴들을 디밀고 끈질기게 '헬로' 를 외친다.

하기야 이 아이들에게는 우리가 얼마나 신기한 구경거리이겠는가. 한 사람은 허연 피부에 파란 눈이지, 또 한 사람은 노란 피부에 눈은 쭉 찢어지고 코는 납작하니 말이다. 진드기처럼 따라붙는 아이들이 귀엽다고 생각하면 귀여울 수도 있는데 지금의 심리상태로는 솔직히 짜증이 앞선다.

동네 개가 밤낮없이 짖어대는 것도 귀에 거슬린다. 이곳에는 이상하게 기형개들이 많다. 등뼈가 잘못되어 하반신이 마비가 된 개, 다리를 저는 개, 아예 다리가 하나 없는 개, 눈이 하나 없는 개, 항문으로 장이 빠져나온 개. 이 개들은 하루종일 서로 싸우느라 으르렁댄다. 깨개갱갱 하는 소리가 빗소리를 뚫고 한시도 쉬지 않고 들리니 조용히 쉴 수가 있나.

더 큰 문제는 날씨다. 방글라데시가 지금 장마철인 줄은 알고 있었지만 이렇게 끈질지게 비가 올 줄은 정말 몰랐다. 매일같이, 그리고 하루종일 비가 내린다. 장교 말로는 요즘이 보름이 가까운 때라 날씨가 나쁘고 비가 더 많이 오는 것이란다.

지난 달 사이클론이 시속 200킬로미터로 이 섬을 강타해 500여 가구 중 100여 가구의 집이 부서지거나 날아갔다는데 그때도 보름이었다고 한다. 이 해군장교는 그때 생겨난 이재민을 구호하기 위해 출장 온 것이란다. 직접 겪지는 않았지만 해변 곳곳에 아름드리 코코넛나무가 허연 뿌리를 드러낸 채 쓰러져 있는 걸 보면 그 위력을 짐작해 볼 수 있다.

보름달이 몰고 오는 강풍과 장대비. 내 기대와 예상이 완전히 빗나간 이야기다. 나는 이 '외로운 코코넛 섬'의 조용한 바닷가에서 야자수를 배경으로 보름달빛을 받으며 한없이 거닐고 싶었다. 그러면 몇 달 동안 쌓였던 여독도 풀리고 이 터질 것 같은 머리도 식을 것이라고 자못 낭만적인 기대를 했었는데 말이다.

비도 비지만 제일 괴로운 건 습기다. 침대가 너무 축축해서 그 위에 비옷을 깔아야 할 정도다. 숙소에서 주는 홑이불을 덮고 있으면 마치 뱀껍질인 양 축축하게 휘감겨 기분이 나쁘다. 옷은 말려서 입는 것이 불가능하니 대충 털어 입고 말리는 것이 더 빠르다. 그러니 옷마다 불쾌하기 그지없는 썩은 걸레 냄새가 난다.

방글라데시 최남단 '외로운 코코넛 섬'에서 나를 따라다니던 마을 아이들.

어쩌다가 배낭 안의 긴 바지를 꺼내보니 푸른빛이 도는 허연 곰팡이가 슬어 있다. 비닐봉지에 든 과자들도 물에 한 번 빠뜨렸다 건진 것처럼 눅진눅진하다. 일기장도 눅눅해지고 심지어 지갑이며 돈까지 축축할 정도다. 이 습기에 카메라와 필름이 걱정이다.

그래도 2, 3일 동안 비에 갇혀서 밀린 일기도 쓰고, 편지도 쓰고 했는데 무료해지기 시작했다. 언제 비가 그칠지 모르니까 더 그렇다. 그러나 장마철에 여행다니면서 짜증을 내며 해 나기를 기다리다가는 아무것도 못한다. 그보다는 주어진 조건 속에서 최대한 즐겁게 보낼 궁리를 해야 한다. 어디 장마뿐이겠는가. 이게 여행지에서 살아가는 지혜다.

설사가 그친 윌리엄은 그래도 힘이 없는지 2, 3일 동안 제 방에서 잠만 퍼잔다. 아무래도 걱정이 되어 불러 보았다.

"좀 어때요? 웬만하면 운동삼아 섬구경이나 할까요?"

"비가 오는데요. 비 맞으면 또 감기 들어요."

"어이구, 윌리엄은 종이로 만든 사람인가 봐요. 그렇게 몸이 약하면서 여행은 왜 ….”

　짜증이 났지만 그 뒷갈은 차마 하지 못한다. 이렇게 말하고 나니 좀 안
됐다는 생각이 든다. '또 설사할까 봐' 또는 '도저히 입맛에 맞지를 않아
서' 같은 말을 하면서 현지 음식을 전혀 먹지 못하고, 과자와 과일로 연명
하고 있는 걸 생각하니 꼴보기 싫다가도 가여운 생각이 든다. 이 사람 지
지리 복도 없지, 여행에 지쳐 아무에게도 친절하게 대해지지 않을 때 날
만나 같이 다니다니. 그는 내가 원래 히스테리가 심한 사람인 줄 알 거다.

　“그럼 난 한바퀴 돌고 올게요.”

　우산도 없이 숙소를 나섰다. 비는 장대비에서 가랑비로 변했지만 밖에
나간 지 20분도 안 돼 새앙쥐꼴이 된다. 꼬마 아이들은 빗속에서 벌거벗
고 축구를 하고 있다가 내가 지나가니 얼씨구나 하고 따라붙는다. 조금
더 가니 어린 동생들을 업은 여자아이들이 모여서 놀고 있다가 또 따라온
다. 어떤 여자아이들은 윗도리를 입지 않고 치마만 두르고 있다. 이런 보
수적인 모슬렘 동네에서 참 희한한 일이다.

　원래 모슬렘 법대로라면 여자의 얼굴은 결혼 가능한 모든 남자들에게
보여서는 안 된다. 사촌들과도 결혼을 할 수 있으니 얼굴을 보일 수 있는
남자는 아버지와 형제들뿐이다.

　'조금만 더 크면 이 천진난만한 아이들도 검은 베일 속으로 사라지고
말겠지.'

　초경이 시작되고부터는 죽을 때까지 얼굴과 온몸을 가리고 사는 것을
세계 모든 여자들의 운명이라고 알고 있는 마을 사람들에게 두 명의 남자
를 대동하고 다니는 뻔뻔스럽게 얼굴도 안 가린 서른여덟 살의 여자가 어
떻게 보였을까.

　당연히 품행이 단정치 못한 여자로 보이겠지. 그래서일까. 여기 남자들
은 내가 지나가면 애써 못 본 척한다. 가게에서 필요한 일상용품을 살 때
도 주인은 눈을 마주치지 않으려고 무진 애를 쓴다. 나는 나름대로 모슬

렘 동네의 예의를 갖추느라고 이 더위에도 아주 헐렁한 바지에 긴 팔 티셔츠를 입고 다니는데 좀 너무하다.

이 섬에서는 여자어른들을 볼 수 없다. 섬 주민의 65퍼센트 이상이 여자지만 바깥 출입을 안하니 없는 것처럼 느껴진다. 그래도 내가 섬을 돌다가 집 앞을 지나가면 호기심을 이기지 못한 여자들이 집으로 들어오라고 손짓을 한다. 내가 보고 싶어도 집 밖으로 나오지 못하는 모슬렘 여자들이 딱하다.

집으로 들어가면 그렇게 좋아할 수가 없다. 얼른 차도 한 잔 내오고, 즉석에서 딴 야자의 꼭지를 따 마시라고 준다. 대부분 얼굴이 동그랗고 눈도 동그랗고 가지런한 하얀 이에 이목구비가 뚜렷한 미인들이다.

강간범은 모름지기 거세를 해야 돼

모처럼의 '외출'에서 돌아와 보니 숙소에는 영국에서 왔다는 에드워드라는 다른 여행객이 와 있다가 오래 전부터 알던 사람인 양 반갑게 인사를 한다. 나도 새로운 멤버가 생겨서 몹시 반가웠다.

그날 밤에는 날이 맑아져 한 시간 정도 노랗고 동그란 보름달을 볼 수 있었다. 집안에서 달구경을 하다 보니 야자수 사이로 보이는 달이 감질난다. 5분만 걸어나가면 바닷가인데 말이다. 그러나 윌리엄한테 나가자고 해보아야 대답이 뻔하다.

'깜깜한데 나갔다가 불한당이라도 만나면 어떡하게요.'

혼자라도 나갈 셈으로 에드워드를 쳐다보니 그가 먼저 말한다.

"우리 바닷가에 나가볼까요?"

어쩐 일인지 윌리엄도 아무 소리 안하고 따라나선다. 같은 남자 앞이라고 자존심이 동한 건가. 그날은 해군 중위까지 넷이서 '외로운 코코넛 섬'

에서 처음으로 무진장 신나는 시간을 보냈다.

　모래 사장을 걸어 섬 반대쪽까지 갔다가 돌아올 때는 장딴지까지 오는 바닷물 속에 들어가 파도랑 장난을 쳤다. 옷을 버린 김에 나중에는 아예 바다로 들어가 잠수도 하고 수영도 했다. 그야말로 '달밤의 체조' 다. 술한 방울 마시지 않았으면서 우리 넷은 술 취한 사람처럼 함께 노래도 부르고, 어깨동무를 하고 춤도 추고, 고래고래 소리도 질렀다. 아무도 없는 무인도에 우리 넷만 떨어진 기분이었다.

　다음날 섬이 발칵 뒤집히는 사건이 벌어졌다. 그 사건의 발생지가 다름아닌 내가 묵고 있는 방이었다. 새벽 두세 시경, 누군가가 방문을 마구 두드리는 소리에 잠을 깼다. 깜짝 놀라서 사방을 두리번거려 보니 내 방 유리창문이 손전등의 집중 세례를 받고 있었다. 밖에서는 누군지도 모르는 사람들이 문을 계속 두드리며 발로 찬다.

　이건 또 무슨 날벼락인가. 2층 맞은편 끝방에서 윌리엄과 에드워드가 자고 있다는 것이 그나마 그 순간 얼마나 위로가 되는지 모른다. 대충 옷을 입고 문에다 대고 소리를 질렀다.

　"당신들 도대체 누구야?"

　"폴리스!"

　"폴리스? 아니, 이 밤중에 경찰이 도대체 무슨 볼일이에요?"

　"뭐라뭐라 아리푸, 중얼중얼 아리푸."

　벵갈리 말로 하는데 알아들을 수가 있나.

　"난 모르는 일이니 귀찮게 하지 말아요. 알아들었어요?"

　"주저리주저리 아리푸, 군시렁군시렁 아리푸."

　이 사람들도 지지 않고 문이 부서져라 두드린다. 같은 층에서 자고 있던 해군 장교가 깨어 문 밖으로 나온 모양이다. 한동안 경찰들과 조용히 이야기를 주고받더니, 내 방문을 두드린다.

　"비야씨, 문 잠깐만 열어봐요."

윌리엄과 에드워드도 밖에 있는지 한 마디 거든다.

"비야씨 괜찮아요?"

알고 보니 원래 내가 쓰고 있는 방이 이 게스트 하우스 관리인인 열아홉 살짜리 아리푸라는 청년이 쓰던 방이란다. 순진하게 생기고 나이도 어린 놈이 글쎄 몇 달째 친구들과 몰려다니며 동네 처녀 몇 명을 겁탈했다는 것이다. 그것도 바로 내가 묵고 있는 이 방에서. 그날 밤 경찰은 내가 그 방에 임시로 묵고 있는 줄도 모르고 놈을 잡으려고 그렇게 방문을 두드린 것이다.

겁탈당한 것을 숨기고 있던 동네 처녀 하나가 임신을 하자 부모님이 알게 되었고, 용감하게도 강간범을 고발한 것이다. 그분들이 딸이 강간당했다는 것이 세상에 알려지는 것을 두려워했더라면 아직도 그놈들은 대낮에 버젓이 나다녔을 것이고 몹쓸 짓을 계속했을 것이다.

경찰이 들이닥치자 낌새를 눈치챈 아리푸는 옥상에 숨어 있다가 잡혀 나갔다. 고개를 푹 숙이고 내려오는 꼴을 보니 당장이라도 뛰어나가 따귀를 한 대 올려붙이고 싶은 마음이 든다. 개자식! 한순간의 정욕을 참지 못해, 또는 순전히 장난으로 한 여자의 일생을 망치는 더러운 인간쓰레기 강간범. 그것도 상습범. 저게 사람의 탈만 썼지, 짐승만도 못한 놈 아닌가. 더러운 놈!

나는 세계 어느 나라든 강간범에 대한 처벌이 너무 ㅁ미하다고 생각하는 사람이다. 한 인간에게 끼친 그 어마어마한 피해에 비하면 몇 년 징역살이는 얼마나 가벼운 벌인가. 이런 불공평한 법을 만든 사람들이 대부분 남자이기 때문에 강간범에게 관대할 거라는 의혹을 떨쳐버릴 ㅅ가 없다.

초범이고 충동적이었다면, 그래서 개전의 여지가 있다면 모를까(이 경우에도 10년 이상형은 되어야 한다) 재범 이상이라면 분명히 구제불능의 정신병자들이다. 자신을 제어할 능력이 없는 이들은 범죄예방과 사회안녕의 차원에서 아예 거세를 해야 마땅하다는 것이 나의 의견이다.

엄격한 모슬렘법에 따르면 도둑질을 하다가 들킨 사람은 손목을 자른 다는데 이곳 강간범은 고추를 따버리는지 모르겠다.

장마, 습기, 개소리에 강간범까지 합세해 쉬러 온 나를 괴롭혔지만 떠나 오기 전 들은 이 섬의 전설은 이곳을 아름다운 기억으로 남게 해 주기에 충분했다.

수호신에 관한 얘기인데, 모처럼 노을이 아름다웠던 저녁에 뿌리째 뽑혀 누워 있는 야자수에 함께 걸터앉은 해군 중위가 들려준 이야기다.

25년 전인가. 동네 사람들이 바다 위에 떠 있는 아름다운 회교 사원을 보았다고 한다. 신심 깊은 동네 어른들은 무슨 일인가 하여 회당에 모여 며칠간 기도를 드렸다. 그 기도가 끝나는 날 많은 사람들이 하늘을 나는 큰 천사가 섬 주변을 맴도는 것을 보았단다. 섬사람들은 무언지는 모르지만 좋은 징조일 거라고 믿었다.

이상하게도 천사가 나타난 후부터 배가 뒤집혀 많은 사람이 죽는다거나 하는 나쁜 일이 없어졌단다. 사이클론의 피해가 커서 집이 부서지기는 해도 사람들이 죽는 경우는 드물어졌다. 사람들은 그 천사를 알라신이 보낸 수호신이라고 굳게 믿으며 '뽀리' 라고 부르게 되었다. 지금도 이 천사가 자주 나타난다는데, 특히 어린아이들에게 잘 보인다고 한다. 많은 동네 꼬마들은 뽀리를 본 적 있느냐는 물음에 그렇다고 대답했다.

어떻게 생겼느냐고 하니 모래사장에 손가락으로 제각기 다른 모습을 그리지만 날개가 달리고 흰색이라는 것은 공통이었다. 그러면서 자랑스러운 미소를 띄우면서 엄지손가락을 세운다.

"뽀리, 쿳 팔로(뽀리가 아주 좋아요)."

하얀 날개로 푸른 바다 위를 날아다니는 좋은 천사 뽀리. 섬에 올 때도 배가 뒤집힐 뻔한 위기를 여러 번 넘겼는데, 제발 뽀리가 우리까지 지켜 줘 무사하게 육지로 돌아가게 해 주었으면 좋겠다. 또 고기를 잡아 어렵게 살아가는 섬사람들에게 이 뽀리가 고기풍년을 들게 해 주었으면 좋겠다. 특별히 어린이와 여자들을 잘 보살펴 주었으면 좋겠다.

그렇게 구박했던 윌리엄도 헤어지려니 시원하긴 하지만 미안하고 섭섭하다. 윌리엄이 무사히 여행을 마칠 수 있도록, 그리고 좋은 여자를 만나 건강하고 즐거운 인생을 살 수 있도록 역시 뿌리가 돌보아 주었으면 정말 좋겠다.

엉엉 울어버린 서른아홉 번째 생일

방글라데시 여행이 이렇게 버거운 데는 그만한 이유가 있다.

앞에서도 말한 육체적인 괴로움보다는 정신적인 에너지 탱크가 바닥난 것이 더 큰 문제다. 언제나 메가톤급 에너지가 넘친다고 얻은 별명 '원자폭탄'이 무색하다. 요즘의 나는 원자폭탄은커녕 다 닳은 1.5볼트 탁상시계용 건전지만도 못하다.

정월 초하루 아침, 서울을 떠나면서 늦잠을 자는 바람에 급하게 나오느라 여행길에 꼭 챙겨가는 식구들 사진을 그만 잊고 나왔다. 나는 여행을 다니면서 가족들의 사진을 보는 것으로 힘을 얻는데, 그 힘의 원천을 잊고 떠나왔으니 힘이 없는 것은 당연한 일이다.

그래서 지난 3월 베트남에서 만나기로한 〈사랑과 상처〉의 작가 이경자 고모에게 식구들 사진과 친구들 편지를 챙겨와 달라고 했는데, 올 수 없게 되어 버렸다. 다시 5월에 다른 친구와 미얀마에서 만나기로 했으나 그녀 역시 막판에 사정이 생겨 허사가 되었다. 약속만 없었더라도 태국이나 미얀마에 있는 한국 대사관을 통해 편지와 사진이 든 소포를 받았을 텐데. 여행 6개월이 넘도록 식구들 사진 한 장 없이, 편지 한 통 없이 다녔으니 무슨 에너지가 남아 있겠는가.

짜증을 가중시키는 것은 쓸데없이 까다로운 인도 비자 받는 일과 지독히 불친절한 방글라데시 출입국 관리소에서 육로 통행 허가증을 받는 일이었다. 이곳의 공무원 근무시간이 9시부터 5시인데 접수하러 갈 때는 9시 30분인데도 문을 열지 않아 기다리게 하더니 받으러 갈 때는 2분 늦게 도착했다고 내일 오란다. 나쁜 놈. 책상 위에 있는 도장 몇 개만 찍어주면 그만인걸, 그 먼길을 다시 오라니. 병신 같은 놈. 진짜 나쁜 놈이다.

뿔이 나서 씩씩거리며 문 앞에 나와 인력거를 찾고 있는데 열두 살쯤 된 아이가 외국인에게 으레 하는 질문을 건넨다.

"안녕하세요, 마담. 우리나라가 어디예요?"

이 나라 사람들은 질문을 할 때면 자주 '당신'을 '나'라고 바꾸어 말하는 버릇이 있다. 당신 어느 나라 사람이냐고 묻는 것이다. 뜻을 뻔히 알면서도 퉁명스럽게 '방글라데시' 하고 잘라 말했더니 눈을 휘둥그렇게 뜨면서 또 묻는다.

"내 이름은 뭐예요?"

물론 아이는 자기가 아니라 내 이름을 묻는 것이다. 그런데 공연히 짜증이 나서 소리를 꽥 질렀다.

"너는 자기 이름도 모르니? 네 이름을 왜 나한테 묻는 거야, 앙?"

말을 붙여보려고 친근하게 묻던 아이는 내 히스테릭한 반응에 깜짝 놀라서 황급히 가버린다. 돌아서고 나니 몹시 미안하다.

몸과 마음이 지치니 가까운 사람들이 더욱 그립다. 그래서인지 계속 식구들 꿈을 꾼다. 그저께는 미국에 사는 조카 형석이와 슬기가 문 앞에 앉아 있다가 나를 보더니, "야! 꼬미야 왔다아아" 하고 왜가리처럼 소리를 지르며 내게 뛰어들더니, 어제는 모르고 산 세월보다 알고 산 세월이 훨씬 긴 수녀친구 테레사와 도서관 친구 순옥이가 함께 나타났다. 꿈이 미처 깨지도 않은 비몽사몽간에 혼잣말이 나온다.

"아, 집에 가고 싶어."

애초에 방글라데시에서는 인도 비자만 받아 곧바로 떠날 생각이었지만 이런 상태로는 여행을 계속할 수 없다는 생각이 들었다. 몸이 피곤할 때는 며칠 잘 먹고 푹 쉬면 곧 회복되지만 정신적인 에너지가 고갈되었으니 이를 해소하는 데는 다른 방법이 없다.

그래서 한국에 긴급 구조신호를 보냈다. 출판사로 팩스를 넣은 것이다. 식구들 사진 왕창, 식구들과 친한 친구들의 긴 편지 한 통씩, 독자들에게서 온 편지까지 모두 모아 국제 속달로 보내달라고 한 것이다.

그야말로 손가락을 꼽아가며 소포가 도착하기를 기다렸다.

일주일이면 온다니까 적어도 내 생일에는 받아볼 수 있을 거라는 기대에 부풀어 있었다.

그러나 결국 생일날까지 기다리던 소포를 받지 못했다. 도착한 소포 안에 잔뜩 들어 있는 선물용 열쇠고리가 문제가 되어 세관통과가 안 된다는 것이다. 세금이 얼마가 되든 돈을 내고 당장 찾아가겠다는데도 받는 주소가 유엔 개발기구로 되어 있으니 그 사무실 직원이 와야 한다는 것이다. 마침 아는 사람이 유엔 개발기구에 있어 거기 주소를 이용한 것이 화근이었다. 속도 상하고 애가 달아서 얼굴이 푸르락 붉으락, 아무나 잡고 고래고래 소리지르며 화풀이를 하고 싶은 심정이다.

그렇다고 이런 낯선 나라에서 외롭게 생일을 맞기는 싫었다. 그래서 이번 세계여행중 처음으로 한국 음식을 '내 돈주고' 사먹기 위해 다카에 있는 서울가든을 찾았다. 한국 음식을 먹는 것도 목적이지만 그곳에 가면 한국 신문도 있고, 이야기할 한국 사람들도 있을 것 같아서다.

식당문을 열고 들어서자마자 한국인 아줌마가 있길래 "어머, 안녕하세요?" 하고 반갑게 인사를 했더니 "어서 오세요." 친절하지만 사무적인 말만 건너온다. 괜히 머쓱해진다. 나야 그동안 한국 사람들 못 보았으니까 그립고 반가웠겠지만 그분이야 매일 보는 한국 사람이 뭐 그리 반가울까. 이해는 되지만 그래도 야속하고 섭섭하다.(그러나 두 번째 갔을 때는 이분이 남편인 이제현 사장님과 함께 나에게 국빈 대우를 해 주었다.)

식당에서는 남자들 몇 패가 떠들썩하게 저녁을 먹고 있었다. 한두 명이 앉아 있는 자리라면 염치불구하고 어떻게 끼여볼 수도 있겠는데 너무 여럿이라 어렵다. 하는 수 없이 혼자 앉아 김치찌개, 파전, 양념두부, 군만두 등 한 5인분을 시켜 위가 아플 정도로 먹었다. 배는 부르지만 마음은 여전히 허전하다.

밖으로 나오니 장대비가 내리고 있다. 다카 시내가 온통 물바다가 되어 타고 가던 릭샤 바퀴가 반은 물에 잠긴다. 숙소로 돌아와 소화제를 먹고 물에 젖은 옷을 빨아 널다가 그만 미끄러졌다. 넘어지면서 방에 걸어놓은 빨랫줄을 잡았는데, 줄이 풀어지면서 빨랫줄 고리에 왼쪽 손목이 조금 찢어져 피가 난다. 다친 곳이 그리 아픈 것은 아닌데도 갑자기 서러운 마음이 든다.

나도 모르는 사이에 금방 굵은 눈물 방울이 주르르 무릎에 떨어진다. 상처에 소독약을 바르고 일회용 반창고를 붙이면서도 계속 눈물이 난다. 방에 널려 있는 축축한 빨래를 정리하면서도 눈물은 그치지 않는다. 에라, 모르겠다. 이렇게 우는 것만으로는 성이 안 차서 아예 침대에 엎드려서 본격적으로 엉엉 소리를 내며 실컷 울었다. 외롭고 쓸쓸하게 보낸 서른아홉 번째 생일이다.

열흘 만에 드디어 소포를 찾았다. 흥분이 되어 소포를 뜯는 손이 떨리기까지 했다. 와, 있다, 있어! 그 안에는 식구들 사진과 조카들, 큰 언니, 올케, 친한 친구들이 쓴 편지들이 들어 있다. 독자의 편지들도 같이 왔고, 문제의 열쇠고리와 그림엽서 등 필요한 여행 물자들도 충분히 들어 있다. 늘 걱정이 되었던 엄마는 사진 속에서 건강한 모습이다. 사랑하는 조카들은 개구쟁이 표정을 짓고 있고, 언니들, 형부들, 올케, 남동생도 활짝 웃고 있다.

그리고 기다리고 기다리던 편지들. 사랑하는 동생아, 사랑하는 꼬미야, 그리운 언니, 보고 싶은 비야. 이렇게 시작되는 편지들! 읽고 읽고 또 읽었다. 읽을수록 힘이 나고 기운이 솟았다. 사진은 볼수록 기분이 좋고 웃음이 나고 가슴이 뻐근하다. 아, 에너지가 충전되는 걸 온몸으로 느낀다. 정말로 느껴진다.

알고 보니 나는 스스로 에너지를 내는 '원자폭탄'이 아니라 태양의 열을 받아 충전되는 태양열 전지였던 것이다. 내가 메가톤급 폭탄이 되는 것은 태양열을 충분히 받았을 때인데, 그 태양은 다름 아닌 사랑이다. 가족과 친구들의 사랑이 바로 내 힘의 원천이라는 것을 이번에 확실하게 깨달았다.

쇠똥 마을 진흙집 정많은 식구들

만주르는 힘겨운 방글라데시 여행에서 오아시스를 제공해 준 사람이다. 이 친구는 다카에 있는 유엔 개발기구 직원으로 한국 유엔 개발기구에서 일을 하고 있는 이현신의 소개로 알게 되었다. 현신이는 내가 아주 좋아하고 아끼는 대학후배이다. 유엔에 직장을 구할 때 내가 다리를 놓아주었는데, 세상일은 돌고 돈다고 이번 세계 여행 때 현신이의 '유엔 커넥션' 덕을 톡톡히 본다.

만주르는 내가 시 중심에 있는 고급호텔에 묵고 있는 줄로 알고 자기집에 묵으라는 소리를 못했는데, 어쩌다가 구시가지 싸구려 여관에 있다는 것을 알고는 회유 반, 협박 반으로 당장 숙소를 옮기라고 윽박지른 고마운 친구다.

만주르의 집은 에어컨, 샤워시설 등 현대시설이 갖추어진 넓고 시원한 집이다. 그곳에서 찬물로 샤워하고 찬 바람이 쌩쌩 나오는 에어컨 아래서 〈잉글리시 페이션트〉 등의 최신 비디오도 보고, 글도 쓰면서 며칠 동안 여독을 풀었다. 게다가 식구들이 모두 영어를 유창하게 해서 그동안 방글라데시에 대해 궁금했던 사항에 속시원한 대답을 들을 수 있었던 것도 금상 첨화다.

며칠이 지나자 심신이 지쳐 엄두가 안 나던 시골집 민박 생각이 난다. 심신의 에너지가 제대로 충전되었다는 명백한 증거다. 그래서 만주르에게 부탁을 했다.

"나, 시골 좀 보내줘요."

내가 하도 깡촌타령을 해대니까 만주르의 동료가 자기 사무실에서 심부름을 하는 총각네 집을 소개해 주었다. 이름이 깔롱이라는 이 총각은 그 사무실 안에서 가장 깡촌 출신 사람이란다. 그래서 찾아간 곳이 인도가 빤히 보이는 비야푸르 마을이다.

다카에서 밤버스로 10시간, 그리고 그곳 랴샤히에서도 또 1시간을 오토바이로 달렸다. 끝없이 펼쳐지는 넓은 벌판은 모내기가 거의 끝나 온통 연한 초록색이다. 탁 트인 공간을 보니 눈도 시원하고 마음도 저절로 시원해진다.

군데군데 작은 연못에서는 사람들이 목욕을 하거나 빨래를 하는 모습이 자주 눈에 띈다. 연못마다 꽃분홍색 연꽃이 만발해 있다. 모슬렘교가 국교인 이 나라의 국화가 불교의 상징인 연꽃인 이유를 알 것 같다. 한국에서는 근래에 경회루 연꽃이 불교의 상징이라고 해서 다 뽑았다는 소식을 듣고 부끄러웠던 기억이 새롭다.

길거리에서 만난 사람들은 오토바이 뒤에 타고 가는 나를 보고 믿을 수 없다는 듯 서로 고개를 빼고 눈을 둥그렇게 뜬다. 손을 흔들어 인사를 하면 쳐다보던 사람들이 자동인형처럼 동시에 손을 흔들어 답례한다. 하얀 이를 다 드러내고 활짝 웃으면서.

남자들은 바지를 입은 위에 무릎까지 내려오는 원피스를 입었는데, 옷 색깔이 회색이나 흰색 등 무채색 계통이다. 그와는 대조적으로 여자들 옷은 꽃분홍, 샛노랑, 진초록 등 원색 계통이어서 옷을 입은 여자들은 한 사람 한 사람 모두가 활짝 핀 꽃처럼 화려하다.

묵을 집에 도착하니 식구들이 집 밖에 나와 기다리고 있다가 아주 반갑게 맞아준다. 거수경례하듯 오른손을 눈썹 위에 얹으며 '앗살람 알레이쿰' 하고 먼저 인사를 하니, 식구들은 깜짝 놀라며 '알레이쿰 앗살람' 하며 인사를 받는다. 중동을 여행할 때 단단히 배워둔 회교식 인사다.

이 집에는 아버지, 어머니, 그리고 시집갔다가 딸 하나를 낳고 과부가 되어 돌아온 큰 딸과 아들 두 명이 살고 있다. 외국인이 왔다는 소문을 듣고 당장 동네 사람들이 구름같이 모여든다. 자연히 질문이 쏟아질 수밖에. 나를 데려온 깔롱이 통역을 해줄 때마다 '오 ~' 하는 탄식이 터지고 서로 쳐다보며 재확인을 한다.

"이분 이름이 비야예요."

깔롱이 말하자 '와 ~' 하고 웃음이 터진다. 비야는 이곳 벵갈어로 '내 사랑' 또는 '꿀물'이라는 뜻이다. 발음은 '비야'와 '피야'의 중간 정도다.

"이분은 코리아에서 왔어요."

깔롱이 말해주자 사람들은 다 같이 듣고도 서로를 쳐다보며 다시 한 번 확인을 한다.

"저 사람 코리아에서 왔대."

사실 이들은 코리아가 어디 붙어 있는 나라인지도 모른다. 꼬마녀석들은 멋도 모르고 그저 내가 웃기만 하면 좋아한다. 깔롱 말로는 내가 이 동네가 생긴 이후 처음으로 찾아온 외국인이라는 것이다.

동네 사람들에게 일차 '집단심문'을 받고 집 안으로 들어갔다. 그동안 큰 딸 사비나가 내 거처를 마련해 놓았다. 창을 열면 바로 집 앞 연못이 보이는 제일 시원한 방이다. 동네 다른 집들처럼 이 집 역시 진흙으로 지은 집인데, 내부가 상당히 깔끔하다. 대문을 들어서면 바로 방이 있고(여기가 내 방), 그 옆에는 진흙으로 만든 평상이 있는데 거기서 하루에 다섯 번씩 기도를 하고 밤에는 자기도 한다.

좀더 들어가면 마당이 나오는데 마당 한쪽은 소와 양의 축사다. 진흙으로 만든 여물통이 재미있다. 안채에는 커다란 방 하나와 거실이 있어 거실에서 밥도 먹고 차도 마신다. 그 방에도 역시 진흙으로 만든 곡식 뒤주와 항아리들이 즐비하다. 평상과 여물통, 뒤주 등을 집을 지을 때 아예 같이 만든다는 것이다. 으리식으로 하자면 붙박이 여물통이요, 붙박이 뒤주인 셈이다.

마당 끝이 부엌인데 한켠에는 쇠똥 말린 것이 산더미처럼 쌓여 있다. 이곳에서 쇠똥은 없어서는 안 될 귀중한 연료다. 그 화력이 장작보다 훨씬 좋아 취사용으로 아주 훌륭하다고 한다. 만일 인도나 방글라데시에서 쇠똥을 쓰지 않고 나무로 밥을 지었다면 그 어마어마한 인구가 쓰는 나무를 어떻게 감당할 수 있었을까. 이것만 보아도 쇠똥은 아주 쓸모있는 재활용품이다.

이곳 여자들은 축사와 집 근처의 쇠똥을 손으로 말끔히 긁어담는 것으로 하루 일과를 시작한다. 그것을 집 앞에 파놓은 웅덩이에 모았다가 마른 짚을 넣고 이겨 말린다. 그래서 이 동네는 집 벽마다 손으로 찍어바른 쇠똥이 마르고 있는데. 그게 온 지 이틀이 지나니까 하나도 더럽게 느껴지지 않는 거다.

쇠똥 긁던 손을 잘 씻지도 않은 여자들이 밀가루 반죽을 해서 중국 호떡같이 넓적한 짜파티라는 빵을 만든다. 분명히 쇠똥 들어간 빵인 줄 알면서도 목구멍으로 넘어가는 걸 보면 내 비위도 어지간한 셈이다.

이 마을에 머무는 동안 비서가 하나 생겼다. 이름은 루나, 나이는 일곱 살. 큰 딸 사비나의 딸인데, 내 수행비서라고 할까, 그림자라고 할까. 그곳에 있는 동안 한시도 내 곁을 떠나지 않았다. 주요 임무는 언제 어디서나 내 주위를 둘러싸고 있는 꼬마들 쫓아주기, 야외 화장실에서 용무볼 때 망 봐주기, 낮잠 잘 때나 저녁에 부채로 부쳐주기, 자기도 확실히 모르면서 눈치로 때려잡아 내 이야기를 어른들에게 통역해 주기 등등이다.

방글라데시 깡촌집 벽에 손으로 찍어 붙여 말리고 있는 쇠똥.(벽 아래 까만 색)

어찌나 살갑고 귀엽게 구는지 꼭 우리 조카 같아 마음에 쏙 든다. 자기 딸을 귀여워하니까 사비나는 온갖 정성으로 날 대접해 준다. 자기들처럼 손으로 밥을 먹고 벵골어를 열심히 배우자 처음에는 아들 직장 최고 책임자의 친구라고 나를 어려워하던 이 집 부모님도 친근하게 대해주어서 마음 편하게 지낼 수 있었다.

이곳의 주식도 역시 쌀밥과 생선. 모든 반찬에는 노란색의 카레 양념이 들어간다. 아침에는 방금 짠 우유를 끓여 마시기도 한다. 동네 사람들은 신기한 손님이 왔다고 손에 손에 먹을 것을 들고 모이는데 마침 이 동네가 망고철이라 나는 평생 먹을 망고를 거기서 다 먹은 겻 같다. 이곳 망고는 크고 달아서 방글라데시에서 최고로 쳐준단다.

동네 아줌마들의 공통된 질문은 두 가지다.

"왜 금붙이 장식이 하나도 없는가?"

"왜 머리는 그렇게 짧은가?"

특히 내가 반지나 귀걸이, 팔찌 등 금붙이가 하나도 없다는 것이 몹시 이상하다고 한다. 이 마을에서는 아무리 가난한 사람이라도 서너 개의 반지와 코걸이, 귀걸이, 그리고 대여섯 개의 팔찌를 꼭 차고 있다.

어느 아줌마는 노골적으로, 내가 너무나 가난해서 이런 장신구가 없다고 생각하고 아주 불쌍하다는 표정을 짓는다. 나를 한국에서 온 '하리잔'(인도 카스트에서 최하급으로 치는, 접촉해서는 안 되는 천민)으로 여긴 것이다. 내가 카톨릭 신자라고 했으니 더욱 그렇게 생각할 것이다. 보통 하리잔들이 카스트의 굴레에서 벗어나려고 기독교로 개종하는 경우가 많다고 하니 말이다.

원래 공짜밥은 못 먹는 터라 여기서도 집안일을 돕고 싶었다. 무얼 할까 하다가 내가 있는 동안 집안에 먹을 물이 떨어지지 않게 물 길어오는 일을 한다고 나섰다.

그런데 이 일이 만만치가 않다. 깊이가 20미터나 되는 우물에서 두레박으로 물을 퍼올리는 것도 그렇지만, 그 물을 담은 커다란 호리병을 허리에 끼고 오는 일이 보통 어려운 게 아니다. 균형이 잡히지 않아 이리저리 비틀거리며 병을 떨어뜨리기 일쑤다.

사기로 만든 호리병은 잘못해서 깰까 봐 구리로 만든 걸 가지고 갔는데 그러길 정말 잘했다. 처음 물 길어오는 날 균형을 잃어 병을 땅에다 냅다 꽂았으니 말이다. 조그만 병을 들고 따라나선 내 비서는 엉덩이를 살짝 옆으로 들어 병을 허리에 끼고 잘도 간다.

동네 아이들은 나만 보면 합창을 한다.

"빠르다시 빠르다시 쟈나나 힌 …."

이 노래는 나도 잘 아는 노래다. '외국인이여, 외국인이여, 가지 마세요' 하는 내용이다. 인도에서 대히트를 한 '라쟈 힌두스타니'라는 영화의 삽입곡인데, 방글라데시에서는 인도 영화가 금지되어 있는데도 어쩐 일인지 시외버스만 타면 예외없이 틀어대는 게 바로 이 노래다.

오는 첫날 내가 "아미르 빠르다시(난 외국인이야)"라고 인사를 하고 이 노래를 불렀더니, 동네의 어른 아이 할 것 없이 어찌나 좋아하는지 내가 되레 깜짝 놀랐다.

"쿳 팔로(아주 멋있어요)."

동네 사람들이 환성을 질렀다.

집 앞 연못에서 옷 입은 채 멱도 감고, 동네 사람들에게 그림엽서를 보여주며 우리나라 이야기도 해주고, 사비나의 사리를 빌려입고 다른 동네로 마실도 가고, 남자들만 가는 시장에도 따라다니면서 시간 가는 줄 모르고 지냈다. 애초 예정보다 이틀이나 더 있었던 건 순전히 비서 루나의 눈물어린 호소 때문이다.

"안티 비야. 아가메나 깔 자베(비야 이모. 오늘은 안 돼요, 내일 가요)."

이 말을 할 때는 큰 눈에 눈물이 글썽글썽해진다. 내 방 창문 옆에 괴발개발 그린 영어로 '투데이 노'라고 써놓았다. 영어를 조금 할 줄 아는 제 삼촌한테 도움을 청한 것이겠지. 우리 조카 지영이는 내가 중국으로 떠날 때쯤 책상이나 공책 등 눈에 띄는 곳마다 '꼬미야, 아프리카 가지 마.'라고 적어 놓았었다. 지영이에게는 내 긴 여행지의 대명사가 아프리카였다.

'에라, 오라는 데가 있나, 기다리는 사람이 있나. 저 녀석이 저러는데 하루 더 있지 뭐.'

내가 떠나는 날이 되자 루나는 아프다는 핑계로 학교도 가지 않고 아침 내내 내 옆에 딱 붙어 있다. 이것도 내가 저희집에 가긴 하면 유치원을 땡땡이치는 지영이와 똑같다.

식구들과 한바탕 기념사진을 찍고, 작별인사를 하고, 오토바이 뒤에 짐을 다 실을 때까지는 괜찮더니, 막상 내가 탄 오토바이에 시동이 걸리자 이 녀석이 소리내어 울기 시작한다. 그걸 보고 사비나도 울음을 터뜨린다. 그러자 루나는 아주 목을 놓는다. 코끝이 맵싸해진다. 정든 사람들을 뒤로 하고 떠날 때면 언제나 눈앞이 뿌얘진다. 이별은 언제나 이렇게 힘이 든다.

현대건설 공사현장의 외삼촌

비야푸르 마을에서 돌아오는 버스 옆자리의 30대 남자는 사업을 한다는데, 영어가 유창해 많은 이야기를 나눌 수 있었다. 내가 지금 5년째 여행을 하고 있다니까 "당신 참 힘이 좋으시네요." 한다.

"메이드 인 코리아거든요."

내가 농담으로 받아주었더니 그가 고개를 끄덕이며 좋아한다.

"맞아요. 지금 가는 길도 어떤 구간은 중국 사람들이, 어떤 구간은 인도인들이, 또 어떤 구간은 한국 사람들이 만들었는데 메이드 인 코리아 길이 제일 좋아요."

그 말을 들으니 나도 기분이 좋다.

"아 참, 여기 올 때 큰 배를 타고 자무나강을 건너오셨죠? 바로 그 강에 한국 사람들이 다리를 놓고 있어요. 역사상 가장 큰 공사지요. 오래 전부터 우리의 숙원사업이었는데 한국 사람들이 소원을 풀어주고 있으니 얼마나 고마운지 모르겠어요."

놀랍기도 하고 반갑기도 하고 한국인으로서 어깨가 저절로 으쓱해진다. 한편으로는 성수대교처럼 얼렁뚱땅 만들어 나라망신을 시키면 어쩌나 하는 걱정도 지울 수 없다.

그런데 우연치 않게 이 공사현장에 가볼 기회가 생겼다. 만주르의 소개로 다카 빈민가에서 구제사업을 하고 있는 여자를 만났는데, 그 남편이 현대건설 공사현장의 보안을 맡은 회사 사장이었다.

마침 그날 오후에 현대건설 사무실에 갈 일이 있으니 같이 가자는 것이다. 그래서 놀러갔다가 건설현장까지 가보게 되었다. 사실 나는 다음날 인도의 캘커타로 갈 예정이라 사무실에서 차로 3, 4시간이나 떨어진 공사현장까지 가볼 생각은 없었다. 그런데 사무실 부장님이 부추긴다.

"여기까지 오셔서 현장에 안 가보시면 브이 아이 피가 아닙니다."

나는 분명 중요인물 축에 낄 수도 없고 끼고 싶은 마음도 없지만 자랑스러운 한국인이 이 나라의 역사를 만드는 현장을 가보고 싶은 욕심이 없는 것도 아니었다.

다음날 아침 사무실에 가니 황공하옵게도 거창한 봉고차가 날 기다리고 있다. 운전사를 포함해 6명이나 되는 수행원을 거느리고서 말이다. 무장경호원 2명에, 사복경호원 1명, 그리고 무전기를 들고 있는 보안회사 직원, 가는 길에 심심할 거라며 영어를 잘 하는 사장 부인까지 나와 기다리고 있었던 것이다.

6명의 보디가드라니! 이런 대접은 난생 처음이고, 아마 이후에도 절대 없을 일이다. 사장이 현대측에 잘 보이려고 한 일이겠지만 정말로 VIP가 된 기분이다. 약간 부담스러우면서도 기분은 그만이다. 뒷좌석에 앉은 무장경호원들은 근엄해 보이려고 그러는지 내가 상냥하게 웃어보여도 굳은 표정으로 앞만 보고 똑바로 앉아 있는 모습이 귀엽기까지 하다.

방글라데시는 히말라야에서 시작된 자무나강이 날라온 흙이 쌓여 만들어진 땅이다. 강은 내려오면서 점점 넓어져 하류가 폭 10킬로미터에 달하는 바다 같은 규모다. 실제로 내가 페리를 타고 그 강을 건너면서 보니까 시야가 끝나는 수평선까지도 강변이 보이지 않았다.

강을 건너는 페리를 기다리는 시간이 두세 시간이나 걸렸는데 이것은 아주 양호한 것이란다. 명절 때가 되면 강을 건너느라고 2, 3일씩 강가에서 밥을 해먹으며 차례를 기다려야 한다는 것이다.

이 강 때문에 기차가 동서로 이어지지 않는 등 방글라데시 발전에 큰 장애물이었는데, 우리나라 사람들이 다목적 철교와 통신탑 등을 포함한 다리를 놓고 있는 것이다.

뿌듯한 마음으로 현장에 도착했다. 김영배 소장과 임직원들이 반갑게 맞으며 공사현장을 한바퀴 구경시켜 주셨다. 그 어마어마한 규모에 입을 다물 수 없다. 세계 유수의 기술자들이 절대로 안 된다는 아주 어려운 공사를 해내고 있으니 정말 자랑스럽고 고마운 분들이다.

"집에 전화한 지 오래 되었지요?"

저녁 식사를 마치고 차를 마시면서 소장님이 내게 묻는다.

"예. 저는 집 나오면 전화를 잘 안해요."

"그러지 말고 여기서 집에 전화 거세요. 요금은 안 받을게요."

소장님은 웃으며 전화를 가리킨다. 이크, 내가 짠순이가 돼서 집에 전화를 잘 안 거는 것을 어떻게 아셨을까. 염치불구하고 전화를 하니 식구들이 소리를 지르며 난리다. 우리 식구들은 아직도 내가 전화하면 소리를 지른다. 자주 안 걸기 때문이다. 소장님은 이 얘기 저 얘기 나누다가 책상 위에 놓여 있는 누룽지 사탕을 봉지째 집어준다.

"아 참, 이거 가지고 다니면 좋겠구먼. 그리고 뭐 필요한 거 있으면 말해요. 우리 창고에 있는 거면 무엇이든 줄 수 있으니까."

예정에도 없이 현대건설 현장 숙소에서 하루를 묵으며 그동안 먹고 싶었던 라면에 김치볶음밥까지 얻어먹고 돌아가려는데, 소장님이 커다란 쇼핑백을 건네주신다. 안에는 고추장, 캔수프, 비누, 치약, 라면 등이 잔뜩 들어 있다.

이걸 다 어떻게 가지고 다니나. 소장님은 건설현장에서는 베테랑이지만 배낭여행에 대해서는 전혀 문외한이신 것 같다. 될수록 가볍게 하고 다녀야 한다는 기초도 모르시니 말이다. 알면서도 주고 싶은 마음이었는지도 모르고. 그 따뜻한 마음이 가슴에 확 와닿는다.

'아휴, 꼭 외삼촌처럼 챙겨 주시네.'

이래저래 에너지가 잘 충전되고 있는 것 같다. 앞으로 갈 파키스탄과 중국에 걸친 카라코람 하이웨이도, 중국 신쟝의 타클라마칸 사막도, 몽골의 대평원도, 티베트의 고산지방도 문제없을 것 같다.

이 정도의 에너지라면.

인도에 가면 인생이 보인다

인도 바라나시의 갠지스강가에서 시신을 태우는 연기(가운데).

떠나오면 반드시 다시 가고 싶은 곳

다카에서 밤을 달려 새벽에 도착한 캘커타는 척 보기에는 1993년에 보던 캘커타가 아니다.

특히 배낭족들이 우글거리는 수데르 거리에는 예전의 빈민촌 천막은 사라지고 쓰레기 더미들도 보이지 않는다. 보도에는 수도가 설치되어 있을 뿐 아니라 아스팔트 포장까지 되어 있다. 지난번 엉성한 천막 안에서 여자가 아기 낳는 소리가 들리던 곳도 아니고, 일부러 잘라버려 팔 하나가 없는 한 달도 안 된 갓난아기를 바구니에 넣고 다니며 구걸하는 여자 거지들이 들끓던 곳도 아니다. 아니, 도저히 그런 곳이었다고 느껴지지 않을 정도로 단정하다.

하지만 그대로인 것이 더 많다. 그 냄새가 다시 난다. 뭐라고 해야 할까. 향냄새, 똥냄새, 카레냄새, 시큼한 땀냄새를 끈적이는 공기에 몽땅 섞은 듯한 냄새. 그리고 근처 시장의 싸구려 찻집의 달콤한 차맛도 여전하다. 그 거리를 오가는 배낭족들도 얼굴만 다르지 그때 그 모습 그대로다.

인도는 정말 이상한 나라다. 가보기 전에는 한없이 거대하고 신비해 보이지만 막상 가보면 밉고 정 떨어진다. 그러나 떠나는 순간부터 또다시 그립고 신비스럽게 보이는 나라다.

책이나 텔레비전 등 온갖 매체에서 성자의 나라라느니, 구도자의 나라라느니 거창한 소리만 듣다가 실제로 오면 우선 피부로 느껴지는 그 세속성과 저속성에 큰 실망을 하게 된다.

이곳 남자들은 아무데서나 쭈그리고 앉아 소변을 보기도 하고 빤히 내다보이는 기찻길 옆에서 고추를 달랑거리며 똥을 누기도 한다. 길을 가르쳐 주거나 물건을 팔다가도 사타구니를 긁는다.

카스트 제도에서 신음하며 사회최하층을 이루고 사는 사람들의 생활.

그 비참함, 대를 잇는 구걸 행각, 그리고 끝도 없이 이어지는 뻔한 거짓말. 그래도 다녀간 사람들 백이면 백 사람 모두 좋았다고, 꼭 다시 가고 싶다고, 아예 거기서 살고 싶다고 하는 나라가 바로 인도다.

나 역시 여행자의 한 사람으로서 인도를 사랑한다. 내게 해외 여행지 딱 한 군데만 추천해 달라고 하면 두 번 생각하지 않고 인도를 권한다.

나보다 먼저 인도를 다녀온 몇몇 친구들이 이구동성으로 "인도에 가면 인생이 보인다."라고 할 때, '단지 한 나라를 여행했다고 그럴 리가 없어. 근사하게 보이려고 하는 소리일 거야'라고 생각했었다. 그런데 지금은 나도 똑같은 소리를 한다.

나에게 인도를 한 마디로 말해 보라면 '아주 못생긴 어머니'라고 하겠다. 겉만 보면 위에서 말한 모든 추악함이 그대로 드러나지만 조금만 자세히 보면 인도가 우리를 키워주고 있다는 것을 알게 된다.

자기를 찾아온 모든 이들에게 빠짐없이 인생이란 무엇인가를 스스로 생각하게끔 하는 내면의 모성을 지녔다는 뜻이다. 지저분함, 느림, 거짓말, 빈곤, 억압, 모순. 이런 불결한 옷을 입고 있는 인도를 자세히 들여다보기 시작하면 곧 나 자신에 대해 생각하게 하는 힘이 있다는 것을 깨닫게 된다.

'나는 어디에서 와서 어디로 가고 있는가. 내게 진정으로 중요한 것은 무엇이며, 버려야 할 것들은 무엇인가. 죽을 때까지 부여안고 가야 할 것은 또 무엇인가.'

그렇기 때문에 겉모습의 인도에서는 아주 나쁜 경험을 얻게 되고, 속마음의 인도에서는 최고의 경험을 하게 되는 것이다. 경험을 할 때는 그게 무엇인지 미처 몰랐지만 일상으로 돌아와 곰곰이 생각해 보면 비로소 그 모습이 드러난다. 그래서 그곳에 머물 때는 떠나고 싶지만 떠나오면 또 가고 싶은 곳인지도 모르겠다.

인도의 어느 지방을 가더라도 마찬가지다. 북쪽 히말라야나 시킴도 좋고, 아그라, 카주라호 등 관광지 풍부한 지방도 좋고, 이국냄새 물씬 나는 서쪽 라자스탄도, 해변이 아름다운 남쪽 고아나 코발람도 좋다. 그러나 명심할 것은 이런 지방의 풍광과 문화의 특성들은 인도 여행의 배경음악이나 무대세트에 불과하다는 것이다.

우리가 정말 보아야 할 것은 인도라는 내면이다. 그렇지만 너무 거창하게 생각하지 않아도 좋다. 아니, 그러지 않아야 한다. 다른 사람들은 인도에 와서 이렇게 멋있는 걸 느꼈다는데, 한두 달 여행하고 이렇게 멋진 책도 썼다는데, 자신의 경험은 왜 이렇게 초라한가 한탄하는 것은 말도 안 된다.

누구든 자기가 아는 만큼만 보고, 자기가 소화할 수 있는 만큼만 느끼고 배워가면 된다. 이번 여행에서 어떻게든 고래 한 마리 잡아가야 한다는 생각에서 벗어나기만 하면 누구라도 인도의 목소리를 들을 수 있다. 자연스럽게 귀를 기울이기만 하면 인도는 반드시 각자에게 맞는 목소리와 경험으로 이야기를 해줄 것이다. 우리의 성숙을 누구보다도 갈망하는 어머니이므로.

내가 이렇게 사모하는 인도를 이번에는 그냥 지나가기로 했다. 방글라데시에 있는 인도 영사관에서 3달짜리 비자를 받을 수도 있었지만, 그러다 보면 분명히 인도 여행 기간이 길어질 것이고, 그렇게 어영부영하다가는 이미 많이 늦어진 이번 여행에 큰 차질이 있을 것이기 때문이다. 내 욕심을 원천봉쇄하기 위해 15일짜리 경유비자를 받아왔다.

처음에는 캘커타에 오자마자 눈 딱 감고 인도와 파키스탄 국경도시인 암리차르까지 논 스톱으로 갈 생각이었다. 그런데 그게 마음대로 되어야 말이지.

중간 경유지인 델리까지 가는 기차표를 사러 가서 예약을 다 끝내고 돈을 내려는 순간 마음이 변했다.

"미안해요, 아저씨. 이거 바라나시 가는 표로 바꿔주실래요?"

기찻간에서 본 인도의 두 얼굴

인도를 얘기하려면 빠지지 않고 등장하는 곳이 이곳 바라나시다. 인도 여행을 준비하는 사람들은 이곳 이야기를 질리도록 많이 들어서 미처 가보기도 전에 이미 와본 듯 잘 알게 되는 곳이다.

다시 가본 바라나시는 5년 전과 하나도 변함이 없었다. 모두 강가로 이어지는 도시의 샛길은 예나 지금이나 인력거, 오토바이, 소, 원숭이, 개, 쓰레기와 오물로 뒤덮여 있다.

사람들도 여전하다. 전국 방방곡곡에서 몰려든 순례자들, 손발이 없는 불구 거지들, 담요를 덮고 누워 죽음을 기다리는 사람들. 매일 새벽 이 담요들을 들춰보고 밤 사이에 죽은 사람들을 화장터로 보내는 경찰관들. 무엇인가를 사라고 끈질기게 따라붙는 아이들과 어른들. 그리고 얼굴만 달라졌지 비슷한 모습, 비슷한 호기심으로 바라나시를 메우고 있는 각국의 여행자들.

전에 왔을 때도 원숭이가 빨아놓은 옷과 바나나를 훔쳐갔었는데, 이번에도 숙소에 들어서자마자 원숭이가 달려들어 방금 산 바나나 한 송이를 채간다. 그놈이 5년 전 내 바나나를 빼앗아간 원숭이의 아들의 아들인지도 모르겠다.

바라나시를 바라나시답게 만든다는 강가로 나가본다. 경건하게 목욕재계를 하고 있는 힌두교 신자들, 나뭇잎에 작은 초를 놓아 꽃잎과 함께 띄우는 사람들, 엽서를 사라고 막무가내로 조르는 아이들, 부스럼이 온몸을 덮고 있는 개들, 자기 배를 타라고 잡아끄는 사공들. 한쪽에선 빨래를 해서 말리고, 한쪽에서는 시체를 물에 담그고, 한쪽에서는 시체 태운 가루를 떠내려보내고, 다른 한쪽에선 그 물을 마신다.

여행자에게는 더없이 더러운 물이지만 힌두교 순례자에게는 더없이 성스러운 물이다. 이 강물에서 목욕을 하면 모든 죄업이 씻겨지고, 자신의 몸을 태운 재가 이 강물에 섞여 흘러가면 윤회의 고통에서 벗어난다는 가장 신성한 성지가 바로 바라나시다.

이곳에 오면 겉으로 드러나는 분주함과 무질서와 함께 보이지 않는 고요함과 질서가 느껴진다. 유럽의 유서깊은 수도원이나 우리나라 깊은 산속 암자에서 느껴지는 그런 엄숙한 종교의 무게 같은 것 말이다. 긴 세월 동안 수많은 사람들의 기도와 염원이 서린 곳이기 때문이다.

눈앞에 펼쳐지는 일몰이 아름답다. 하루종일 몇 사람 죽여버릴 것같이 무자비하게 내리쬐던 태양이 저렇게 아름답고도 부드러운 최후를 맞이하고 있다. 천하에 없는 권력이나 명예도 때가 되면 스러지고 만다는 것을 가르쳐 주려는 듯. 이렇게 이곳에서는 무엇이든 예사로 보이지 않는다. 무엇인가 내게 중요한 것을 말하려는 듯해서 작은 자연의 움직임에도, 흔히 겪는 일상의 상황에도 귀를 기울이게 된다. 그게 바라나시다.

그러나 나는 바라나시에 오래 머물지 않는다. 앞에서도 말했듯이 발목을 잡힐까 봐서다. 숙소에서 사귄 국제 배낭족 모임 '크레이지 클럽' 아이들과 며칠 재미있게 놀다가 정들기 전에 바로 인도를 떠난다. 파키스탄을 향해.

파키스탄을 육로로 넘어가려면 시크교도들의 황금사원으로 유명한 암리차르를 거쳐야 한다. 나도 바라나시에서 암리차르로 가는 기차를 탔다. 델리를 지나자 하얀 가운에 오렌지색 터번을 두른 시크교도들이 눈에 띄기 시작한다. 여태껏 보던 비쩍 마르고 눈만 퀭한 인도인들과는 달리 키도 크고 몸집도 좋고 얼굴도 통통하게 아주 잘생겼다.

국경으로 가는 기차 안에서 나는 앞에서 말한 인도의 두 얼굴, 추함과 성스러움을 모두 만날 수 있었다. 마치 그 두 가지가 거기서 나를 기다리고나 있었던 것처럼.

첫번째 얼굴은 바라나시에서 함께 탄 인도 학생들이다. 같은 침대칸에 탄 스무 살 남짓의 젊은이 두 사람은 아주 듣기 좋은 영국식 영어로 자신들은 영국에서 살고 있는 사촌형제인데 방학 동안 고국을 여행하고 있다고 소개했다. 워크맨, 선글라스, 가방, 캘빈 클라인 청바지 등 지니고 있는 물건이 고급스러워 한눈에도 상류층 자제임을 알 수 있겠다.

이들이 인도의 카스트 제도를 공격하면서 정치불안과 불확실한 미래에 대해 말할 때는 얼마나 열띠고 진지했던지. 단어의 선택이나 논리의 전개가 더할 나위 없이 지적이다.

기차에서 함께 어울리게 된 일본 대학생 사토가 곧 봄베이에 간다니까 자신들의 봄베이 주소를 적어주며 꼭 오라는 친절까지 보인다. 간식거리를 살 때도 한사코 마다하는 우리를 뿌리치고 자기들이 먼저 돈을 냈고, 거지들이 지나가면 좀 많다 싶은 돈을 적선했다.

그런데 다음날 아침 큰일이 벌어졌다. 그 인도 학생들이 준 차이를 마신 사토가 잠깐 정신을 잃은 사이 그들이 사토의 가방과 전대를 몽땅 털어간 것이다. 그 유명한 수면제 차이수법이다.

나는 정말 다행히도 다른 칸에 있는 한국인 일행을 만나 어울리느라 아침 내내 내 자리로 가지 않았기 때문에 화를 면했다. 큰 배낭은 자전거 열쇠로 좌석 다리에 묶어 놓고, 작은 배낭은 가지고 다녔기 때문에 피해를 입지 않았다. 만약 나도 그 자리에 있었더라면 다 털려서 이번 여행을 계속하지 못하고 인도에서 발길을 돌려야 했을 것이다.

우리를 더욱 기가 막히게 한 것은 같은 칸에 탄 다른 인도 사람들이다. 열 시간 이상 같이 오면서 밥도 나누어 먹고 얘기를 나누었던 사람들 누구도 사토를 도와주지 않은 것이다. 이들은 분명히 사기꾼들이 차이에 약을 타는 것도 알았고, 물건을 훔치는 것도 보았을 텐데.

그 상황에서도 한 꼬마 아이는 기차바닥을 쓸고는 무조건 청소한 값을 내놓으라고 징징거리며 우리 자리를 떠나지 않는다. 방금 기차를 탄 아저씨는 수면제에서 깨어나 낙심하고 있는 사토에게 어디서 왔느냐, 이름은 무엇이냐를 물으며 자기 호기심만을 채우고 있다. 곤궁에 처했을 때는 나 몰라라 하던 한 아저씨는 차이를 사 마시고는 나더러 돈을 대신 내달라고 한다. 이게 바로 인도다.

같은 기차 안에서 나는 인도의 전혀 다른 얼굴도 보았다. 사토가 절망적인 표정으로 델리에서 내리고 나서 바로 그 자리에 앉은 인도 아주머니 이야기다. 남부 타밀나두주에서 왔다는 아주머니는 어린아이 둘을 데리고 탄 지극히 평범한 여인이다.

얼굴이 숯덩이처럼 새카맣고, 허름하기 짝이 없는 차림새로 보아 사회적 지위가 아주 낮은 사람임을 알 수 있겠다.

침대칸에 도둑승차를 한 모양인지 검표원만 오면 아이들을 데리고 어디론가 사라졌다가 다시 나타난다. 인도 남부인들이 대개 그렇듯이 이 아줌마는 일자무식이라도 영어는 잘 한다.

역마다 터번을 쓴 시크교도들이 있고 간간이 회교모자를 쓴 사람들, 그리고 이마에 붉은 선을 그은 힌두교 신자들이 기차 안을 왔다갔다한다. 그래서 내가 인도에 이렇게 많은 종교가 한데 섞여 있는 것에 대해 어떻게 생각하느냐니까 아줌마는 한 마디로 기가 막힌 명답을 내놓는다.

"모든 종교는 좋은 종교지요."

또 얼굴에 난 뾰두라지를 거울에 비추어 보면서 짜증을 내고 있으려니까, 아줌마는 나를 한동안 빤히 쳐다보더니 참으로 귀가 번쩍 뜨이는 말을 한다.

"아가씨는 아직도 자기 눈, 코, 입이 어떻게 생겼는지가 신경 쓰이세요? 그 나이라면 얼굴이 얼마나 평온해져 가고 있는지에 더 관심을 가져야 할 때가 아닌가요?"

지극히 평범한 사람에게서 듣는 인생의 심오한 진리. 이게 바로 인도다.

현대판 실크로드,
카라코람 하이웨이 '꿈길'

그림 같고 꿈 같은 날타르 패스 트래킹.

남과 북을 잇는 환상의 고속도로

어릴 때부터 내 주위에는 늘 세계지도가 있었다.

방에는 언제나 세계지도가 붙어 있고, 사무실에도 제법 큰 지구본이 놓여 있었다.

대륙별·지역별로 나와 있는 세계 지도는 항상 가방 속에 넣고 다녔다. 소지품이나 방안의 소품들도 세계지도가 들어간 것이 많았다. 필통, 티셔츠, 지갑, 탁자보, 저금통 등. 조카들이나 어린이에게 선물을 할 때 나는 지구본을 많이 선물한다. 그리고 한국이 어디 있나 찾아보게 한다. 한참을 돌리다 '여기다!' 하며 우리나라를 발견한 아이들의 반응은 가지각색이다.

유치원 정도의 어린아이들은 "에게, 겨우 요만해요?" 한다. 이 정직한 아이들은 우리나라를 크기로만 보는 것이다.

초등학교 저학년쯤 되면 물리적인 크기보다는 한 차원 높은 반응을 보인다.

"왜 어떤 나라는 크고 어떤 나라는 작아요?"

어린 내 조카의 반응은 참으로 기특하고 고무적이기까지 했다.

"이게 다야? 나는 훨씬 큰 줄 알았네."

그 다음부터는 전세계 나라는 몇 개나 되느냐, 지구를 한바퀴 도는 데는 얼마나 걸리느냐, 어디에서 어떤 사람들이 사느냐 등, 귀찮을 정도로 물어왔다. 한 장의 세계지도를 통한 '세계화' 과정이다.

내가 어렸을 때 아주 재미있어하던 놀이도 세계지도를 펴놓고 작은 글씨로 적혀 있는 나라나 도시, 산이나 강 이름을 누가 먼저 찾나 하는 것이었다. 그러면서 허황된 계획도 많이 세웠다.

한국에서 육로로 인도까지 가서 거기서 배를 타고 아프리카로 갔다가 아프리카를 한바퀴 돌아 지브롤터 해협을 거쳐 유럽으로, 그리고 다시 대서양을 배로 건너 미국으로 가서 북미, 남미대륙을 여행하고 칠레에서 배를 타고 뉴질랜드로 갔다가 집으로 돌아오는 것도 이미 초등학교 시절에 만들어 놓은 '실현 불가능한' 세계일주 루트였다.

이러다 보니 한국 지리와 역사를 포함한 세계지리, 세계사에 저절로 흥미가 생기고, 세계정치를 좌우하는 힘의 역학관계와 시사문제에도 많은 관심을 가지게 되었다. 세계에 대한 관심과 호기심은 국제홍보학이라는 전공으로 이어졌고, 세계일주를 하게 된 근원이 되었으니 세계지도 한 장이 내 일생에 막대한 영향을 끼치고 있는 셈이다.

세계일주를 구체적으로 계획하는 동안 처음에 나는 지도를 펴놓고 혼자 지구를 수십 바퀴 돌며 수십 가지의 시나리오를 구상했다.

여러 가지 환상적인 루트가 있었는데, 어느 루트든지 동서를 잇는 교차점 역할을 하는 곳은 늘 파키스탄이었다. 지난번 아프리카와 중동여행이 이란과 아프가니스탄에서 멈추었는데, 이번 여행은 서쪽을 향해 가서 파키스탄에 도착했으니 내 세계여행에서 끊어졌던 동서를 이어준 셈이다.

파키스탄은 세계 고대문명의 발상지라는 인더스강을 젖줄로 기원전 수천년부터 문화의 꽃을 피웠다. 모헨조다로와 하이파가 그 좋은 예다. 그 후로는 동서문화의 십자로에 위치한 관계로 끊임없는 교류가 있었다. 이것은 불교미술의 백미라고 할 수 있는 간다라 미술이 탄생할 수 있었던 배경이기도 하다.

이런 지정학적 위치 때문에 받는 수난도 대단했다. 아리안족의 침입을 비롯해 그리스, 페르시아, 터키 등 숱한 외세의 침략에 시달렸다. 8세기 때 이슬람교도인 무굴제국이 18세기까지 이 지방을 지배하였고, 19세기에는 영국이 이곳을 식민지로 만들었다. 그 후 영국에서 독립하고 내전을 거쳐 오늘날의 서파키스탄이 된 것이다. 지금도 인도와는 카슈미르 지역을 두고 분쟁중인데, 그 때문에 지금 인도와 핵실험 경쟁까지 하고 있다.

이런 역사적, 문화적, 정치적 배경을 모두 차치하고라도 나는 파키스탄에 꼭 한 번 가고 싶었다. 산 때문이다. 세계의 지붕이라는 히말라야산맥, 카라코람산맥, 힌두쿠시산맥과 파미르고원이 각각 6,000미터 이상의 당당한 산들을 이끌고 한 방향으로 달려오다가 꽝 부딪쳐 솟아오른 곳이 바로 파키스탄 북부 산악지방이다.

네팔에는 세계 최고봉인 해발 8,848미터의 에베레스트를 비롯해 8,000미터급 봉우리 7개가 있다. 다음이 이곳 파키스탄인데 K2를 비롯해 8,000미터급 4개의 봉우리와 5개의 대빙하가 있다. 얼마나 멋있을까. 생각만 해도 마음이 설렌다.

그 산들 사이사이를 한줄기 실처럼 끊어질 듯 잇고 있는 현대판 실크로드 카라코람 하이웨이. 파키스탄의 수도 이슬라마바드로부터 중국 신장의 카슈가르까지 이어지는 이 길을 따라 북쪽 끝까지 가서 중국으로 넘어갈 계획이다.

파키스탄 여행은 무굴제국의 수도였으며 현재는 이 나라 제2의 도시인 라호르부터 시작이다. 방글라데시는 자전거와 오토바이가 요란했다면, 여기는 인도의 새색시처럼 한껏 치장한 장거리 트럭이 볼 만하다.

궁전, 사원은 물론 코란에 나오는 역사적인 사건들, 천사들, 꽃, 나뭇잎을 형상화한 패턴, 주렁주렁 목걸이나 귀걸이를 그린 휘장으로 화려하게 치장한 트럭들은 파키스탄의 꽃이라고 해도 과언이 아니다.

라호르의 YWCA 호텔에는 이미 여러 나라에서 온 배낭족들이 진을 치고 있다. 로비에 앉아 이런 얘기 저런 정보를 주고받고 있는데 이탈리아 여자가 정색을 하며 이런 불평을 한다.

"이 동네 남자들은 다 발정난 수말 같아. 어찌나 만지고 다니는지 나는 노이로제에 걸릴 지경이에요. 여기 남자들은 정말 싫어."

"글쎄, 그렇다면서요. 그러니까 여기서는 헐렁한 옷에, 머리에 스카프를 쓰는 게 상책이래요. 이 나라 남자들 버릇이 어디 하루아침에 없어지

● 카슈가르
카라코람 하이웨이의 끝.

파슈

카리마바드 ●
세계 최고 장수촌 훈자 마을에서 나는 여섯째 딸이 되다.

날타르 패스 ●
실주실 트레킹

● 길기트
실주실간 낭가 파르밧 트레킹
양젖을 걱고 갈증을 달래다.

페샤와르 ●
아프가니스탄 난민촌에서
한삐야는 가장 불쌍한 난민이 되다.

● 이슬라마바드
중국 비자를 받고
한국의 어떤 친구에게 묵주까지 받다.

● 라호르
고속도로를 뚫는 우리나라
건설회사 사원 부인들과
'꼬리털 클럽'을 만들다.

파키스탄

인도

겠어요?"

　남부 파키스탄인들의 못된 손버릇은 인도의 황금사원에서 만난 이정희 양에게도 익히 들은 바가 있다.

　한 번은 정희가 미니버스를 노선버스로 잘못 알고 탔는데, 그 미니버스가 어느 으슥한 골목으로 들어가더니 운전사라는 놈이 정희의 허벅지를 만지려고 하더란다. 정희가 놀라서 손을 치며 "만지지 마." 하니까 갑자기 운전사가 자기 셔츠 앞섶을 풀어헤쳐 가슴털을 드러내며 "그럼 네가 날 만져." 하더란다. 그러면서 게슴츠레 눈을 뜨고는 "내가 너를 만지고, 네가 나를 만지고, 모두 만지자."라고 속삭이더란다.

　기가 막혀서 차에서 내리려고 하자 이 녀석이 손을 부여잡으며 맞지도 않는 영어로 충고하더란다.

　"거리는 위험해요!"

　"네 놈이 더 위험하다."

　정희는 소리를 빽 질러주고 골목 밖으로 뛰어나왔다는 이야기였다. 나도 정신 바짝 차려야겠다.

이슬라마바드의 '꼬리털 클럽'

　지난번 방글라데시에서 우연히 본 〈월간 조선〉은 해외취재 특집으로 '약진하는 서남아 4개국'이라는 기사를 싣고 있었다. 그 기사에는 내가 방문했던 방글라데시의 현대건설 현장과 함께 파키스탄에서 공사중인 대우건설이 소개되어 있었다. 이 회사가 파키스탄 국가 건설에 막중한 영향을 줄 고속도로를 놓고 있다는 것이었다.

　그걸 잊고 있었는데 YWCA호텔에서 일하는 아가씨가 내가 한국에서 왔다니까 대우 모터웨이에서 일하느냐고 한다. 여기서는 고속도로를 모터웨이라고 한다. 대우 모터웨이를 어떻게 아느냐고 되물으니, 신문에 매일 나는데 모르는 사람이 어디 있겠느냐며, 그런데 그 공사가 올해 말까지는 틀림없이 끝나는 것이냐고 묻는다.

문득 이 회사가 라호르 근처에 본부가 있다는 것이 생각났다. 이제 세계여행이 거의 끝나가는 마당에 세계 오지에서 일하는 자랑스러운 한국인의 건설현장도 더 이상 볼 기회가 없을 것 같아 한번 연락해 보기로 했다.

회사 전화번호는 대한항공 비행기표를 취급하는 파키스탄 여행사에 물어서 쉽게 알아냈다. 전화로 짤막하게 내 소개를 했더니 아주 반가워하는 목소리다. 전화를 받은 배상무님은 차까지 보내주셨고, 점심시간이 훨씬 지났는데도 김영호 본부장님과 몇몇 임직원이 식사를 같이 하려고 기다리고 계셨다. 아이고, 황송하여라.

그 임직원 중에 '다행히' 내 책을 읽으신 분이 계셔서 미리 '백색선전'을 쫙 하셨단다. 나는 이 도로공사와 파키스탄에 대해 묻고, 그분들은 내 여행에 대해 물으면서 재미있게 식사를 하던 끝에 마음씨 좋게 생기신 조명륜 소장님이 권하신다.

"숙소는 우리집으로 하지요."

"갑자기 모르는 여자를 집에 데리고 가면 사모님이 당황하실 텐데요."

그러자 다른 분들이 오히려 더 권한다.

"염려 마세요. 그 집 사모님은 손님이라면 무조건 좋아하는 분이세요."

이렇게 한 통의 전화가 인연이 되어 나는 이국땅 파키스탄에서 세 분의 귀한 친구를 사귈 수 있었다. 한 분은 조소장님의 사모님 이원분씨고, 다른 두 사람은 조성미씨와 심인재씨다. 심인재씨 집은 이슬라마바드인데, 휴가를 이용해서 두 아이 태일이와 봄이를 데리고 '가짜 친정'인 조소장님 집으로 놀러온 것이란다.

이분들은 나를 보자마자 먹고 싶은 한국 음식을 쭉 써보라고 하더니 라호르에 있는 동안 매일같이 리스트를 하나씩 지우면서 정성스레 한국 음식을 해주셨다. 단 3일 만에 2킬로그램을 늘려놓은 고마운 '몸매 파괴범들'이다. 오랜만에 나도 수다주머니와 얘기보따리를 풀어 놓았다.

내 목소리는 워낙 크고 빠른데다가 온갖 표정과 손동작까지 써가면서 여행 이야기 중 진짜배기만 뽑아서 해주니 어른이고 아이고 혼을 빼놓고 시간가는 줄 모른다. 아무리 해주어도 자꾸만 더 해달란다. 나는 그때 잡지원고 마감일이 임박해 도저히 놀면 안 되는 상황이었는데도 낮을 밤삼아, 밤을 낮삼아 놀기만 했다.

"비야씨, 이제 8개월만 참으면 돼."

내 여행길의 위험함과 고단함을 걱정해 주시는 이원분 사모님은 꼭 내 큰 언니 같고 나와 나이가 비슷한 심인재씨와 조성미씨는 오랜 친구 같다. 심인재씨와는 중국 비자를 내는 동안 이슬라마바드에 있는 그의 집에서 며칠 더 같이 지내게 되었는데, 많은 이야기를 주고받으면서 여행중에 잊기 쉬운 중요한 것을 다시 생각하게 되었다.

"이곳 한국 사람들은 모두 한 식구같이 서로 돕고 아끼며 살고 있지요. 그러나 너무 사회가 작기 때문에 항상 조심을 해야 해요. 서로 개성과 배경이 다른 사람끼리 회사라는 공통분모 안에서 살아가는 것이 쉽지만은 않은 일이거든요. 그 안에서 안타깝고, 속상하고, 마음 아픈 일을 겪기도 하지만 그러면서 인간적으로 성숙해지는 것이 아닐까 해요. 어차피 우리에게 제일 중요한 것은 사람들과 섞여서 조금씩 양보하며 더불어 사는 거잖아요."

구구절절 맞는 말이고 나한테 하는 소리만 같다.

갑자기 고된 시집살이를 하고 있는 친구가 생각났다. 시어머니, 시동생, 시누이 들의 직계 층층시하에 시고모, 시삼촌, 시오촌당숙까지 시자 붙은 사람들에게 하도 절절 기고 살아서 시금치 소리만 들어도 긴장이 된다는 친구다.

듣기만 해도 숨이 막히는 생활을 하는 이 친구가 이제는 부처님이 다 되었는지 지난번 만났을 때 이런 말을 했다.

"생각해 보면 15년 시집살이가 헛된 것만은 아닌 것 같아. 이런 시집 만나지 않았다면 아직도 내 생각만 하는 어린아이였을 거야."

그날 밤 일기를 쓰면서 두 사람의 말을 다시 한번 곰곰이 생각해 보았다. 혼자 여행을 다니면 빠지기 쉬운 아주 나쁜 버릇이 바로 '달면 삼키고 쓰면 뱉는다' 는 식의 인간관계다. 마음에 맞는 사람들하고야 얼마든지 즐겁게 지내지만 조금이라도 마음에 들지 않거나 의견충돌이 생기면 양보하거나 참으려 하기보다 저 사람과 더 이상 안 다니면 그만이라는 생각이 더 쉽게 든다. 여행중에는 사실 아쉬울 게 없으니까.

참으로 유치한 생각이고 무서운 생각이다. 세상을 살면서 어떻게 자기 마음에 드는 사람들하고만 지낼 것이며, 좋아하는 사람들 틈 속에서만 살 수 있겠는가. 어떻게 자기 스타일이 아니거나 의견을 달리하는 사람들은 무조건 인간관계 밖으로 생각하며 살겠는가.

그것이 혈연이든, 지연이든, 학연이든, 아니면 다른 어떤 인연으로 만난 관계든 참을성 없고 이해와 양보와 절충이 없는 관계는 이미 시작부터 죽은 관계다. 사람의 인연과 관계란 가꾸기 까다로운 꽃과 같아서 인연이라는 꽃씨가 있다고 저절로 크는 것이 아니라 정성을 다해 키워야 한다는 말이 그 밤, 내 가슴 안으로 아프게 파고든다.

이슬라마바드를 떠나는 날, 나는 새로 사귄 친구들에게 미얀마에서 산 행운의 코끼리 꼬리털 반지를 정표로 하나씩 주면서 우리 클럽 이름을 '꼬리털 클럽' 이라고 지었다. 이분들은 내가 책 팔아서 돈이 좀 있는 줄도 모르고 여비에 보태라며 노자돈을 눈물나게 정이 담긴 편지와 함께 넣어 주셨다. 나의 임시 비서였던 봄이는 아끼던 마리아상 목걸이와 반지를 주었고, 독실한 천주교 신자인 심인재씨는 매듭으로 엮어 만든 묵주를 손에 쥐어주었다.

"늘 기도하세요. 저희도 기도해 드릴게요."

지금도 그 묵주를 볼 때면 이런 생각을 한다.

'그래, 사람들과 어울려 조화롭게 사는 것은 참 중요한 일이야.'

난민촌에서도 가장 불안한 난민 한비야

이슬라마바드에서 서쪽으로 세 시간쯤 버스를 타고 가면 페샤와르라는 곳이 나온다. 국경도시라는 의미의 페샤와르는 고대 실크로드의 십자로 역할을 하면서 군사면이나 교역면에서 큰 역할을 했다. 아프가니스탄과 겨우 17킬로미터 떨어졌다는 이유로 거의 20년째 내전중인 아프가니스탄 난민들이 100만명 이상 살고 있는 곳이다.

이곳에서는 UNHCR(유엔 고등판무관), 즉 유엔의 난민구호 프로그램 중 제일 오래 되고 규모가 가장 큰 프로젝트가 진행되고 있다. 나는 이 아프가니스탄 난민촌에서 잠깐이지만 그야말로 가장 불안한 '유랑난민'이 되었다.

사연인즉 이러하다.

세계여행을 하면서 각 나라 난민촌을 돌아보는 것은 내 여행 목적 가운데 하나다. 고통받고 있는 난민들을 구경거리로 생각하는 건 물론 아니다. 앞에서도 말한 대로 난민구호 프로그램에서 일하고 싶기 때문이다. 그 일에 참여하기 전에 실제로 세계 곳곳에 사는 난민들의 실상을 잘 알고 나면 더 열심히 일하게 될 뿐만 아니라, 꼭 필요하고도 실질적인 도움을 줄 수 있을 것 같아서다.

이번 여행중에도 방글라데시 남단에 있는 미얀마 모슬렘 난민 캠프와 태국에 있는 라오스 난민 캠프에도 가보았는데, 아쉽게도 '윗분'들하고만 이야기를 했을 뿐 정작 난민들하고는 보안문제로 하루도 같이 지낼 수가 없었다.

그래서 이번에는 어떻게든 난민 가족들과 같이 지내보아야겠다고 작정하고 이슬라마바드에 있는 UNHCR 사무실을 찾았다. 그 기구 대표는 프랑스인인데, 내 설명을 듣고 흔쾌히 페샤와르 사무실 책임자를 소개시켜 주었다.

일이 잘 되려나 하고 기대를 했는데 웬걸, 막상 페샤와르에 가니 사무실 책임자가 난색을 표한다. 난민들 중에는 총을 가지고 있는 사람도 많고 강도당할 위험도 있으며, 특히 난민촌 사람들이 회교도이기 때문에 여자 혼자 다니는 걸 곱게 보지 않는다는 것이다. 그러면서 우엔 차량에 담당 직원과 경호원들을 딸려보낼 테니 몇 명 인터뷰를 한 후 한나절만 돌아보라고 한다.

경호원까지 대동하면서 요란하게 난민촌에 행차하는 게 마음 내키지 않았지만 일단 따라나섰다가 거기에서 묵을 집을 찾는 게 좋을 것 같았다. 내가 사전에 조사한 바로는 이 난민촌은 파키스탄 정부에서 외국인 출입금지 구역으로 정해 놓은 곳이 아니기 때문에 우기기만 하면 유엔 직원이 강제로 묵지 못하게 할 수는 없을 거라는 계산이었다.

그래서 찾아간 곳이 '신(新) 나사르 바 아프간 캠프'였다. 이곳에는 1996년 아프가니스탄의 반군 탈레반이 수도 카불을 장악했을 때 피난 온 도시 출신 난민들이 살고 있었다. 그 수는 3천여 가족에 2만명이 넘는다고 한다.

난민촌 군데군데 경비원들이 차를 세우더니 '한국인 저널리스트'임을 확인하고 통과시켜 준다. 저널리스트라는 말은 한 적도 없는데 페샤와르 사무실에서 내가 난민촌을 가보겠다니까 지레짐작으로 저널리스트라고 통지를 했음에 틀림없다.

여기는 난민촌 하면 보통 연상하기 쉬운 텐트촌이 아니라 아쉬운 대로 진흙과 벽돌로 집을 짓고 사는 정착 난민촌이다. 우물도 여러 개나 있고, 지하수를 끌어올리는 펌프도 많이 눈에 띈다. 차가 다니는 길에는 헌 옷

가지를 파는 가게도 있고, 이들의 주식인 난을 구워 파는 빵집, 채소나 일반 잡화를 파는 구멍가게도 있다. 곳곳에 보이는 UNHCR의 파란 마크가 아니라면 여느 시골 동네와 다를 바가 없다.

오전 내내 유엔 직원과 함께 난민촌 사무실, 병원, 여성 프로그램 등을 방문하며 설명을 듣고 인터뷰도 했지만 도대체 성에 차지 않는다. 그런데 이날이 마침 동네 사람들에게 식용유를 나누어 주는 날이어서 배급사무실에 들렀다가 뜻밖의 행운을 얻게 되었다.

기름을 배급해 주는 사람이 영어를 할 줄 아는 인상 좋은 아프간 아저씨였는데, 얘기를 주고받다가 슬쩍 아저씨네 집에서 며칠 묵을 수 있느냐니까 대뜸 '노 프라블름'이라는 것이다. 그리고는 곧 점심시간이니 근처에 있는 자기집에 가서 점심을 먹자고 한다.

그런데 옆에서 얘기를 듣고 있던 유엔 직원이 눈을 동그랗게 뜨더니 고개를 좌우로 젓는다. 그렇게 아무데나 들어가면 자기가 상관한테 혼난다는 것이다. 난민촌 민박을 쉽게 해보려고 유엔 사무실을 찾아갔다가 오히려 감시만 당하게 된 꼴이다. 혹 떼러 갔다가 혹 붙였다고 할까. 어떻게 해서든 옆에 따라붙는 유엔 직원과 총을 들고 있는 무장 경호원을 따돌려야 한다.

"그럼 저 사람 집에서 점심만 먹고, 가족들과 인터뷰를 한 다음에 버스 타고 혼자 천천히 갈 테니까 먼저 사무실로 돌아가세요. 나중에 당신 보스한테 전화할게요."

애원하다시피 사정했더니 그 직원은 난민촌 곳곳에 있는 경비들의 눈도 있고 자기 책임도 있으니까 절대로 여기서 민박하지 말고 페샤와르로 돌아가 달라고 신신당부를 한다.

"알았어요. 잘 알았으니까 걱정 말고 먼저 가세요."

겨우 유엔 직원을 돌려보내고 시디룰라라는 이 아저씨네 진흙집으로 갔다. 집에는 부인과 세 아이들이 갑자기 찾아온 손님에 당황해하면서도

힘든 난민촌 생활에도 아이들은 밝고 맑다. - 페샤와르 아프가니스탄 난민촌에서

반가운 기색을 감추지 못한다. 특히 열세 살난 큰 아들 나지브는 유창한 영어로 식구들을 소개해 주며 연신 싱글벙글이다.

아버지가 정부 고위관리였던 이 가족은 아프가니스탄 카불에서 상류층에 속하던 사람들이다. 아이들도 모두 잘생기고 귀티가 철철 넘쳐흐르는데, 특히 큰 아들의 매너는 점잖고 세련되기 그지 없다. 난민촌에서 점심을 먹는 건지 어느 프랑스 상류가정의 만찬에 초대받은 건지 헷갈릴 지경이다.

부인은 자기집에 손님이 올 줄은 꿈에도 몰랐다며 특별히 음식을 준비하지 못해 미안하다고 했다. 점심으로는 아프가니스탄의 네모나고 길쭉한 빵 난과 요구르트, 토마토와 양파를 섞은 샐러드가 전부다. 네모난 천을 펴놓으면 그게 곧 밥상이다.

손으로 빵을 뜯어 요구르트나 토마토를 찍어 먹으며 이런저런 얘기를 나누고 있자니 연전에 아프가니스탄에 갔던 기억이 새롭다. 1권에서 말한 바 있지만 그때 몰래 사진을 찍다가 탈레반 병사들에게 붙잡혀서 하마터

면 큰 곤욕을 치를 뻔하지 않았던가.

내가 아프가니스탄에 갔던 일을 말하고 기억나는 대로 '헤일리 막눈(정말 고마워요)'이라든지 '비야(이리 와)' 등 페르시아 말을 몇 마디 했더니 가족들이 아주 좋아한다.

시디룰라는 다시 일하러 나가고 엄마와 아이들과 함께 설거지를 끝낸 후 방에 대자로 누웠다. 집 안에 가만히 있어도 온몸으로 인더스강이 흐른다. 바깥 기온은 섭씨 45도 이상. 열을 막아준다는 진흙집도 이렇게 더운데 처음 피난 와서 천막 속에서 살 때는 얼마나 더웠을까.

하지만 더위보다 더 급선무는 어떻게 난민촌 경비원들을 따돌리고 여기서 묵어가느냐다. 아이들에게 상황을 설명하니까 한참동안 이 궁리 저 궁리를 하더니, 아들이 묘안을 내놓는다.

"여기서 30분쯤 가면 카차가레 캠프라는 오래된 난민촌이 있는데 거기에 우리 고모가 살아요. 오늘 어쨌든 여기서 나간다는 걸 경비원에게 보여주어야 하니까 우리 모두 고모네 집에 가서 하루 자고 내일 여기로 오는 거예요. 내일 올 때는 엄마 차데리를 입고 신발을 신고 오면 누가 들어오는지 알 수 없잖아요."

차데리란 머리부터 다리까지 몽땅 뒤집어쓰는 아프가니스탄 차도르를 말한다. 그 속에 있는 인물이 누구인지는 전혀 알 길이 없고 눈에 망사 같은 것이 달려 있어 간신히 앞뒤를 분간할 수 있을 뿐이다. 아주 좋은 생각이다.

"그럼 너희들 학교는 어떻게 하고?"

"요즘 방학이잖아요. 그렇지 않아도 고모네 아이가 아프다고 해서 한 번 가보려던 참이었는데 잘 되었네요."

옆에서 엄마가 거들며 좋아한다. 꼬마 여자아이 둘과 엄마는 궤짝을 뒤져 커다란 까만 보자기를 건네준다.

"여기는 도시 사람들이 대부분이고 교육받은 사람들이 많아서 머리만 가려도 되지만 카차가레 난민촌에는 나이 든 사람들과 시골에서 온 사람들이 많아 얼굴과 팔목, 손을 더 철저히 가리고 다녀야 해요."

그리고는 갑자기 처연한 표정을 지으면서 아주 담담한 어조로 말을 잇는다.

"머리 위로 폭탄이 떨어지지 않을 정도만 되어도 우리나라로 돌아갈 거예요. 지금보다 사정이 조금만 나아져도."

아프가니스탄 난민들이 파키스탄으로 들어오기 시작한 것은 1979년 러시아 침공 때부터인데, 특히 요즘 반군 탈레반이 카불을 점령하면서 수십만 명이 국경을 넘었다고 한다. 다행히 국경 근처에 사는 사람들은 종교가 같고 언어도 같아서 난민 유입에 큰 충돌은 없다는 것이다.

"끝까지 카불에 남으려고 했어요. 그런데 탈레반의 집중공격이 시작되었죠. 하루, 이틀, 사흘, 매일 밤마다 조명탄이 터지고 폭탄이 떨어지고 콩 볶는 듯한 총소리가 들렸어요. 나흘째 되던 날 바로 우리 옆건물이 크게 부서지면서 친하게 지내던 가족 일곱 명이 순식간에 시체로 변했어요. 죽기 한 시간 전만 해도 그 집에서 식용유 한 종지를 빌려 왔는데 말예요. 다음날 우리도 보따리를 쌌지요. 지금까지는 피난 나올 때 가지고 나온 금붙이나 패물, 옷 등을 팔아 살아왔는데, 이제 앞으로가 걱정이네요."

엄마가 들려준 긴 설명이다. 현재로서는 세계 식량기구의 원조마저 완전히 끊긴 상태라고 한다. 이런 집에 불청객으로 찾아와 식량을 축내고 있는 내 얼굴이 달아오른다.

저녁 무렵, 아버지를 뺀 온가족이 고모네 집에 가기 위해 집을 나서는데, 아버지가 그 집 엄마가 아니라 어린 아들에게 내 안전과 전가족의 무사여행을 당부하는 게 인상적이다. 역시 모슬렘은 모슬렘. 아무리 어려도 남자가 책임을 져야 하는 것이다.

모처럼의 나들이에 꼬마 여자아이들은 들떠서 야단이다. 나는 버스를 타고 난민촌을 벗어나면서 경비원들에게 과장되게 손을 흔들어 내가 나간다는 걸 확인시켜 주었다.

어둑할 때쯤 찾아간 카차가레 난민촌 고모네 집은 아주 좁아서 우리들은 모두 바깥에서 자야 할 형편이었다. 그래도 모처럼 친척이 모이니 분위기만큼은 풍성한 잔치 분위기다. 서로 얼마나 못 만났는지 모르지만 여자끼리는 볼을 비비고 남자끼리는 서로 껴안고 한바탕 난리를 치른다.

10년 전에 피난을 와서 잡화상을 하고 있기 때문인지 그 집은 난민촌에서는 넉넉하게 사는 축이라 흑백이지만 텔레비전까지 있다. 마침 어린이 시간대인지 텔레비전에서는 월트 디즈니의 〈백설공주〉가 한창이다.

다음날 '움직이는 텐트' 차데리를 입고 신발까지 빌려 신고는 처음의 난민촌으로 돌아갔다. 어제 과장되게 손을 흔들어 보였던 경비원을 보았을 때는 약간 뜨끔했으나 경비원은 내게 눈길도 주지 않는다. 하기야 들킨다 해도 내가 불법행위를 하고 있는 것도 아니지만, 만에 하나 이 집 식구들에게 해가 될까 그게 걱정이다.

일단 재입촌에는 성공했으나 그놈의 차데리를 입고 난민촌을 돌아다니는 게 문제다. 무엇보다 이 '걸어다니는 텐트' 속은 견딜 수 없이 덥다. 손을 놀리기 어려워 사진을 찍을 수가 없고, 뭔가 얘깃거리가 있을 것 같은 사람을 만나도 말을 건넬 수가 없다. 외국인이 차데리를 입고 있으니 수상하게 보일 게 뻔하기 때문이다.

한참 고민하다가 전날 만났던 의사를 찾아가 도움을 청하기로 했다. 이곳에서는 의사가 유일하게, 남자이지만 여자들하고 자유롭게 얘기를 할 수 있고, 외국인을 데리고 다녀도 이상하게 보이지 않기 때문이다.

마음씨 좋은 의사는 기꺼이 도와주기는 하겠지만 경비원들이 내가 이 캠프에 있다는 걸 모르니까 다시 나갔다가 차데리를 벗고 들어와 캠프에 내가 있다는 것을 알려야 한다고 충고한다. 듣고 보니 그럴듯한 얘기라 차데리를 입은 채 다시 트럭을 타고 바깥에 나가서 옷을 갈아입고 캠프로 되돌아오는 번거로움을 겪었다.

캠프촌의 오후 햇살은 가히 살인적이다. 낮기온이 45도가 넘는데 의사는 지금은 그래도 좀 시원해진 것이라고 한다. 지난 두서 달 동안은 한달에 스무 명 이상이 일사병으로 죽었다는 것이다. 그밖에도 이곳 사람들은 이 더위 때문에 피부병과 악성 설사 등으로 고생하는 이가 많다고 한다. 그래도 우물가에서 물싸움을 하며 더위를 피하고 있는 끄마 아이들은 천진하기만 하다.

의사의 도움으로, 교수를 하다 피난왔다는 인텔리 여성과 많은 얘기를 나누었다. 이곳에 모여 있는 도시 출신 난민들의 가장 큰 고통은 많은 교육을 받은 고급인력임에도 여기서는 아무 일도 할 수 없다는 무력감이라고 한다.

"태어나서 지금까지 늘 바쁘게 살아왔는데, 아무 하는 일 없이 빈둥거리며 썩고 있다고 생각하면 가슴이 무너져내리는 것 같아요. 먹고 사는 것만을 목표로 삼아야 하니 말예요."

그녀는 자기의 인생이 어디로 흘러갈지 앞을 알 수 없는 것에 절망하고 있는 듯했다. 피난온 지 몇 주일 안 되는 신참 난민들에게서 수도 카불의 생생한 상황을 들을 수도 있었다. 카불에서나 난민촌에서나 전쟁은 지옥을 연출하고 있었다.

난민들의 고통을 아는지 모르는지 난민촌에도 석양은 오렌지빛으로 아름다움을 뿜어낸다. 해가 지니 또 걱정이다. 경찰이 내가 들어오는 걸 보았으니 오늘 저녁에도 여기를 나가야 한다. 이게 웬 난민생활이란 말인가. 또 한참을 상의한 끝에 오늘 저녁은 이 집 엄마의 오빠네 집으로 가기로 했다. 쫓겨나는 마음이 심란하기만 한데 아이들은 매일같이 이 집 저 집으로 놀러다니는 게 재미있다고 좋아한다.

트럭과 마차를 갈아타고 찾아간 집은 어제 고모네 집보다 더 대식구다. 엄마와 아버지, 할머니까지 모두 사람들이 좋게 생겨 가만히 있어도 웃는 얼굴인데, 불쑥 찾아간 손님이 반갑다고 입을 함박만큼 벌리고 맞아준다.

눈 깜짝할 사이에 산더미 같은 볶음밥이 나오고 감자 조림에 아프간 빵이 수십 장 나온다. 그러고는 서로 많이 먹으라고 권하느라고 자리가 떠들썩하다. 식구와 친척들이 둘러앉은 저녁식사 시간에 웃음이 그치지 않는다.

어디서나 늘 이렇다. 가난하고 힘든 사람들일수록 정이 많아서 언제나 식사 시간에는 웃음이 있게 마련이다. 여기도 마찬가지다. 식량원조가 끊겼으니 언제부터 배를 곯아야 할지 모를 처지이면서도 웃으며 사는 것이다. 그런 여유가 있는 이곳은 생활은 난민촌이지만 '마음의 난민촌'은 절대 아니다. 궁핍한 난민촌에서 염치 불구하고 얻어먹는 저녁이 어찌 그리 꿀맛인지. 한편으로는 한없이 미안한 마음이 든다.

다음날 다시 차데리를 뒤집어쓰고 집으로 갔다. 하루종일 아이들은 궤짝에 들어 있는 사진첩을 뒤적이며 카불에서의 생활을 나한테 얘기해 주느라고 시간 가는 줄 모른다. 이건 우리집, 이건 우리 강아지, 이건 우리집 응접실 …. 잉그리드 버그만처럼 생긴 일곱 살짜리 막내딸, 임청하처럼 생긴 열 살짜리 큰 딸이 쉬지 않고 재잘거린다. 천진하고 귀엽고 가엾기만 하다.

나도 가지고 다니는 우리나라 그림엽서와 식구들 사진을 보여주며 한국 얘기를 해주었다. 그러면서 재미있게 놀고 있는데 갑자기 밖에서 문 두드리는 소리가 났다. 나는 깜짝 놀라 방 한켠에 커튼으로 가리고 짐을 쌓아둔 곳에 가서 숨었다. 아이들이 얼른 방에 있던 물건들을 치우고 나니 캠프촌의 파키스탄측 관리 직원이 들어온다.

이 집 아버지를 찾으러 온 모양인데 엄마가 잠깐 들어와 차라도 마시고 가라고 인사치레로 말했더니 이 눈치 없는 사람이 척 들어와 앉는 것이 아닌가. 이건 또 무슨 〈안네의 일기〉 복사판 신세란 말이냐.

'당국'의 눈을 피해 꼼짝없이 찜통보다 더 덥고 깜깜한 방 구석 커튼 뒤에 숨을 죽이고 앉아 있어야 했다. 실제로는 15분 정도 앉아 있었는데, 그게 몇 시간은 되는 듯 느껴지며 온갖 생각이 머리를 스친다.

누가 이 순진하고도 착한 사람들을 나라없이 떠도는 유랑민으로 만들었는가? 어떤 위대한 이념이 이 사람들을 국제 걸인으로 만들었는가? 과격 회교 무장단체인 탈레반은 무슨 근거로 성실한 사람들을 내쫓고 안방을 차지한단 말인가? 자세히 들여다보면 이 모든 것 뒤에는 강대국간에 벌어지는 힘겨루기가 도사리고 있다.

강대국간의 이익에 따라 약소국 아프가니스탄의 선한 백성들이 피를 흘리고 있는 것이다. 처음에는 소련과 미국 사이에서, 지금은 미국과 이란을 비롯한 회교국가들 사이에 끼어서 고난을 당하고 있다.

우리나라는 3년간 전쟁을 치르고도 대혼란에 빠졌는데 이 나라는 지금까지 20여 년간 전쟁을 겪고도 앞으로 얼마를 더 기다려야 그 소용돌이가 가라앉을지 기약할 수 없다. 반군이었던 초강경 회교도들이 카불을 장악한 상태여서 더욱 해결의 실마리가 보이지 않는다. 난민생활 중에서도 한치 의심없이 경건하게 믿고 있는 이들의 신 알라가 이들의 고통을 굽어살펴 주기만을 간절히 빌 뿐이다.

드디어 그 직원이 나가자 아이들이 다투어 커튼을 젖히고 빨리 나오란다. 그 안에서 땀을 어찌나 흘렸는지 옷을 쥐어짜면 물이 뚝뚝 떨어질 지경이다. 엄마와 아이들은 미안하다는 소리를 연발하며 서로 부채질을 해준다.

생각해 보니 내 처지가 우습다. 아프가니스탄 난민촌에서도 가장 불안한 난민 중의 난민이 자유 대한민국에서 온 한비야라니 말이다. 그 생각에 손바닥까지 치며 웃으니 식구들은 영문도 모르고 한참을 따라 웃는다. 친절하고 정이 많은 이 집 식구들과 며칠 더 있고 싶지만, 그러다 혹시 해를 끼치게 될지도 모르는 일이라 다음날 떠나기로 했다.

밤이 되어 돗자리와 이부자리를 바깥으로 가지고 나왔다. 별이 쏟아지는 밤하늘 아래 아이들과 나란히 누웠더니, 또 '우리가 카불에서 살 때

…' 로 시작되는 얘기가 계속된다. 두고 온 고향과 거기서 누렸던 안정된 삶이 얼마나 그리울까.

콧등이 시려온다. 아이들을 꼭 껴안아 주자 아이들도 나를 꼭 안는다. 사랑을 많이 받고 자란 아이들이다. 앞으로 이 아이들은 어떻게 될까? 고국으로 돌아가든 남의 나라에서 난민생활을 하든 그 앞날이 순탄치 못할 것은 불을 보듯 뻔하다. 안타깝다.

그래도 이 아이들처럼 부모와 같이 있을 수 있고 안전한 거처가 마련된 난민들은 괜찮은 편이다. 지금 이 시간에도 어른들의 싸움 틈에 끼여 부모를 잃고 총알이 빗발치는 전쟁터를 헤매고 있는 아이들이 얼마나 많을 것인가. 굶주리고 지치고 다쳐 피흘리고 있지만 아무도 보호해 주지 않는 어린아이들은 또 얼마겠는가?

이런 난민 아이들의 생명과 인간으로서의 존엄성을 지켜주기 위해 무엇인가를 하고 싶다. 그런 일들이 얼마나 힘들고 고달프든, 얼마만큼 개인의 인생을 희생해야 하건 이것은 내가 하고 싶은 일이고, 꼭 해야만 할 일이라는 느낌이 강렬하게 전해온다.

난민촌에도 고루 비치는 별빛을 보며 각오를 새롭게 다진다.

히말라야에서 만난 스님과 여대생

이름은 들어보았나. 카라코람 하이웨이.

파키스탄의 수도 이슬라마바드부터 중국 신장지방의 카슈가르에 이르는 장장 1,300킬로미터의 고속도로. 길도 보통 길인가. 세계의 4대 지붕을 골고루 지나 오는, 세계에서 제일 험하고도 경치가 멋지다는 꿈길.

당나라의 현장 법사와 신라의 혜초 스님이 불법을 구하러 천신만고 지나갔던 길이며, 알렉산더 대왕이 영토와 권세를 찾아 폭풍처럼 휩쓸었던 길이다. 실크로드의 대상들이 부를 찾아 떼를 지어 오고 갔던 길이기도 하다. 진리와 권력과 재물의 길인 것이다.

그리고 1978년 개통된 후 1986년 5월, 외국인의 통행이 허가된 뒤로는 세계에서 몰려온 수많은 현대판 마르코 폴로들이 배낭을 짊어지고 꼭 한 번 지나가고 싶어하는 길이기도 하다. 이 환상의 길에 나도 마침내 들어선 것이다.

물론 이 길을 차를 타고 드라이브하듯이 단숨에 지나가지는 않을 것이다. 저 거대하고도 장엄한 산들을 충분히 감상하면서 지날 것이다. 느끼면서 지날 것이다. 찬미하면서 지날 것이다. 그러나 저 산들을 멀리서만 보지는 않을 것이다. 때로는 그 품에 포근하게 안겨 있기도 할 것이며, 그 산들이 들려주는 이야기에 귀 기울일 것이다.

히말라야산맥과 카라코람산맥의 산들을 가보아야지. K₂ 베이스 캠프도 가보고 싶다. 각각 일주일 정도의 트래킹이라면 그런대로 성이 찰까? 그래서 애초부터 파키스탄 일정을 짤 때 북부지방에 한달 정도의 여정을 할애해 놓았다.

우선 북부 산악지방 트래킹의 베이스 캠프가 된다는 길기트로 갔다. 이슬라마바드에서 버스로 20시간쯤 되는 거리다. 산으로 간다는 생각만으로도 마음이 설렌다. 산도 보통 산이냐. 8,000미터급이 5개, 7,000미터급이 100개 이상, 6,000미터급은 변변한 이름도 없다.

밤버스를 타고 가면서 날이 밝기를 기다린다. 도로 상태는 그런대로 좋은 것 같은데 차가 너무 험하게 달려 이리 흔들, 저리 흔들 도저히 잠을 청할 수가 없다. 게다가 뒤에 앉은 놈이 어둠을 틈타 자꾸만 내 겨드랑이 근처에 손을 갖다대는 바람에 거의 뜬눈으로 밤을 새웠다. 나중에는 참다못해 작은 배낭으로 그놈 면상을 후려쳤더니 찍소리도 못하고 그제야 잠잠하다. 이런 놈들은 잠도 안 잔다.

부옇게 날이 밝아오자 집채처럼 커다랗고 시커먼 돌산들이 서서히 모

습을 드러낸다. 나무가 없는 돌산에는 가는 연필로 그린 듯한 길이 한 줄
나 있다. 옛 실크로드 길이다. 발밑으로는 인더스강이 화가 난 듯 우렁차
게 흐르고 있다. 여기가 바로 대자연과 인간의 손길이 멋드러지게 어우러
진 카라코람 하이웨이다.

엊그저께 우리나라 사람들이 애를 쓰며 닦고 있는 모터웨이를 보고 와
서인지, 산이 높고 골이 깊어 길이 험해지니까 이 길을 놓느라고 얼마나
많은 사람들이 수고를 했을까 더욱 새삼스러워진다. 10년의 공사기간 동
안 3천여 명이 사망했다는 것만 보아도 목숨을 걸어야 할 만큼 난공사였
음을 짐작할 수 있다.

길기트 근처에 접어드니 한순간 눈 덮인 뾰족한 봉우리가 나타난다.
아! 저 산! 낭가 파르밧! 저게 바로 해발 8,128미터의 세계에서 여덟 번
째로 높다는 산이 아닌가. 푸른 눈을 이고 있는 산이 듣던 대로 장엄하고
도 신비하다. 어쩐지 정을 주기에는 '너무 먼 당신' 같은 느낌이지만 깊은
경외심을 불러일으키는 것은 틀림없는 사실이다. 저 산에 가고 싶다.

길기트에 도착해 여관을 잡아 잠깐 쉬고 있는데 느닷없이 "여보세요."
하는 한국말 소리에 깜짝 놀라 방문을 열었다. 문 밖에는 스님 한 분과 예
쁘장한 여학생이 서 있다.

인도에서부터 같이 다니던 일행 두 명이 갑자기 없어져 온 동네를 찾아
다니다 우연히 이 여관 주인에게서 자기집에 한국 사람이 묵고 있다는 얘
기를 듣고 일부러 찾아왔다고 한다.

이들이 대현 스님과 정미령이다. 그리고 스님이 찾던 일행은 키가 크고
성직자 같은 인상의 독일인 마틴과 영화 〈타이타닉〉에 나온 레오나르도
디카프리오처럼 생긴 귀엽기도 하고 카리스마적이기도 한 스웨덴인 토마
스다.

저녁을 먹는 동안 우리는 벌써 의기가 투합되어 서로의 계획과 스케줄
을 비교 분석한 후에 힌두쿠시 산맥의 날타르 패스를 일주일, 히말라야

파키스탄 훈자 마을의 그림 같은 산 속에서 살구를 말리는 사람들.

산맥의 낭가 파르밧 베이스 캠프까지 일주일간을 트래킹하기로 했다. 두 곳 다 꼭 하고 싶었던 루트다.

사실 혼자서는 벅찬 길이라 동행을 구할 참이었는데 스님 일행이 아주 적절한 시간에 나타나 준 것이다. 아무래도 뭘 알고 오신 것 같다.

다음날 아침 부랴부랴 텐트를 빌리고 배낭을 꾸려 힌두쿠스 산맥의 날 타르 패스 트래킹에 오른다.

힌두쿠스 산맥의 산을 하이킹하는 것은 그 자체만으로도 커다란 즐거움이다. 머리 위로는 눈덮인 산들이 병풍처럼 둘러쳐져 있고, 시냇물이 흐르는 소나무숲 길을 걸으며 솔향기를 실컷 맡을 수 있다. 밑바닥까지 환히 들여다보이도록 맑은 날타르 호숫가에서 오후 내내 가부좌를 틀고 앉아 명상에 젖기도 하고 높은 고원 밑을 거칠게 흐르는 흰 강물이 푸른 초원과 멋진 조화를 이루고 있는 것도 만끽할 수 있었다. 이 모든 게 덤이었다.

4일째 되는 날, 해발 4천 6백미터의 날타르 패스 베이스 캠프에 도착했다. 시야가 탁 트인다. 바로 눈앞에는 갖가지 모양과 색색의 돌들이 밭을 이루고 있고, 그 뒤에는 백두산 천지의 축소판 같은 연못이 있다. 그 연못 가를 돌아가면 눈 닿는 데까지 하얀 빙하벌판이 보인다. 뒤에 배경을 이루는 설산들과 어우러져 숨이 막힐 만큼 멋진 풍경이다. 나흘간의 모든 수고를 이 한 장면이 충분히 보상해 주고도 남음이 있다.

이제 저 빙하벌판을 돌아서 한나절만 더 올라가면 목표지점에 닿는 것이다. 그러나 아쉽게도 우리는 거기서 돌아서야 했다. 일행 중 두 명이 고산증에 걸린 것이다.

처음에는 나만 그런 줄 알았다. 아침에 일어날 때부터 가슴이 뛰고 숨이 고르지 못하다. 골이 빠개지도록 아프고, 발걸음은 신발에 맷돌을 달아맨 듯 무겁게 느껴졌다. 틀림없는 고산증이다. 그러나 나 때문에 일행 모두가 목적지까지 못 가면 안 된다는 생각에 아무렇지도 않은 척 천천히 걸어갔다. 한 발 한 발이 힘에 부친다.

베이스 캠프에 도착해서 '병구를 이끌고' 점심을 준비하고 있는데, 갑자기 미령의 입술이 파래지면서 호흡곤란을 일으켰다. 자세히 보니 얼굴도 퉁퉁 부어 있다. 그 애도 나처럼 그때까지 고산증을 참고 있었던 것이다. 그러니 어쩌랴, 나 혼자 같으면 악을 쓰고 올라가겠는데 처음인 미령이에게는 너무 혹독한 일이다.

그날 그쯤에서 내려오길 정말 잘했다. 그날 밤 아주 큰 비가 오고 바람이 몹시 불었다. 만약 빙하 근처에서 야영을 했더라면 그 얼음바람에 겨울 장비가 전혀 없는 우리들은 모두 동태가 되었을 것이다.

산은 올라가는 것보다 내려가는 것이 더 어렵다는 말은, 올라갈 때 힘을 다 써서 내려갈 때는 힘이 부친다는 그런 단순한 뜻이 아닌 것 같다. 어떻게든 끝까지 올라가려는 욕심을 버리는 일이 어렵다는 뜻이 아닐까.

그때 만약 우리가 욕심을 냈더라면 어떻게 되었을까? 산은 꼭 정상까지 가야만 하는 것일까? 여행자로서 그리고 산을 좋아하는 사람들로서 우리

체력에 닿는 만큼 산을 느끼고 오면 되는 것이 아닌가. 그 시간을 즐기고 오면 되는 것이 아닌가.

산을 내려오면서 스님에게 내 생각을 말씀드렸더니 스님이 활짝 웃으신다.

"비야 보살이 이 산에서 아주 중요한 걸 배우셨네요."

낭가 파르밧 해발 5천미터 트래킹

비록 고산증에 걸리긴 했지만 만족한 하이킹을 한 우리 일행은 길기트에 오자마자 또 다른 하이킹 준비에 바빴다.

떠나기 전에 영양보충을 충분히 해야 한다고 스님을 빼놓고 우리끼리만 닭을 사다가 백숙을 끓여먹는데 스님은 김치를 담그시고 소금으로만 간한 맛있는 김밥도 만들어 주신다. 여러 가지 먹을 것을 넉넉하게 구해놓고, 지난번 고산증은 마늘 부족에 원인이 있다면서 장사를 해도 좋을 만큼 많은 마늘을 샀다.

반갑게도 텐트를 빌린 가게에서는 우리나라 산악원정대가 남기고 간 한국산 카레가루, 국수, 라면, 깻잎 등 통조림 밑반찬을 팔고 있었다. 그냥 주고 간 건지, 헐값으로 팔고 간 건지, 아니면 가게 아저씨가 환율계산을 잘못한 건지 모르지만 값이 터무니없이 싸다. 물론 유통기간도 터무니없이 넘은 것이지만 우리는 보이는 대로 다 샀다. 파키스탄 산 속에서 이게 웬떡이냐. 정말 땡잡았다.

영양보충과 피로회복을 하고 나서 이틀 후 우리는 낭가 파르밧 트래킹에 오른다.

토마스는 아무래도 카라치로 돌아가는 일정이 너무 빡빡할 것 같다고 해서 이번 하이킹 일행은 넷이 되었다. 리고라는 곳에서 윗마을로 올라가는 지프를 탔다. 꼬불꼬불한 길을 3시간을 달려 닿은 곳이 다토. 여기부터 급경사길 2시간을 올라 그날의 목표인 해발 3,200미터의 페어리 메도(요정의 초원)에 닿았다.

높은 산 속에 이런 넓고도 푸른 초원이 있다니. 눈앞에는 만년설을 인 낭가 파르밧이 포근하게 푸른 초원을 안고 있다. 느긋해진 우리는 페어리 메도 캠프장에 텐트를 치고 시원한 나무 그늘에서 한숨 낮잠을 청했다. 부지런하신 스님은 우리들이 자는 동안 행자 때 닦아놓은 실력을 발휘하여 장작불을 피워 저녁 식사로 수제비를 만들고, 감자도 쪄놓으셨다.

마을에 가서 사온 양젖 요구르트는 어찌나 맛이 좋은지 하이킹 내내 지나는 마을마다 사서 마셨다. 무공해 유산균 때문인지 대변색이 정말로 황금색으로 변한다.

해만 지면 겨울 점퍼를 입어야 할 만큼 쌀쌀해진다. 달은 열엿새 기망 때가 더 동그랗다더니 정말 그렇다. 밝기는 또 얼마나 밝은지. 달이 뜨자 사방이 마치 야간 야구장에 전광판을 켜놓은 것 같다. 달빛을 받은 낭가 파르밧이 푸른 듯 흰 듯 우아하기 그지없다.

햇빛을 받은 산이 당당하고 힘차 보인다면 달빛 아래서는 부드럽고 신비하기만 하다. 낮에 산 아래서 올려다본 산은 범접할 수 없는 위엄을 느끼게 했는데, 산중턱에서 본 달빛 아래 산은 나를 감싸안을 듯 다정하다. 텐트 안에 누워서도 내 집 안방인 양 마음이 편안하다. 내가 정말 산에 안겨 있는 건가 보다.

다음날 다른 사람보다 일찍 잠에서 깼다. 일행들이 일어나길 기다리면서 내내 낭가 파르밧을 마주보고 앉아 있었다. 단순한 흰색 한 가지의 산. 금방 싫증이 날 것 같은데 보아도 보아도 질리지 않는다. 어찌 된 일일까. 담백함 때문일 것이다.

사람도 그러할지니 저 낭가 파르밧 같은 사람이 되고 싶다. 단순담백하여 늘 한결같은 사람. 필요할 때 당장 먹을 수 있는, 온갖 조미료로 입맛을 맞추었지만 연달아 두 끼 이상은 먹을 수 없는 컵라면이 아니라, 소금간만 해도 며칠이고 질리지 않고 먹을 수 있는 밍밍한 뼈다귀 곰국 같은 사람 말이다.

아침 일찍 마틴이 없어졌다. 아침을 해먹고 해가 뜨거워지기 전에 길을 떠날 계획이었는데 근처 향나무 숲 속에서 좌선을 하다가 삼매경에 빠진 모양이다.

스물세 살의 독일친구 마틴은 말수가 적고, 감정 기복이 거의 없는 온순한 청년이다. 남에 대한 배려도 깊고 고운 심성을 지닌, 한 군데 나무랄 데 없는 청년이다. 여행을 떠나오기 전 동양 무술과 좌선을 배웠다는데 불교에 대해서 아주 관심이 많다. 매일 아침 좌선을 하는데 한 번 앉았다 하면 30분이고 한 시간이고 미동도 하지 않는다. 스님은 마틴의 이런 정진을 대견하다고 하시면서 전생에 불자였을 거라고 한다.

12시쯤 나타난 행복하고 맑은 표정의 마틴에게 누구 한 마디 싫은 소리 하질 못했다. 싫은 소리는커녕 다들 부러워하는 것 같다. 이제부터 본격적인 등산길이다. 하루종일 빙하를 내려다보면서 능선을 따라 걷는다. 발밑이 바로 낭떠러지라 아슬아슬하다. 경사가 가파른데다 굵은 흙 때문에 미끄러워서 진도가 잘 나가지 않는다.

그날 저녁에는 겨우 4인용 텐트 하나를 칠 만한 큰 바위 밑 공간에서 야영을 했다. 빙하를 스쳐온 찬 바람을 피하기 위해서다. 물이 1리터 정도밖에 남지 않아 라면을 겨우 끓여먹고, 추위에 단단히 무장을 하고 잠을 잤다.

그러나 너무 추워서 도저히 잘 수가 없어 동이 트자마자 길을 나섰다. 물이 한 방울도 남지 않아 따뜻한 물 한 모금을 마실 수가 없다. 다행히 아침 일찍 양을 먹이러 가는 양치기 소년들이 젖을 짜주어 목을 축였다. 당장 갈증은 모면했지만 언제 물을 만날 수 있을지 걱정이다. 게다가 햇볕은 본격적으로 뜨거워질 기세다.

두 시간쯤 걸으니 만년설 벌판이 나타난다. 길을 모르면 위험할 수도 있으니 가이드나 동네 사람을 따라가라고 한 곳이다. 마침 아까 만났던 양치기 일행이 개를 앞세우고 가서 우리도 그들 뒤를 따라가다가 뜻밖에 수정같이 투명한 물이 고여 있는 만년빙 샘물을 만났다.

"야, 물이다." 우리는 큰 소리로 합창을 했다. 물을 발견한 기쁨에 양치기가 가버리면 위험해진다는 것도 잊은 채 뱃속이 얼얼해질 때까지 물을 마셨다. 그러다가 본격적으로 그 자리에 퍼질러 앉아 어젯밤부터 못 닦은 이도 닦고, 설거지도 하고, 그토록 마시고 싶었던 차이를 끓여 마셨다.

파키스탄 차이는 산중에서는 정말 천상의 음료다. 우선 우유를(우유가 없으면 분유도 괜찮다) 끓인 다음 홍차와 설탕을 적당히 넣고 한 번 더 끓을 때까지 기다린다. 끓는 동안 우유를 퍼올리듯 젓는데, 우유를 연하게 만드는 이 젓는 방식이 차이 맛을 좌우한다. 다 끓으면 조그만 체로 홍차를 걸러서 마시는데, 따뜻함이 몸을 녹여줄뿐 아니라 달콤한 맛이 정말 일품이다.

특히 춥게 잔 날 아침에는 이것을 마셔야 운신이 가능한데 아침에 물이 없어 걸러야 했으니 여기서 마시는 차이 맛을 무엇에 비할소냐. 차이를 마시고 나니까 슬슬 배가 고파온다. 어제 캠프를 떠날 때 먹다 남아 싸가지고 온 밥을 소금만 쳐서 먹었다. 그 맛은 또 얼마나 꿀맛인지.

예전에 네팔 트래킹을 하던 때가 생각난다. 길을 잘못들어 하루종일 쫄쫄 굶다가 남의 집 부엌에서 잠을 얻어자고, 그 다음날 아침에 착한 주인집 아저씨가 주는 밥을 아무 부끄러움 없이 손으로 퍼 먹던 일. 비록 소금으로만 간을 했지만 다시없는 꿀맛이었다.

차이도 마시고 밥도 먹고 아주 행복한 기분이 되어 기념사진을 찍다가 좋은 생각이 났다. 낭가 파르밧 산신령께 내 허약한 카메라가 한국에 돌아갈 때까지 아프지 말고 잘 견디게 해 달라고 컵에다 정안수를 떠놓고 합장기도를 했다. 장난처럼 했지만 간절한 마음이었다.

이것은 방글라데시에서 카메라를 도둑맞고 새로 산 것인데, 카메라 전문가라는 윌리엄하고 가서 잘 산다고 산 것이 가짜 캐논을 샀다. 캐논 (CANON)이라고 쓴 끝부분을 자세히 보면 교묘히 A자를 지운 흔적이 있다. 아마 싸구려 크로나나 코니카쯤 되는 상표였는데 그렇게 감쪽같이 눈을 속여 만든 것이다.

렌즈만은 광학기술이 제일 발달했다는 러시아 제품이라 사진은 그런대로 잘 나오지만 다른 부대기능은 형편없다. 특히 조금만 날씨가 덥거나 배낭 안에 약간만 눌려 있어도 필름이 저절로 다 감겨버린다. 처음 몇 번은 당황하고 짜증이 났는데 좀 지나니 혹시 저것이 자기는 최선을 다하고는 있지만 워낙 약체라서 그럴지도 모른다는 생각이 들었다.

팔자가 좋은 건지 나쁜 건지, 나와 함께 다니게 된 것도 인연인데, 집에 갈 때까지 특별히 잘 돌보아 주기로 했다. 그래서 '캐노'라는 예쁜 이름도 지어주었다.

캐노나말고도 나는 늘 가지고 다니는 물건에 이름을 붙여주는 버릇이 있다. 5년째 가지고 다니는 큰 배낭 이름은 '무던이'. 장거리 버스를 탈 때는 지붕에 올려놓기도 하고, 기차를 탈 때는 의자 밑에 내려놓기도 하고, 기차나 버스를 기다릴 때는 깔고 앉기도 하지만 여때 자크건 멜빵이건 한 군데도 속 썩인 적 없이 무던해서 지어준 이름이다.

작은 배낭 이름은 '꼬끼요'. 어디든지 꼭 낀다는 뜻인데 내가 어디를 가든지 꼭 데리고 다녀 지어준 이름이다. 지난 아프리카 여행 때 사서 다 찌그러지고 칠도 벗겨졌지만 지금까지도 쓰고 있는 법랑 만능컵. 어떻게 사용해도 그 역할을 충실히 해내는 효성스러움이 두드러져 그 컵의 이름은 '심청이'다.

우리끼리 만년설 벌판을 건널 때, 아니나 다를까 한동안 헤맸다. 여행자들의 돌탑 표지가 어딘가 있을 텐데 찾지를 못하겠다. 긴장이 된다. 발을 뗄 때마다 조심조심했지만 몇 번은 머리가 쭈뼛 설 만큼 몹시 위험한 순간도 있었다.

물 묻은 자갈더미가 발밑에서 부서지는데, 그대로 밀려내려가면 얼음이 녹아 벌어진, 깊이를 알 수 없는 크레바스로 빠지게 된다. 그 끔찍한 크레바스를 피해 돌아가보면 파란 입을 벌리고 있는 또 다른 크레바스. 얼음 위를 걷고 있는데도 등허리가 땀으로 흥건하다.

두꺼운 얼음 위는 미끄럽기 짝이 없고 문짝만한 바위도 보기와는 달리 조금만 발을 디뎌도 와르르 무너져내린다. 우르르 쾅쾅쾅, 얼음 밑으로 만년설 녹은 물이 폭포를 이루는 소리가 더욱 우리를 무섭게 한다. 이럴 때 길을 아는 염소라도 한 마리 만나면 얼마나 좋을까.

천신만고 끝에 만년설 벌판을 무사히 지나 드디어 우리가 목표했던 독일인 등산가의 추모비가 있는 곳에 도착했다. 이곳이 우리의 최종 목표였던 낭가 파르밧 베이스 캠프지만 해지기 전까지는 시간도 있고 기운도 좀 남았기 때문에 내친 김에 해발 5,000미터라는 제2 베이스 캠프(길리프르 베이스 캠프)까지 올라가기로 했다.

날타르 패스 하이킹 째보다 더 높은 곳인데도 누구도 고산증이 나타나지 않아 정말 다행이다.

길도 없는 길을 여섯 시간 넘게 올랐지만 네 시간이면 나타날 거라던 베이스 캠프는 나타나지 않았다. 길을 잘못 들었는지도 모르겠다.

한참 가다 보니 사람들이 다녀간 것 같은 흔적이 보인다. 아무 표시도 없었지만 우리끼리 거기가 제2 베이스 캠프라고 정하고 돌을 하나씩 주워다가 돌탑을 쌓았다. 우리 덕분에 제2 베이스 캠프의 높이가 해발 5,000미터에서 5,000미터 20센티가 되었다고 농담을 하면서.

해가 지고 깜깜해져서야 겨우 제1 베이스 캠프로 돌아왔다. 염치없는 일이지만 근처 목동들이 해다 놓은 나무를 말 안하고 '빌려서' 인스턴트 스파게티를 끓여 먹었다.

달이 뜨지 않은 밤하늘에 별들이 가득하다. 바람이 몹시 분다. 텐트가 날아갈까 걱정되어 추운 것도 잊을 정도다. 자크가 고장나서 올리지 못한 텐트의 바깥문이 바람에 날려 놀란 새 날개처럼 펄럭거린다. 날고 싶은 모양이다.

이 산과 이별하는 날.

800루피를 아끼자는 이유도 있지만 그냥 차를 타고 쭉 내려가는 것이 어쩐지 섭섭해 일행에게 걸어내려가는 것이 어떻겠느냐고 조심스럽게 제안을 했다. 신발에 자꾸 못이 올라와 걷기가 불편하다는 마틴에게는 좀 미안했지만 말이다. 그런데 모두들 고개를 끄덕인다. 똑같은 생각을 하고 있었으면서 미안한 마음 때문에 먼저 말을 못하고 있었던 것이다.

페어리 메도에서 다토까지 두 시간 반의 내리막길, 다시 지프가 다니는 라이코트까지 다섯 시간의 하산길은 다리가 후들거릴 만큼의 급경사에다 내려가는 길가가 바로 낭떠러지였다. 위를 보면 당장이라도 떨어질 것 같은 바위들이 걸려 있어 아슬아슬했다.

위험한 길이지만 경치는 그만이다. 내려오다 보니, 내가 앞으로 가야 할 곳을 말해주는 듯 나무 한 그루 없는 갈색 돌산에 연필로 그린 듯한 옛날 실크로드와 아스팔트의 까만 선이 선명한 카라코람 하이웨이가 만나고 있다.

길기트까지 트럭을 얻어타고 오면서 다시 보는 낭가 파르밧. 여전히 장엄하고 멋있지만 이미 3주일 전 처음 볼 때 느꼈던 것처럼 경외의 대상으로서만은 아니다.

산이 가깝게, 따뜻하게 느껴지는 것은 며칠간 그 품에 안겨 있었기 때문이리라. 이제 저 산은 겉으로만 보는 '가까이하기엔 너무 먼' 산이 아니라 나와 며칠간 놀아준 친구산이 되었기 때문이리라. 일행 한 사람, 한 사람도 오래된 친구인 양 사랑스럽다.

모두 몹시 지쳐 있었지만, 두 눈만은 맑게 빛이났으며 몸 전체에서는 산에서 얻은 강한 에너지가 꿈틀거림을 느낄 수 있었다.

세계 최고 장수촌 훈자 마을의 여섯째 딸이 되어

길기트에서 버스로 약 두 시간 정도 북쪽으로 올라가면 세계의 장수 마을로 우리 귀에도 익은 훈자 지방이 나타난다.

훈자 지방은 아랫마을과 중간마을, 윗마을로 나뉘어져 있는데 찾아간 곳은 중간마을의 중심인 카리마바드다. 오던 날 비가 많이 와서 우리가 묵은 여관방 지붕이 새는 바람에 춥기도 하고, 밤새도록 비를 피해 이리저리 옮겨다니느라고 잠을 설쳤다.

게다가 이불 벼룩이 남 앞에서 긁기 어려운 허벅지 안쪽을 잔뜩 물어서 괴롭다. 그런데 마틴에게 더 큰 문제가 생겼다. 비자가 내일이면 만료되는데 어젯밤 비로 길이 무너져 중국 국경으로 가는 길이 끊겼다는 것이다. 그 길만 끊어진 것이 아니라 길기트에서 오는 길도 마찬가지. 우리는 완전히 훈자 마을에 고립되고 말았다.

이런 지형적인 이유르 훈자 마을은 수백 년 동안 독자적인 문화를 이루고 그것을 지켜올 수 있었던 것이다.

길기트에서 묵었던 숙소 종업원 마하무드가 해준 자기 할아버지 이야기는 믿거나말거나식이지만 훈자 지방의 재미있는 일면을 보여준다. 지금 106세라는 할아버지가 20년 전에 처음 텔레비전을 볼 때, 화면에서 곤궁에 처해 있는 어떤 사람을 보고는 손자에게 야단을 치더란다.

"야, 이 녀석아. 저 사람 처지가 저렇게 딱한데, 너는 보고만 있느냐? 빨랑 가서 도와줘야지."

50년 전쯤에 훈자 마을에 처음 들어온 짚차를 보고는 이리저리 만져보더니, 자기 아들에게 하는 말.

"이건 눈이고(헤드 라이트), 이건 입이고(래디에이터), 이건 다리(바퀴)겠는데. 털이 없으니 겨울에 얼마나 추울까. 몸집이 이렇게 크니 먹기도 많이 먹겠군. 애야, 여물 좀 잔뜩 갖다 줘라."

또 얼마 전에는 손자가 콜라를 따라 드리니까 한참 물끄러미 바라보더니 겁에 질린 목소리로 말씀하더란다.

"애야, 이거 아주 위험한 물이다. 시커먼 물이 불도 따지 않았는데, 저 혼자 끓고 있으니 수상하구나."

그럴 수도 있을 거라고 생각되는 것이 이곳은 1978년 카라코람 하이웨이가 놓이기 전까지는 좁은 길 하나로 바깥 세상과 간신히 이어져 있었던 것이다.

같은 나라인 파키스탄 남부 지방보다는 인접한 중국 신장 지방과 종교적으로나 문화적으로 공통점이 더 많다. 이 지방에서는 초록색 눈에 이목구비가 뚜렷한 하얀 얼굴들을 자주 볼 수 있는데, 이들은 기원전 4세기에 알렉산더 대왕이 이곳을 정복하러 왔다가 남겨둔 군인들의 후손이라는 설이 있다.

매스컴을 통해 세계적인 무병장수 마을로 알려진 훈자 지방은 1974년까지만 해도 '미르'라는 왕이 다스리던 왕국이었다. 그러다가 파키스탄의 부토 전 수상이 이 지방의 왕권을 인정하지 않고 파키스탄 북부의 한 지방으로 편입시켰던 것이다.

훈자 사람들은 모슬렘 중에서도 이스마엘리파다. 이 파는 소위 '부드러운 회교도'라고 하는데, 기도도 하루 다섯 번 대신 아침저녁으로 두 번만 하고, 여자의 바깥 출입이나 복장에 대해서도 다른 회교도에 비해 훨씬 자유롭다. 이들은 순진하고 정직하고 친절하기로 유명한데다가 아주 낙천적이고 쾌활해서 이곳을 다녀간 사람들에게 좋은 이미지를 심어주고 있다.

히말라야를 함께 트래킹하고 동행이 되어 훈자까지 왔던 대현 스님, 미령이와 마틴은 만료된 비자 때문에 중국으로 떠나고, 나는 이 아름다운 훈자 지방을 좀더 즐기면서 파키스탄 여행 원고를 끝낼 생각으로 며칠 더 머무르기로 했다.

일행과 헤어진 후 글을 쓸 적당한 숙소를 찾아나섰다. 우선 근처 식당에 들어가 이곳의 명물인 살구 주스를 한 잔 마시는데 행운이 찾아왔다.

그 식당 주인은 영어를 곧잘 하는 사람이다. 영어가 통한다고 나한테 이 말 저 말 시키길래 지나가는 말로 이 동네 진짜 토박이집에서 민박을 하고 싶다고 했더니, 마침 그 식당에 놀러와 있던 동네 아저씨에게 말을 건넨 다. 콧수염을 멋지게 기른 그 아저씨는 얘기를 듣더니 고개를 끄덕인다.

"이 친구 집에서 묵을 수 있을 것 같으니 한번 따라가 보세요."

식당 주인의 말에 벌떡 일어나 따라나섰다. 놀랍게도 이 아저씨 집은 훈 자 지방 왕의 여름 별장인 알티트 성 안에 있다. 이 식구들이 왕 소유의 성 과 주위의 아주 넓은 과수원과 정원을 관리하고 있다는 것이다.

집에 들어간 콧수염 아저씨는 할아버지 한 분을 내게 소개해 주었는데, 이분이 바로 이 아저씨의 아버지이자 이 집 대가족의 가장인 나얍 할아버 지다. 나이 70이 훨씬 넘었다는 할아버지는 아직도 기력이 청년처럼 팔팔 하고 동그란 얼굴이 동자승처럼 맑다. 인상도 좋고, 마음씨도 어질다는 것이 한눈에 보인다.

영어를 좀 하시는 할아버지는 내가 민박하려는 이유를 열심히 듣고는 내 눈을 한번 빤히 쳐다보시더니, 이 집은 빈방이 없어 독방을 줄 수는 없 지만 식구들하고 같이 자도 괜찮으면 있어도 좋다고 쉽게 허락하신다.

"슈크리야, 슈크리야! 그랜드파더(감사합니다, 감사합니다. 할아버 지)."

우르드어와 영어를 섞어 인사를 한 후 일단 배낭을 살림집에 갖다놓고 시원한 과수원에 나와 앉았다. 푸른 풀밭에서 하얀 양들이 한가롭게 풀을 뜯고 있다. 소도 몇 마리 있다.

바쁘게 일을 하고 있는 어른들 주위에는 열 명도 넘는 꼬마 아이들이 분 주하게 돌아다닌다. 아이들의 떠들고 까부는 소리가 시골집마냥 정겹다.

세계 최고 장수촌 훈자 마을에서 한비야(가운데)를 여섯째 딸로 삼아 준 나얍 할아버지와 할머니.

동네 아이들인 줄 알았더니, 그 아이들이 모두 할아버지의 손자 손녀들이란다. 지금이 가장 일손이 달리는 철이라 멀리 시집간 딸들까지 아이들을 데리고 와서 일을 하고 있는 것이다.

할아버지는 묻지도 않았는데 자식 자랑을 한다.

"나는 아들이 셋에 딸이 다섯이야."

그러면서 자녀들의 이름을 줄줄이 대는데 기억하기가 쉽지 않다. 그렇지만 딸 이름은 언뜻 듣기에 모두 무슨 ~야, ~야로 끝나는 것 같다. 그래서 내 이름도 비야니까 나는 할아버지의 여섯 번째 딸이라고 했더니, 할아버지는 손바닥을 치며 좋아하신다.

"그래, 그래. 넌 이제부터 내 넘버 식스 딸이다. 넘버 식스 딸이야."

점심때가 되어서 집에 들어온 식구들을 모두 하나씩 쿨러 신나게 나에게 소개한다.

"이 아이가 넘버 투 아들, 이 아이가 넘버 포 딸, 이 아이는 넘버 투 딸의 넘버 원 딸 …."

소개가 모두 끝나자, 나를 소개하며 '넘버 식스 딸'이라고 못을 박는다. 그러면서 할아버지는 이제부터 자기를 '아가'라고 부르란다. 아가란 훈자 말로 아버지라는 뜻이다. 그렇지만 70이 넘은 할아버지를 아가라고 부르려니 나는 입이 떨어지지 않는다. 아가라고 부르다가 멋쩍어서 혼자 웃었더니 할아버지는 속사정도 모르고 같이 웃는다.

금방 구워 따끈따끈한 얇은 밀가루빵 짜파티에 감자 조림, '달'이라고 부르는 노란 녹두 삶아 조린 것 등으로 맛있고 배부르게 점심을 먹었다.

점심을 먹을 때 유리컵에 따라주는 물이 완전히 우윳빛이다. 이 물이 바로 훈자 마을 장수 비결의 하나라고 한다. 빙하가 녹아서 흘러내린 이 물에는 몸에 이로운 미네랄이 듬뿍 들어 있어서 노화를 방지한다고 할아버지가 열심히 설명해 주신다.

훈자의 장수비결은 물말고도 신선한 공기와 한시도 놀지 않고 열심히 일하는 것, 그리고 낙천적인 성격이라고 한다. 그 말을 수긍하지 않을 수 없었다. 이 할아버지만 해도 당당한 현역이시다. 나무도 패고 양도 잡고 과수원의 큰 일도 도맡아 하신다.

음식은 특별한 것은커녕 초라하다고 느껴질 정도다. 주식은 사시사철 삼시 세끼가 짜파티와 달과 감자다. 특별히 채소를 많이 먹는다거나 요구르트를 많이 마시는 것 같지도 않다. 물론 고기도 많이 먹지 않는다. 전반적으로 아주 소식을 하는 것 같다. 그런데도 건강하고 장수하는 걸 보면 아까 얘기한 건강의 삼박자가 잘 맞는 모양이다.(그런데 실망스럽게도 최근에 속속 발표되는 조사연구에 의하면 훈자 마을은 알려진 것처럼 그렇게 특기할 만한 장수마을이 아니란다. 초창기 훈자 마을을 다녀갔던 서방 매스컴의 호들갑과 과장, 그리고 제대로 알아보지도 않고 무조건 베끼는 보도가 낳은 현대판 '전설의 고향'이란다.)

훈자 마을은 살구가 유명하다. 지금이 수확철이라 밝은 오렌지색으로 통통하게 잘 익은 살구가 지천에 깔려 있다. 이 집에서도 저장용 살구를 만드느라 온식구들이 살구 손질에 매달리고 있다.

우선 기다란 장대로 가지를 때려 나무에 주렁주렁 달린 살구를 털어낸다. 떨어진 살구를 주워모아 반으로 갈라서 씨를 빼고 커다란 대나무 채반에 널어 말린다. 살구가 꼬들꼬들해지면 내다파는 것이다. 씨는 씨대로 기름진 알맹이를 말려 그냥도 먹고 기름도 짠다. 이것이 또 큰 수입원이다. 살구철의 훈자 마을에서는 집집마다 지붕에 오렌지색 살구가 잔뜩 올라앉아 사방에 시큼한 냄새를 풍기며 말라가고 있다.

여자들은 해가 뜰 때부터 어두컴컴할 때까지 이 일을 하는데 손가락과 손바닥에 살구물이 들어서 시커멓다. 이 일이 아니더라도 여자들은 마음 놓고 쉴 틈이 없다. 살구가 끝나면 감자 수확, 그게 끝나면 또 사과, 이렇게 11월까지 일이 줄줄이 이어진다.

점심을 먹고 나서 배낭 가득 들어 있는 빨래를 하고 어질러진 집안을 치우기 시작했다. 요즘 여자들이 너무 바빠서 집안일까지 미처 신경을 쓰지 못하는 모양이다. 내친 김에 넘버 투 딸의 큰 딸인 열 살짜리 샤이나와 같이 몇 시간 동안 마루며 부엌이며 방방을 한바탕 털고, 쓸고, 닦고, 화장실까지 말끔히 청소했다. 더러운 수건들이랑 식탁보까지 빨아 널고 나니 속이 다 시원하다.

청소를 하는 동안 할아버지가 들어오시더니 손을 내젓는다.

"아니, 손님이 이런 걸 하다니 안 될 말이여."

"넘버 식스 딸이라면서요. 딸이니까 일을 해야지요."

할아버지는 이 말이 마음에 드셨는지 내가 있는 동안 하루도 빼지 않고 이 말을 반복했다.

엄마들이 이렇게 바쁘니 아이들이 꼬질꼬질 몰골이 말이 아니다. 하루가 지나 아이들과 친해지자 한 명씩 씻겨 주었다. 샴푸로 머리를 감기고, 가지고 다니는 한국 목욕수건으로 박박 때를 밀어가며 제대로 목욕을 시켰다. 그 덕에 나는 땀으로 목욕을 했지만 씻긴 아이들의 얼굴에 로션까지 발라놓고 보니 볼이 발그스름한 게 모두들 어찌나 귀여운지 모르겠다.

점심을 먹으러 들어왔던 엄마들은 모처럼 제대로 세수를 한 아이들을 끌어안고 속눈썹 주위를 검게 칠하는 전통적인 눈화장을 해주며 좋아한다. 기분이 좋아진 할아버지는 그날 저녁 양 한 마리를 잡아 잔치를 베풀어 주셨다.

"넘버 식스 도터, 슈아, 슈아(여섯째 딸, 좋아, 좋아)."

할아버지가 다정다감한 것에 비해 할머니는 말이 없다. 늘 과수원에 계시니 변변히 얘기를 나눌 기회가 없을뿐더러 식사때도 이곳 풍습대로 여자들은 부엌에서 아이들하고 같이 먹고, 나는 손님이라고 남자들과 먹기 때문에 부딪칠 기회도 없다.

내가 일부러 여자들 일하는 데 가서 몇 시간이고 함께 살구를 다듬어도 눈이 마주치면 입가에 희미하게 미소만 보일 뿐 묵묵히 일만 하신다. 혹시나 한창 바쁠 때 귀찮게 손님이 찾아온 걸 달갑잖게 여기는 게 아닌가 신경이 쓰였다.

할아버지는 성을 관리해야 하고, 여자들은 일을 해야 하고, 큰 아들은 운전사라 시간이 없고, 셋째 아들은 고등학생이라 공부를 해야 해서 할아버지는 내게 스무 살인 둘째 아들 아만을 보디가드 겸 가이더로 붙여주셨다. 나는 아만을 앞세우고 어떤 날은 울타르 빙하까지 등산을 하고, 또 어떤 날은 다른 7,000미터급 산중턱 빙하까지 가보았다. 거기에 오르면 7,388미터인 만년설을 이고 있는 울타르봉이 파노라마처럼 펼쳐진다.

혼자서 들판과 과수원, 채소밭을 돌아다니기도 했다. 훈자 마을의 풍경은 정말 아름답다. 마을 전체에 쭉쭉 뻗은 포플러가 빽빽하게 서 있고, 산에서 내려오는 빙하 녹은 물을 이용해 농사를 짓기 때문에 과일이며 채소가 풍성하게 자라고 있다. 당장이라도 무너질 것 같은 깎아지른 벼랑 자락에까지 감자밭이며 호박밭이 있다.

동네 과수원에 주렁주렁 달려 있는 살구며 복숭아, 사과, 배 등은 보기만 해도 풍요롭고 마음이 넉넉해지는데, 이 나무들에 꽃이 피는 4, 5월에는 얼마나 아름다울까. 그야말로 복숭아꽃 살구꽃이 만발한 '울긋불긋 꽃동네'가 될 게 틀림없다. 참으로 아름답고 평화로운 고향 마을이여.

노는 데 정신이 팔려 글도 제대로 쓰지 못하면서 하루만 더, 하루만 더 하다가 일주일이나 묵게 되었다. 떠나는 날 아침 기념촬영을 하면서 한바탕 소란을 피웠다. 할아버지는 가족사진은 훈자 의상을 입고 찍어야 한다며 열여섯 살짜리 넘버 파이브 딸에게 내가 입을 옷을 가져오라고 하셨다. 결국 그 딸의 초록색 훈자 옷과 할머니가 주신 전통 모자를 쓰고 사진을 찍었다.

사진을 다 찍고 옷을 돌려주려니까 할아버지가 여섯째 딸이 훈자 옷 한 벌 없어서야 되겠느냐며 그 옷이 잘 어울리니 한국에 가지고 가서 입으라는 것이다. 다음에 결혼을 하면 남편과 함께 아버지에게 인사를 와야 하는데, 그때 그 옷을 입고 오라고 신신당부를 한다. 시집 가서 애기 낳으면 꼭 데리고 와서 보여주어야 하니까 빨리 시집을 가란다.

어느 나라 아버지나 과년한 딸이 시집을 안 가고 버티고 있으면 이렇게 불안하고 초조한가 보다.

그동안 말이 없으시던 할머니는 내가 간다고 인사를 하니까 이렇게 금방 가면 어떻게 하느냐며 여기서 가을을 지내고 겨울에 가란다. 내가 웃으며 고개를 젓자 언제 다시 올 거냐고 자꾸 묻더니 아예 벽에서 달력을 떼어 오신다. 다시 올 날을 달력에 표시해 놓고 가라는 것이다. 처음에는 할머니가 하도 말이 없어서 내가 마음에 안 들어 그런가 보다 했었는데 알고 보니 워낙 말수가 적고 감정 표현이 없는 분이라 그러셨던 것이다.

할머니가 싸주신 말린 살구 한 봉지와 호두 한 봉지, 샤이나가 따다 준 사과와 호두 크기만한 복숭아 한 봉지, 넘버 파이브 딸이 싸준 대형 도너츠 모양의 훈자 밀빵 등을 양손 가득 들어 손도 제대로 흔들어주지 못하고 집을 나왔다. 과수원 옆을 돌아서는데 또 눈앞이 부옇게 흐려진다.

고마운 사람들! 세상 유람을 하면서 이렇게 여러 사람들에게 신세만 지고 다닌다. 예전에는 이게 다 내 복이려니 했었다. 그런데 이제 와 생각해 보니 그게 아니다. 그 모든 것은 빚이다. 마음의 빚, 은혜의 빚, 인생의 빚을 진 것이다.

이걸 어떻게 다 갚아야 하나. 그 모두를 다 갚지는 못하더라도 갚을 수 있을 때까지 최선을 다한다는 마음으로 살아갈 것이다. 그런 은혜를 베풀어준 사람들에게 그대로 갚을 수는 없는 일이니, 그들이 내게 해주었던 것처럼 나도 그렇게 다른 사람들에게 베풀어야 한다. 늘 겸허한 마음으로 만나는 인연마다 정성을 다해야 한다.

이번 여행은 또 다른 것으로 나를 철들게 한다.

목메어 부르는 '푸른 하늘 은하수'

훈자 마을에서 카라코람 하이웨이를 타고 북쪽으로 다섯 시간쯤 가면 파키스탄과 중국 국경이 나온다. 국경까지 가는 길에 군데군데 집채만한 돌들이 떨어져 있어 복구차가 와서 돌 치우기를 기다린 적이 몇 번이나 있었다. 겨울에는 눈이 많이 와서 아예 다닐 수도 없지만 여름의 카라코람 하이웨이도 아주 위험하다.

특히 비가 오고 난 후 날씨가 며칠 좋았다가 바람이 불면 더욱 그렇다. 며칠씩 계속되는 큰 비로 돌로 된 산의 흙과 돌 사이가 헐거워진데다 갑자기 기온이 높고 맑은 날씨가 되면 흙과 돌이 느슨해진 채 굳어버리기 때문이다. 여기에 바람이 불면 아주 조그만 충격에도 돌이 떨어질 것은 당연한 이치. 이런 날 산에서는 말소리도 크게 내지 말고 방귀도 뀌지 말라는 동네 사람들 말이 있을 정도다.

나는 국경까지 가는 도중에 파슈라는 곳에서 내리고 말았다. 카라코람

산맥의 근육질 돌산과 하얀 빙하, 인더스의 푸른 강이 절묘하게 어우러진 곳이라는 말에 차마 그냥 지나칠 수가 없었던 것이다. 어느덧 9월 초순. 여기 파키스탄에도 가을이 무르익어 간다. 동네 담장을 끼고 분홍색, 흰색, 핑크색 코스모스가 밝은 햇살 아래 탐스럽게 피어 있다.

초록색이던 포플러잎이 밝은 노란색을 띠기 시작하고, 통통한 사과가 추운 날 바깥에서 금방 돌아온 꼬마 녀석 볼처럼 붉게 익어간다. 손오공이 타고 다닐 것 같은 뭉게구름. 밤이면 쪽배와 같은 하얀 달이 뜨고 달이 지면 깜깜한 밤하늘엔 북두칠성이 뚜렷하다. 은하수도 흐른다.

'푸른 하늘 은하수 하얀 쪽배에, 계수나무 한 나무 토끼 한 마리 …'

나는 지난 10여 년간 이런저런 이유로 나라 밖에 살면서 이상한 버릇이 하나 생겼다. 어릴 때 배운 동요를 느리게 부르기만 하면 한 소절도 못 가서 목이 메는 것이다. 혼자서 부르다 보면 나중에는 꼭 울고 만다. 여기 별이 쏟아지는 파키스탄의 북쪽 끝 마을에서도 이 동요의 끝을 잇지 못한다. 가을을 타고 있나 보다.

이제 내일이면 파카스탄을 떠난다. 저 산들을, 저 강을 뒤로 하고 떠난다. 아쉬워 뒤를 돌아보지만 또 다른 세계가 궁금한 발걸은 저 먼저 앞으로 나가는구나.

내일부터는 쓰고 다녔던 머리 스카프를 벗을 수 있고, 헐거운 긴 바지 대신 딱 붙는 쫄반바지를 입어도 된다. 우유를 듬뿍 넣고 끓인 파키스탄 홍차도 맛이 있었지만 국경만 넘으면 시원한 맥주를 마실 수 있다. 꽃상여처럼 화려한 트럭에 익은 눈이 칙칙한 중국 차를 보면 좀 싱겁겠다.

내일부턴 앗살람 알레이쿰(안녕하세요)이나 호다하훼스(잘 가세요) 대신 니 하오와 짜이찌엔을 써야 한다. 호탕하고 흥이 많은 북쪽 파키스탄 사람들 대신 표정없고 근엄한 중국 사람들을 만날 것이다. 이제 나는 다른 나라로 넘어가는 것만이 아니라 다른 문화권으로 넘어가는 것이다.

쿤지라브 고개를 지나서, 파미르 고원을 넘어서.

국경초소에서 부동자세로 서 있다가 우리 차에 반듯한 거수경례를 붙이는 중국 군인들이 우리와 비슷한 얼굴인데도 파키스탄 사람보다 낯설게 보인다. 여기서부터 카라코람 하이웨이는 중빠꽁루〔中巴公路〕라는 이름으로 바뀌어 135킬로미터 북쪽의 카슈가르까지 이어진다.

카슈가르는 카라코람 하이웨이의 끝이자 나에게는 인도차이나와 남부아시아 여행의 종착지다. 동시에 또 다른 여행의 시발점이기도 하다. 크게 보면 세계여행의 마지막 부분인 중국, 티베트, 몽골 여행의 시작이고, 작게는 중국 실크로드의 출발점이다.

길은 이렇게 끝없이 이어지는가. 이제 죽음의 사막이라는 타클라마칸 사막 언저리 길을 따라간다. 한번 들어가면 나올 수 없다는 사막, 앞서 간 사람들의 해골을 이정표삼아 간다는 길. 그 낯선 길에는 무슨 일이 날 기다리고 있을까.

설렌다.

세계 배낭 여행자의 사부

한비야가 발로 터득한 세계여행 정보

인도차이나, 남부 아시아, 중국 일부

이 책은 여행 안내 책자가 아니다. 그러므로 여기에 소개한 정보 역시 일반적이고 객관적인 것보다 직접 가본 곳, 직접 하본 일 위주로 꾸몄다. 또 너무 자세한 정보는 여행자의 재미를 반감하기 때문에 상세한 안내보다는 전체적인 약도를 그렸다. 상식적인 것은 이미 '잘 안다고 치고' 여행을 하면서 중요하게 생각되었던 것만 추렸다. 〈바람의 딸 …〉 1, 2권 여행정보편과 겹치는 부분은 그만큼 중요한 것이어서 반복하는 것이라고 보면 된다.

⋙⋙⋙ 이 여행정보는 1997년 2월부터 9월까지의 사정이므로 현재의 상황과 다를 수 있다는 사실을 염두에 두기 바란다. 특히 이 책의 모든 환율은 1997년 당시 미화 1달러당 900원일 때의 기준이다.

여행 루트

3권에서 내가 다닌 루트는 아래와 같다.

한국(인천) ➜ 중국 천진 ➜ 중국 윈난성의 허쿠 ➜ 베트남 북부의 라오 카이 ➜ 베트남 사이공 ➜ 베트남 메콩 델타 ➜ 캄보디아 앙코르 유적지 ➜ 캄보디아 프놈펜 ➜ 태국 방콕 ➜ 태국 롱카이 ➜ 라오스 비안첸 ➜ 라오스 후아이 사이 ➜ 태국 치앙 콩 ➜ 태국 방콕 ➜ 미얀마 랑군 ➜ 방글라데시 다카 ➜ 인도 캘커타 ➜ 파키스탄 라호르 ➜ 중국 신쟝 카슈가르

여행을 떠나기에 앞서

떠나는 지역에 관한 기본상식(간추린 역사라든지 시사문제 등)을 알고 가면 큰 도움이 된다. 화보, 여행기, 여행 안내서, 신문 스크랩 등도 좋고 비디오나 영화도 도움이 된다.

✗✗✗ 여행 안내책자

·•))•))•)) 나는 〈론리 플래닛〉의 '동남 아시아편'을 참고했다. 한국에서도 홍대 앞에 있는 여행전문서점 '신발끈(02-333-4151)' 등에서 구할 수 있는데, 현지에서는 베트남의 배낭족거리에서 불법 복사본을 각 나라별로 3달러 정도에 판다. 태국 방콕의 카오산 거리나 캄보디아 프놈펜의 버트네 책방에서도 구할 수 있다. 이런 외국 가이드 북은 영어로 씌어졌지만 고등학교 정도의 영어실력으로 충분히 볼 수 있다.

·•))•))•)) 한국책 가운데 여행자들이 많이 보는 책은 〈한국사람 베트남, 캄보디아 가기〉(김재민 지음, 현대정보문화사), 〈우리는 지금 인도로 간다〉(정창권 지음, 민서출판사) 등이 있다.

·•))•))•)) 각 나라의 전국 지도는 각 나라의 수도에 가면 살 수 있다. 구할 수 있다면 여행자용 포켓사전도 아주 유용하게 쓰인다.

XXX 건강문제

··》》》》 이곳은 사철이 더운 지방이므로 몸에 꼭 끼는 쫄바지 · 청바지보다 느슨하고 헐렁한 면바지 · 치마를 입는 것이 좋다. 습기가 많은 여름철은 특히 여성 여행자들이 나쁜 균에 감염될 수 있으므로 각별히 주의해야 한다. 현지에서 구할 수 있는 천연청결제는 레몬. 레몬을 반으로 잘라 즙을 내서 물에 섞어 사용하면 상당히 효과적이다.

··》》》》 인도차이나 거의 대부분의 나라에서는 여자들 머리에 이가 있다. 특히 민박을 하면 여자 식구들과 함께 자지 않을 수 없으니 달리 방법이 없다. 나도 미얀마의 산골 마을에서 이를 옮았다. 머릿니라면 매일 샴푸로 머리를 감으면 일주일이면 없어지고, 옷이는 입던 옷을 뜨거운 물에 빨아 강한 햇볕에 말려야 죽는다.

··》》》》 여행을 마친 후에 회충약을 꼭 복용한다. 아시아의 많은 나라에서 아직도 인분을 비료로 쓰고 있기 때문에 장기간 여행하려면 적어도 6개월에 한 번은 꼭 먹어두어야 한다.

··》》》》 소화제, 설사약 등도 중요하지만 나는 바르는 것. 먹는 것 등 마이신을 많다 싶을 정도로 가지고 다녔다. 덥고 습기가 많은 곳에서는 한 번 상처가 나면 덧나기 십상이다. 자신에게도 필요하지만 오지에서는 현지인들에게 더욱 긴요하게 쓰인다. 바르는 약이 다 떨어졌을 때에는 바셀린에 캡슐 마이신을 개어서 사용하기도 했는데, 뼈가 허옇게 드러날 정도의 상처도 이틀 만에 치유 되었다. 이외에도 정수도 할 수 있고 소독도 할 수 있는 요오드액과 탈수증이 있는 사람들에게 유효한 포도당가루를 유용하게 썼다.

XXX 한국의 이미지를 위하여

··》》》》 이미 많은 사람들에게 들었겠지만 너무나 중요한 이야기라서 나도 한 마디 보탠다. 이 지역 대부분의 나라에서는 우선 한국을 잘 모르

고, 안다고 하더라도 한국인의 이미지가 아직 정리가 잘 안 되어 있다. 그러니 여행자 개개인이 바로 한국의 이미지 메이커라는 점을 항상 염두에 두어야 한다. 해외에서 각별히 유념해야 할 점만 간추려 본다.

① 우리나라를 소개할 기본자료를 알고 다니자. 국토지리와 역사에 대해서는 물론 태극기의 의미, 국토가 분단된 이유와 앞으로 통일 전망까지 기본적인 상식을 갖추어야 민간 외교관 역할을 할 수 있지 않을까? 한국 그림엽서와 작은 달력도 설명을 곁들이니 아주 훌륭한 시각자료가 되었다. 나는 작은 태극기 한 장과 그림엽서 2세트 'Korean Atmosphere(한국의 환경)'와 'Images of Korea(한국의 이미지)'를 가지고 다녔는데 둘 다 유용했다. 그 밖에도 선물용 열쇠고리와 단소를 가지고 다녔다. 작은 선물이 떨어지면 태극기도 그려주고 한글로 이름을 써주었는데 인기가 좋았다.

② 현지인들과 찍은 사진을 보내주겠다고 약속했으면 잊지 말고 반드시 보내줄 것. 약속이니까. 나는 찍은 사진을 될 수 있는 대로 그 나라 안에서 현상하여 편지로 부쳐줌으로써 심적·금전적 부담을 덜었다.

⋙▶ 여행자로서 무엇을 얻느냐 만큼 무엇을 남기고 오느냐도 그에 못지않게 중요하다. 몰라서 혹은 미숙해서 하는 실수는 어쩔 수 없더라도 정말 조심, 또 조심해야 할 것들 몇 가지를 적어본다. 잔소리라 생각되더라도 참고 읽어주시길. 얼마나 중요한 것이면 잔소리를 제일 싫어하는 사람이 이런 잔소리를 하겠는가.

① 돈을 필요없이 많이 쓰는 것도 꼴불견이지만 건강을 해칠 만큼, 그리고 남에게 피해가 될 만큼 돈을 안 쓰는 것도 참 딱한 일이다. 알뜰하다 못해 고행을 한다거나 부도덕하고 몰염치한 짓은 삼가자.

② 우리나라 여행자들은 불의나 불이익을 당하면 흥분을 하거나 참지 못하고 곧잘 싸운다. 의협심이 강한 것은 좋은 일이지만 사사건건 싸우면

정신건강에도 좋지 않을 뿐 아니라 자신도 모르는 사이에 버릇이 된다. 사소한 것에까지 쌍심지를 켜고 자신의 권리를 주장하는 것은 여행을 피곤하게 할 뿐이다.

③ 술 마시고 고성방가하는 사람들. 이런 사람들이 바로 나라망신 도매상이다. 즐겁게, 곱게 술만 마시면 좋을 텐데, 꼭 고래고래 노래를 부르거나 떠들거나 싸운다. 창피하다. 정말 창피해서 죽겠다. 한국 사람들이 많이 묵는 숙소의 주인이나 매니저에게 흔히 듣는 불평이다. 여러분은 이 심각한 문제에 대해 어떻게 생각하는가?

나라별 여행정보

XXX 베트남

✈ 국경넘기

·⋙▶⋙▶ 중국에서 베트남으로 가는 길은 ① 윈난성의 허쿠에서 라오카이로 가는 길, ② 광시성 동당을 지나는 길 두 가지가 있다. 북쪽 산간마을인 사파로 가려면 허쿠가 편하다. 윈난성의 성도 쿤밍에서 매일 허쿠행 밤기차가 떠나며 바로 국경너머에서 사파로 가는 버스나 오토바이를 탈수 있다. 동당 국경은 광시성의 성도(省都)인 난닝에서 갈 수 있다.

·⋙▶⋙▶ 베트남 비자를 낼 때는 반드시 입국·출국할 도시를 명시하고, 육로로 갈 경우 반드시 육로 경유 비자를 내야 한다. 한국에서는 호성여행사(02-319-2511)가 비자를 대행하고 있는데, 비자가격은 한달짜리 관광비자가 비행기로 갈 경우 4만 5천원, 육로로 갈 경우 6만원이다.

·⋙▶⋙▶ 비리 공무원과 경찰들의 손길과 입김이 아주 강해 여행자 가운

데 한두 번 안 당한 사람이 없을 정도다. 특히 국경에서 시비가 많이 일어나기 때문에 빈틈없이 서류를 갖추는 것이 필수.

🚂 베트남 추천여행지

내가 여행한 대로 북쪽에서 남쪽으로 내려가는 순서로 이야기하겠다.

🐃🐎🦅 **사파** — 해발 1,600미터. 하이킹과 소수민족에 관심이 있는 사람이라면 권하고 싶다. 사파의 토요시장과 이 일대 산악족들의 장날인 박마의 일요장이 볼 만하다. 배낭족을 위한 시설도 잘 되어 있고 시내에서 조금만 멀어져도 시골 인심을 듬뿍 느낄 수 있다. 사파의 숙박시설은 대부분 가격도 싸고 깨끗한데 내가 묵었던 곳은 시장 근처 '선라이즈 게스트 하우스'다. 중국 국경에서 버스로 2시간, 하노이에서 기차로 12시간 정도 걸린다.

🐃🐎🦅 **하노이** — 호안 키엠 호수 근처의 하노이시 수중인형극이 볼 만하다. 시장에 유명 CD 복사품이 많이 있는데 음질이 생각보다 괜찮다. 구시가지인 아오 두어 쿠 거리에 있는 '론리 플래닛 카페'에서 하롱베이 가는 투어도 추천한다. 개별적으로 하롱베이까지 가는 배를 구할 수도 있지만 만약 혼자나 둘이라면 개별적으로 배를 빌리는 것이 더 비쌀 수도 있다. 호안 키엠 호수 근처의 이 여행자 거리에는 롱바오 호텔을 비롯해 값이 싼 여행자용 숙소가 즐비하다.

🐃🐎🦅 **후에** — 1802년부터 1945년까지 13대에 걸쳐 이 나라의 수도여서 왕궁이나 다른 화려한 건축물들이 많이 남아 있다. 내게는 자전거로 강을 따라 민무파고다(티엔무라고도 부른다)까지 가보는 것이 이 도시에서의 하이라이트였다. 그 절에 사는 고승과 한문으로 필담을 주고받기도 했고, 오는 길 곳곳의 정갈한 작은 사원에 들러 젊은 스님들과 아줌마 보살들과 어울렸던 것도 기억에 남는다.

푸수안 다리를 건너 두옹 레 로이 거리 부근 은행에서는 여행자수표를

0.5%의 커미션을 받고 미화 현금으로 바꾸어주는 서비스가 있다(다른 곳은 4%까지 받음). 여행자수표를 그냥 베트남돈으로 바꾸는 것보다 미화로 바꾼 다음 암달러시장에서 바꾸는 것이 더 이익이다.

🐃🦅🦜 호이안 — 200년 전 중국인들이 처음 정착했을 때의 모습이 고스란히 남아 있는 작지만 예쁜 도시. 화려한 옛 건물이 남아 있는 아기자기한 시가지 중심을 걸어보는 것도 재미있고, 한가로이 강변을 거닐어 보아도 여행맛이 난다. 개인적으로 후에보다 이곳이 훨씬 마음에 든다. 호이안에만 있는 호이안 국수도 시식해 보길.

🐃🦅🦜 나트랑 — '마마한 투어'라는 아주 유명한 일일 스노클링 투어가 있다. 유람선으로 바다에 있는 기석도 구경하고, 선상에서 해산물로 점심도 먹고, 선탠도 즐기고, 스노클링도 한다. 마마한이 직접 담근 과일주를 튜브에 몸을 싣고 바다 위에 둥둥 떠다니며 맛볼 수 있는 질탕한 파티가 있다. 1997년 2월에는 1인당 7달러였다. 반드시 가보도록.

★ 주의 : 이 마마한의 보트여행이 인기를 얻자 시내 곳곳에서 ㅅ·이비 마마한 보트여행을 한다고 선전한다. 진짜 마마한은 몸집이 아담하고 영어로 뇨을 잘하며 언제나 초록색 모자를 쓰고 다닌다.

🐃🦅🦜 달랏트 — 나도 여기에 갈 생각이었는데 나짱 아줌마를 만나는 바람에 포기했다. 해발이 높아 일년내내 날씨가 선선해서 베트남 제일의 신혼여행지다. 풍경도 좋고 고산족들도 만날 수 있다고 한다.

🐃🦅🦜 사이공 — 팜누라오 거리에 있는 '킴스 카페'ㄴ '신스 카페'에서 다양한 여행상품을 비교적 싼값에 팔고 있다. 전쟁박물관과 더불어 꼭 가보아야 할 구치 땅굴 투어도 있다. 여기에서 메콩 델타로 가는 투어는 당일 투어에서 4박 5일 투어까지 있는데, 다녀온 사람들은 이구동성으로 1박 2일 이상은 지루했다고 한다. 권하고 싶은 투어는 일단 당일투어로 메콩 델타 맛보기를 하고, 다른 곳은 여행사가 제시하는 행로 가운데 자기 스타일과 일정에 맞추어 개인적으로 다녀보라는 것이다. 메콩 델타까

지는 도로도 좋고 대중 교통수단도 잘 되어 있다. 여행자 거리 뒷골목에는 '미니 호텔'이라는 작은 건물이 즐비한데, 시설과 가격이 천차만별이니 충분히 돌아보고 결정해야 한다.

🐃🦅 메콩 델타 — 더 말해 무엇하랴. 적어도 3일은 가져야 제대로 볼 수 있을 것이다. 미토와 빈롱을 베이스 캠프로 삼아도 좋다.

✖✖✖ 캄보디아

✈ 국경넘기

베트남에서 넘어가려면 육로와 해로가 있다.

⋯≫≫≫ **육로** — 사이공에서 국경인 목바이까지 가는 버스가 매일 아침 있다. '신스 카페'나 '킴스 카페'에서 주선하는 버스를 탈 수도 있고 4명 정도면 택시를 빌릴 수도 있다.

⋯≫≫≫ **해로** — 메콩 델타의 탄 차우에서 캄보디아의 프놈펜으로 가는 정기 페리가 있다. 이 뱃길이 재미있다는 여행자들의 이야기를 많이 들어 나도 마지막까지 이 길로 가려고 했었다.

⋯≫≫≫ 캄보디아 비자는 베트남의 하노이와 사이공에서 받을 수 있는데 비자수수료가 20달러, 사이공은 30달러로 차이가 나니 유의하도록.

🚃🚃 캄보디아 추천여행지

🐃🦅 프놈펜 — 왕궁이나 다른 불교 유적지 외에도 투올 슬렝 형무소와 킬링필드의 현장이 필수다. 형무소는 시내에 있어 인력거로, 킬링필드의 현장은 여러 명이 택시 한 대를 7달러 정도에 빌려서 갈 수 있다.

해질 무렵에 프놈펜 강가를 거닌 것도 즐거웠다. 강가는 거리도 깨끗하게 포장되어 있고, 가족 단위나 애인들이 많이 다니는 곳이라 치안이 좋은 편이다.

배낭족 숙소는 캐피톨 호텔 근처에 많이 있는데, 나는 강가에 있는 '버트네 서점' 이라는 책방을 겸한 숙소에서 묵었다(중앙 우체국 근처에 있음). 여름에는 옥상에서 모기장을 치고 잘 수 있다. 책도 공짜로 빌려볼 수 있어 좋다.

🐃🐘🦅 앙코르 유적지 ― 인도차이나 최대의 유적지. 시간만 허락하면 천천히, 그리고 충분히 돌아보아야 할 곳이다. 입장료는 하루 20달러, 3일에 40달러, 일주일에 60달러이다. 타이밍만 잘 맞추면 배낭자 숙소에서 다른 여행자와 일주일짜리 패스를 끊어 3일씩 나눠쓰는 것도 경제적이다. 가끔씩 유효기간이 며칠 남은 패스를 아주 싼값에 사라고 하는 사람들이 있지만 여행자끼리 직접 거래하는 것이 아니면 사지 않는 편이 좋다. 십중팔구 가짜표거나 뒷문으로 몰래 들어가는 표다. 들어가기만 한다면 어떤 표든 무슨 상관이냐 한다면 할 말이 없지만 돈 조금 아끼려고 남의 나라 유적지를 도둑고양이처럼 들어간다면 그곳을 생각할 때마다 씁쓸하지 않을까. 난 그렇게 하기 싫더라.

유적지 내에서 파는 여러가지 기념품 가운데 티셔츠는 디자인과 품질이 아주 좋다. 내가 살 때는 2개에 5달러였는데 좀처럼 기념품을 사지 않는 나도 나중까지 그때 몇 장 더 살걸 하고 후회했다.

유적지까지는 비행기, 배, 버스로 갈 수 있다. 대부분은 배나 비행기를 이용한다. 배는 슬로 보트와 스피드 보트가 있는데 본문에서도 말한 대로 슬로 보트는 상당한 위험이 따른다. 내가 여행을 하던 1997년 3월에 비해 지금의 정치상황은 크게 나아지지도 않았다. 꼭 슬로 보트를 타보고 싶은 사람은 지나갈 동네의 현재 상황을 면밀히 체크해 볼 것.

🐃🐘🦅 시하누크빌 ― 여독이 쌓인 상태라면 며칠 묵으면서 에너지를 재충전하기에 적당한 장소이다. 오토바이로 해변가를 드라이브할 수 있다. 100CC 이하는 면허없이도 빌려준다. 싸고 경치좋은 숙소와 식당이 있다. 내가 묵은 곳은 첸다 호텔의 구건물인데, 식당 옥상에서 보는 일몰

이 아름답다.

✗✗✗ 라오스

✈ 국경넘기

⋙⋙⋙ **베트남에서** ― 베트남 하노이에서 버스로 라오바오를 거쳐 라오스의 사반나케트로 갈 수 있다.

⋙⋙⋙ **태국에서** ― 태국에서는 네 곳으로 넘어갈 수 있다.

① 최남쪽 국경으로는 총 멕(태국)/폰통(라오스) 국경

② 그 다음은 무크다한(태국)/사마나크헷(라오스) 국경

③ 롱카이(태국)/비안첸(라오스) 국경. 방콕에서 매일 기차가 있으며 '우정의 다리'를 건너가면 바로 라오스의 수도이다.

④ 치앙 콩(태국)/후아이 사이(라오스) 국경. 버스도 있지만 우기에 길이 끊어져 다니기 어려우면 배를 타고 갈 수도 있다.

나는 들어갈 땐 3번, 나올 땐 4번 국경을 이용했는데 여행자들이 제일 많이 이용하는 국경이다.

⋙⋙⋙ **중국에서** ― 중국에서는 윈난성 멍라에서 루앙 남타 지방의 보텐 국경이 열려 있다. 라오스 비자는 윈난성의 쿤밍에서 일주일짜리 경유 비자와, 15일짜리 관광비자를 받을 수 있다.

⋙⋙⋙ 라오스 비자를 낼 때, 여행목적난에 관광(Tour)이 아닌 방문(Visit)이라고 쓰면 15일짜리가 아닌 한달짜리를 받을 수도 있다(특히 캄보디아나 미얀마에서 비자를 낼 때). 다 쓰지 않더라도 한달짜리를 받아 놓는 것이 좋다. 만약 체류기간을 넘기면 큰 도시에서 하루에 3달러를 내고 비자를 연기하든지, 국경에서 하루에 5달러의 벌금을 물어야 한다.

⋙⋙⋙ 태국의 치앙 콩에는 라오스 비자를 즉석에서 내주는 서비스가 많은데, 방콕에서 받는 것보다 상당히 비싸다.

·»·»·» 라오스는 비교적 작은 나라지만 도로망과 시설이 발달되지 않아 이동하는 데 시간이 많이 걸린다. 우기에는 길이 끊기는 일이 많다는 것을 염두에 두고 여정을 아주 넉넉하게 짜야 한다.

██████ 라오스 추천여행지

🐂🐄🦅 비안첸 — 수도지만 우리나라 자그마한 읍 정도의 규모다. 메콩강가에 있는 식당에서 저녁을 먹거나 차를 마시며 바라보는 일몰이 아름답다.

배낭족을 위한 숙소가 여러 개 있지만 내가 묵으려고 했던 곳은 시내 중심의 분수와 가까이 있는 'SECP 게스트 하우스'였다. 3인실로 깨끗하고 값도 싸며 다른 여행자들에게 여행정보도 쉽게 얻을 수 있다. 메콩강과도 아주 가깝다.

시장 근처의 아줌마에게 태국돈 바트나 미국 달러를 좋은 환율로 바꿀 수 있다.

🐂🐄🦅 루앙 프라방 — 라오스에서 별로 시간이 없는 사람은 이곳 한 곳만 충분히 보고 가도 본전은 뽑을 것이다. 천천히, 느긋하게 이 예쁜 도시를 감상하기 바란다. 나도 꼭 다시 가고 싶다. 특히 물축제가 있는 4월에 말이다.

나는 강가에 있는 '비라데사 게스트 하우스'에서 묵었다. 게스트 하우스 근처 한길가 천막 국수집 국수맛은 라오스 최고다. 만약 아직도 있다면 꼭 한 번 먹어보기를. 칼국수에 쌀 튀긴 과자를 띄워먹는 맛이 정말 좋다. 시간이 없는 사람은 여기에서 스피드 보트를 타고 5시간이면 태국 국경에 닿을 수 있다.

라오스는 사회주의 국가로 각 지방마다 여행자 신고를 하게 되어 있어 아주 번거롭다. 특히 루앙 프라방에서는 반드시 외국인 신고를 해야 하는데 만약 하지 않고 배를 타면 벌금을 물게 된다(배를 탈 때 신고증 검사를 한다). 며칠 지나서 신고할 때는 그날 도착했다고 해야 벌금을 물지 않는다. 루앙 프라방과 팍 뱅을 제외하고는 크게 여행 신고증 검사를 하지 않지만 신고를 해두는 것이 마음 편하다.

🐃🐂🦅 **무앙 씽** — 라오스 북부에서 제일 인기있는 마을이다. 가는 길 자체가 재미있다. 루앙 프라방에서 배를 타고 메콩강을 거슬러 올라 팍 뱅에서 내려 트럭과 버스를 타고 간다. 한 이틀쯤 걸리는 거리다. 무앙 씽 보다 근처 마을을 자전거를 타거나 걸어서 다녀보는 것이 즐겁다. 중국 국경까지 자전거를 타고 가볼 수 있지만, 중국 비자가 있다고 하더라도 여기는 국제 국경이 아니기 때문에 넘어갈 수는 없다. 시가지는 한 줄로 되어 있는데, 배낭족 여관과 식당은 시장 근처에 있다. 새벽마다 서는 시장이 볼 만하다.

✗✗✗ 태국

✈ **국경넘기**

⋅⋙⋙⋙ **캄보디아에서** — 내가 여행하던 1997년 3, 4월에는 태국으로 밀항하기가 불가능해 비행기로밖에 넘을 수 없었다.

⋅⋙⋙⋙ **라오스에서** — 라오스 국경넘기 참조

⋅⋙⋙⋙ **말레이시아에서** — 방콕에서 논 스톱 특급국제열차도 있고 페낭(말레이시아)/하트와이(태국) 국경 근처까지 와서 택시를 타고 넘어갈 수도 있다. 방콕에서 만난 여행자는 말레이시아 페낭에서 태국의 푸켓까지 오는 호화요트를 얻어타고 왔다고 한다. 계절에 따라 충분히 가능하다.

⋅⋙⋙⋙ **미얀마에서** — 현재로는 비행기로 가는 수밖에 없다.

🚃🚃 **태국 추천여행지**

·ᵐ▶ᵐ▶ᵐ▶ 태국에 대해서는 너무나 잘 알려져 있어 따로 언급하지 않겠다.

xxx 미얀마

✈ 국경넘기

·ᵐ▶ᵐ▶ᵐ▶ **싼 비행기** — 미얀마로 가려면 반드시 비행기를 타야 한다. 나는 일주일에 한 번 뜨는 태국 방콕 ➡ 미얀마 랑군 ➡ 방글라데시 다카까지 가는 비행기표를 방콕 카오산 거리에서 180달러 정도에 구입했다.

·ᵐ▶ᵐ▶ᵐ▶ **환전하기** — 비행기에서 내리자마자 이민국 직원들이 환전창구로 몰아 미화 300달러어치의 FEC라는 외국인여행자 전용 은행권으로 바꾸게 한다. 배낭여행자들은 보통 어떻게 하든지 FEC로 바꾸지 않으려고 화장실에 몰래 숨어 있거나 직원들의 눈을 교묘히 피하기도 한다.

한달쯤 여행하려는 사람들에게는 이 정도의 FEC가 필요하다. 1FEC 당 미화 1달러인데, 대부분의 숙소와 관광지가 요금을 FEC나 달러로 받기 때문이다. 손해라면 암시장에서 현지돈으로 바꿀 때 약간 환율이 나쁘다는 것 정도.

문제는 공항에서 바꾼 달러가 고스란히 군사독재정부에게 들어간다는 것이다. 화장실에 숨어 있기가 치사하면 돈을 반만 바꿔 가지고 나오는 방법이 있다. 나도 쓴 방법인데 FEC로 바꿀 때 옆에 있는 남자와 같이 환전하면서, 부부인데 여행기간이 1주일이라고 하면 한 커플당 300달러, 1인당 150달러만 바꾸어도 된다.

·ᵐ▶ᵐ▶ᵐ▶ **관광지를 몰래 들어갔다면** — 미얀마 곳곳의 관광지 수입은 그대로 군사독재정부의 손으로 들어간다. 그래서 많은 여행자들이 어떻게 하든지 돈을 안 내고 관광지로 들어가려 한다. 그런데 사실 여행자들은 '정의감' 때문이라기보다 이 기회에 '떳떳하게' 돈을 절약해 보자는 의도가 더 크다. 만약 정말 군사독재정부에 돈 들어가는 것이 싫다면 몰

래 들어가는 데 성공한 후에는 적어도 공식입장료의 20~50퍼센트는 절에 시주를 하거나, 다른 좋은 일에 써야 하지 않을까?

🚂 미얀마 추천여행지

🐃🦢🦅 **랑군** ― 무엇보다 쉐다곤 사원이 압권이다. 특히 해뜰 무렵과 해질 무렵이 장관이다. 사원 자체도 그렇지만 사원을 메우고 있는 경건한 순례자들이 무척 인상적이다. 랑군에는 '코미' 라는 친절한 한국인들이 경영하는 여행사도 있다(전화번호 : 랑군 660-551/660-512).

비만에어와 우체국 근처에 있는 U. S. Cafe는 랑군에서 제일 싼 숙소를 운영하고 식당과 기념품 가게도 있으며, 남자 주인 리처드(미얀마인)가 영어를 아주 잘해서 여행자들에게 여러가지 도움을 준다. 배낭자들이 많이 가는 숙소는 마더랜드 인(Motherland Inn)인데 매주 금요일에 비만에어를 타고 오면 공항 입구에 미니버스를 대놓고 기다리고 있다.

🐃🦢🦅 **만달레이** ― 시내의 관광지는 모두 인력거로 가볼 수 있는 거리이다. 근처 관광코스는 따로 택시를 빌려서 다녀야 하는데, 돈 쓴 만큼 볼거리가 많지는 않다는 후문이다.

여기서 바간까지 가는 보트를 탈 수 있다. 나도 스케줄만 맞으면 이 배를 타고 가려고 했다.

A. D. 1이라는 호텔(전화번호 : 34505,22975)에 묵었는데 자가용이 있기 때문에 버스터미널에서 전화를 하면 데리러 오는 서비스가 있어 편리하다(보통은 그 호텔 직원이 정거장에 나와 손님을 기다린다). 아침식사 포함 1박에 4달러였는데, 아침을 안 먹겠다고 하면 3달러로 깎아준다. 주인 아저씨도 좋고, 종업원들도 아주 친절하다.

🐃🦢🦅 **인레 호수** ― 호수도 호수지만 근처 산을 하이킹하며 산에 사는 소수민족들을 만나는 것도 그에 못지않게 재미있다. 내가 묵은 박물관 앞에 있는 숙소 리멤버 인(Remember Inn)은 호숫가에 있는 호텔보다

경치는 좋지 않았지만 호텔시설이 가격(화장실과 샤워실 갈린 큰 방이 아침식사 포함 4달러)에 비해 아주 훌륭하고 영어를 잘 하는 주인 아저씨가 많은 도움을 주었다.

🐃🐘🕊 바간 — 하루는 자전거를 타고 한바퀴 둘러보그 다음날부터는 자기가 좋아하는 사원에서 느긋한 시간을 갖도록 권한다. 올드 바간은 걸어다니며 구경할 수 있을 정도의 크기다. 해 지는 시간의 바간은 정말 신비하다. 내가 묵은 곳은 바간에서 제일 가까운 마을인 냐웅 우이고, 묵은 곳은 뉴헤븐 호텔이다. 아침식사 포함, 에어컨 달린 독방이 1박 4달러.

냐웅 우의 사원은 생각보다 크고 화려할 뿐 아니라 볼것도 많다.

🐃🐘🕊 히시포 — 북쪽 산악지방의 맛을 보고 싶은 사람에게 추천하고 싶은 곳이다. 랑군이나 만델레이와는 다른 또 하나의 미얀마를 만날 수 있다.

만약에 만달레이에서 히시포로 기차로 간다면 반드시 왼쪽 좌석에 앉을 것. 모든 멋진 경치가 그쪽에서 보이므로.

여름에는 강에서 튜브도 타고, 폭포에서 물벼락도 맞고, 샨족 왕의 친척도 만날 수 있고, 근처 산을 하이킹할 수도 있다. 찰리으 게스트 하우스(이 숙소의 정식 이름과 주소는 Myat YA Tana Rest House No 99. Auba St. Myo Le Quarter, Shan State, Hsipaw 이다)에서 필요한 정보를 거의 얻을 수 있다. 근처에 있는 내 친구 낸시네 국수집에서 국수 한 그릇 팔아주면 고맙겠다. 안부를 전해주면 더 좋고.

✗✗✗ 방글라데시

우리나라 사람은 3개월간 비자가 필요하지 않다.

🛫 국경넘기

⋯≫≫▶ 베나폴(방글라데시)/하리다스푸르(인도) 국경을 거쳐 캘커타로

갈 수 있다. 북쪽으로는 다르질링(인도)/칠라하티(방글라데시)가 제일 많이 이용되는 루트다. 이외에도 타마빌, 고다가리, 힐리 등에서 국경을 넘을 수 있다고 한다.

하리다스푸르에서 인도측 국경을 넘으면 바로 환전소가 나오는데, 여행자수표가 아니라 현금을 가지고 있다면 캘커타 암달러시장에서 바꾸는 편이 훨씬 좋다(참고로 1997년 7월 은행환율은 미화 1달러당 35루피인데, 암달러 시장의 환율은 37루피 이상이었다).

⋯⫸⫸⫸ 여행지로서는 아직 덜 알려져 시설이나 정보가 부족해서 조금 불편하기는 하지만 오히려 재기가 풍부한 곳이다.

여기는 모슬렘 국가이므로 특히 여자 여행자들의 옷차림에 신경써야 한다. 반팔 티셔츠 정도는 괜찮지만 반바지나 딱 붙는 바지는 피하는 것이 좋다. 이란이나 아프가니스탄처럼 법으로 금하는 것은 아니지만 원하지 않는 눈길과 곱지 않은 시선이 집중된다. 그 나라에 대한 예의이기도 하다.

⋯⫸⫸⫸ **환전** — 이 나라 최대 회교사원 내의 성물(聖物) 가게에서나, 내셔널 스타디움 근처 아메리칸 익스프레스 앞 은행에서 바꿀 수 있다. 나는 성물가게에서 바꾸었는데, 세인트 섬에서 만난 에드워드는 길에서 바꿔 돈을 제대로 확인하지 못하는 바람에 오히려 큰 손해를 보았다고 한다. (참고로 은행 환율은 미화 1달러당 43루피, 암시장 환율은 45.5루피였다.)

🚂 방글라데시 추천여행지

🐃🐖🦅 다카 — 올드 다카 나왑프르 거리의 호텔 수간다 인터내셔널. 이름은 근사하지만 아주 평범한 배낭여행자 숙소. 무엇보다 안전하여 마음에 든다. 독방이 하루에 75타카(1.5달러 정도) 정도다.

⋯⫸⫸⫸ 다카에서는 선착장에서 배를 빌려 타고 강을 따라 흘러가 보도

록. 그리고 인력거를 타고 사람들 물결에 휩쓸려 볼 것을 권한다. 그 엄청 난 에너지의 물결 속으로. 그리고 또 한 군데 빼놓을 수 없는 곳이 핑크 팰 리스가 있는 샨크하리아 바자다. 본문에서 말한 다카의 고든 것을 한꺼번 에 볼 수 있다.

🐃🦅🦉 **치타공 힐트랙** — 직접 가보지는 않았지만 에드워드가 이곳 여행계획이 있다고 해서 관심을 끌었다. 구릉지방으로 빽빽한 나무와 대 나무숲이 정글을 이루고 있다고 한다. 날씨도 시원하고 옛 전통을 고스란 히 지키고 있는 산악소수민족들을 많이 만날 수 있는 곳이라고 한다. 이 곳을 여행하려면 다카에 있는 방글라데시 내무부에서 여행 허가증을 받 아야 한다. 허가증을 받는 데 따로 비용이 들지는 않지만 많은 시간과 인 내가 필요하다고 한다.

🐃🦅🦉 **콕스스 바자** — 다카에서 수시로 버스가 있음. 한 10시간 정 도 거리. 아침저녁으로 해변을 거닐어 볼 만하다.

🐃🦅🦉 **세인트 마틴 섬** — 콕스스 바자에서 테크나프까지 버스로, 거 기에서 배를 타고 간다. 본문에서 말한 대로 아주 재미있고 별난 섬이다.

✗✗✗ 파키스탄

우리나라와는 3개월 무비자 협정을 맺어 비자가 필요없다.

✈ **국경넘기**

•»)►•)►•)► 암리차르에서 인도 국경도시 아타리를 거쳐 파키스탄측의 와가 르를 지나 라호르로 넘는 길이 인도/파키스탄의 유일한 육로 국경이다.

•»)►•)►•)► 국경에서 배낭여행자들의 짐을 지나칠 정도로 샅샅이 뒤지는 경향이 있다고 하는데, 심심치 않게 자신은 전혀 모르는 하시시나 대마초 가 발견되기도 한단다.(이민국 직원이 몰래 집어넣고 꼬트리를 잡는 것이 다.) 그러니 만약 대마초나 다른 마약을 지녔다면 반드시 인도를 떠나기

전에 처치를 할 것이며, 국경 이민국에서 짐 조사를 할 때는 한시도 직원 손에서 눈을 떼어서는 안 된다.

·»)►·»)► **중국으로** — 파키스탄측 카라코람 하이웨이의 끝 슈스트와 중국의 타슈쿠르칸이 매일 운행되는 정기버스로 연결되어 있다. 파키스탄의 카라코람 하이웨이는 공식적으로는 4월부터 11월까지 열려 있지만 좀 늦어 정기버스가 끊어져도 눈만 많이 오지 않으면 파키스탄 장사꾼들의 트럭을 얻어탈 수 있다고 한다.

·»)►·»)► **이란으로** — 퀘타(파키스탄)/타프탄(이란)이 열려 있다. 버스로 15시간 정도 걸린다. 역시 이슬라마바드의 이란대사관에서 여행비자를 낼 수 있는데, 여자들은 대사관에 갈 때 반드시 머리를 가려야 하고 비자 신청용 사진도 머리를 가린 사진을 붙여야 한다. 이란에 가기 전에 헐렁한 옷과 머리 보자기를 사두는 것이 좋다. 국경을 넘자마자 필요할 테니까. 서쪽으로 여행을 계속하는 사람들은 이란, 터키를 거쳐 동유럽 및 서유럽 혹은 중동을 거쳐 아프리카로 들어갈 수 있다.

·»)►·»)► **아프가니스탄으로** — 놀랍게도 이슬라마바드에 있는 대사관에 전화를 해보니 저널리스트나 국제기구 직원이 아니라도 비자를 낼 수 있다는 대답이다. 그러나 내전중인 나라에 들어간다 해도 이란이나 투르크메니스탄 등 이웃 나라로 나가는 국경이 열려 있는지는 확인할 수 없었다. 보다 정확한 정보는 페샤와르에 있는 아프가니스탄 영사관에 문의해 보는 것이 좋겠다.

·»)►·»)► 이슬라마바드의 중국대사관에서 1달짜리 여행비자를 낼 수 있다. 접수 후 3일 정도 기다려야 하는데, 비자료는 800루피로 미화 20달러 정도이다.

▄▄▄▄▄ 파키스탄 추천여행지

🐃🐗🦅 라호르 — YWCA 호텔이 배낭여행자 소굴이다. 단식하는 부

처님상이 있는 라호르박물관 관람은 필수. 여행사들이 많이 모여 있는 시내에서 달러를 바꿀 수 있다. 은행보다 환율도 상당히 높고 안전하다. (공식환율 미화 1달러당 41.2루피, 암달러 환율 43루피 이상)

🐂🦅🦉 **이슬라마바드와 라왈핀디** — 두 개의 이름을 가진 하나의 도시이다. 한 곳은 신시가지, 다른 한 곳은 구시가지이다. 이슬라마바드 투어리스트 캠프 사이트와 이슬라마바드 유스호스텔이 배낭족들이 모이는 곳. 특히 투어리스트 캠프 사이트에서는 각국에서 온 '희한한' 장기 여행자들을 많이 만날 수 있다.

라왈핀디의 퍼퓰러 인은 배낭여행자에게(특히 일본인에게) 정말로 퍼퓰러하다.

매주 금요일에 서는 '주마바자'에서 아프가니스탄 난민들이 보석, 카펫, 골동품, 기념품 등 갖가지 물건을 판다. 아이쇼핑만으로도 즐겁다.

🐂🦅🦉 **페샤와르** — 이슬라마바드에서 버스로 4, 5시간 거리. 아프가니스탄인들의 난민으로 이루어진 도시이다. 구시가지의 성문과 옛 건물 사이의 꼬불꼬불한 길을 걷다 보면 타임머신을 타고 온 듯한 착각에 빠진다. 시장이나 가게에서는 아프가니스탄 물건을 얼마든지 구할 수 있다.

나는 첫날 대학가(유니버시티 타운)의 유스호스텔에서 묵었는데, 그 가운데 GT로드 근방에도 싸고 좋은 여관이 많이 있다. 여기는 단연 아프가니스탄 거리이다.

원한다면 페샤와르와 아토크 사이의 나사르 바 아프간 캠프 등 아프가니스탄 난민촌에 특별한 허가 없이 가볼 수 있다. 버스나 마차 등 대중교통 수단으로도 갈 수 있다.

🐂🦅🦉 **길기트** — 북쪽 산악지방의 베이스 캠프다. 등산장비 빌려주는 곳과 트래킹 전문 여행사도 여러 군데 있다. 버스정거장 근처의 미란다 호텔 등에서 트래킹 동행을 쉽게 구할 수 있다.

나는 강 근처의 훈자 인에서 묵었는데, 정원도 좋고 주인 아저씨도 좋고 빨래하기에도 안성맞춤이다.

● 길기트에서 인기있는 트래킹 코스 몇 가지

코스 ① 날타르 패스 ─ 본문 파키스탄 부분 참조.

코스 ② 낭가 파르밧 베이스 캠프 ─ 역시 본문 참조.

코스 ③ 야신계곡 ─ 길기트 ➡ 가쿠치 ➡ 파코라 ➡ 아삼바르 패스 (4,432미터)를 넘어 ➡ 야신계곡에 있는 야신 마을 ➡ 구피스 ➡ 길기트 (소요시일 최소한 5 ～ 7일)

코스 ④ K₂ 베이스 캠프 ─ 길기트 ➡ 사카르두 ➡ 시가르강 계곡 ➡ 발토로 빙하 ➡ 콘코르디아 ➡ K₂ 베이스 캠프 (해발 5,000미터 이상)

【메 모】

파키스탄 트래킹의 왕중왕이라는 코스 ④ 루트를 가고 싶은 마음이 간절했지만 시간과 돈과 장비가 모두 충분치 않아 아쉽게도 다음 기회로 미뤄야만 했다. 이곳은 저한구역이라 반드시 허가증이 필요한데, 개인적으로는 얻기가 어려우므로 여행사가 하는 그룹 투어에 끼여야 한다. 길기트나 이슬라마바드에 있는 여행사들은 거의 이 트래킹 상품이 있다. 이 코스는 K₂를 비롯한 카라코람 산맥의 기가 막히게 아름답고도 높은 산들이 깨끗하게 보인다고 한다. 길기트의 왈지스여행사(Walji' s Buildings. 10 Khayaban-e 92-51 Suhrawardy P. O. BOX 1088)가 경험도 풍부하고 믿을 만하다.

트래킹 준비물과 주의사항

① 가려고 하는 트래킹 코스가 제한구역인지 아닌지 체크해 보아야 한다.

② 파키스탄의 트래킹은 네팔이나 아프리카의 킬리만자로와는 달리 도중에 등산객을 위한 시설이 거의 없다. 그래서 더욱 재미있기도 하지만 준비를 단단히 해야 하니 힘겹기도 하다.

③ 고산증의 위험이 있다. 충분히 시간을 가지고 천천히 올라가는 것이

최선이다. 1, 2권에서도 말한 바 있지만 고산증이 나면 아무리 욕심이 나더라도 바로 하산해야 한다. 그대로 계속하다간 폐에 물이 차서 목숨을 잃을 수도 있다는 것을 명심하자. 고산증은 3,000미터 정도부터 나타나는데, 파키스탄의 하이킹 코스는 모두 적어도 4,000미터 이상이다.

‧‧≫▶▶ **추위** ― 아무리 여름이라도 높은 산에서 야영을 할 때는 몹시 추우니까 단단한 준비가 필요하다. 얇은 내복 등 옷과 비상담요(나는 Tecfen을 가지고 다닌다. 시중의 등산용품 가게에서 구할 수 있다)가 필수적이다. 이밖에도 나는 까만색 대형 쓰레기 봉지를 가지고 다녔는데, 견딜 수 없이 추울 때 뒤집어쓰면 추위와 바람을 막을 수 있다. 모자와 장갑도 필수.

‧‧≫▶▶ **음식** ― 산마을에서 사먹는 우유와 요구르트, 스파게티와 밥 등 탄수화물을 함유한 음식을 많이 먹는다. 물론 음식은 약간 짜게, 차이는 약간 달게 만드는 것이 좋다. 산마을에서 우유와 요구르트, 치즈 등을 구할 수 있을 때마다 구해 먹으면 단백질 공급은 충분할 것이다.

‧‧≫▶▶ **그 외에 기본적인 준비물** ― 높은 산으로 올라갈수록 햇빛이 강해지고 건조하다. 선탠 로션(얼굴은 물론 목과 입술에도 잊지 않고 발라야 한다), 선글라스, 긴팔 옷, 머리 보자기, 챙 있는 도자가 필수. 지도와 나침반, 손전등. 지도는 약도가 아닌 자세한 것일수록 좋다.

🐂🐃🦅 훈자 마을(카리마바드)

‧‧≫▶▶ **숙소** ― 알리마바드의 키사르 인과 올드 훈자 인에서 묵었다. 각 숙소의 게스트 북이 재미있다. 이곳 식사는 국‧밥과, 짜파티, 반찬 서너 개 그리고 후식으로 과일이나 푸딩 등이 나오는 훈자식 뷔페식 저녁을 해 주는데 가격도 적당하고 맛있다. 한 사람당 50 ~ 70루피 정도.

‧‧≫▶▶ **당일 하이킹 코스** ― 울타르 빙하를 갈 수 있다. 카리마바드에서 왕복 6시간 정도 거리. 상하좌우 경치가 아름답다. 훈자에 가면 꼭 가 볼 것을 권한다. 트래킹 끝 빙하 근처에 작은 식당과 천닥숙소가 있어 묵

을 수도 있다.

또 두이카르의 이글스 네스트도 좋다. 알티트에서 2시간 정도 올라가면 높은 산들에 둘러싸인 훈자계곡의 전경이 한눈에 펼쳐져 숨통이 트인다. 만약 울타르 빙하에 갈 시간이 없다면 이곳이라도 꼭 가봐야 한다. 정상에 식당을 겸한 숙소도 있는데, 여기서 보는 일출과 일몰은 참으로 아름답다.

🐄🐿️🦅 파슈 — 내가 묵은 곳은 카림의 빌리지 게스트 하우스. 카라코람 하이웨이의 건설노동자 숙소를 개조한 바투라 인의 게스트 북에서 귀중한 여행정보를 얻을 수 있다. 거기서도 뷔페식 저녁식사를 제공한다.

당일 하이킹 코스

파슈 — '인디애나 존스' 다리 ➜ 건넛마을 ➜ 다른 다리를 건너 다시 이쪽 마을 ➜ 볼리트 호수 ➜ 호수를 돌아 빙하 뒷길로 해서 ➜ 파슈. 건너야 할 철다리가 아슬아슬 재미있다. 꼬박 하루거리의 코스. 지나는 마을마다 사람들이 아주 정겹다. 물론 경치도 그만이다.

🐄🐿️🦅 운츠 계곡 — 파슈 빙하와 바투라 빙하를 한꺼번에 둘러볼 수 있는 하이킹. 특히 파슈 빙하를 끼고 장엄한 돌산 사이의 운츠계곡으로 들어설 때의 감동은 아직도 가슴에 진하게 남아 있다. 태고의 원시적인 분위기여서 이 길을 인류 최초로 걸어보는 듯한 환상에 빠진다. 소문과는 달리 하루종일 걸어도 바투라 빙하는 볼 수가 없었다. 이 빙하를 제대로 보려면 적어도 2박 3일의 긴 하이킹이 필요하다고 한다.

🐄🐿️🦅 슈스트 — 중국 비자가 없는 사람도 국경 근처의 쿤지라브 고개를 볼 수 있다. 일반 버스가 없기 때문에 차를 빌려야 하는데, 내가 묵은 마운틴 레퓨지라는 여관에서 차를 가지고 여행하는 사람들을 만나면 기름값을 나누어 내고 같이 타고 갈 수도 있고, 일행이 5명 이상이면 차를 하나 전세낼 수도 있다.

✗✗✗ 중국

✈ 국경넘기

·≫▶▶▶ 파키스탄 슈스트에서 중국 국경까지 매일 아침 8시경 떠나는 버스가 있다.

·≫▶▶▶ 일행이 여럿이면(6명 이상) 마운틴 레퓨지에서 미니버스를 같은 가격으로 구할 수 있다. 승객이 적은 미니버스는 출입국 수속도 빨리 끝날 뿐 아니라 쿤지라브 고개를 지날 때나 중국 국경선을 지날 때 차를 세워 내려서 사진을 찍자고 할 수 있어 좋다.

·≫▶▶▶ 몇 년 전까지만 해도 자전거로 여행하는 사람은 자전거를 가지고 중국으로 들어갈 수 없었지만 지금은 규정이 바뀐 것인지, 그냥 눈감아 주는 것인지 넘어갈 수 있다. 나와 같이 국경을 넘은 일본인 자전거 여행자도 아무 문제 없었다.

🚂🚃 중국 추천여행지

🐂🐾🦅 타슈쿠르칸 — 중국의 첫번째 도시. 버스정거장에서 걸어서 약 15분 정도에 있는 아이스 마운틴 호텔에서 묵었다(일박에 15위엔). 이곳은 소수민족 타지크족의 중심지로 사람들이 이목구비가 크고 피부가 하얀 중앙 아시아인처럼 생겼다. 여자들은 모두 모자를 섰는데 아주 미인이다. 특히 시장에 가면 많이 볼 수 있다.

카라쿨리 호수행 버스에서는 절대로 졸지 말아야 한다. 될수록 운전사 옆자리에 앉아서 충분히, 그 기막히게 멋있는 경치를 감상하도록 하자.

'얼음산들의 아버지'라고 불리는 무즈타그 아타산과 콩구르산에 둘러싸인 카라쿨리 호수의 경치는 소문대로 대단히 아름답다. 파키스탄에서 한달 이상 산만 보고 지내다가 어느 순간 나타나는 푸른 초원과 낙타가 경이로움을 더한다.

호숫가에서 하루를 묵으려면 중국 정부에서 지은 관광객용 카자키식 천막밖에는 숙소가 없고(일박에 40위엔), 식당의 음식도 아주 비싼 편이다. 그래도 시간이 있다면 카슈가르 가기 전에, 혹은 파키스탄으로 넘어가기 전에 꼭 하루 묵어가기를 권한다. 충분한 가치가 있다.

🐃🦅 **카슈가르** — 카라코람 하이웨이의 끝이다. 많은 배낭족들이 내가 묵은 셔먼 호텔에 묵는다(일박에 20위엔). 카슈가르에서는 물론 일요시장을 빼놓을 수 없다.

카슈가르는 교통의 요충지답게 다른 곳과의 연결이 잘 되어 있다.

국외로는 키리키스탄으로 넘어갈 수도 있고(셔먼 호텔 앞에 있는 '존스 카페'에 문의해 볼 것. 단, 비자는 국경에서 발급하지 않으므로 오기 전에 미리 받아 두어야 함), 파키스탄으로 매일 떠나는 버스도 있다.

국내로는 장거리 버스나 비행기로 우루무치 등 각지로 연결되어 있으며, 여름철이면 신장 남부와 티베트의 아리를 거쳐 라사로 가는 길도 고려해 볼 만하다. 이곳에서 실크로드의 중요한 세 가지(천산북로, 천산남로, 사막남로) 길 가운데 한 가지를 선택할 수 있다. 이 실크로드에 관해서는 4권에서 자세히 설명하겠다.

〈4권 중국편을 기대하세요.〉

◆　◆　◆　◆　◆
한비야가 육로로 다닌 곳
◆　◆　◆　◆　◆

앵커리지

캐나다

밴쿠버

시애틀

보스턴

샌프란시스코   미국   뉴욕
                    워싱턴
로스엔젤레스
        뉴올리언스
                    마이애미
멕시코   벨리즈

과달라하라
        베모판
과테말라   온두라스

페루

리마   라파스
        볼리비아

아르헨티나
산티아고   부에노스아이레스

칠레